国家社科基金
GUOJIA SHEKE JIJIN HOUQI ZIZHU XIANGMU
后期资助项目

中德文学对话中的中国现代女作家研究

冯晓春　著

科学出版社

北　京

内 容 简 介

　　在中国现代社会形成的过程中，包括"德系资源"在内的西学在中国的异文化语境中被容纳、吸收，或被批判、拒斥，产生了较大的影响。本书重视并强调国别资源的重要性，从性别视角切入研究，将中国现代女作家的文学书写置于中德文学关系的视野之下，考察她们和德语文学资源的关系，包括她们如何理解、接受德语文学和德国哲学，以及如何在文学创作中回应这些德国元素。本书将袁昌英、冰心、庐隐、冯沅君、石评梅、谢冰莹、胡兰畦、陈敬容、郑敏和沉樱等作家纳入研究视野，既从新的视角和层面重新阅读、研究和审视冰心和庐隐等热点作家，又对逐渐淡出中国现代文学史视野的冯沅君和胡兰畦等作家做出钩沉和反思。此外，本书通过爬梳中国现代女作家的相关翻译成就，力图为汉译德语文学在现代中国的译介和传播提供更充分的实证资料。

　　本书尝试揭开中国现代女作家的文学书写与德语文学资源的关系图谱，适用于对中德文化交流、中国现代女性书写和中国现代文学感兴趣的研究者和读者。

图书在版编目（CIP）数据

中德文学对话中的中国现代女作家研究/冯晓春著. —北京：科学出版社，2024.6

国家社科基金后期资助项目

ISBN 978-7-03-078369-1

Ⅰ.①中⋯ Ⅱ.①冯⋯ Ⅲ.①女作家–文学评论–中国–现代

Ⅳ.①I206.6

中国国家版本馆 CIP 数据核字（2024）第 072307 号

责任编辑：杨　英　宋　丽 / 责任校对：张亚丹
责任印制：赵　博 / 封面设计：蓝正设计

科 学 出 版 社 出版
北京东黄城根北街 16 号
邮政编码：100717
http://www.sciencep.com
三河市春园印刷有限公司印刷
科学出版社发行　各地新华书店经销
*
2024 年 6 月第 一 版　开本：720×1000　1/16
2025 年 2 月第二次印刷　印张：15 1/4
字数：300 000

定价：108.00 元
（如有印装质量问题，我社负责调换）

国家社科基金后期资助项目
出版说明

后期资助项目是国家社科基金设立的一类重要项目，旨在鼓励广大社科研究者潜心治学，支持基础研究多出优秀成果。它是经过严格评审，从接近完成的科研成果中遴选立项的。为扩大后期资助项目的影响，更好地推动学术发展，促进成果转化，全国哲学社会科学工作办公室按照"统一设计、统一标识、统一版式、形成系列"的总体要求，组织出版国家社科基金后期资助项目成果。

全国哲学社会科学工作办公室

序

在人类文明的浩渺星空中，文学作为心灵的灯塔，始终照亮着不同文化、不同国度间交流的道路。中德两国，作为东西方文化的璀璨明珠，其文学交流的历史不仅源远流长，而且内涵丰富，为后世留下了丰富的文化遗产。在这场文学对话中，中国现代女作家的文学书写无疑是一道独特的风景线，值得我们深入研究和探索。

自20世纪60年代现代思潮兴起以来，女性主义理论蓬勃发展，性别视角的引入为文学研究带来了全新的可能，中国现代女作家研究在近年逐渐成为国内外学界的关注热点。然而，文学接受史和文学交流史因性而别，尽管学界围绕女作家的文学书写展开了众多讨论，涉及阐释学、文化学、叙事学等多个学科领域，但女作家在中德文学关系研究中的贡献仍处于边缘化的地位，在现有的研究中，我们仍未能充分揭示她们与德语文学之间的深层联系和相互影响。在这样的背景下，冯晓春老师的这部《中德文学对话中的中国现代女作家研究》就更显弥足珍贵。该书从性别角度出发，深入剖析中国现代女作家在文学交流中的独特体验与感受，揭开了中国现代女作家的文学书写与德语文学资源的关系图谱，论证了文学接受中的性别差异。这种性别视角的引入，不仅为拓展中国20世纪的女性书写研究提供了新的视角和思路，也为深化中国现代文学研究以及中德文学关系研究提供了新的思路和方向。

《中德文学对话中的中国现代女作家研究》首先是一次深入探讨中外文学对话的研究之旅，它从性别视角切入，带领我们走进中德文学交流的深处，探寻中国现代女作家与德语文学之间的奇妙缘分。正如作者冯晓春老师所述，此书通过深入探讨中国现代女作家与德语文学的交流互鉴，揭示了中德文学关系的深厚底蕴，它不仅选取了袁昌英、冰心、庐隐、冯沅君等代表性女作家，通过她们的作品和思想，展现了中国现代女作家在文学交流中的独特贡献和价值。同时，该书也关注到了这些女作家在翻译德语文学作品方面的成就：她们通过翻译、介绍和评论等方式，将德语文学引入中国，让更多的读者得以领略其魅力。这种努力不仅促进了中德文学的交流，也为中德两国人民之间的友谊与理解搭建了桥梁，为中外文学交流注入了新的活力。

这本书也是带领我们领略中外文明交流互鉴的一次探索之旅，它使我们注意到，在中国现代社会的形成过程中，包括"德系资源"在内的西学对中国文学产生了何等深远的影响。这些影响不仅体现在文学作品的创作理念、表现手法上，还深刻地改变了中国作家的思维方式和审美观念。特别值得关注的是，中国现代女作家在这一过程中扮演了举足轻重的角色，她们以独特的视角和细腻的笔触，将德语文学的精髓融入自己的创作中，同时又以自身的文学实践丰富了中德文学交流的内涵。正因如此，冯晓春老师在这本新书中一方面强调了国别资源的重要性，向我们展示了"德系资源"如何在中国异文化语境中被容纳、吸收并产生深远影响；另一方面又从性别视角切入研究，将中国现代女作家的文学书写置于文明互鉴的视野下，努力通过细致入微的考察，揭示这些女作家如何理解、接受德语文学和德国哲学，以及如何在文学创作中巧妙地回应了这些德国元素。因此，正如冯老师的研究向我们所揭示的，中国现代女作家与德语文学的关系并非简单的输入与输出，而是一种深度的对话与交融。在这个过程中，她们不仅积极吸收德语文学的营养，更在文学创作中融入了自己的理解和创新，以其独特的视角和细腻的笔触为中国文学注入了新的活力。这不仅是对文学交流的一种全新解读，更是对女性文学地位的一种肯定和提升。

通过书中丰富的史料，我们不仅可以重新阅读和审视那些已经成为热点的作家如冰心和庐隐，还可以对那些逐渐淡出中国现代文学史视野的作家如冯沅君和胡兰畦进行钩沉和反思，让她们的文学价值重新得到认识和肯定。我们同时可以看到，中国现代女作家曾经是如何以开放的姿态拥抱德语文学，从中汲取灵感，丰富自己的创作的。她们的作品中，既有对德语文学经典的致敬与借鉴，也有对德国文化精髓的深刻理解与独特诠释。这种跨文化的交流互鉴，不仅让中德文学焕发出新的生机与活力，丰富了中德文学的内涵，也为世界文学的发展注入了新的动力，并为我们展现了一种全新的文学景观。

这不由得引起我们更多的遐想：在浩瀚无垠的文学星空中，中德两国的文学犹如两颗璀璨的明星，各自闪耀着独特的光芒。当这两颗明星相互交汇，会碰撞出怎样的火花？未来又将会为我们带来怎样的惊喜？让我们共同期待，在未来的日子里，中德文学交流能够绽放出更加绚烂的光彩，为世界文学宝库增添更多的瑰宝。

谭渊

2024 年 4 月 30 日

前　言

　　20 世纪初以来，在中国历史发展和中国现代社会形成的过程中，西学东渐对中国知识界和思想界产生了巨大的影响和推动作用。随着中德两国的交往增多，作为西学范畴之一的德语国家思想资源参与了影响中国社会发展的进程，曾有中国学者创设德国学理论来讨论中国现代学术框架之建构。[①]"学"的概念颇为宏大，包含了哲学、历史、文化、经济、文学和心理学等多学科，本书不打算做这样一种包罗万象的尝试，而是将研究目光对准以德语文学和德国哲学为主的精神资源，以此来探讨它们对中国现代女作家产生的影响。

　　中国现代作家和德语国家思想资源的关系问题属于中德文学关系史研究范畴，而中国现代作家如何接受德语文学，以及德语文学如何影响中国现代作家是其中的重要方面。纵观这一领域的研究，来自中国语言文学、德语语言文学、教育学、政治学和历史学等领域的中国学人对鲁迅、郭沫若、季羡林、郁达夫、宗白华、冯至、马君武、陈铨、梁宗岱和田汉等作家和学者的研究已经取得了丰硕成果，而国外汉学界的关注点也基本没有绕开以上作家。这样就出现了一个令人深思的问题：在这场中德文学对话中极少见到中国现代女作家的身影，这是研究界无意的盲视，还是有意的忽略？其中是否蕴藏着权力的性别密码，或者是否受文化传统的制约？如果中国现代女作家群体在这个领域需要且值得被关注，那么 20 世纪初浮出历史地表的她们在这场中德文学对话中发挥了怎样的作用，又扮演了怎样的角色？

　　20 世纪 60 年代以降，后现代思潮的兴起使女性主义理论蓬勃发展，中国现代女作家研究一跃成为国内学界的关注热点。围绕中国现代女作家的文学书写展开的讨论涉及阐释学、文化学、叙事学、教育学乃至宗教学等学科理论实践。就主题研究而论，中国现代女作家的文学书写和性别意识、女性解放、基督教文化及革命等问题的关系研究已取得了丰富的成果。但学术研究应该是一个不断探索和深入的过程，我们可以从现有研究范式中寻求突破，从不同角度发掘中国现代女作家的书写状况，呈现中国现代

---

① 叶隽著《德国学理论初探——以中国现代学术建构为框架》（上海外语教育出版社，2012）和《另一种西学——中国现代留德学人及其对德国文化的接受》（北京大学出版社，2005）凸显了德国思想资源对于现代中国的意义。

文学史中被忽略和被遮蔽的方面，呈现研究原有的生动性和复杂性。我们可以让具有性别内涵的文学文化现象从不同角度进入研究者视野。

文学接受和文学创作都属于人类精神活动的领域，以性别视角介入文学接受研究和文学交流史研究，意义何在？女性主义研究者指出，"由于女性在既往人类文明史上曾经有过的有别于他的非主流性与非主体性的性别境遇，女性在文化或文学书写上的各种活动或现象，都具有了被有别于他的提取与考察的合理性与合法性"①。

本书受新文化史理论启发，以性别为研究视角审视中国现代女作家与德语文学和德国哲学的关系，主要有以下三点考虑：一是出于学科自觉，系统梳理中国现代女作家的文学书写与德语文学乃至哲学的关联；二是鉴于以往研究在评述和再现中国现代作家和德语文学的关系研究中存在性别盲点，希望借此研究丰富和拓展中国现代女作家和中德文化交流史的相关研究；三是爬梳中国现代女作家在推动德国文学和文化传播过程中的贡献，增补中国现代翻译史上的"女性成就"。

本书以中国现代女作家为研究对象，采用整体分析和个案研究相结合的方式，在阅读相关女作家全部作品的基础上，用实证研究方法探索她们与德语文学和哲学等精神资源的关系；在解读影响双方的关联时，辅以文本分析方法。

本书除第 1 章绪论和第 10 章结语外，总共分八章展开论述。

第 2 章分成两部分，第一部分涉及中德文学对话的渊源概述、研究范畴、历史回顾及传播和交流媒介；第二部分论述中国现代女作家的历史地位、历史契机、定义及范畴。

第 3 章系统梳理迄今为止中德文学关系史研究的相关成果，在结合现有文献史料的基础上指出中国现代女作家在中德文学和文化交流中的"低存在感"乃至"缺位"；从新文化史的性别维度和史学维度论证本书研究的意义；提出文学和文化交流的三重模式；介绍本书的研究立场和写作框架。

第 4 章的核心议题是德语小说《少年维特之烦恼》和中国现代女作家的因缘。第一部分从现代中国的"维特热"出发，从主题、体裁和结构等角度考察庐隐、冯沅君、石评梅和谢冰莹等作家的文学创作与《少年维特之烦恼》的关系；第二部分评述被读入五四思想脉络的《少年维特之烦恼》如何在爱情主题和书信日记体写作上影响现代女作家。

---

① 林丹娅、周师师：《福建女作家现代文学图谱概观》，载《东南学术》，2018 年第 2 期，第 209 页。

第 5 章讨论德语小说《茵梦湖》与庐隐和石评梅的写作之间的关系,并从翻译史、出版史和接受史角度回顾《茵梦湖》在现代中国制造的传奇。

第 6 章着重阐述德语诗歌对中国现代女作家的影响,包括两位女诗人冰心和郑敏如何在诗歌中展现歌德的文学形象,以及如何和歌德的艺术世界互动;评述石评梅对海涅诗歌意象的借用;探讨九叶派诗人陈敬容和郑敏在"里尔克神话"影响之下的创作问题,从形式、主题、体裁和审美等多重视角考察里尔克在两位女诗人的创作中留下的印记,考虑到陈敬容和郑敏的创作期跨越了现代与当代,因此她们在 1979 年后重新投身文坛的相关作品也在考察之列。

第 7 章主要涉及包括叔本华、尼采和弗洛伊德的思想在内的德国意志哲学和中国现代女作家的文学交集。这一章追溯德国意志哲学在东方的兴起和在现代中国的传播史,用文本分析方法讨论冰心、庐隐和袁昌英在文学创作和学术研究中对德国意志哲学的回应。

第 8 章的关注点是中德文化交流视野中的现代女作家。第一部分侧重介绍传奇女作家胡兰畦的两段留德经历,她与德国著名左翼女作家安娜·西格斯（Anna Seghers,1900—1983）的交往和文学交流互助成就了中德文学关系史上的一段佳话;第二部分列举中国现代女作家译介德语文学的成就;第三部分指认中国女性在近现代留德史上的缺位是造成她们在中德文学关系史上被忽略的重要原因。

第 9 章再度考察中国现代女作家和德语文学的关系。这一章分析中国现代女作家对话德语文学的表征,强调文学接受中性别审美差异的存在及其原因,指出女作家在文学接受中存在注重情愫、关注自身生存境遇以及将德国哲学纳入情感范畴等特征,最后从现代女作家的双重读者身份解释了阅读之于中国现代女性书写的重要意义。

本书从性别视角看待中德文学和文化交流问题,旨在呈现中国现代女作家的文学书写与德语国家思想资源的关系图谱,证明中国现代女作家在德语文学汉译史和中德文化交流中的地位和贡献,揭开文学接受史中存在的性别差异问题,拓展中国 20 世纪的女性书写研究,同时为中国现代文学研究以及中德文学关系研究提供新的视野。

目　　录

第1章　绪　　论

　　21世纪之初，著名学者钱林森和周宁在一场关于中外文学关系史研究的重要对谈中曾提出讨论中外文学交流史研究的问题域，涵盖五个层面的基本问题：第一，研究外国作家对中国文学的接受，以及中国文学对外国作家产生的冲击和影响[①]；第二，双向考察中国作家对外国文学的接受，以及中国作家接纳外来影响时的重整和创造；第三，在不同文化语境中呈现中外文学界对相关思想命题的同步思考和不同观照[②]；第四，从外国作家作品在中国文化语境中的传播和接受着眼，勾勒出包括评论家在内的当代中国读者眼中的外国形象[③]；第五，基于史料提炼文学交流实质与规律的重要问题，构建国别语种文学交流史的阐释框架。[④]

　　后来还有其他学者陆续整理并提出中外文学关系研究对应的范畴和涵盖的内容，但大致和上述两位学者所提没有太大差异。[⑤]在这样一个庞杂浩瀚、包罗万象的研究领域中，第二类问题始终牵动着立足中国立场的学者们的目光。我们怀着浓厚的兴趣并渴望了解中国文学在面对外来文学的冲击时，是如何应对、如何接纳、如何创新、如何超越的。不过，当我们现在暂且撇开五个大类里面的其他四类，将眼光锁定在这一问题域时，很快会发现一个现象：自19世纪末的100多年中，中国的男性在中外文学和文化交流的舞台上可谓独领风骚。有一套丛书可作佐证：文津出版社

---

① 这一部分具体涉及外国作家对中国文学的收纳与评说，外国作家眼中的中国形象及其误读、误释，中国文学在外国的流布与影响，以及外国作家笔下的中国题材与异国情调等。
② 钱林森建议，结合中外作品参照考析，互识、互证、互补，在深层次上探讨中外文学的各自特质。
③ 这样做的目的是探析中国读者借鉴外国文学时如何及怎样受制于本土文化，以及辨析外国文学在中国文化范式中的改塑和重整。
④ 以上五个问题域的内容乃笔者根据钱林森和周宁的对谈总结得出。详见钱林森、周宁：《走向学科自觉的中外文学关系史研究》，载《中国比较文学》，2006年第4期，第138-139页。
⑤ 葛桂录认为中外文学与文化关系史研究包含以下内容：1. 中外双方早期文学、文化交往史实；2. 中国文学（文化）在国外的流播与评价，以及外国文学在中国文化语境中的译介与评论；3. 外国作家笔下的中国题材及中国形象的塑造，以及中国作家眼里的外国形象及其对外国作家的题咏；4. 中外作家之间的交往，以及外国作家在中国（中国作家在外国）的生活工作和游历冒险等。参见葛桂录：《中外文学关系研究的学科属性、现状与展望》，载《世界文学评论》，2007年第1期，第205页。

在 2005—2007 年陆续推出了"跨文化沟通个案研究丛书",主编、作者和相关研究人员有意识地"从学术史的角度出发,对沟通中西文化、对中国文化发展卓有贡献的中国学术名家进行深入的个案研究",着力于探讨这些站在古今中西文化交汇坐标上的大师们"如何在继承中国传统文化的基础上,吸收西方文化,形成完全不同于过去的 20 世纪中国现代文化景观"①。

这套丛书影响深远,所涉研究对象包括王国维(1877—1927)、吴宓(1894—1978)、傅雷(1908—1966)、钱钟书(1910—1998)、林语堂(1895—1976)、陈铨(1903—1969)、闻一多(1899—1946)、梁实秋(1903—1987)、冯至(1905—1993)、梁宗岱(1903—1983)、朱光潜(1897—1986)、宗白华(1897—1986)、刘若愚(1926—1986)、卞之琳(1910—2000)和穆旦(1918—1977)等在内的 15 位现代作家和学者,无一例外都是男性。这些杰出的男性知识分子留给后人难以企及的背影。他们大多诞生于 19 世纪末、20 世纪初,家学渊源深厚,幼承庭训,成年后考取官办留学,或在国内高校接受良好的学业训练,学贯中西、博古通今,终成一代大家。然而,我们不禁想问,在这个横跨中外、思想交融的舞台之上,女性的身影又在何方?她们湮没无闻,究竟是未被发现,还是从未出现呢?

为了更好地回答以上问题,我们不妨在中外文学关系的总课题中分解出若干子课题,采用国别、地区或语种的区分办法,以便快捷地限定论述对象,并具体实践中外文学关系史研究。②

当我们把目光转向中德文学交流时,会发现这种情况和"跨文化沟通个案研究丛书"几乎如出一辙。回望过往 100 多年的中德文学关系史,那些对德语文学展现出热忱,并在翻译和创作中留下痕迹、做出贡献并载入史册的人绝大多数是男性。前有蔡元培(1868—1940)、马君武(1881—1940)、陈铨、鲁迅(1881—1936)、郭沫若(1892—1978)、郁达夫(1896—1945)、冯至等,后有北岛(1949—),而获得一定关注度的女作家似乎只有残雪(1953—)一人。

中国女作家对德语国家的文学和文化真的兴味索然吗?德语文学在中国的传播从未唤起过女性写作者的瞩目吗?事实恐怕并非如此。《中华读书报》在 2010 年底推出过一篇名为《读书这么好的事情——四位女作家谈读书》

---

① 乐黛云:《总序》//张辉:《冯至:未完成的自我》,北京:文津出版社,2005 年,第 2 页。
② 这一观点受以下论文启发,参见宋炳辉:《论中外文学关系研究的主体立场及其方法》,载《山东社会科学》,2014 年第 5 期,第 65 页。

的访谈。四位当代女作家——马莉（1959—）、周晓枫（1969—）、赵荔红（1963—）和叶丽隽（1972—）畅谈读书体验和心得。[①]她们分别回应了"早期阅读""影响过自己的书与人""最喜欢的女性作家""荒岛之书"[②]等四个问题。笔者发现，这几位作家的谈话中出现了弗兰茨·卡夫卡（Franz Kafka，1883—1924）、马丁·海德格尔（Martin Heidegger，1889—1976）、保罗·策兰（Paul Celan，1920—1970）、瓦尔特·本雅明（Walter Benjamin，1892—1940）、帕特里克·聚斯金德（Patrick Süskind，1949—）、凯尔泰斯·伊姆雷（Kertész Imre，1929—2016）、诺瓦利斯（Novalis，1772—1801）和莱内·马利亚·里尔克（Rainer Maria Rilke，1875—1926）等多位德语作家和哲学家。粗略算下来，德语作家作品在访谈中出现的频率远远超过其他外国作家。

访谈中，马莉直言策兰"利刃般的伤情"常常让她感慨幸福生活的渺小，这位才华横溢、饱受命运摧残的德语犹太诗人的作品是她的枕边书；爱好"神秘主义哲学倾向"的赵荔红坦言诺瓦利斯和里尔克的气味会渗透在她的作品中；而叶丽隽则将卡夫卡视为第一个震撼她内心的人，正是因为后者，她才得以"返身，安静地拥抱绝望，安静地书写"[③]。这些充满诗意、感性生动的评价，彰显了几位德语文学大师的魅力。几位作家的陈述中还隐约透露出这样的信息：她们受到的来自德语作家的影响并非写作技巧、创作主题或者文学观念等具体的方面，外来影响在她们这里已经内化为一种思考问题的方式，甚至是一种生存方式；此外，德国向女作家们输出的文化资源不仅停留在诗学层面，还包括哲学和神学等层面，比如提出"诗意地栖居"的德国哲学家海德格尔，以及德国浪漫派早期的理论建构者诺瓦利斯等。

这篇访谈报道透露了一个非常重要的信息：当代中国女作家的文学书写与德语国家的文学和哲学资源之间确实存在关联。我们应该感谢这些作

---

① 马莉，当代诗人、画家、散文家，著有诗集《金色十四行》《白手帕》等，以及散文集《爱是一件旧衣裳》《怀念的立场》等。周晓枫，当代作家，著有散文集《上帝的隐语》《鸟群》《斑纹：兽皮上的地图》等，曾获得鲁迅文学奖、冯牧文学奖和冰心散文奖等重要文学奖项。赵荔红，出版过散文集《意思》《回声与倒影》《世界心灵》《情未央》等。叶丽隽，诗人，著有诗集《眺望》《在黑夜里经过万家灯火》《花间错》等。

② 所谓"荒岛之书"是一种假设，大意指如果人长期流落或居住在无人的荒岛上，会选择随身携带的书籍。在这种极端情况下，对书的拣选可以看出被选择书目对于读者的重要性。

③ 马莉、周晓枫、赵荔红等：《读书这么好的事情——四位女作家谈读书》，载《中华读书报》，2010年12月1日。

家的坦率，她们无惧"影响的焦虑"①，不回避自身与外国文学的关系，还原了自身在阅读和写作过程中与异域文学大师的精神相遇。对于写作者而言，阅读（尤其是外国文学阅读）是关键一环。她们的目光穿越书林，远眺在时间和空间上无法和她们产生交集的文学大师，追寻一种高层次的精神呼应，无关性别、语言和种族，使自己的文学创作乃至自身有限的文学生命获得永恒的意义。

这篇访谈还揭示了另一条重要信息：德语文学在所有外国文学中的表现都很抢眼。这一点多少让人有些意外：诚然，从世界文学版图来看，德语作家在诺贝尔文学奖的百年历史中战绩彪炳，先后有十几人问鼎该文学奖项②，但是德语文学翻译作品在中国图书市场上却频频遇冷。无论是严肃文学还是通俗文学，德语文学作品往往在引进、翻译、出版和销售量上都难以匹敌英美文学、日本文学和法国文学。德语文学难以得到中国读者认可和青睐的原因多半是德语文学作品以思辨性见长，常常淡化情节，有时会对读者在哲学、宗教和心理学等领域的专业知识储备提出一定要求，导致作品可读性不强，晦涩难懂。③然而，上述报道中几位女作家的陈述让我们看到了某种有趣的反差；或者说，这些作家的阅读体验打破了我们的刻板印象。其意义不言自明：也许德语文学的艰深晦涩是一柄双刃剑。一方面，德语文学的"难以理解"让部分追求阅读快感的读者望而生畏，敬而

---

① 这一说法源于美国当代文学批评家哈罗德·布鲁姆（Harold Bloom）所著的《影响的焦虑》（*The Anxiety of Influence*）一书。文学写作属于精神领域的创造活动。当一位"强者诗人"立于一位"后来诗人"之前时，后者就处于一种尴尬的境地，因其活在传统影响的阴影里。如何走出阴影，使自己的创作摆脱"强者诗人"的影响，从而跻身于"强者诗人"之列？这就形成了"影响的焦虑"。"强者诗人"的创造力和执着精神阻止"后来诗人"在他开辟的道路上做低级模仿，从而堵住了一条道路。至少在这条道路上，"后来诗人"再无法超越他。这就是"影响的焦虑"。参见徐文博：《"一本薄薄的书震动了所有人的神经"（代译序）》//〔美〕哈罗德·布鲁姆：《影响的焦虑——一种诗歌理论》，徐文博译，南京：江苏教育出版社，2006 年，第 3-4 页。

② 这些德语作家包括特奥多尔·蒙森（Theodor Mommsen，1817—1903）、鲁道夫·奥依肯（Rudolf Eucken，1846—1926）、保罗·海泽（Paul Heyse，1830—1914）、格哈ం·豪普特曼（Gerhart Hauptmann，1862—1946）、卡尔·施皮特勒（Carl Spitteler，1845—1924）、托马斯·曼（Thomas Mann，1875—1955）、赫尔曼·黑塞（Hermann Hesse，1877—1962）、奈莉·萨克斯（Nelly Sachs，1891—1970）、海因里希·伯尔（Heinrich Böll，1917—1985）、埃利亚斯·卡内蒂（Elias Canetti，1905—1994）、君特·格拉斯（Günter Grass，1927—2015）、埃尔弗里德·耶利内克（Elfriede Jelinek，1946— ）、凯尔泰斯·伊姆雷、赫塔·米勒（Herta Müller，1953— ）和彼得·汉德克（Peter Handke，1942— ）等。

③ 德语文学翻译家杨武能曾撰文证明德语文学的"思想者文学"特质，并溯源德语文学"不好看"的名声，证明国内学界对德语文学长期以来存在偏见，即认为德语文学缺乏审美愉悦价值，以及德语文学不符合中国读者的审美传统和欣赏习惯。文章详见杨武能：《德语文学也好看！》，载《文艺报》，2020 年 9 月 7 日，第 7 版。

远之；另一方面，还有一部分读者放弃了"娱乐至死"的阅读期待，付出大量时间和精力，在反复琢磨、品读和领悟后，收获了更高层次的阅读体验。

基于以上观察，我们或可在中外文学关系研究领域发掘和证明一个"女性空间"。女性创作历来被视为中国文学史中相对次要的领域，女性作家在千百年来的数度沉浮，以及在 20 世纪的两度崛起，往往被当作文化现象，而非文学现象。其潜在意味是：她们的历史重要性和创作复杂性与男性作家不可相提并论。这种相当流行的看法应该成为我们质疑的对象，而不该成为我们坦然接受的事实。

为了便于陈述和明确研究对象，让我们回到中德文学关系这一领域。如前文所述，当我们试图梳理中国作家接受德语文学并受其影响的问题，以及检视德语文学在中国的影响脉络时，很容易发现个案研究解读中极少出现女性个案。我们在讨论一部德语文学作品或一位经典德语作家在中国的接受时，基本没有考虑过以性别视角为分野，而是习惯以观察接受者整体观感为基础做出总体评价。然而，这种整合性的表述方式和观察角度是否有被解体和重构的可能？为什么我们很难看到女作家的存在？是她们无视或忽略了外国文学，还是她们的书写极少被发现？既然《中华读书报》的上述访谈足以佐证当代女作家对德语文学的关注，那么回答以上问题须得谨慎。诸如接受者的性别分野视角这样的精细分类能否有助于改变德语文学在中国的接受和传播状况的研究？后人能否建构或重释这种传播史和接受史，并在中德文学关系层面发现更多深层次的问题？如果研究可以实现其中的一二目标，那么这项工作将是有意义的。①

我们想知道，论起德语文学和哲学等思想资源在中国的影响，以及讨论中国作家对德语文学的接纳时，现有成果指出了男性作家的努力和成就，但很少观照同样从事文学创作的女性精英，这样的判断确实客观吗？这究竟代表的是特殊的历史观念，还是一种可以被证实的历史事实？这样的衡量标准极容易让人忽视"女性"在接受文学时的存在感和创造性。女性在吸收和转化外来文学思想资源时的心智力量和才华没有得到足够的关注，由此产生的作品及其艺术价值和思想价值也极有可能被掩盖。这样一来，最后得出的结论只能反映外来文学思想接受和传播研究中的某种历史眼

---

① 以上思考受到巫鸿所著《中国绘画中的"女性空间"》一书的启发。巫著指出，中国传统艺术中的女性绘画题材在研究中长期遭受冷遇甚至歧视，他质疑女性绘画题材没有得到客观分析和历史评价，并从"新史学"和"性别研究"两个角度论证了发现"女性空间"的重大意义。参见〔美〕巫鸿：《中国绘画中的"女性空间"》，北京：生活·读书·新知三联书店，2019 年，第 9-10+13 页。

光，而很难成为中德（外）文学关系史的定论。

这些思考为笔者开拓了新思路。首先，探讨和挖掘中国女作家和德语国家思想资源之间的交互关系是一个学术问题，可能涉及中德文学和文化交流史、中国文学发展史，以及德国文学在中国的翻译史和接受史等诸多领域。其次，德语文学是否好看？缘何好看？女作家们如何看？男女作家的评价和接受是否有差异？这些思考对于探讨德语文学的特质和女性书写的基本特征也将会有启迪。

在这些看似繁复的问题上加以探索、延伸和拓展是有价值和有意义的。然而，无论是中国女作家还是德语国家的思想资源，二者都浩如烟海，难以穷尽，在这二者之间建立关联实在难比登天。因此，必须在时间维度、空间维度和学科范畴上对二者进行界定和限定，使研究的开展成为可能，才能更好地彰显研究的重点、价值和意义。在反复权衡、综合考虑之下，笔者决定在中德文学对话的框架下探讨中国现代女作家的文学书写。

第2章　中德文学对话中的中国现代女作家

2.1　刍议中德文学对话

2.1.1　渊源概述

在"西学东渐"这一表述出现之前，中外文化交流史意义上的西学东渐已在中华大地上潜行 300 多年。[①]它的起点可追溯到明末清初西方基督教思想的传入，当时的传播以西方传教士的单向传播为主形态。国内学术界普遍认可的西学东渐则指向晚清尤其是洋务运动以后现代西方文化思想在中国的传播和盛行。其外在形态是大量西方文化思想著作被陆续翻译并介绍到中国，其内在标志是西方政治文化思想成为影响中国社会的一种重要思想来源。[②]

西学东渐的影响是整体性、全面性的，英、美、法、德和俄国的资源各具特色，在现代中国[③]的传播和影响各有值得讨论之处，德国资源并非一家独大。笔者强调以德语文学和哲学为主的德语国家思想资源的重要性，并非标新立异或哗众取宠，也无意高扬或夸大其在西学中的独尊地位，而是为了更好地界定研究对象和范畴，突出国别资源的价值和意义。"中德文学对话"的提法旨在凸显中德文学交流的视域，希望借此更加简约精准地描述德语文学在现代中国的传播和影响，更加清晰地呈现中国作家对德语国家精神资源的学习、利用和超越。

学术文化有超越国家的性质和特征，但我们不能否认，创造出文学、哲学和科学理论及知识体系的作者有固有的民族特性。无论是人文科学还是社会科学，乃至自然科学，不同国家的科学家的着眼点、推理思路和学

---

① 作为中国第一批留美学生之一的容闳（1828—1912）于 1854 年获耶鲁大学文学学士学位，回国后颇有建树。他在 1909 年出版英文自传《我在中国和美国的生活》（*My Life in China and America*），《西学东渐记》是该书的中译本，1915 年由商务印书馆出版。学界普遍认为此书是"西学东渐"得名的由来。不过也有学者认为，"西学东渐"一词可以追溯到 1905 年，这个词在清末已经得到广泛使用。参见芦笛：《"西学东渐"一词始于清末而非民初》，载《中国科技术语》，2017 年第 1 期，第 69 页。

② 参见苑容宏：《"西学东渐"历史探源》，载《博览群书》，2010 年第 7 期，第 25 页。

③ 本书所指的"现代中国"的时间跨度是 1915—1949 年。

术方法各有不同。①把学术和文化泛化不利于区分和辨析各国不同的特质。德语国家的思想资源诚然不是一家独大，却自有其独特之处，也曾引起中国的特别关注。叶隽曾指出，中国将德国文化作为一种国别资源的关注始于 19 世纪后期。②相较于其他西方国家的资源介入，作为后发国家的德国有后来居上之势。这一点源于一个深刻的政治因素：德国在当时被亟待变革以抵御外辱的清政府视为模范，受到后者推崇。

　　1897 年德国在中国暴露出其帝国主义面目之前，中国人将德国视为一个值得尊敬，而且在某种程度上值得效仿的国家，尤其是它所表现出的通过军事手段来显示政治实力和威望的能力。因而，晚清的自强运动中曾在某种程度上借鉴了德国军事训练及组织的经验。③

1898 年 3 月德国强占山东胶州湾后，尽管德国在中国的政治形象一落千丈，但就思想传播层面而言，中国知识界此时才真正开始关注德国文化。以德国哲学为例，伊曼努尔·康德（Immanuel Kant，1724—1804）、格奥尔格·威廉·弗里德里希·黑格尔（Georg Wilhelm Friedrich Hegel，1770—1831）、亚瑟·叔本华（Arthur Schopenhauer，1788—1860）和弗里德里希·威廉·尼采（Friedrich Wilhelm Nietzsche，1844—1900）等人的思想学说陆续被译介进来，激起中国知识界的译介和学习热潮。德国汉学家鲍吾刚（Wolfgang Bauer，1930—1997）编纂的《德国对于现代中国思想史的影响》（Deutschlands Einfluss auf die moderne chinesische Geistesgeschichte）一书详细统计了从 19 世纪末一直到 1976 年在中国出版的与德国相关的学术著作和论文等文献数量，共计 5262 部（篇），其中由中国人翻译的关于德国的作品达 2273 部，哲学、文学和艺术类译作分别达到 265、518 和 58 部。④德国在人文和社会科学领域向中国的思想输出力度之大可见一斑。多年来在

① 这一观点受到单世联《中国现代性与德意志文化》（下）的启发。单世联认为，文学、哲学和科学的作者均有其民族特性，康德的哲学不同于休谟和笛卡尔，黑格尔的国家论不同于洛克和边沁，歌德和席勒的文学也不同于狄更斯和伏尔泰。参见单世联：《中国现代性与德意志文化》（下），上海：上海人民出版社，2011 年，第 771 页。
② 参见叶隽：《另一种西学——中国现代留德学人及其对德国文化的接受》，北京：北京大学出版社，2005 年，第 1-2 页。
③ 参见〔美〕柯伟林：《德国与中华民国》，陈谦平等译，南京：江苏人民出版社，2006 年，第 7 页。
④ Vgl. Bauer, W. Deutschlands Einfluss auf die moderne chinesische Geistesgeschichte. Wiesbaden: Franz Steiner Verlag, 1982, S. XIV. 尽管这一统计数据的年份是从 19 世纪末到 1976 年，但是对德语国家思想资源在现代中国的东渐仍然具有相当的说服力和参考意义。

西学东渐研究领域十分活跃的学者李欧梵（1942—）曾提到一部民国奇书——《新文化辞书》。该书 1923 年由商务印书馆出版，厚达 1600 多页，主要介绍五四时期的新知和西学。该书奇在封面采用英语译名 *An Encyclopedic Dictionary of New Knowledge*，看似介绍大量西方作家、艺术家、思想家、哲学家、宗教家和改革家，但实际上德国的哲学家和科学家却占据主要部分。这一点或可作为德国文化学术资源在现代中国广泛传播的旁证。[①]

从中国近现代留学史来看，留德学人在数量上虽然和留学日本、法国及英美国家的人数无法匹敌，但质量却可圈可点。现代中国历史上众多科学技术领域的卓越人才都和德国关系密切。在中国现代思想史上占据重要地位的蔡元培、傅斯年（1896—1950）、马君武、陈寅恪（1890—1969）和宗白华等，他们的思想形成也和德国资源息息相关。他们后来对中国的现代学术史和文化史做出了很大的贡献，其成就颇多得益于留德背景。可以说，德国思想和 20 世纪中国有深刻的渊源。[②]单世联曾提出中德文化交往中的"现代性问题"，从政治寻路、文化建国和人文学术三个角度证明"德国文化思想在参与现代中国的塑造上，远远超过其他'西学'"。中国学人对德国一往情深，令人感慨。[③]叶隽亦曾多次提出"德风东渐"的意义。[④]他认为，在中西文化交流的广阔视野中，作为西学重要组成部分的"德国学"有自身的意义。尽管作为整体的西学有其存在的历史、传统与价值，但是基于西学基础深入国别研究并进行深度剖析，不失为一种学术策略和学术选择。[⑤]

德语文学一经翻译，在现代中国的影响颇大。以贾植芳和俞元桂主编的《中国现代文学总书目》"翻译文学卷"为例，在该书目所录晚清至民国时期的外国文学汉译本中，俄苏文学译作共 1010 部，英国文学约 780 部，法国文学约 620 部，美国文学约 490 部，日本文学近 270 部，德语文学凭

[①]　该书相关信息参见李欧梵：《漫谈晚清和"五四"时期的西学与国际视野》，载《东吴学术》，2019 年第 6 期，第 60 页。

[②]　单世联曾在《反抗现代性——从德国到中国》（广东教育出版社，1998）中专门辟出一章讨论在中国现代思想史上占据重要地位的人物，解读他们的思想和德国资源的关联性，进而详细论述德国思想和 20 世纪中国的渊源，参见该书"反抗现代性与中国思想"一章。

[③]　参见单世联：《为什么是"另一种"西学》//单世联：《辽远的迷魅——关于中德文化交流的读书笔记》，上海：上海外语教育出版社，2008 年，第 219 页。

[④]　参见叶隽：《中德文化关系评论集》，上海：上海外语教育出版社，2008 年，第 3 页；叶隽：《德语文学研究与现代中国》，北京：北京大学出版社，2008 年，第 201 页。

[⑤]　参见叶隽：《德语文学研究与现代中国》，北京：北京大学出版社，2008 年，第 201 页。

借 260 部位居第六。^①五四时期以后汉译德语文学进驻中国的势头更猛，以
《中国新文学大系：史料·索引》的"翻译总目"为例，五四之后 8 年内译
出的 187 部外国文学作品中，德语文学占 24 部，排名跃居前三。^②

　　除数量之外，德语国家文学资源的特质也值得关注。众所周知，西方
文学作为一个笼统概念，不能够也不可能囊括地理意义概念下所有地区文
学的特点。相较于英美文学、俄苏文学和"弱势民族文学"^③，德语文学呈
现出迥然不同的风格和鲜明的个性特点。关注外国文学的学者早已注意到
这个问题。20 世纪 20 年代，中国德语文学研究著作最早的编者之一刘大
杰（1904—1977）发表过如下评论：

　　　　统观各国的文学，最伟大而最有特殊个性的，要算德国与俄
　　国的作品。在他两国的文学里面，能深深地看出他们的民族性，
　　体验当时的时代精神。……德国的文学，与俄国的作品有同样的
　　伟大，兼有比俄国悠远的历史与富有理想的民族精神为背景，我
　　敢说德国文学，在世界文学中，为最优美的一部分。^④

　　这段陈述虽有溢美之嫌，但是论者敏锐地注意到了德国文学中的国民
性主题和精神内涵，从某种意义上说，他肯定了德国文学独特的审美价值。
再回到本书开篇提到的《中华读书报》的访谈，女作家们谈及受到外国文
学的启迪时并无明确区分国别资源的意识，但德语国家的影响独树一帜却
颇能说明问题。以上近现代史、留学史和文学交流史等相关维度可部分说
明德国思想资源的特色和优势。德语国家思想资源的特殊性和重要性确实
不容忽视，而这构成了本书研究的重要前提。

---

① 参见卫茂平：《德语文学汉译史考辨：晚清和民国时期》，上海：上海外语教育出版社，2004
　　年，第 226 页。
② 参见叶隽：《另一种西学——中国现代留德学人及其对德国文化的接受》，北京：北京大学
　　出版社，2005 年，第 7 页。
③ 20 世纪初，陈独秀和鲁迅等知识分子将"弱小民族文学"的概念引入启蒙话语。本书借鉴的
　　是宋炳辉教授的"弱势民族文学"的概念，是对"弱小民族文学"概念的沿用和再造。弱势
　　民族文学的范围大致包括欧洲弱势民族文学、除日本之外的其他亚洲国家的文学，以及非洲、
　　拉丁美洲及其他被殖民地区的文学等。参见宋炳辉：《弱势民族文学在中国》，南京：南京
　　大学出版社，2007 年，第 18 页。
④ 刘大杰：《德国文学概论》，上海：北新书局，1928 年，第 1 页。刘大杰，文史学家、作家、
　　翻译家，曾先后任教于安徽大学、四川大学和复旦大学，著有《德国文学概论》《德国文学
　　简史》《中国文学发展史》等。

2.1.2 研究范畴

笔者认为有必要向各位读者说明中德文学对话这一概念中"德"的所涉范围。有心的读者或许已经注意到，本书之前曾提及"德"的范围并不限于德国疆域之内，而是德语国家，确切来说，至少涵盖德国、奥地利及瑞士德语区等。决定文学风格的最重要因素是语言，尤其是语法结构。①从文学角度看，德国的德语、奥地利的德语及瑞士的德语之间的语法差异极小，几乎可以忽略不计。

从历史角度看，1806 年以后奥地利和德国走上了不同的道路，而瑞士的独立更早。但德奥两国的政治分裂并不代表文化上的分割，在相当长的时间里，二者是精神共同体。奥地利文学是一个无法脱离德国文学而独立的存在。②现行的德语文学史多是依照德意志历史为线索而展开，奥地利历史和德国历史相互交织，难舍难分；研究者书写、编纂和研究德意志文学史时，往往倾向于用"德语文学史"（die deutsche Literaturgeschichte）代替"德国文学史"（die Literaturgeschichte von Deutschland），在德语区而非德国境内设定文学研究的范围。像德国文学史家弗里茨·马蒂尼（Fritz Martini）的经典德国文学史专著《德语文学史》（*Deutsche Literaturgeschichte*）就包括了多位奥地利文学大家。

从文学的出版和发行来看，从文学作品变成商品进入市场流通开始，整个德语文学市场就始终以德国为中心并保持一体。这就意味着，如果奥地利和瑞士的德语作家期望获得更大的认可，便不能固守一隅，以本土作家身份自足，必须进入以德国为中心的文学市场。司空见惯的是，大部分具有一定知名度的奥地利作家，其作品的发行都需依靠德国出版社和书店的运作。这些德国以外的德语作家接受德国报纸的评论，也接受德国读者的阅读和品评。其他德语地区亦是如此。像德语诗人里尔克，尽管生于布拉格，但他毕生的重要文学活动并不发生在他的出生地，而是在德国和瑞士，甚至是法国。

再看接受者视野。处于现代文学草创期的中国作家习惯于把西方文学看作同质性事物，政治、地理疆域概念所体现的区别性在他们看来并不显著，但是，掌握某种外语却会左右划分标准。在中国作家眼中，德国、奥地利和瑞士的德语文学是不分家的，可以视作一体。早期研究和译介德语文学作品往往不对此进行区分，这种做法沿用至今。余匡复的《德国文学史》（1991）和范大灿主编的五卷本《德国文学史》（2006—2008）都涉及历史上

---

① 参见关山：《奥地利文学与德语文学》，载《外国文学研究》，1980 年第 2 期，第 142 页。
② 参见丰卫平：《德语文学中的奥地利文学》，载《四川外语学院学报》，2004 年第 4 期，第 9 页。

奥地利和瑞士版图之内的德语作家。卫茂平的《中国对德国文学影响史述》（1996）也包括了奥地利的阿达尔贝特·施蒂弗特（Adalbert Stifter，1805—1868）、卡夫卡、胡戈·冯·霍夫曼斯塔尔（Hugo von Hofmannsthal，1874—1929）和瑞士的戈特弗里德·凯勒（Gottfried Keller，1819—1890）等作家。

此外，本书提到的中德文学对话，其核心自然是德语文学作品和文艺思想，但是对于德语国家的哲学等思想资源中对中国现代文学创作产生过影响的部分也将有所涉及。德语文学曾为 20 世纪的中国文学和中国读者输送了一批又一批重量级人物：德国古典文学的两大高峰约翰·沃尔夫冈·冯·歌德（Johann Wolfgang von Goethe，1749—1832）和约翰·克里斯托弗·弗里德里希·冯·席勒（Johann Christoph Friedrich von Schiller，1759—1805）、现代派代表作家卡夫卡和里尔克、诗杰海因里希·海涅（Heinrich Heine，1797—1856）、戏剧大师阿图尔·施尼茨勒（Arthur Schnitzler，1862—1931）和中篇小说家特奥多尔·施笃姆（Theodor Storm，1817—1888）等。从某种程度上来说，他们在创作技巧、思想文化和诗学观念上改变了中国文学的面貌。

德语文学素有"以诗述思"的传统。德语国家的文学和哲学常常互相融合，难分彼此，呈现"我中有你、你中有我"的态势。一方面，德语文学具有强烈的思想性，作品中往往蕴含着深刻哲理，作家的思辨意识极为突出，如被誉为诗意哲学家的里尔克以及浪漫派诗人诺瓦利斯等。这导致宗白华和冯至等具有留德背景的中国作家和学者在接受德语文学的理路上采用"哲思为先，文学其后"的路径。另一方面，严谨刻板、长于思辨并以盛产思想家而闻名的德意志民族孕育了一代又一代哲学家。他们思维敏捷，口才卓越，文笔极佳，在德语文学的发展中厥功甚伟。哲学家尼采、黑格尔和叔本华本身就是出色的语文学家，不但有完整的思想体系，文采斐然，自身的文学研究、阐释和创作即使与专业作家相比也丝毫未见逊色。

从 19 世纪末起，德语国家向包括中国在内的很多国家和地区输出的哲学资源包括康德、卡尔·马克思（Karl Marx，1818—1883）、尼采和叔本华等人的思想和学说。作为西方先进思潮被引入中国的德国哲学所发生的影响并不仅仅停留在美学、政治学或教育学等诸领域，德国哲学对中国文学包括现代作家的文学观念的形成和创作方法的开拓等也产生了影响。有学者断言，尼采"对当时中国文艺界的影响远远超过他对中国哲学界的影响"①。

---

① 孙凤城：《德国文学在中国》，载《国外文学》，1989 年第 3 期，第 53 页。"当时"指五四前后的情况。

就思想领域的互动交流而言，文学和哲学、心理学等领域产生交互影响不足为奇。让我们且把目光投向 19 世纪和 20 世纪之交的奥地利。当时奥地利文学进入一个空前繁荣的年代，本国文学被推向世界文学的前沿，其由两大核心构成：推崇唯美主义的维也纳现代派，以及奥匈帝国的另一个文学中心布拉格派。前者以施尼茨勒、格奥尔格·特拉克尔（Georg Trakl，1887—1914）和罗伯特·穆齐尔（Robert Musil，1880—1942）等为代表，后者则凭借卡夫卡和里尔克名扬天下。维也纳现代派之所以享誉文坛，得益于奥地利的哲学、心理学和艺术领域成果卓著。①作为心理学大师的西格蒙德·弗洛伊德（Sigmund Freud，1856—1939）对人的内心世界的探索可谓登峰造极。他惊世骇俗的论断对心理治疗和文艺创作都影响深远。与弗洛伊德过从甚密、精进掌握其理论体系的维也纳现代派可谓明证。弗洛伊德于中国现代文学而言也是一个里程碑式的人物。以弗洛伊德主义为核心的精神分析学作为一种心理学理论涉及精神病理学、心理学、文学和文化等内容，推动了中国现代文学的创作、理论建构和文学批评的发展。

所以，本书涉及的源流影响以德语文学为基础，同时将影响文艺创作的哲学因素纳入考察范围。②

2.1.3　历史回顾

中国和德国之间对彼此的观照存在时间差。公元 1000 年前后，诺特克尔·托伊托尼库斯（Notker Teutonikus）首次在评注中用"赛里斯"（Sêres）一词描绘某个以生产丝绸而闻名的遥远的亚洲国家。③后来德国诗人汉斯·罗森施普吕特（Hans Rosensplüt，约 1400—1460）在《葡萄酒赞歌》（Weinsegen）中提及"契丹国"④。这首诗可能是德国文学史中首部明确提及中国的作品。⑤从这位诗人的生卒年看，德语文学至少在 15 世纪已开始涉及"中国元素"。但德国引起中国关注的时间要晚得多。1583 年，欧洲

---

① 参见王静：《奥地利现代文学在中国的译介与影响》，载《外语教学》，2013 年第 3 期，第 93 页。

② 考虑到弗洛伊德理论对德国意志哲学的继承性，本书将弗洛伊德主义纳入哲学框架展开分析，详细论证请参见本书第 7 章。

③ 参见沈福伟：《中西文化交流史》，上海：上海人民出版社，1985 年，第 28 页。

④ 原诗的译文如下："上帝赐福予你，名贵的酒药！/你使我健康强壮，/因为你是一个健康的 Syropel。/君士坦丁堡的皇帝，/契丹国伟大的可汗和/教皇约翰，这三位巨擘，/连他们用钱都买不来你的价值，/难道我还会指责你吗？"译文出自〔德〕夏瑞春编：《德国思想家论中国》，陈爱政等译，南京：江苏人民出版社，1995 年，第 262 页。

⑤ 参见卫茂平：《中国对德国文学影响史述》，上海：上海外语教育出版社，1996 年，绪论第 3 页。

传教士获准进入中国境内，就此掀开中西交流的新篇章。由于社会、历史和文化等因素的制约，德国直到清末民初才开始显现出对中国的影响。相较于其他西方国家，德国的知识进入中国要晚一些，这和翻译史上德语的"后发"有关，但根本原因在于德国政治和军事力量的崛起。1862 年，清朝政府建同文馆之初开设了英语课和法语课，致力于培养擅长这两门语言的翻译人才。1871 年，也就是普鲁士战胜法国并建立德意志第二帝国的同年，同文馆才增开德语课。①

19 世纪中期，西方列强的坚船利炮震惊了日薄西山的清王朝。基于"中学为体、西学为用"的设想，清朝统治阶级希望从技术层面认识西学，然而现实摆在眼前：承认他国的技术和生产力发展水平，面向西方效仿"兴业振兵"已经难以挽救国家的颓势和命运；必须把对西学的认识提高到理论、制度、文化和意识形态等层面。天朝上国的心态彻底崩塌，优越感荡然无存，中国知识分子开始向西方全面寻求真理，这是一代人的使命。以此为背景，实学之外的西方知识被陆续介绍到中国。

世所公认的德意志文化最高峰出现在 18 世纪末，彼时歌德和席勒在魏玛缔造了一个史无前例的"艺术时代"（Kunstperiode）。②但是直到 19 世纪 70 年代德意志帝国在三次王朝战争中告捷并实现民族统一后，其强国形象才真正引起中国的重视，后者遂将前者确立为自身改革和发展的典范。除了军事技术之外，德意志帝国文教制度的优越之处也开始逐步为中国人所知。③中国人对德意志文教制度的高度赞同和德国传教士花之安（Ernst Faber，1839—1899）所著《德国学校论略》（1873）有关。④作为一部真正在中国语境中产生影响的德国作品，该书严格来说属于教育学范畴，详尽且系统地导入了以德国为代表的西方国家的近代教育状况，再现 18—19

① 参见朱有瓛编：《中国近代学制史料》（第 1 辑上），上海：华东师范大学出版社，1983 年，第 17 页。
② 海涅曾在《论浪漫派》一书中提及："……至于我，我却不能以这样肯定的方式来判断德国精神的未来的演变。我在多年以前就已经预言了'歌德艺术时代'的终结，是我首先用这一名称表明这个时代的特性的。我的预言正好说中了！"也有人将这个时代聚焦于歌德的文化影响力，称之为"歌德时代"（Goethezeit）。参见章国锋、胡其鼎主编：《海涅全集》（第八卷），孙坤荣译，石家庄：河北教育出版社，2003 年，第 11 页。
③ 就人文社会科学领域而论，中国人对德国教育和哲学等作品的介绍比德语文学作品更早，最迟在 19 世纪 70 年代已出现端倪。
④ 此书亦名《西国学校》和《泰西学校略论》，1873 年在黄冈陶舫溪承刊，部分内容连载于 1874 年的《教会新报》（《万国公报》前身），是晚清第一部介绍西方教育制度的中文专著。花之安，德国传教士，耶拿大学神学博士，德国汉学的先驱，1865 年来华，著书立说，向中国介绍西方文明，同时向西方介绍中国文化。他的著述对于促进中西文化交流和推动中国教育走向现代化起到了重要作用。

世纪以德国为代表的西方近代学术及教育演变的面貌，使康有为（1858—1927）、黄遵宪（1848—1905）和李善兰（1811—1882）等清末改良知识分子深受启迪，继而推动了中国教育的现代化进程。①

　　国人首次接触的德语文学作品是 1871 年王韬（1828—1897）和张芝轩②从英语转译的《普法战纪》。书中收录了德国民族主义诗人恩斯特·莫里茨·阿恩特（Ernst Moritz Arndt，1769—1860）的《祖国歌》，原名《德意志人的祖国》（"Des Deutschen Vaterland"），此诗也是从英语转译的。他们译介《祖国歌》的初衷并非传播德语文学：当时清朝正处于内忧外患之中，民族独立和解放是时代最强音，召唤全民族共同抵御外辱是当务之急。

　　就 1949 年以前德语文学在现代中国的译介而论，无论是中译单行本、见诸报端的译文、归入合集的作品，或是评论书目的数量，都没有一位德语作家堪与歌德比肩。③这和歌德在整个德语文学史上的地位相得益彰。不过这位德国文豪首次出现在中国人的著述中的过程颇为传奇：他之所以受到青睐，并非因为他的文学才华，而是仰赖他的仕宦经历。清政府驻德公使李凤苞（1834—1887）在参加美国公使美耶台勒④的葬礼后得知逝者曾"笺注果次诗集"⑤，由此引发他对这位"德国学士巨擘"的兴趣，并在日记中对歌德两度获赠"宝星"的履历津津乐道。⑥这可说是国人认识歌德的开端。

---

① 参见肖朗：《花之安〈德国学校论略〉初探》，载《华东师范大学学报（教育科学版）》，2000 年第 2 期，第 90-93 页；孙立峰：《评传教士汉学家花之安的汉学著述》，载《德国研究》，2012 年第 3 期，第 92 页。郑观应的《易言》（1880）和《盛世危言》（1894）、康有为的《请开学校折》（1898）和《德国游记》（1904）、张之洞和刘坤一的《筹议变通政治人才为先折》（1901）、张謇的《变法评议》（1901）及梁启超的《教育政策私议》（1902）等文献中均涉及中国精英对德国文教制度的认可。参见单世联：《中国现代性与德意志文化》（下），上海：上海人民出版社，2011 年，第 768 页。

② 张宗良，号芝仙，字芝轩，广东南海人，生卒年不详，曾提供口译资料并协助王韬译撰《普法战纪》。

③ 据卫茂平《德语文学汉译史考辨：晚清和民国时期》文末所录"德语文学汉译及评论书目"，关于歌德作品的译介在所有德语作品中以数量优势独得第一把交椅。

④ 美耶台勒可能是贝亚德·泰勒（Bayard Taylor，1825—1878），美国诗人、游记作家、外交官，曾于 1878 年 3 月被美国政府任命为美国驻柏林公使馆馆长，上任短短几个月后死于任上。

⑤ "果次"是歌德的其中一种中译名。

⑥ 参见钟叔河等主编：《钱德培欧游随笔　李凤苞使德日记》，长沙：岳麓书社，2017 年，第 194-195 页。钱钟书认为："事实上，歌德还是沾了美耶台勒的光，台勒的去世才使他有机会在李凤苞的日记里出现。假如翻译《浮士德》的台勒不也是驻德公使而又不在那一年死掉，李凤苞在德国再耽下去也未必会讲到歌德。假如歌德光是诗人而不也是个官，只写了'《完舍》书'和'诗赋'而不曾高居'相'位，荣获'宝星'，李凤苞引了'谏'词之外，也未必会特意再开列他的履历……"参见钱钟书：《汉译第一首英语诗〈人生颂〉及有关二三事》，载《国外文学》，1982 年第 1 期，第 18 页。文中提及的"宝星"，指歌德先后获得法国荣誉军团勋章和俄国亚历山大·涅夫斯基勋章。

1922 年正值歌德逝世 90 周年，此时他在狂飙突进时期的代表作《少年维特之烦恼》（*Die Leiden des jungen Werther*）风靡中国，是无数青年男女心中的爱情圣经。"维特热"和"歌德热"彼此交织，宗白华、郑振铎（1898—1958）、冰心（1900—1999）和胡愈之（1896—1986）等文坛名流参与其中。[①]1932 年的内忧外患和烽烟四起并没有影响中国文坛纪念歌德逝世 100 周年的热情。[②]《大公报》文学副刊、《德华日报》和《清华周刊》等很多重要报刊都出了专版，刊出知名学者撰写的纪念文章。作为纪念歌德逝世 100 周年的成果，几部重量级的歌德研究文集在一年后陆续问世，包括陈淡如编《歌德论》（1933）及周冰若和宗白华合编的《歌德之认识》（1933）。[③]相比之下，《歌德之认识》的作者阵容堪称豪华，除了日耳曼学界的杨丙辰和陈铨，还有哲学界的贺麟（1902—1992）和宗白华，以及文坛知名作家冰心和田汉（1898—1968）等。就德语文学汉译史而言，歌德是最全面地获得译介和关注的作家，他的作品不但凭翻译量居所有德语作家之冠，且译介文类之多无出其右者。另外值得注意的是，很多歌德作品的译者在当时或日后都是蜚声文坛的作家，比如郭沫若、陈铨、冯至、巴金（1904—2005）和梁实秋等。

德语文学在现代中国译介的高峰出现在 20 世纪 20—30 年代。以《小说月报》在 1921—1925 年的发表情况为例，德语文学作品的翻译数量在所有 35 个国家的译作中名列第五；据《中国新文学大系：史料·索引》"翻译总目"可知，五四之后八年内所译 197 部作品中，德国凭借 24 部排名第三。[④]1927—1937 年，中国国内的文化活动受到不同程度的影响，翻译活动也受到阻滞。纳粹党上台后，中德文化交流的渠道被阻断，鲜少有当代德语文学作品被翻译到中国。不过有两部作品杀出重围并赢得众多中国读

---

① 1922 年 3 月 23 日，为纪念歌德逝世 90 周年，《时事新报》副刊《学灯》上发表了郑振铎的《歌德死辰纪念》、胡愈之的《从〈浮士德〉中所见的歌德人生观》以及冰心的短诗《向往》等，栏目主持人为宗白华。

② 这一时期，《新时代》《文艺新闻》《北斗》《大公报》文学副刊等报刊先后推出纪念专刊或纪念长文。参见卫茂平：《德语文学汉译史考辨：晚清和民国时期》，上海：上海外语教育出版社，2004 年，第 91 页。

③ 《歌德论》1933 年由上海乐华图书公司刊行，内容涉及郭沫若、段可情和魏以新等歌德作品译者对这位德国文豪的介绍、评论和研究。《歌德之认识》分成"歌德的人生观与宇宙观""歌德的人格与个性""歌德的文艺""歌德与世界""歌德纪念"五个部分，收录的绝大部分文章"均多在北平报纸上所出之歌德逝世百年纪念刊上刊载"，参见周辅成：《编者前言》//周冰若、宗白华：《歌德之认识》，南京：钟山书局，1933 年，第 1 页。同年还有多部歌德传记问世，如张月超的《歌德评传》（1933）和徐仲年的《哥德小传》（1933）等。

④ 参见张辉：《审美现代性批判》，北京：北京大学出版社，1999 年，第 54-55 页。

者：埃里希·玛利亚·雷马克（Erich Maria Remarque，1898—1970）的《西线无战事》（*Im Westen nichts Neues*）以及埃贡·艾尔温·基希（Egon Erwin Kisch，1885—1948）的报告文学作品《秘密的中国》（*Chinageheim*）。《西线无战事》属于反战文学，根据作者在第一次世界大战中的亲身经历写就，淋漓尽致地刻画出战争的残酷和人性的扭曲。1949 年之前这部小说在国内至少有三种中文全译本，并被改编成戏剧和电影搬上舞台，具有广泛知名度。①《秘密的中国》以基希在 20 世纪 30 年代现代中国的所见所闻为素材，用写实手法记录了帝国主义对中国民众的压迫和普通百姓水深火热的生活。这部作品为中国报告文学的发展提供了模板，丰富了左翼文学的表现手法。

还有一个现象值得注意：在 20 世纪 20 年代至 30 年代，国内出现了多部带有史论性质的德语文学研究著作，如张传普著《德国文学史大纲》（中华书局，1926）、刘大杰著《德国文学概论》（北新书局，1928）、李金发（1900—1976）著《德国文学 ABC》（ABC 丛书社，1928）、刘大杰著《德国文学大纲》（中华书局，1934）和余祥森著《德意志文学史》（商务印书馆，1933）等。这些作品虽论述重点各不相同，却开启了中国系统研究德语文学史的起点。虽然几位编著者并非全为德语专业出身，却引领了国内全面把握德语文学发展的第一步。②在国内知识界对德语文学作品普遍缺乏了解的情况下，文学史著作为很多作家提供了外国作家和作品的重要信息，比如庐隐（1898—1934）就是通过外国文学史打开了通向德语文学的大门，这一点在第 9 章会有详细论述。

第二次世界大战（后文简称"二战"）爆发后，抗日救亡成为文学主旋律，很多原先设在上海的出版社和印书局被战火摧毁，被迫向桂林、重庆、成都和昆明等地转移。德语文学翻译总体上较零散，为数不多的亮点之一是德语诗人里尔克的横空出世，从此现代诗坛掀起了经久不息的"里尔克热"。确切地说，里尔克出现在中国人视野中始于 20 世纪 30 年代中期，他

---

① 据卫茂平著《德语文学汉译史考辨：晚清和民国时期》，这部小说的中文全译本包括林疑今译《西部前线平静无事》（上海水沫书店，1929）、洪深和马彦祥译《西线无战事》（上海平等书店，1929）和钱公侠译《西线无战事》（上海启明书局，1936）。

② 张传普，又名张威廉，著名翻译家，毕业于北京大学德语文学系，后任教于南京大学外语系。刘大杰早年求学于国立武昌师范大学（今武汉大学）中文系，曾聆听郁达夫讲授文学课，在其指导下从事文学写作，并在后者帮助下留学日本早稻田大学攻读欧洲文学。李金发是中国现代象征派诗歌代表人物，曾留学法国，入巴黎国立美术学院学习雕塑，为中国新诗艺术的发展进行了有益的探索和尝试。余祥森，字切生，文学研究会成员，《文学周报》编辑，当时任职于商务印书馆，后任华通书店经理。

蛰伏数年后"一朝爆红"。

1949 年前受青睐的德语作家人数可能超过读者的想象。《德语文学汉译史考辨：晚清和民国时期》一书详细罗列并重点评述了包括歌德、席勒、海涅和海因里希·冯·克莱斯特（Heinrich von Kleist，1777—1811）等在内的 27 位德语作家在晚清至民国期间在中国的译介情况，该书作者卫茂平教授指出这一时间段内大致清晰得到译介的德语作家大概有 180 名。①显然这是一支庞大的文学队伍。

清朝后期开始，垂垂老矣的晚清帝国因门户洞开被迫向现代国家转型，痛苦挣扎却前路渺茫。有识之士在痛心疾首之余，批判和否定以儒家思想为核心的传统文化，提出创造新文化的诉求。当时国内交通不便，通信技术落后，文化交流严重不平等，外语人才短缺，因此对西方哲学思想和文化的引进有很大的偶然性。在近代德国哲学的介绍和研究方面，排得上座次的有康德、黑格尔、叔本华和尼采等人。国内知识界对康德和黑格尔在学理层面的关切化作学理研究和美学讨论，表现为对中国哲学体系、文化精神和国人思维方式方面的影响。②对现代文艺产生影响的主要是以叔本华和尼采为代表的德国意志哲学。唐沅等编写的《中国现代文学期刊目录汇编》收录了 280 种期刊的目录，其中涉及德语文学的篇目有 673 篇，位列前三的依次是歌德（79 篇）、海涅（48 篇）和尼采（41 篇）。③尼采借此凌驾于席勒、赫尔曼·苏德曼（Hermann Sudermann，1857—1928）和其他名家之上。诚如汉学家马利安·高利克（Marián Gálik，1933— ）所言："谈及德国文学，两位 18、19 世纪的伟大作家在 20 世纪中国是被翻译最多也被写到最多的：约翰·沃尔夫冈·歌德和弗雷德里西·尼采。"④事实上，尼采受到语文学学科的严格训练，文学才华卓尔不群，思想独树一帜，在中国文艺界的影响盛于他在哲学界的名望，也算实至名归。

由此可见，20 世纪上半叶，德语国家精神资源在现代中国的传播和影响较为深入，对中国现代文学的发展进程产生了深远的影响。

---

① 参见卫茂平：《德语文学汉译史考辨：晚清和民国时期》，上海：上海外语教育出版社，2004年，第 255 页。

② 参见杨河、邓安庆：《康德黑格尔哲学在中国》，北京：首都师范大学出版社，2011 年，第148 页。

③ 参见陆耀东：《德国文学在中国（1915—1949）——在德国特里尔大学汉学系的讲演》，载《中国现代文学研究丛刊》，1999 年第 3 期，第 135 页。陆文的依据是 1988 年由天津人民出版社出版的《中国现代文学期刊目录汇编》。唐沅等编写的《中国现代文学期刊目录汇编》在 2010 年和 2018 年曾再版。

④ 〔斯洛伐克〕马立安·高利克：《里尔克作品在中国文学和批评中的接受状况》，杨治宜译，载《中国比较文学》，2008 年第 3 期，第 91 页。

2.1.4　传播和交流媒介

近百年前，研究欧化东传的学者追问文化传播的媒介，大致划分出欧洲商贾、游客、军政界人士、基督教传教士和中国留学生等主要媒介群体。[①]就本书研究内容而言，留德学生在中德文学对话中发挥了关键作用，在传播德语文学资源上做出了重要贡献。他们和前往其他国家的中国留学生一同改变了从明朝后期开始的西方思想资源东传的根本格局，实现了"从传教士到留学生"的传播主体变迁。[②]

1921 年在美因河畔法兰克福成立的"留德学生中德文化研究会"是民国时期最早的中德文化交流组织，发起人为留德学生，他们中多数人后来在德国取得博士学位。他们力主"将德国的文化介绍至中国，中国的文化介绍给德国"，以推进"东西两文化结婚，另产生第三种文化"[③]。归国后，他们在政界、商界、文艺界、出版界和教育界崭露头角，或如宗白华积极传播德国美学和文艺，或如郑寿麟（1900—1990）成为中国最早的德国问题研究专家之一，为中德文化交流和中国近现代化发展做出了较大贡献。

留德学生多数学有所成。他们孜孜以求，归国后投身社会诸多行业领域，传播德国和西方文化，推动中国各个行业进步，努力促进中德文化交流，成为中国近现代史上的重要群体。李国豪（1913—2005）、贝时璋（1903—2009）、周培源（1902—1993）、蔡元培、马君武、贺麟、张君劢（1887—1969）、陈寅恪、傅斯年、冯至和宗白华等人的名声如雷贯耳，他们的成就突出表现在推动科技发展、传播德国哲学、促进中国现代高等教育体系的建立和译介德国文学艺术等方面。

留学生除掌握外语知识，向国人传播西学知识之外，他们还依靠学识素养、学术眼光和声望引领并主导了德国思想资源在中国的传播，并大致规定了基本方向。他们对于德国思想资源的选择影响了其在现代中国的接受度。其中有两个群体值得关注。可以确认，德国文化思想资源随着留德学生的介绍而融入中国，但留日学生在这个过程中一度发挥过重要作用。早期中国学生留学日本时，恰逢日本全力效仿德国的时代，因此他们一度

---

① 张星烺所著《欧化东渐史》的目录中罗列了欧化东传的以上几类媒介。
② 参见叶隽：《主体的迁变：从德国传教士到留德学人群》，上海：上海外语教育出版社，2008年，第27页。该书详细论证了德风东渐过程中留德学生的重要作用。
③ 参见陈从阳、肖建章：《"留德学生中德文化研究会"发起人生平略考》，载《湖北科技学院学报》，2016年第9期，第61页。

受到德风的沐浴。①当时日本政府选择走德国的近代化道路，派遣大量留学生前往德国学习先进知识和技术，同时聘请德国专家来日本指导，在军事、医学、教育和法律体系等领域无不向德国看齐。郭沫若和郁达夫等留日学生难免生出"身在东洋，学在西洋"的错位感。当时，他们的外语课程占所有课程半数以上，而德语课程又远远多于其他外语课程。可以理解，中国留学生在日本国内"重德"的大环境下，有机会深入接触德国思想资源。"二传"也是传播的一种途径。这些留日学生将自身所学带到中国，与留德学生一同推动了德语国家思想资源在现代中国的传播。

　　五四前后国内文学团体纷纷涌现，这些社团受德语文学影响的情况十分普遍，甚至出现了专门从事德语文学译介的社团。早期创造社②的诸多作家如郭沫若和郁达夫等均有留日背景，对德语颇多倚重。他们在留学时代花大量时间和精力去感受和消化德语文学，后把德语文学和思想资源引入国内，自身创作也颇多借鉴德语文学。做出重要贡献者首推郭沫若。他与同期留日的田汉及宗白华在频繁的书信往来中讨论歌德的生平、著作和思想，并将这些书信以《三叶集》为名付梓出版。田汉还称这部作品为"中国的《少年维特之烦恼》"③。在这些书信往来中，郭沫若表达了系统研究歌德思想，以及在一两年之内将歌德全集移植到中国的宏愿。④这一豪情壮志在他生前虽然没有最终实现，但作为《少年维特之烦恼》首个全译本的中译者，他对德语文学的译介和传播厥功至伟，至今为人津津乐道。最初以鲁迅和周作人（1885—1967）为核心的语丝社⑤大力介绍和钻研德国哲学。狂飙社⑥在中国现代文坛也有一定声望，该社得名于德国的狂飙

---

① 1883 年即明治十六年，东京大学法学部规定教学内容参照德国，这成为日本社会思潮开始转向的风向标，也宣告了日本政府大力推行西方化政策的开始。

② 1921 年 6 月至 7 月，当时在日本留学的郭沫若、成仿吾（1897—1984）、郁达夫、张资平（1883—1959）、田汉和郑伯奇（1895—1979）等人共同成立了创造社，曾先后编辑出版《创造季刊》《创造周报》《创造日》等刊物。创造社前期的艺术宗旨是推崇天才，强调自我表现。后期有王独清（1898—1940）和冯乃超（1901—1983）等留日人员加入。

③ 参见宗白华等：《三叶集》//林同华主编：《宗白华全集》（第一卷），合肥：安徽教育出版社，2008 年第 2 版，第 302 页。宗白华在书后附录的《秋日谈往》中提及此事。《三叶集》1920 年 5 月由上海亚东图书馆出版，销路颇佳，多次重印。

④ 参见宗白华等：《三叶集》//林同华主编：《宗白华全集》（第一卷），合肥：安徽教育出版社，2008 年第 2 版，第 251-252 页。

⑤ 语丝社以文学周刊《语丝》为依托，主要撰稿人有鲁迅、孙伏园（1894—1966）和周作人等，还有一批 20 世纪 20 年代崭露头角的青年作家。该社成立于 1924 年 11 月，1930 年初解散，是中国现代文学史上的重要社团。

⑥ 狂飙社代表人物有高长虹（1898—1954）和向培良（1905—1959）等。高长虹先后在太原、北京和上海等地活动，创办了《狂飙》《弦上》《长虹周刊》等刊物。

突进运动。规模略小的沉钟社也和德语文学渊源颇深。据沉钟社社员冯至回忆，沉钟社得名受到了德国作家格哈德·豪普特曼（Gerhart Hauptmann）的戏剧作品《沉钟》（*Die versunkene Glocke*）的启发。①

值得注意的是，还有一些本土学人如李长之（1910—1978）、张威廉（1902—2004）、楚图南（1899—1994）和茅盾（1896—1981）等虽然没有留洋经历，但是通过国内的系统学习或者出于对德国的兴趣独自研习，均为德国思想资源在现代中国的传播做出了不容忽视的贡献。②

无论是留德学人、留日学人还是在中国学有所成的知识分子，他们都主要依靠现代传播媒介（杂志和报纸）助力传播。像《教育世界》、《新青年》、《民铎》、创造社的《创造》《创造旬刊》《创造周报》等刊物、《时事新报》的副刊《学灯》、文学研究会的《小说月报》、中德学会的《中德学志》③，战国策派的《战国策》，以及渝版《大公报》的副刊《战国》等都有力地推动了德语国家思想资源在中国的传播。

2.2　作为研究对象的中国现代女作家

2.2.1　历史地位和历史契机

回眸千年之久的中国女性写作史，女性作者的出现时间或许比我们想象得更加久远，其起点最早可以追溯至上古时期。④封建礼教的束缚一度使中国古代女性的创作受到极大压抑。她们的社会地位和生存方式决定了当时的女性创作只能沦为男权文化的附庸，历史上最终留名的女作家寥寥无几。古代女性作者往往是后宫妃嫔、女官宫娥、名媛闺秀或娟尼婢妾，她们的文学作品通常取材于自己的生活，虽然偶有向往清明政治和讽刺时政的篇章，但绝大多数都倾向于专注私人情感，时常抒写离愁别恨、风花雪月和伤春悲秋一类话题，显示出强大的私人性和封闭性。⑤

---

① 冯至：《回忆〈沉钟〉——影印〈沉钟〉半月刊序言》，载《新文学史料》，1985 年第 4 期，第 75 页。

② 李长之，原名李长治、李长植，毕业于清华大学，曾出版《德国的古典精神》，翻译《歌德童话》等。张威廉即张传普，前文己有注释。楚图南，作家、翻译家，曾译尼采著《查拉斯图拉如是说》。

③ 创刊时曾用名为《研究与进步》。

④ 梓潼、谢无量编《中国妇女文学史》（中华书局，1916）和谭正璧著《中国女性的文学生活》（上海光明书局，1930）等曾系统梳理过中国古代女性文学的创作历史和代表作家。

⑤ 参见乔以钢：《多彩的旋律：中国女性文学主题研究》，天津：南开大学出版社，2003 年，第 3 页。

　　这些女性作者无疑是落寞而孤独的。从本质上说，义学创作对于她们而言仅仅是闲暇中的自娱。在封建时代的传统社会中，男性的性别角色在社会化和阶级化中不断得到确立和巩固，而女性的性别角色内涵更多指向了因为血缘和两性关系而在家庭中形成的自然身份，这是女性性别角色的基本内容，也是近乎唯一的内容。这些女性写作者鲜少有机会单独出版作品，大多是将书稿附刻在父亲、丈夫、儿子的文集之后，或出版别集，或被收录于选集中。在家国同构的宗法社会里，她们的文学名声往往取决于家庭和家族的支持程度。她们无法摆脱家族和婚姻带来的核心角色，她们是女儿、妻子和母亲，她们的文学成就只能从属于整个家族文化。诚然，士绅家族的文化传统以及男性成员的扶持开阔了女性的文化视野和生活空间，也帮助她们在一定程度上实现了自身创作的流通和传播，但是根深蒂固的男尊女卑传统注定了女性写作在封建时代仅仅是家族荣耀的装饰品。[①]她们贡献出自己卓然的才华和机敏，将自身生命体验交融于文学之中，留下巨大的精神财富，但这些处在封建宗法制度模式管辖和统御之下的女性书写者注定无法以"我们"的群体身份展现自我，她们的个性和思想消弭于家庭之中，她们身为女性的群体特质和群体利益也被瓦解。

　　这种闺阁文学的局面一直延续至晚清。在古代妇女文学和近现代女性创作的起承转合中，近代革命先驱和词人秋瑾（1875—1907）的地位尤为显著。她的创作反映出女性人格意识的觉醒，她为中国女性文学思想品格的重建和传统妇女文学向现代女性创作的转换做出了瞩目的贡献。[②]另据考证，清末民初的女性小说作者至少有 56 人，贡献出小说作品 141 部。[③]这已是一支规模不小的创作队伍，然而变局的真正形成还尚待时日。

　　新文化运动和五四运动带来了新气象，也扭转了千年以来女性写作者的命运。学者林丹娅曾用浪漫的语言描述这一盛大场面：

　　　　中国女性似乎是在这股浪潮的裹挟之下，集数千年之怨忿之不满之英勇之才力，或有意识或无意识地投合于这场运动之中。那些占革命风气之先，已受变革之惠的知识女性，率先撕裂穿在身上几千年并不断被加固的"女性"服装——传统女性角色，以

---

① 参见刘堃：《"闺房"的可能性——从伍尔夫到中国现代女作家》，载《中国图书评论》，2014 年第 9 期，第 60 页。

② 参见乔以钢：《中国女性与文学——乔以钢自选集》，天津：南开大学出版社，2004 年，第 147 页。

③ 马勤勤：《隐蔽的风景：清末民初女性小说创作研究》，天津：南开大学出版社，2016 年，第 266-272 页。

　　史无前例的新女性面孔与精神姿态,出现在运动之中,历史之中,
　　她们理直气壮地拿起原来只属于男人专利的笔……①

　　中国女性在现代的启蒙有深刻的思想史和文化史背景。20 世纪初,西方资产阶级政治、社会和经济学说在中国传播,西方科学知识在中国普及,西方人道主义精神东渐,动摇了中国传统秩序的根本。但凡有机会接受教育、有思考能力的人都开始意识到人在世界历史进程中的地位和作用相较从前的不同:只有一个个鲜活的生命和一个个能动的主体才能构建社会的根基、民族的未来和国家的前途。将目光落到最基本之处,在关注个体和人权的视野中,女性的生存保障、权利和话语终于被提上议事日程。女性不但要活着,更要用各种方式发出自己的声音。

　　1915 年 9 月 15 日,《新青年》② 杂志的创刊掀开了中国新文化运动的序幕。这场在中国历史上以反封建为口号的思想解放运动首次将妇女解放视为重大社会命题。《新青年》《星期评论》《觉悟》《少年中国》《晨报》等纷纷创办妇女问题专栏或专号;与此同时,由女性创办的《女界钟》《新妇女》《醒世周刊》等,以及以妇女问题为讨论核心的《妇女评论》《妇女声》《妇女杂志》等纷纷提出妇女解放问题,并丰富和加强了讨论的理论深度和广度。有人将这一时期探讨妇女问题的群体划分为八大派别:经济独立派、女子教育派、儿童公育派、女子参政派、女子心理解放派、独身主义派、女子工读互助派和早期马克思主义派等。③综合各派观点,无论是主张在当时私有制下讨论妇女解放,还是彻底改变社会制度来谋求妇女解放,任何一种解决办法都要求妇女拥有独立人格和经济能力。唯其如此,女性的独立行事和独立思考才成为可能。

　　关于女性解放问题的讨论催生了中国现代女子高等教育,它与现代女性文学几乎同步发生。北京女子高等师范学校、燕京大学等高等学府培养了中国第一批在国内接受高等教育的女大学生,中国新文学第一代女作家中有不少人就是上述高校的毕业生。现代意义上的女子高等教育与中国古代传统的闺阁教育差别显著,它为新女性和新文学的结合提供了历史契机,启发了现代女性“人”的意识的觉醒,促成了她们“文”的观念的自觉。

　　中国知识女性从此“浮出历史地表”,她们作为一个群体崛起于文坛,

　　① 林丹娅:《当代中国女性文学史论》,厦门:厦门大学出版社,2003 年,第 114-115 页。
　　② 《新青年》第一卷名为《青年杂志》,从第二卷起更名为《新青年》。
　　③ 参见张莲波:《中国近代妇女解放思想历程(1840—1921)》,开封:河南大学出版社,2006年,第 220 页。

和男性作家比肩而行。她们的存在受到前所未有的关注。①女作家们的现身
有显要的文化史意义:"中国现代女作家作为一个性别群体的文化代言人,
恰因一场文化断裂而获得了语言、听众和讲坛,这已经足以构成我们历史
上最为意味深长的一桩事件。"②

"文化断裂"指向新旧文化、传统和现代之间的对抗。从新文化运动的
发生到五四运动的爆发,"文化断裂"被推向高潮和极致。"文化断裂"让
中国知识分子难以识别微茫的前路,让他们鼓起勇气挽救国家和民族的命
运,也让两千年来囿于个人狭小天地的女性冲出家门,睁眼看世界,发出
自己的声音。中国现代女作家中的佼佼者冰心在回顾个人创作生涯发端时
曾说:"(五四运动)这道电光后的一声惊雷,却把我'震'上了写作的道
路!"③冰心道出了五四运动与早期中国现代女作家的精神关联:她们遇到
了前所未有的历史契机,但她们也面临着女性前辈未曾面临的局面。"文化
断裂"有一个深层次的原因:中西异质文化之间的交流、对抗和交互影响。
五四时期,外国思潮的涌入对当时的知识分子造成巨大冲击。外国文学
作品的广泛译介和传播为中国现代作家的创作提供了借鉴和参照。唐弢
(1913—1992)曾说:"当时文学革命有个显眼的现象:无论是作家个人还
是文学社团,都和外国文学有着非常紧密的联系。几乎没有一个作家或社
团不翻译外国作品,几乎没有一个作家或社团不推崇一个以至几个外国作
家,并且自称在艺术风格上受到他或他们的影响。"④

唐弢所言是一个观察结论,也是在描述一个动态过程。早在中国现代
女作家群体开始文学创作之前,外国文学和文艺思潮在中国大地上已历经
了漫长的准备期、酝酿期和萌发期。新女性走入文学天地,踏上创作道路,
不可避免会与外国文学思潮发生碰撞。所以,中国现代女作家的阅读体验、
眼界、立场和身份,都和她们的前辈截然不同,创作自然也呈现出不同的
风貌。外来文学因素被编织进了她们文艺创作的肌理之中。

身为女性精英,受过高等教育并投身创作的现代女作家在回望历史和

---

① 有学者用近乎梦幻的话语描述了这个神圣又神奇的时刻:"两千多年始终蛰伏于历史地心的
　　缄默女性在这一瞬间被喷出、挤出地表,第一次踏上了我们历史那黄色而浑浊的地平线。"
　　见孟悦、戴锦华:《浮出历史地表:现代妇女文学研究》,北京:中国人民大学出版社,2004
　　年,绪论第 1 页。
② 孟悦、戴锦华:《浮出历史地表:现代妇女文学研究》,北京:中国人民大学出版社,2004
　　年,绪论第 1 页。
③ 冰心:《从"五四"至"四五"》,载《文艺研究》,1979 年第 1 期,第 23 页。
④ 唐弢:《西方影响与民族风格——中国现代文学发展的一个轮廓》//唐弢:《西方影响与民族
　　风格》,北京:人民文学出版社,1989 年,第 14-15 页。

放眼未来时，看到自己站在一个前无古人的高点。她们比以往任何时候都感到自己身处一个新生社会的转变过程。她们通过文学书写展示对历史进程的创造和介入。毫无疑问，她们努力想在这一进程中获取主体地位并创造历史。①中国女性从此开启了大规模且有意识书写自己的百年文学史。也正是在这个意义上，浮出历史地表的中国现代女作家和封建时代传统社会中的女性写作者有着本质不同。中国现代女性文学的横空出世是"现代性"的产物。经历过新文化运动和五四运动的知识女性的身份可以是写作者、学生或国家公民。作为被启蒙的一代，现代女作家接受新式教育，具备了以写作谋生的能力。她们的书写虽然和传统女性文学共享了女性文学的部分特质，却显示出独立的人格和思想，不再是男权的附庸。她们的思维方式、审美趣味、语言工具和发表形式都较以往的女性写作者有了本质不同，这是现代女作家群体现身的先决条件。

文学艺术作为与社会文化生活息息相关的公共领域，女性写作者以群体身份出现是一个引人瞩目的现象。她们不甘于在私密空间埋头创作，或与家人分享，或独自喟叹，"欲将心事付瑶琴"，她们走出了个人视界和个人世界。诚然，她们闯入的依然是以男性精英为主导的权力场，文学期刊文章的发表和作品的出版依然在后者的掌控之中，但是相比女性文学前辈，她们迈出了划时代的一步。

与此同时，这一代女作家面临着前所未有的机遇，也承担着自己的文化使命。对于新文化运动下崛起的第一代女作家而言尤其如此。因为她们是在古今和东西的碰撞冲突中走出来的，也是受到中国传统文化和西方现代文化双重熏陶和浸染的中国近现代第一批觉醒的女性知识分子。她们注定要在中西文化交流中发挥自己的才华，展现自己的实力。

2.2.2　定义和范畴

"中国现代女作家"的概念限定了研究对象的地域范畴、性别特征及创作时间区域。这里有必要对创作时间区域限定做简要说明。按照中国文学史书写的常规划分方式，尤其是在对 20 世纪中国文学的划分方法上，往往形成近代文学、现代文学和当代文学三分而立的格局。一般认为，现代文学的起始点为新文化运动，直至 1949 年结束。这样做主要是考虑政治运动的开展和社会制度的变革带给文学的变化。本书将研究对象设定为从新文化运动到中华人民共和国成立（1915—1949 年）期间从事创作的女性作家

---

① 参见林丹娅：《当代中国女性文学史论》，厦门：厦门大学出版社，2003 年，第 122 页。

群体。其中部分女作家如冯沅君（1900—1974）、石评梅（1902—1928）和庐隐等人的创作期较短，到 20 世纪 30 年代已基本停止，那么她们的全部创作将成为探讨对象。但是，文学有自身的发展规律和演变，文学思潮、文学流派和作家的创作都有延续性。针对本书绪论部分提到的中外文学关系研究这个框架而言，外来影响对作家的文学创作观、批评观、个性风格的形成和创作文化渊源都会发生作用。为避免因此造成的断裂感，需要打通"现代女作家"的分期，所以有必要将部分女作家的创作研究一直延伸至当代。依本书论，像陈敬容（1917—1989）和郑敏（1920—2022）的创作的确也横跨了现代和当代，那么她们的后期创作，但凡与本书研究有关的，也将纳入考察范围。如此一来，本书研究才能尽量避免因文学分期的局限所导致的人为割裂，得出的结论才符合实际，更具有系统性和科学性。

除时间限定外，本书有必要交代研究对象的具体范围指向。自晚清以来，截至五四运动之前，以写作谋生或者文学创作带有商品属性的女性作者开始出现。前文提到过，清末民初的女性小说作者就有 50 多位。按照粗略统计，从新文化运动之初到 1924 年为止，经常在报刊上发表作品的女性已达 30 余人，除了冰心和庐隐等知名度较高的作家外，还有黄琬、玉薇、冷玲和无我等频频亮相于《晨报》《晨报副刊》《小说月报》《小说月刊》《京报》《小说世界》《创造》《努力周报》《文学旬刊》等各类刊物。① 从 20 世纪 20 年代末至 1937 年，中国文坛的女性作者队伍又有了长足发展，在各类刊物上发表文学作品的女作者达百余人，多种版本的女作家小说选、散文选和随笔集等经由书店发行。20 世纪 40 年代以后，从事文学创作的女性队伍进一步扩大，解放区、国统区和沦陷区都出现了有影响力的女作家。②

可见，具有社会身份概念的女作家数量并不少，但若以是否进入当时的主流视野为判断标准，那么与男作家相比，女作家的人数只是凤毛麟角。在中国现代作家经典化的过程中，上海良友图书印刷公司在 1935 年出版的"中国新文学大系"丛书曾经确立过重要标准。仅以小说卷而论，入选作家共 80 人，其中女作家仅占 4 席。③ 但如果仅以"中国新文学大系"作为本书拣选的标准，似乎范围又过于狭隘，而一般女性作者的数量似乎又过于

---

① 参见乔以钢：《中国女性与文学——乔以钢自选集》，天津：南开大学出版社，2004 年，第 157 页。

② 参见乔以钢：《中国女性与文学——乔以钢自选集》，天津：南开大学出版社，2004 年，第 170 页。

③ "中国新文学大系"小说卷共选出 80 位作家的作品，女作家仅占 4 席，而在"散文卷"和"诗歌卷"中，冰心是唯一入选的女作家。

庞大，毕竟普通女性作者与堪当作家之名者有显著差别。所以，如何设定研究对象非常关键。笔者认为，首先，作家的作品是否成集出版是一个重要的标准，因为作品成集出版帮助作家获得固定读者群，综合展现作家的创作成就，也为文学批评提供了更多可能。[①]其次，历年来文学评论和文学史书中频繁涉及的女作家是本书的重点关注对象。有了以上两点认识，本书最终选择的现代女作家是笔者在阅读当时的女性创作研究专著[②]和目前现有的现代女性文学史和研究专著[③]的基础上拣选而成。总体而言，本书挑选的个案，无论是实际创作水准、文学地位还是文学史评价，都可以证明她们是比较有代表性的作家。关于所选个案，本书将在后文详细说明，此不赘言。当然，任何一种文学史的书写和研究专著的写作都不能排除作者主观的意愿。若选择对象不够全面，期望日后在不断阅读、梳理和研究中能丰富相关个案，笔者也争取在后续研究中提升问题的论述和研究水准。

---

① 本书涉及的女作家作品均有单行本或成集出版的经历。比如，冰心小说集《超人》（1923）、庐隐小说集《海滨故人》（1925）、石评梅散文集《偶然草》（1929）、冯沅君小说集《卷葹》（1926）、谢冰莹《从军日记》（1927）、袁昌英戏剧作品集《孔雀东南飞及其他独幕剧》（1930）、胡兰畦传记作品《在德国女牢中》（1937）、陈敬容诗集《交响集》（1947）和《盈盈集》（1948），以及郑敏诗集《诗集：1942—1947》（1949）。

② 笔者披阅的此类著作有：黄英选《现代中国女作家》（北新书局，1931）、草野《中国现代女作家》（人文书店，1932）、黄人影编《当代中国女作家论》（光华书局，1933）和贺玉波《中国现代女作家》（现代书局，1932）等。以下几部作品选，笔者仅见存目：雪菲女士编《现代中国女作家创作选》（上海文艺书局，1932）、谭正璧编《当代女作家小说选》（太平书局，1944）和《现代女作家诗歌选》（仿古书店，1936）。

③ 笔者披阅的此类著作有：盛英等编《二十世纪中国女性文学史》（天津人民出版社，1995）、陈敬之《现代文学早期的女作家》（成文出版社，1980）、阎纯德《二十世纪中国女作家研究》（北京语言文化大学出版社，2000）、阎纯德《中国现代女作家》（上集）（黑龙江人民出版社，1983）、魏玉传《中国现当代女作家传》（中国妇女出版社，1990）、张衍芸《春花秋叶——中国五四女作家》（人民文学出版社，2002）、刘思谦《"娜拉"言说：中国现代女作家心路纪程》（河南大学出版社，2007），以及孟悦和戴锦华《浮出历史地表——现代妇女文学研究》（中国人民大学出版社，2004）等。其中涉及女作家人数比较丰富的有两部：盛英和乔以钢等编撰的《二十世纪中国女性文学史》分上、下两册，截至1949年之前涉及陈衡哲和冰心等48位女作家；魏玉传编《中国现当代女作家传》涉及215位作家。

第 3 章　新文化史理论的启示

3.1　中德文学关系史相关研究状况概述

本章的第一个问题是：应该在何种框架下考察中国现代女作家与德语文学的关系？笔者认为，考察德语文学及哲学等思想资源对中国现代女作家的影响，讨论中国现代女作家对以上资源的接受，本质上是厘清中国现代文学与德语文学的关系，这个问题属于中外文学关系史研究的范畴，因此应侧重从中德文学关系史角度切入。

中德文学关系史指向一种交互关系，既包括中国文学对德语地区（主要是德国、奥地利和瑞士）的影响，又涵盖德语文学对中国的影响。考虑到本书研究的重点是中国现代女作家与德语文学的关系，主要是单向交流，且囿于篇幅，下面将就中国现代文学接受德语国家思想资源的问题做研究状况概述。

目前从事相关研究的主要有三个群体，即我国德语语言文学专业的学人、我国汉语言文学特别是现当代文学领域的研究者、德语地区（包括奥地利）汉学领域的学者。尽管这些研究的视角不同、方法不一，笔者仍从中理出脉络，大致将相关研究分成以下两类。

第一类研究的重点是整体阐述和系统梳理德语文学在现代中国的译介与接受，包括对中国现代文学的影响：《德语文学汉译史考辨：晚清和民国时期》①运用一手资料梳理了德语文学在现代中国语境中的汉译史，较为严谨科学地奠定了德语文学在晚清和民国时期的次序，为研究中国现代作家对德语文学的接受提供了有力佐证；叶隽主编的"中德文化丛书"系列（2008—2012）着重探讨中德文化关系史的意义，以中德文化互动的范式意义强调双边文化双向交流的成果与意义；丛书之一《中德文学因缘》②钩沉中德文学关系的相关史实，在探讨歌德和席勒等德语文学重要作家和中国的因缘之余，用大量笔墨再现德语文学在现代中国流布的细节，记录中国学者赴德留学攻读学位的百年历史，并盘点以文学译介为桥梁的中德文

---

① 卫茂平：《德语文学汉译史考辨：晚清和民国时期》，上海，上海外语教育出版社，2004年。
② 吴晓樵：《中德文学因缘》，上海：上海外语教育出版社，2008年。

学交流的百年变迁；博士论文《德语文学二十世纪上半叶（1900—1949）在中国的接受》[①]着重分析 20 世纪上半叶德语文学在中国的译介情况及其特点，并以郭沫若和冯至为例陈述中国现代作家对德语文学的接受情况；《另一种西学——中国现代留德学人及其对德国文化的接受》[②]和《现代学术视野中的留德学人》[③]等专著及多篇论文[④]广泛涉猎文学史、学术史、教育史和思想史等诸领域，从广义的文化史角度关注中德文学与文化交流问题[⑤]；《审美现代性批判》[⑥]严格地说属于美学和哲学研究范畴，但这部专著从浮士德精神和酒神精神等问题入手，着重呈现 20 世纪上半叶中国知识界对德国美学的期待视野，刻画出德国审美思想在中国的流布图景，可纳入广义的中德文学关系研究的范畴；张意的德语专著《德语文学在中国的接受史：从开始到当代》（*Rezeptionsgeschichte der deutschsprachigen Literatur in China von den Anfängen bis zur Gegenwart*，2007）[⑦]花去将近一半的篇幅，以历史背景和重大历史事件为分野，探讨鲁迅、施蛰存（1905—2003）和

① 马佳欣：《德语文学二十世纪上半叶（1900—1949）在中国的接受》，上海：上海外国语大学博士学位论文，2002 年。目前未出版专著。

② 叶隽：《另一种西学——中国现代留德学人及其对德国文化的接受》，北京：北京大学出版社，2005 年。

③ 叶隽：《现代学术视野中的留德学人》，上海：同济大学出版社，2004 年。

④ 包括《现代中国的狂飙突进——陈铨关于民族文学的理想及其实现》（"Der Sturm und Drang im Modernen China—Chen Quans Ideal einer Nationalliteratur und seine Realisierung"），见卫茂平、〔德〕威廉·屈尔曼主编：《中德文学关系研究文集》，上海：上海外语教育出版社，2005 年，第 300-323 页；《〈浮士德〉接受之变迁——观照现代中国 20 世纪 20 年代至 40 年代民族构建的发展》（"Die Veränderung der Faustrezeption als Spiegel der Entwicklung des nationalen Aufbaus im modernen China (1920er-1940er Jahre)"），in Jochen Golz & Adrian Hsia (Hg.), *Orient und Okzident—Zur Faustrezeption in nicht-christlichen Kulturen*. Köln: Böhlau Verlag, 2008, S.233-248；《论马君武对歌德的译介》，载《南京师范大学文学院学报》，2008 年第 2 期；《宗白华的留德经历及其对德国社会的体验》，载《德国研究》，2006 年第 1 期；《陈铨的民族文学观与德国的民族主义思想渊源》//陈飞、张宁编：《新文学》（第五辑），郑州：大象出版社，2006 年，第 184-198 页；等等。

⑤ 此评论见于叶隽：《"中德二元"与"现代侨易"——中德关系研究的文化史视角及学术史思考报告稿》，此文未见发表，2009 年 6 月 17 日由笔者在中国驻德使馆教育处宣读。

⑥ 张辉：《审美现代性批判》，北京：北京大学出版社，1999 年。

⑦ 张意，中国人民大学外国语学院德语专业教授，2000 年获美国马里兰大学德语文学博士学位，博士论文题目是 "Geschichte der Rezeption der deutschsprachigen Literatur in China: Von den Anfängen bis zur Gegenwart"（《德语文学在中国的接受史：从开始到当代》）。在阅读这篇博士论文的基础上，笔者估计，2007 年彼得郎出版社出版的同名专著应是以其博士论文为基础完成的。笔者未见该书。在此基础上，张意先后发表了 "Rezeption der deutschsprachigen Literatur in China—Vom Anfang bis 1949"（《德语国家文学在中国的接受——从最初到 1949 年》）（载《文学之路——中德语言文学文化研究》（第 1 卷），北京：人民文学出版社，2000 年）和《德国古典文学在中国的传播与接受》（载《北京大学学报（哲学社会科学版）》，2009 年第 4 期）等相关论文。

巴金等现代作家与德语文学的关联;《德语文学符码和中国现代作家的自我问题》①借用符号学理论,采取实证主义策略,重点关注歌德、里尔克和海涅等德语作家与中国现代作家创作中的自我问题,以及德语文学符码在中国现代文学发展中的作用;《中国现代性与德意志文化》②梳理中国现代性和德国文化的思想源流和逻辑关联,论述德意志文化在现代中国呈现的意义和形象,讲述现代中国的知识界如何通过描述德意志文化和历史探索现代性;较早出版的《反抗现代性:从德国到中国》③第三编"反抗现代性与中国思想"阐述了中国知识界通过吸收德国哲学在美学和文化领域表现出对现代性的反抗;《中国现代文论与德国古典美学》④以史料为依据,从知识学角度切入,从文学观念论、文学创作论、文学作品论和文学批评论四个层面辨析 1904—1949 年中国现代文论与德国古典美学的关系,深度揭示德国美学对前者的显性和隐性影响,也揭开了中国现代文论自身生成和发展的面貌;《反抗与追忆:中国文学中的德国浪漫主义影响(1898—1927)》⑤以民族主义和民族传统为地标描绘德国浪漫主义在中国近现代文学中的曲折旅程,揭开德国浪漫主义在中国遭遇"水土不服"和"时运不济"的史实和缘由,证实中国文化中浪漫主义观念的由来和形成;《中外文学交流史:中国-德国卷》⑥的第八章和第九章涉及歌德和席勒从起始至今在中国的译介和研究情况。以上著作往往结合整体叙述和个案研究,双管齐下,勾勒出德语文学在中国现代文学中的接受图景。

第二类研究着眼于具体的德语作家作品在中国文化语境中的传播和接受。现有成果主要涉及德语文学的几位重量级作家,比如歌德、席勒、海涅、尼采⑦、施笃姆和雷马克等,重点讨论他们的作品在中国的译介情况以及中国现代作家对他们的接受,尤以歌德和尼采相关研究成果所占比重最大。

---

① 范劲:《德语文学符码和中国现代作家的自我问题》,上海:华东师范大学出版社,2008 年。

② 单世联:《中国现代性与德意志文化》,上海,上海人民出版社,2011 年。

③ 单世联:《反抗现代性:从德国到中国》,广州:广东教育出版社,1998 年。

④ 罗伟文:《中国现代文论与德国古典美学》,北京:中国社会科学出版社,2012 年。

⑤ 卢文婷:《反抗与追忆:中国文学中的德国浪漫主义影响(1898—1927)》,北京:中国社会科学出版社,2014 年。

⑥ 卫茂平、陈虹嫣等:《中外文学交流史:中国-德国卷》,济南:山东教育出版社,2015 年。

⑦ 笔者在前文已经说明,尼采是德国重要的思想家、哲学家,虽然他的主要建树是在德国哲学和语文学领域,但他也是一位出色的作家与诗人。鉴于尼采思想在 20 世纪初传入中国后对我国思想界和现代文学领域都产生了深远影响,所以本书将详细考察尼采与中国现代文学的关系。

《歌德与中国》[①]和德语专著《歌德在中国》[Goethe in China（1889-1999）][②]均用近一半的篇幅探讨 1949 年之前歌德作品在中国的影响与接受情况；君特·德博（Günther Debon）和夏瑞春（Adrian Hsia）合编的德语论文集《歌德和中国—中国和歌德：海德堡论坛报告》（Goethe und China—China und Goethe: Bericht des Heidelberger Symposions）是一部讨论歌德与中国文学关系以及歌德在中国的影响的论文集；芭芭拉·阿什尔（Barbara Ascher）[③]和叶少娴（Terry Siu-Han Yip）的博士论文都把歌德作品在民国时期的传播与影响作为研究重点。[④]此外，《歌德汉译与研究总目（1878—2008）》[⑤]和《歌德汉译与研究总目（续编）》[⑥]虽然没有具体讨论歌德对中国现代文学的影响，但该书划分出四个阶段（1878—1922 年、1922—1949 年、1949—1976 年、1976—2008 年），以歌德作品汉译书目为上卷，歌德研究书目为下卷，详细梳理了歌德在中国的接受状况，对研究中国现代作家与歌德的关系具有重要的参考价值。

从乐黛云教授 1980 年发表论文《尼采与中国现代文学》[⑦]开始，关于尼采和中国现代文学的关系始终是中德文学关系史的研究热点。《与尼采相遇：1919 年至今尼采在中国的生活和思想中的接受趋势》[⑧]、《尼采与现代

---

① 杨武能、莫光华：《歌德与中国》，成都：四川人民出版社，2017 年。

② Wuneng Yang, *Goethe in China (1889-1999)*, Frankfurt am Main; Berlin; Bern; Bruxelles; New York; Oxford; Wien: Peter Lang Verlag, 2000.

③ 芭芭拉·阿什尔的相关研究包括：博士论文《中国维特：以一部德语文学作品在 20 世纪 20 至 30 年代中国的接受和影响为例》（"Der Chinesische Werther: Beispiel von Rezeption und Wirkung eines Werkes der Deutschsprachigen Literatur im China der 20er und 30er Jahre des 20. Jahrhunderts"，1994）、论文《〈维特〉和〈茵梦湖〉在中国》（"Werther und Immensee in China", in Zeitschrift für Kulturaustausch 36. Jg. 1986 /3. Vj, S. 368-372.），以及论文《维特在中国接受的若干问题——以 20 世纪最初几十年为例》（"Aspekte der Werther — Rezeption in China die ersten Jahrzente des 20. Jahrhunderts"）。最后一篇收录于上文提到的德博主编的论文集。

④ 叶少娴的博士论文名为 "Goethe in China: A Study of Reception and Influence"（《歌德在中国：接受和影响史研究》，University of Illinois，1985），她另有英语论文 "The Romantic Quest: The Reception of Goethe in Modern Chinese Literature"（《浪漫的追求：歌德在中国现代文学中的接受》，Interlitteraria, 2006, Vol. 11）等，集中探讨歌德在中国现代文学中的接受问题。

⑤ 顾正祥：《歌德汉译与研究总目（1878—2008）》，北京：中央编译出版社，2009 年。

⑥ 顾正祥：《歌德汉译与研究总目（续编）》，北京：中央编译出版社，2016 年。

⑦ 乐黛云先生的这篇论文发表于《北京大学学报（哲学社会科学版）》1980 年第 3 期，从此揭开了"尼采在中国"这一话题相关研究的序幕。

⑧ 《与尼采相遇：1919 年至今尼采在中国的生活和思想中的接受趋势》（"Begegnungen mit Nietzsche: Ein Beitrag zu Nietzsche-Rezeptionstendenzen im chinesischen Leben und Denken von 1919 bis heute"）是虞龙发于 2000 年在德国伍珀塔尔（Wuppertal）大学提交的博士论文，主要涉及中国思想界和文学界对尼采思想的接受问题。笔者从网上下载到该论文，但未见该论文付梓出版。

中国文学》①和《中国现代作家与尼采》②集中梳理了中国现代作家接受尼采
思想的具体史实与源流。《尼采，及其在中国的旅行》③是研究尼采思想的集
大成作，第四章"尼采在中国"用4万多字系统描述了1900—1998年近100
年间尼采在中国的传播史，涉及20世纪中国哲学史和文学史大量史料，对于
比较文学研究颇有参考价值。《尼采在中国》④、《评说"超人"——尼采在中
国的百年解读》⑤、《我看尼采——中国学者论尼采（1949年前）》⑥、《尼采
在中国》⑦和《超人哲学浅说：尼采在中国》⑧虽然没有直接分析尼采对中国
现代文学的影响，但这几部著述重视史料采集，整理收编了胡适（1891—
1962）、李石岑（1892—1934）、朱光潜和冯至等中国学者对尼采思想的评论
和译介文章，为后人研究现代文学与尼采的关系积累了丰富的原始资料。⑨

　　席勒在德语世界的文名和歌德不相上下，但是国内的席勒研究和歌德
研究相比却相形见绌。论文集《席勒与中国》⑩上篇"席勒与中国"涉及席
勒戏剧在中国的译介，比较研究了席勒诗歌和戏剧与中国文学作品；博士
论文《席勒在中国：1840—2008》⑪发掘和整理了1840—2008年席勒在中
国的译介和研究状况，呈现出各个时期席勒在国人阐释下的不同形象，且
作者以郭沫若和田汉等作家为例探讨席勒对中国现代文学的影响。此外，
卫茂平和韩世钟等学者的论文讨论了近现代以来席勒的文学作品和美学思
想在中国的译介、改编、研究和接受等。⑫

---

① 殷克琪：《尼采与现代中国文学》，洪天富译，南京：南京大学出版社，2000年。

② 黄怀军：《中国现代作家与尼采》，长沙：湖南师范大学出版社，2009年。

③ 闵抗生：《尼采，及其在中国的旅行》，北京：当代中国出版社，1999年。

④ 成芳：《尼采在中国》，南京：南京出版社，1993年。

⑤ 金惠敏、薛晓源编：《评说"超人"——尼采在中国的百年解读》，北京：社会科学文献出版社，2001年。

⑥ 成芳：《我看尼采——中国学者论尼采（1949年前）》，南京：南京大学出版社，2000年。

⑦ 郜元宝编：《尼采在中国》，上海：上海三联书店，2001年。

⑧ 李钧、孙洁编：《超人哲学浅说：尼采在中国》，南昌：江西高校出版社，2009年。

⑨ 此外还有《鲁迅的创作与尼采的箴言》（闵抗生，西安：陕西人民教育出版社，1996）等讨论尼采和中国知识界、文学界的因缘。

⑩ 杨武能选编：《席勒与中国》，成都：四川文艺出版社，1989年。

⑪ 这篇博士学位论文的作者是丁敏，该论文2009年提交于上海外国语大学，未见以专著形式出版。

⑫ 具体参见马焯荣：《田汉的戏剧艺术与席勒》，载《江汉论坛》，1983年第11期；韩世钟、王克澄：《席勒的作品在中国》，载《外国语文》，1986年第1期；范劲：《论席勒对郭沫若历史剧的影响》，载《吉首大学学报（社会科学版）》，1997年第3期；卫茂平：《席勒戏剧在中国——从起始到当下的翻译及研究述评》，载《东南大学学报（哲学社会科学版）》，2012年第5期；莫小红：《席勒在近现代中国的接受》，载《安徽大学学报（哲学社会科学版）》，2014年第5期；莫小红：《历史内需与文化过滤——试析郭沫若的席勒接受》，载《中国文学研究》，2015年第1期。

此外，叶廷芳和张玉书等先后研究过施笃姆和海涅等作家对中国现代文学的影响问题。①相关成果多为单篇论文，没有形成专著。上文提到的《中外文学交流史：中国-德国卷》涉及歌德和奥地利作家斯蒂芬·茨威格（Stefan Zweig，1881—1942）在中国现当代文学中的接受和译介情况。章节作者张晓青的专著《斯·茨威格在中国：1949 年—2009 年》②主要围绕1949 年之后的茨威格接受史而展开研究。

弗洛伊德以精神分析学理论深刻影响了中国现代文学，他在现代中国的影响比之尼采毫不逊色。博士论文《弗洛伊德主义与文学》③和《徘徊的幽灵——弗洛伊德主义与中国二十世纪文学》④在中外文学和文化的背景下，以史料为依据，运用实证和比较方法梳理弗洛伊德主义与 20 世纪中国文学关系的演化过程，揭开弗洛伊德主义在中国的传播历经曲折的原因；《精神分析狂潮——弗洛伊德在中国》⑤以史料收集为主，也包括对弗洛伊德本人及其学说的研究，且作者采用精神分析方法对中西文学展开分析和批评。此外还有单篇论文探讨弗洛伊德理论在近现代中国的译介和传播⑥，以及对林语堂、张爱玲（1920—1995）和叶灵凤（1905—1975）等现代作

---

① 相关论文有：叶廷芳：《从〈茵梦湖〉到〈溺殇〉——具有鲜明艺术特色的德国作家施托姆的小说》，载《小说界》，1981 年第 2 期；张玉书：《鲁迅与海涅》，载《北京大学学报（哲学社会科学版）》，1988 年第 4 期。

② 张晓青：《斯·茨威格在中国：1949 年—2009 年》，北京：外语教学与研究出版社，2012 年。

③ 这篇博士论文的作者是王宁，于 1989 年提交于北京大学。王宁还有学术论文《弗洛伊德主义与文学初探》，载《南京师大学报(社会科学版)》，1988 年第 1 期。

④ 尹鸿：《徘徊的幽灵——弗洛伊德主义与中国二十世纪文学》，昆明：云南人民出版社，1994 年。

⑤ 吴立昌：《精神分析狂潮——弗洛伊德在中国》，南昌：江西高校出版社，2009 年。

⑥ 具体参见王元明：《弗洛伊德主义在中国的传播和影响》，载《南开学报（哲学社会科学版）》，2002 年第 5 期；尹鸿：《弗洛伊德主义与"五四"浪漫文学》，载《中国社会科学》，1989 年第 5 期；王宁：《弗洛伊德主义与文学初探》，载《南京师大学报（社会科学版）》，1988 年第 1 期；王宁：《弗洛伊德主义在中国现代文学中的影响与流变》，载《北京大学学报（哲学社会科学版）》，1988 年第 4 期；陈厚诚：《简论弗洛伊德学说对中国现代文学观念的影响》，载《四川大学学报(哲学社会科学版)》，1989 年第 2 期；周怡：《精神分析理论在现代中国的传播》，载《山东社会科学》，2004 年第 12 期；张琼：《精神分析学派与中国现当代文艺思想的转向》，载《当代文坛》，2021 年第 3 期；尹鸿：《徘徊的幽灵——弗洛伊德主义对二十世纪中国文学的影响》，载《中国文学研究》，1991 年第 2 期；张良丛：《试论弗洛伊德思想在中国现代文学界的传播与接受》，载《文艺评论》，2008 年第 5 期；廖四平：《弗洛伊德与中国现代文学》，载《湖北三峡学院学报》，1999 年第 6 期；尹鸿：《弗洛伊德主义与中国二十世纪文艺美学》，载《中国现代文学研究丛刊》，1989 年第 3 期；吴立昌：《弗洛伊德在中国现代文坛》，载《复旦学报》，1987 年第 6 期。

家和弗洛伊德理论的关系研究。①

综上可见，中外学者已经在中德文学关系的框架下细致深入地梳理了中国现代作家与德语文学和德国哲学的关系。其中涉及的中国现代作家除了出现频率较高的鲁迅、郭沫若、冯至和郁达夫等人之外，还包括施蛰存、陈铨、宗白华、田汉和徐志摩（1897—1931）等。此类研究中出现了一个耐人寻味的现象：中国现代女作家和德语文学的关系在中德文学关系研究领域的存在感极低，除了对张爱玲和弗洛伊德主义的研究比较集中外，其他女作家和德语国家思想资源的关系讨论寥寥无几。这种"低存在感"包含了可能和希望，对于本书研究而言，既创造了潜力空间和良好前景，也带来了巨大挑战。

3.2　中国现代女作家的"缺位"兼及问题意识

整理并阅读以上研究成果后，笔者发现一个值得深思的现象：无论是研究德语作家和思想家对中国现代文学的影响，还是论述现代作家对德语文学和文艺思潮的接受，与中国现代女作家有关的文献资料和研究成果都屈指可数。即使将单篇论文考虑在内，相关研究成果也不多。

20世纪20年代初，郭沫若译歌德著《少年维特之烦恼》的出版是德语文学汉译史上的重大事件。接下来几十年中，这部狂飙突进时期的重要作品经多位中国译者重译，郭译《少年维特之烦恼》更是一版再版。整个文学界、翻译界和出版界掀起了一股"维特热"。很多学者已经注意到这部作品对中国现代作家的影响。根据笔者掌握的资料，就女作家而论，中国文学史研究专家杨义曾指出《少年维特之烦恼》的自叙传写法对庐隐《或人的悲哀》等小说主观抒情章法的影响，且《或人的悲哀》与《少年维特之烦恼》

---

① 具体参见余逊涛：《论张爱玲小说中的弗洛伊德主义》，载《东南大学学报（哲学社会科学版）》，2003年第5期；韩燕红：《弗洛伊德的精神分析学说与张爱玲的期待视野》，载《河北工程大学学报（社会科学版）》，2007年第2期；刘继红：《"黄金枷锁"下的病态情欲——从弗洛伊德的精神分析理论谈曹七巧悲剧成因》，载《北方论丛》，2003年第2期；陈晖：《张爱玲小说创作对弗洛伊德学说的诠释》，载《忻州师范学院学报》，2003年第2期；成秀萍：《欲望中的沉浮和挣扎——弗洛伊德精神分析学说在张爱玲小说创作中的映射》，载《江苏大学学报(社会科学版)》，2004年第4期；王兆胜：《林语堂与弗洛伊德》，载《中国比较文学》，2003年第3期；孙乃修：《叶灵凤与弗洛伊德》，载《中国比较文学》，1994年第2期。以上研究多采用平行研究和文本分析策略解读张爱玲和弗洛伊德主义的关系，所以本书未将张爱玲和弗洛伊德思想纳入研究范围。

在体裁和构思上相似。① 但目前似乎仅有论文《从维特到亚侠……——〈少年维特的烦恼〉与〈或人的悲哀〉比较研究》用比较文学平行研究的方法分析了两者的异同。② 另一篇论文《〈从军日记〉与〈少年维特之烦恼〉的精神差异与联系》指出了作家谢冰莹（1906—2000）的写作与《少年维特之烦恼》的关联。③ 此外，尽管已经有多人讨论过尼采与中国现代作家的联系，但就现代女作家而论，目前仅有冰心小说与尼采的联系引起了学界注意。明确揭开冰心和尼采的关联的是殷克琪，她在专著中谈到冰心短篇《超人》对尼采超人学说的批评，并点明后者与冰心基督教思想及爱的哲学相悖的问题。④ 黄怀军从"爱的哲学"的角度将冰心看作尼采的"刺"客。⑤ 德国作家施笃姆的小说《茵梦湖》（Immensee）的中译本在 20 世纪 20 年代同样制造了神话，从译本数量上看几乎可与《少年维特之烦恼》比肩，对现代文学的影响波及范围甚广。⑥ 同样是杨义率先指出庐隐的中篇小说《象牙戒指》受到过《茵梦湖》的影响，且认为二者在艺术境界和故事情节上可以相互比照。⑦ 但目前仅论文《〈茵梦湖〉与〈象牙戒指〉》⑧ 讨论过庐隐小说与《茵梦湖》的相似性。实际上，作为小说《象牙戒指》主人公原型的民国才女石评梅与《茵梦湖》的关系更为密切，可是这一点却几乎完全被忽视了。相对而言，学术界在评论九叶派女诗人郑敏与里尔克的关系上，成果比较丰富。早在 20 世纪 40 年代，郑敏的诗友唐湜（1920—2005）便指出她的诗作《死》与里尔克的作品在句法和意象上类似。⑨ 张桃洲和比利时汉学家万伊歌（Lege van Walle）等则分别

① 参见杨义：《中国现代小说史》（第一卷），北京：人民文学出版社，1986 年，第 274 页。针对同一个问题，杨武能在《歌德与中国》一书中提及庐隐《或人的悲哀》曾受《少年维特之烦恼》影响，并从小说体裁、人物塑造、故事结局和语句文法等角度分析两者存在的相关性，见杨武能、莫光华：《歌德与中国》，成都：四川人民出版社，第 232-233 页。

② 史白水：《从维特到亚侠……——〈少年维特的烦恼〉与〈或人的悲哀〉比较研究》，载《青海社会科学》，1991 年第 6 期。

③ 蒋永国：《〈从军日记〉与〈少年维特之烦恼〉的精神差异与联系》，载《长春师范学院学报》，2011 年第 30 卷第 5 期。

④ 参见殷克琪：《尼采与中国现代文学》，洪天富译，南京：南京大学出版社，2000 年，第 151-163 页。此外，范劲认为冰心的《超人》对尼采的价值重估又进行了重估，以"母亲的哲学"代替了超人，参见范劲：《德语文学符码和现代中国作家的自我问题》，上海：华东师范大学出版社，2008 年，第 90 页。

⑤ 参见黄怀军：《中国现代作家与尼采》，长沙：湖南师范大学出版社，2009 年，第 86-91 页。

⑥ 本书第 4 章将详细介绍《茵梦湖》中译本情况，此处不详细展开。

⑦ 参见杨义：《中国现代小说史》（第一卷），北京：人民文学出版社，1986 年，第 274 页。

⑧ 谢韵梅：《〈茵梦湖〉与〈象牙戒指〉》，载《中国现代文学研究丛刊》，1990 年第 2 期。

⑨ 参见唐湜：《郑敏静夜里的祈祷》//吴思敬、宋晓冬编：《郑敏诗歌研究论集》，北京：学苑出版社，2011 年，第 17 页。此文写于 1949 年 5 月，后被收入唐湜的《新意度集》（北京：生活·读书·新知三联书店，1990 年）。

从形式、意象、主题和思想等问题出发比较郑敏和里尔克之间的亲缘关系。周星、彭斌柏和黄启豪等研究者选取具体的作品，以比较文学中的平行研究方法解读郑敏的诗歌与里尔克作品的关系。[①]此外，还有几篇论文研究张爱玲的文学创作和精神分析学的关系，但多采用平行研究方法。[②]

　　总体而言，用"低存在感"乃至"缺位"来概括中德文学关系史视野中的现代女作家似乎并不为过。"缺位"主要表现在以下几方面：第一，有关现代女作家作品与德语文学作品的关系之研究的论文数目少，专著更是无从谈起；第二，这种考察目前仅仅停留在比较研究上，多采用比较文学的平行研究方法，没有采用实证考据的方式验证其中的关联，因而在可信度上打了折扣；第三，目前中国现代女作家与德语文学关系的研究涉及的现代女作家仅有庐隐、冰心和谢冰莹等少数几位（依笔者的观点，这应只是"冰山一角"而已），大批女作家的创作与德语文学的关系尚未得到细致研究和考察；第四，目前的研究尚未对女作家与德语文学的关系做系统梳理，尚未考察女作家对德语文学的选取和接受偏好问题；第五，"缺位"还表现在对现代女作家与德语作家之间的实际交往、现代女作家对德语文学的译介等问题上，目前都还没有展开细致深入的讨论。

　　中国现代女作家在这一研究领域的普遍缺席，与德语文学在现代中国的影响力、德语国家思想资源在现代中国的传播及中国现代女作家"浮出历史地表"而沐浴在西风中的历史现实不太匹配。那么，在中德文学和文化关系研究的领域里，中国现代女作家几乎未被载入册，她们的"低存在感"和"缺位"的原因何在？这种"被遮蔽"本身又说明什么问题呢？打捞并检视她们在这一领域的真实存在，使之浮出地表，究竟有何意义？

3.3　新文化史理论的启发

3.3.1　新文化史理论特点简介

对于中外文学关系研究的归属历来有两种观点：其一，隶属于比较文

---

① 具体包括张桃洲的《从里尔克到德里达——郑敏诗学资源的两翼》、伊歌的《形式·意象·主题——郑敏与里尔克的诗学亲缘》、周星的《象征主义与中国诗歌传统的交融——九叶诗人郑敏和里尔克的比较研究》、黄启豪的《论郑敏诗歌创作的里尔克影响》和彭斌柏的《相通的诗心——郑敏与里尔克的两首诗比较》。这几篇文章均收于吴思敬和宋晓冬所编的《郑敏诗歌研究论集》（北京：学苑出版社，2011 年）。万伊歌，比利时学者，师从汉乐逸，曾就读于莱顿大学，他把郑敏的部分诗歌翻译为丹麦语，扩大了郑敏在欧洲诗歌界的影响。汉乐逸（Llody Haft，1946—），荷兰莱顿大学教授，汉学家、翻译家和诗人。

② 见前文关于弗洛伊德与中国现代文学的研究成果评述脚注，此处不再重复。

学学科，是其旁支，被划入国际文学关系研究领域；其二，属于文学史范畴，具有史学品格。笔者更倾向于后者。①史学研究的特质是概念明确、论证严谨、实证当先。本书更属意历史研究的方法和理念，有鉴于中德文学关系史的史之特性，史学研究中的新文化史理论为这项研究提供了启发性见解。

新文化史由美国史学家林·亨特（Lynn Hunter）最早提出，顺应了二战后人文社会科学领域"文化转向"的趋势，在史学领域掀起了理论和方法的革新。它借鉴了文化人类学、后现代主义的文学批判和文化研究等学科的相关理论，丰富和充实了自身的理论架构。②与包括政治史、经济史与社会史在内的传统史学相比，新文化史有以下几点新颖之处。

第一，从研究立足点看，新文化史强调文化在历史进程中的能动作用，反对机械唯物论对经济功能的过度夸大；第二，从历史书写的对象上看，新文化史重视文化象征与符号史、社会性别等关涉身体的历史，强调对大众文化和边缘文化的研究，重视社会性的心态透视和话语分析等研究；第三，从方法论和认知论的角度看，它热衷于文化叙述，强调史学的文学性，将历史之"实"引向文学之"虚"，对史料的利用也趋向多样化。新文化史轻视宏大叙事，重视微观史，受后现代思潮影响比较明显。③

笔者认为，新文化史的诸多特点启发了本书的研究。首先，新文化史学者对族群、人物、文化和时空的差异性及独特性予以更多关注。这有助于证实史学研究与性别研究结合的可行性，有效拓宽了本书的研究视域。针对史学研究观照的对象，新文化史代表人物罗伯特·达恩顿（Robert Darnton）有一段有趣的论述：

　　……很多貌似过时的史学争论所代表的其实是一种力求接触人类最大多数的努力。想想有多少人已经消失在过去，他们在人数上远比如今生存于地球之上的后代为多。最令人激动，最有创意的历史研究应该挖掘出事件背后我们的前人所经历和体验的人类的生存状况……（历史研究的）目的是一个，即理解生活的意义：不是去徒劳地寻找对这一伟大的哲学之谜的终极答案，而是

① 归于"史学范畴"一说亦可参见钱林森和周宁的《中外文学关系研究的问题与领域》一文对中外文学关系史研究的定性，载《中国比较文学》，2016 年第 4 期，第 206 页。

② 参见王亮：《理论与方法的推陈出新——新文化史研究综述》，载《史学月刊》，2014 年第 9 期，第 25 页。

③ 参见黄兴涛主编：《新史学（第三卷）：文化史研究的再出发》，北京：中华书局，2009 年，序言第 2 页。

从前人的日常生活和思想观念中去探求和了解前人对此问题的
回答。①

　　性别在社会和文化差异中划出了重要的分水岭，没有任何有关文化的
统一性和差异性的完整论述可以不牵扯性别问题。②从新文化史的角度看，
史学研究不能仅限于男性精英文化，也应该照顾到其他阶层。个体的差异
不能被轻易抹杀，性别差异造成的群体差异同样如此。性别研究与史学研
究的结合是一个必然。既然研究视点的偏移和调整理所应当，女性应该也
必须被纳入考察范围。③回到本书的主题，在中德文学对话中，中德文学和
文化的交流频繁而密切，在德语文学的启发下进行创作并试图创新的中国
作家不在少数。再看研究领域，众多男性作家与德语文学和文化的关系已
经得到考察和探讨，而中国现代女作家的相关研究目前还相对薄弱。女
性的"发现"，对于中德文学关系史而言，或许是一次新的审视和检讨，
启迪了一种新视角，增加了一个新的研究面，这是新文化史之于本书最
大的意义。

　　新文化史对文化的开放性态度和灵活的历史写作方式对文学理论研究
和文学史书写具有启示作用。以尼采在现代中国的传播为例，现有研究往
往围绕鲁迅、郭沫若和茅盾等少数精英作家而展开，他们在尼采学说启迪
之下的阅读经验和创作经验吞没了很多个体经验。以上三位作家无疑具有
代表性，但对于"尼采在中国"这个话题而言，他们本该是很多个"故事"
中的少数几个，应当允许"众声喧哗"。新文化史谱系之下的微观史提醒我
们文学史写作要关注个体的文学经验。这样的文学史重视重建个人的文学
生活。这些独特的文学感受和体验也许不能纳入宏大叙事，却能贡献很多
"故事"，这些体验因其独特性构成了文学史书写乃至双边文学交流史的斑
驳图景。④让我们将目光转向女性，恢复女性在中德文学交流史中的地位，
审视并评价她们对文化和文学交流做出的贡献，因为这些贡献在以往的历
史叙述中少之又少。

① 〔美〕罗伯特·达恩顿：《拉莫莱特之吻：有关文化史的思考》，萧知纬译，上海：华东师
范大学出版社，2011 年，第 6-7 页。
② 参见〔美〕林·亨特：《导论：历史、文化与文本》//〔美〕林·亨特编：《新文化史》，姜
进译，上海：华东师范大学出版社，2011 年，第 17 页。
③ 此处必须强调，如果仅从受教育程度来说，尽管现代女作家相比大众而言已经属于精英阶层，
但相对男性作家而言，她们还是被排除的对象，依然是边缘人群，属于不同阶级。
④ 参见邓金明：《"新文化史"视野下的文学研究》，载《贵州社会科学》，2008 年第 1 期，
第 42 页。

新理论、新视角和新观念可以将看似停滞不前的研究往前推进。常年深耕于中外文学关系研究领域的学者葛桂录认为，新材料的发现往往有偶然性，有些新资料并非刚刚挖掘出来，而是在新思路的指引下，从边缘的、不受重视的资料变成重要的、核心的资料；用新的观念去阅读常见的、一般的、现成的资料，它们也可以变成新资料，提供潜在的史料价值。这是一种新的研究方略。[①] 钱林森和周宁也持相似看法，他们指出，某种新的研究理念和理论思路有助于重新理解和发掘新的文学关系史料，而新的阐释角度和策略又能重构和凸显中外文学交流的历史途径，从而将中外文学关系的清理和研究方向向新的深度开掘。[②]

尽管中国现代女作家在中德文学关系史中现有的存在感较低，常常被视作"缺位"，但缺位并不等于不存在。如果中德文学关系史将性别认知排斥在理性认知的视野和史学考察的范围之外，科学研究的完整性和客观性将无从说起。

3.3.2　性别研究视角的启迪

从性别视角介入中外文学关系史研究不但可行，而且必要。李小江指出："史学中的性别研究则做着像是'殿后'的工作。由于女人'未载史册'，与历史的真实存在不符，史学工作者在找回女人的历史的同时，正在完善我们对整个人类发展过程的全面认识。"[③]20 世纪 60 年代以来，随着西方新女权运动的蓬勃开展，以及西方女性主义理论方法的不断拓展和深入，对女性的观照开始渗透到方方面面。学界以女性为对象开展了专门而广泛的研究，包括妇女史、妇女人类学、女性心理学、妇女社会学、妇女美学和女性文学等。大批相关研究成果的出现说明了性别视角研究的合理性、可行性和必要性。性别研究日渐成为学术研究中的热学和显学，性别视角的介入成为社会科学的一个分析域，对于以往缺乏性别的研究体系既是一种强烈冲击，又是一个有效补充。以性别为分野，既可以为传统的研究开辟新的视角，又能为全面认识问题提供新的角度。有了性别视角的加入，传统研究理论和实践的根基或许会发生动摇，但这种动摇不会造成毁灭性坍塌，而是可以更好地推进研究。

---

① 参见葛桂录：《跨文化语境中的中外文学关系研究》，上海：上海三联书店，2008 年，第 7 页。

② 参见钱林森、周宁：《中外文学关系研究的问题与领域》，载《中国比较文学》，2016 年第 4 期。

③ 李小江：《女性/性别的学术问题》，济南：山东人民出版社，2005 年，第 3-4 页。

　　本书考虑到将人的自然属性放置于人类精神活动领域之内的意义。在精神领域之内对两性差异进行定量分析的难度显而易见，但是女性文学、女性审美意识、女性艺术史、女性心理学、女性人类学和女性美学等专业术语和学科方向的诞生及广泛应用，均昭示着具有生物学意义的男女差别不仅存在于生理层面，还存在于心理、精神层面。因此，本书尝试将人的自然属性作为重要元素纳入精神活动领域研究的考察范围。

　　李小江认为："在整个思想、文化、史学领域中，在古老文明建树的金字塔尖上，对于女人，却可以用一句话概括：未载史册。"[1]这种说法道出了一个尴尬的现实：女性在整个历史进程中的存在、身份和地位晦暗不彰。为了更好地促进人类在精神上的成熟程度，作为人类重要反思手段和方式的理论研究有必要不断向前延伸和探索。女权主义学者一针见血："女权运动和妇女问题的研究正在影响着所有的全部关于社会的和文人的知识。这些新思想使现行的引为典范的科学知识出现了许多缺口。"[2]

　　认知的视角和方法在人们认识世界和了解世界的过程中影响重大，甚至可能直接关系到认知结果。视角的拓展和方法的更新有助于更全面地认识和了解世界。学术领域亦是如此。性别视角的提出可以打破学术故步自封的坚冰，提供新的方法，提出人类重新且更加全面地认识自身、了解自身的新角度。甚至可以说，性别视角的提出可以撼动传统的理论根基。[3]

　　这一层认识有助于我们理解性别研究在文化层面上的革命性意义。[4]文学创作者天生拥有性别，他们在社会实践中的人生经历和精神体验都会烙上性别的印记。这种印记以不同方式和不同程度进入文学创作，共同建构起文本的丰富信息与内涵，对文本的产生及其内在面貌产生深刻影响。[5]进一步说，性别直接关乎生存内涵和生命自身状态，也影响创作者的生活体验、文化处境和文学实践等方面。[6]特定文化中性别角色的不同对于累积经验、获取新知，以及如何表现经验、运用新知有很大的影响。自然而然，性别对于精神领域的活动诸如文学批评和文学接受等均会产生不同程度的影响。

---

① 李小江：《性沟》，北京：生活・读书・新知三联书店，1989 年，第 46 页。
② 转引自李小江：《性沟》，北京：生活・读书・新知三联书店，1989 年，第 47 页。
③ 参见李小江：《性沟》，北京：生活・读书・新知三联书店，1989 年，第 48 页。
④ 参见李小江：《女性/性别的学术问题》，济南：山东人民出版社，2005 年，第 179 页。
⑤ 参见乔以钢：《性别：文学研究的一个有效范畴（代前言）》//乔以钢：《中国女性与文学——乔以钢自选集》，天津：南开大学出版社，2004 年，第 3 页。
⑥ 参见乔以钢：《中国女性与文学——乔以钢自选集》，天津：南开大学出版社，2004 年，第 351 页。

　　在历史的悠悠长河中，男性的视角、观点和声音代表一种普遍性，而女性的视角、观点和声音往往遭到无视，被认为代表特殊性。这是不是历史的真相呢？我们目光不及之处，并不代表不存在。王绯曾指出女性发展遭遇的重重困境："女性虽然占据着人类的一半，但是至今人类两性的基本精神仍未获得真正平等，妇女的彻底解放（尤其是心理、精神的解放），并没有因为社会的民主与开放，法律政策的制定与实施，得以完全实现。特别是雄厚的文化传统力量所形成的性别角色和两性刻板印象，使妇女面临着许多特殊的社会问题，承受着多重的心理、精神压力。文学、文学批评领域同样如此。"①如果我们不曾揭开占据人类数量二分之一的女性的文学阅读、思考、写作和艺术转化这些精神世界的现象和秘密，学术研究的深度和广度将无从谈起：她们的文学代表了书写的一种新维度和新视角，她们的接受、阅读和思考代表了一种新面向和新立意。

　　女性的文学书写有别于男性，具有独立的价值。女性创作主体在写作时拥有女性立场和女性视角，融入女性感受和女性气质，其作品的情思有别于男性的生活体验和思想感情。本书正是基于这一认识将性别视角纳入文学交流的研究中去，期待从中发现新现象并得到新结论。作为审美主体的女性在观察世界、体验生活、欣赏和接受文学作品时，是否具备不同于男性的观点、立场和审美趣味呢？这是一个值得探索的问题。毕竟男女在思维方式、情感方式和心理内涵上差异明显。假如文学创作因性别差异而面貌各异，文学接受也可能呈现出不同的风貌。我们看到中国现代女作家在中德文学和文化关系史中的"缺位"，这是事实，还是可以修正的答案？这种"缺位"和不同性别的接受倾向有关吗？带着这样的疑问，笔者将性别视角纳入中德文学关系研究领域，以中国现代女作家为研究对象，揭开女性创作主体与德语文学的关系、涵盖女性群体主体性的历史学和文化学问题，辨析与性别有关的文学交流现象，做出兼具文学内涵和性别内涵的解释。

　　对于本书的研究对象——中国现代女作家而言，她们的家庭环境和教育背景各不相同，但她们拥有共同的性别身份。关于这一群体的研究不可谓不多，如母爱主题、性别书写、自传性写作、哲学主题、文坛交游以及与近现代教育的关联等等，但是在跨文化语境下开展的研究却不多。所以，从性别经验的差异出发，梳理德语文学在现代中国接受中的性别差异，探求女性作者接受和创化的特征和规律，有意义且有必要。

---

　　① 王绯：《女性与阅读期待》，第 2 版，西安：陕西人民教育出版社，1998 年，第 8 页。

因性别偏见造成的史实偏离和因视角局限产生的视域盲点可能妨碍学术研究的推进。研究者需要保持敏锐的性别意识，在深入解读文学文本的同时对具有代表性的文学文化现象提出新见，在再现文化和历史的过程中揭露性别盲点，加深学术理论和实践的讨论深度。依靠新方法和新眼光，有可能从旧材料中发现新问题，产生新认识。现代文学史料是现成的，中国现代女作家的文学文本多收编成册成集，如何解读和阐释才是关键。引入性别视角，从现有材料文献中整理、推敲和解析德语文学和中国现代女作家的关系，相信会有所收获。在迄今为止的中德文学关系史研究中，还没有系统梳理中国现代女作家与德语文学关系的研究成果问世。重新阅读和阐释中国现代女作家的作品，追问她们在中德文学对话中的"低存在感"乃至"缺位"，整理和爬梳她们与德语文学之间的关系，对于中国现代文学研究、中国现代女性书写、德语国家思想资源在现代中国的接受乃至中德文化交流史来说，都将提供新的契机。

3.4　文学和文化交流的三重模式

本书属于中德文学关系史研究，在具体研究实施过程中始终关注文学和文化交流的模式，而最常见的文学和文化交流模式是"影响—接受"模式、交流模式和问题模式。[①]

首先，关于"影响—接受"模式，它是文学和文化交流的最基本模式。从影响模式可以推衍出相对应的接受模式。以对象 A 和对象 B 为例，A 对于 B 的影响，也是 B 对于 A 的接受。这是一个问题的两个方面。我们在讨论普遍的文学交流时，其双向意义是绝对的，而交流的单向度则是相对的，是人为选取的结果。即便我们选择单向度的考察，文学和文化的跨界也清楚地指向了一种双方的相互作用。有外来影响，便有本土接受，反之亦然。[②]

双边及多边文学关系研究的核心是"关系"，"关系"反映交互状态。文学关系研究始终绕不开"影响—接受"模式。"影响—接受"模式的探索研究是本书研究最重要的学术工具。在中德文学关系中，考虑到中国现代

---

① 参见叶隽：《另一种西学——中国现代留德学人及其对德国文化的接受》，北京：北京大学出版社，2005 年，第 52-54 页。叶著侧重于中国现代学者对德国文化的接受，考虑到文学属于文化的组成部分，且影响和接受是一体两面，与本书研究密切相关，故本书在叶著提出的三种模式的基础上进行了沿用和改造。

② 这一观点受到宋炳辉《论中外文学关系研究的主体立场及其方法》一文的启发，原文发表于《山东社会科学》，2014 年第 5 期，第 65 页。

女作家吸收了颇多德语文学及文艺思潮的养分，故本书重点关注她们对德语文学的接受。卫茂平教授指出："文学中的影响关键往往不在前者而在后者。授者提供选择，受者自身才决定取舍。"①这一论断既说明了影响的意义，又体现了接受过程可能会呈现出的复杂性和多样性。本书的主要思路之一，就是研究中国现代女作家接受德语文学、文艺思潮和哲学思想影响的问题，追溯德语国家思想资源在中国现代女作家创作中留下的印迹，并归纳她们的接受特点和倾向性。

新文化史的分支——阅读史为本书研究增加了新的阐释思路。阅读史在西学东渐的研究中力主把研究主体转移到国人本身的知识结构中，从读者接受的角度窥测西学的渗透程度及其变异形态，并注意到国内学界对西学的吸收与中国特定的政治与社会文化语境有关，避免仅凭单一的科学传播之矢量大小估测中国学问与智慧的得失。②受此启发，本书尝试突破单向传播的局限，关注现代女作家面对德语文学和哲学思想等资源时的多重反应，进而叙述两者的交锋和冲突，实现对"中德文学对话"这一概念的诠释。

本书以产生影响的作品和思想为源头，但是实际聚焦现代女作家的创作，突破单向传播的制约，从互为主体的角度去探究其融合互动的态势，评估德语文学资源对中国现代女作家的意义。我们不再把德语文学的东渐看作单一的、机械性的灌输和读者的被动接受。如果把观察视角移至阅读主体，我们会看到她们在阅读时把新知转化成观念乃至行动。

其次，关于交流模式，本书对交流模式的运用主要涉及中国现代女作家在德语文学传播方面的成果。从大的方面来看，中外文学关系主要由两部分构成，一是"影响—接受"研究，二是与译介学相关的研究，包括文学翻译等。此外，现代女作家对于德语文学的介绍、评价和研究也在本书的研究范围之内。她们与德语作家的交往和留学德国的经历作为文化交流的形式同属本书的关注对象。

最后，关于问题模式，本书不以影响论影响，而将致力于提出问题并提升研究的深度和广度。中德文学关系史中呈现出的中国现代女作家与德语国家思想资源对话的经验、事实和问题，皆在本书研究范围之内。有了研究者的问题意识并在问题的统摄和引领下，才能顺利开展研究。当然，本书研究重点还是在中德文学关系史视域下讨论中国现代女作家的文学书

---

① 卫茂平：《中国对德国文学影响史述》，上海：上海外语教育出版社，1996 年，引言第 1 页。
② 参见杨念群：《反思西学东渐史的若干议题——从"单向文化传播论"到知识类型转变的现代性分析》，载《华东师范大学学报（哲学社会科学版）》，2019 年第 3 期，第 18 页。

写。早有前辈学者对中外文学关系研究的理论深度和实践程度提出了期望和要求："我们对关系和影响可以作更全面、更深入的研究。这里有三个问题值得注意：一是什么？二是怎样？三是为什么？譬如谈关系，不光是谈什么关系，也要谈关系是怎样发生的，以及为什么有这样或那样的关系。只有这样，才能把所研究的东西讲得深些透些。"①有鉴于此，本书在讨论中国现代女作家的文学书写与德语国家思想资源的关联时，除了描述两者的关系，还将尽力考察她们经由哪些渠道获取知识和信息，也会留意她们在接受过程中的审美偏好。

本书研究依托实际材料进行考证，实证研究是最重要、最基本的方法。占有大量材料进行缜密细致的解读和参照比对，是历史研究的基础工作。如果没有坚实的史料基础，史学研究就是无源之水、无本之木。②就作家接受外来影响的材料取证而言，主要有三种：作家亲自披露（文献记载、书信日记等）、文本中的具体表现（如直接采用引言等）、知情者的可靠陈述或其他文献的旁证。笔者争取尽力搜寻，详细罗列，钩沉发幽，翻阅辨析文字和图像资料。作家的全集、选集、各版本序跋、旅行日记、信函往来、交游录、自传、回忆录、近现代报刊刊载的重要评论文章、专著、文学史书和出版广告，均在本书搜集汇总之列。《德语文学汉译史考辨：晚清和民国时期》一书曾提示资料索引、书目汇编、杂志报纸上的书评广告和德语文学汉译的文坛笔战③等方法，同样不失为验证的重要材料，笔者会密切关注。

本书用实证方法发掘中国现代女作家文学书写中的"德语文学元素"，勾勒双方交流对话的史实和事实，但不回避文学研究的基本方法，即文本分析和阐释。文学书写属于艺术加工和创造，从可考证的事实出发，深入难以考证的对创造性文本的理解和诠释之中，这也是解读双边文学关系史的重要策略。当然，在揭开事实联系和强化关系阐释之间，前者依然在本书的研究中占据主导地位。针对这个问题，宋炳辉认为：

> 文学关系研究不仅仅是对民族文学间事实联系的勾勒、梳理，同时也是对于这些交往事实及其后果的分析、阐释和评价，以其探讨一定的文化和文学交往，包括它的文化背景、交往方式、交

---

① 范存忠：《比较文学和民族自豪感》，载《人民日报》，1982年10月5日，第8版。
② 参见复旦大学历史学系、复旦大学中外现代化进程研究中心编：《新文化史与中国近代史研究》，上海：上海古籍出版社，2009年，"编者的话"第2页。
③ 参见卫茂平：《德语文学汉译史考辨：晚清和民国时期》，上海：上海外语教育出版社，2004年，"导言"第8页。

往的程度等对于民族文化和文学的多元繁荣所起的催化、推动或者抑制、规范作用。在这里，清理事实联系是前提。即便是平行比较研究，也应该在弄清事实联系的基础上，才得以有效进行，否则无法准确地分析和评价具体的文学现象，确定具体创作实践的独创性程度。①

任何宏大研究都必须以个案研究为基石。想要通过研究回答"研究什么"和"如何研究"，核心在于个案发掘。立足原始材料，从文学和文化交流的具体事件和历史现实出发考察个案，用适当的文学理论作为支撑，揭露双边交流和影响的轨迹，靠事实说话，评判交流的意义和价值，是研究应有之义。确立一个宏大而高远的研究方向值得敬佩，但是个案研究犹如垒砌大厦的砖木和基石。只有以个案研究为基础才能构建坚实可靠的研究地基，实现最终的研究目的。

本书根据以下思路开展研究：以实证研究为主要策略，以文学和文化交流模式中的"影响—接受"模式、交流模式和问题模式为导向，同时突破影响研究和平行研究之间的界限，融入文学研究的文本分析方法。在具体操作上，先梳理相关影响源在本土语境中的传播状况，后考察中国现代女作家如何将其中的文学和文化成分"化"入自身的文学书写。研究将深入个案，考察现代女作家的模仿性写作，在跨文化语境中对德语国家精神资源的接受、吸纳和融合，以及她们在传播德语文学和文化中的实绩。

3.5　研究立场

观察者和研究者在中外文学关系史研究过程中拥有明确的文化主体立场。这一立场赋予研究者特殊的身份定位，促使研究者在寻找发生学的渊源和流传学的影响终点时带有鲜明的自觉意识。文化主体身份帮助研究者确立研究动机。

当我们谈及中德文学和文化交流时，潜意识里或许希望破除中德二元对立，毕竟超越民族文学的界限和采取纯粹客观的立场是学术研究的理想之一，但是在实际操作中的实施难度却非常之大。毕竟，中德文学关系研究表面上看双向而中立，实际上却难以回避中国立场，因为中德文学交流

---

① 宋炳辉：《论中外文学关系研究的主体立场及其方法》，载《山东社会科学》，2014 年第 5 期，第 67 页。

的出发视角和落脚点在于中国文学[①]，所以本书不回避学术研究的主观性问题。笔者立足中国学术立场，不刻意追求客观超越，在探讨德语文学和文化对中国文学的影响时，努力做到不夸大其词，不隐匿避讳，尽力勾勒和诠释中德文学关系的交汇史。此外，本书聚焦若干女性精英的个案研究，旨在厘清对中国现代女性写作产生影响的德语国家思想资源，揭开她们对这些资源的回应方式和写作表现。笔者也希望依靠自身的性别身份深入文本内核，对研究对象达成"同情之理解"。

此外还需说明，本书希望找到合理清晰的阐释路径，开掘出个案与个案、问题与问题，以及各种思想脉络之间的内在关联。本书讨论的大框架是中德文学关系，但将德语文学以外的问题纳入研究范畴，把影响源的范围拓展到哲学领域可以说是研究的一个冒险之处。因为哲学思潮的影响不同于直接的文学影响，在形而上的层面上涉及更抽象的内容。所以本书在此申明，此项研究以发生实质关联的证据作为依托，不单独采用平行研究方法，防止"比附"的嫌疑。

致力于中外文学关系研究的学者大多将展现中外文学交流的原貌、还原特定历史时空的文学交往作为一种学术理想。把新旧材料重新排列、整合，形成新的观点和结论，使研究者有机会填补学术空白，提升中外文学关系研究的深度和广度，并为中外文学关系史的发展开掘新的研究领域。研究中德文学对话中的中国现代女作家，也会把以上理想作为最高目标，以切实的工作和审慎的态度揭开二者的关联，为中德文学关系研究提供新的研究视点，贡献新的研究成果。

3.6 写 作 框 架

本书以中国现代女作家为研究对象，以个案研究为基础，以袁昌英（1894—1973）、冰心、庐隐、石评梅、冯沅君、谢冰莹、胡兰畦（1901—1994）、陈敬容和郑敏等作家为主要考察对象，将史学研究中的实证研究和比较文学理论中的影响研究作为基本方法，将文本分析作为主要策略，视德语国家思想资源为辐射核心，描绘中国现代女作家在中德文学对话中的表现，重点考察她们接受德语文学并融合自身写作的情况，兼及她们在德语文学译介中的成就和在中德文化交流中的地位。

---

① 以上观点受到钱林森和周宁《中外文学关系研究的问题与领域》及宋炳辉《论中外文学关系研究的主体立场及其方法》的启发。虽然这几位学者的研究主要是针对中外文学关系研究这个总体框架，但对于作为分支的中德文学关系研究同样适用。

　　笔者在研究中遇到多重挑战。第一，除冰心、庐隐和冯沅君外，很多现代女作家的作品缺少全集，在爬梳整理和系统研究女作家与德语文学的关系时，可能出现因资料缺漏而影响论证的情况。第二，部分女作家的早期创作散佚在民国报刊中，未被电子数据库收录的情况较为普遍，历经多次社会变革与运动后，部分文献已无法搜集整合，可能会留下疑难问题。第三，五四时期是中国从旧文化向新文化过渡的转型期。中国的单一文化背景被打破后，各国文学作品如潮水般涌入，现实主义、浪漫主义、自然主义、象征主义和唯美主义等文艺思潮在中国文坛交替出现甚至同时留下印记，中国现代作家受到的影响往往是多重的，厘清个中关系实属不易。第四，艺术影响是一个含糊复杂的现象，艺术的审美接受与艺术创作之间的关联未必能构成明显的因果关系，而艺术创作中形象思维的存在决定了艺术传播功能的模糊性。[①]因此，考证影响所及领域，讨论影响的深度和来源，有时未必可以辨得明明白白。艺术审美在接受和影响上的意义可能出乎实证之外。[②]

　　本书运用史料和文学作品考证中德文学对话中的中国现代女作家，既是中德文学关系研究，又是对创作主体的研究。研究关乎作家创作过程、主体意识和艺术形式等方面，故而笔者将切实考虑文学接受者的心理结构、个性特征和时代特征等内容。

　　因笔者能力有限，恐难详尽罗列所有证据或面面俱到地解读中国现代女作家与德语文学的关系，未必能完美解决绪论和本章提出的所有问题。但笔者将在先贤研究的基础上，从细微处入手，重视归纳和还原，尽量在发掘文学史料的过程中发现新现象，突出新观点。期盼能通过脚踏实地的考证工作描述并整理中国现代女作家参与中德文学对话的过程和表现，弥补中德文学关系史研究中被忽略的问题和现象。

---

① 这一观点受到陈思和《20 世纪中国文学的世界性因素》一文的启发。参见陈思和：《中国文学中的世界性因素》，上海：复旦大学出版社，2011 年，第 117 页。

② 参见陈思和：《中国文学中的世界性因素》，上海：复旦大学出版社，2011 年，第 108 页。考虑到艺术影响的验证难度，本书侧重从形式、内容、主题和题材等角度展开研究。

第4章 《少年维特之烦恼》
和中国现代女作家

4.1 现代中国的"维特热"

如果把一部外国文学作品的译介情况作为衡量其影响力的参考指标，那么歌德的成名作《少年维特之烦恼》（以下简称《维特》）在现代中国甚至当今中国的重要性都是值得关注的。有德国学者推测，《维特》很可能是拥有最多中国读者的德语文学作品，也是最著名的外国文学译作之一。[①]在德语文学汉译史和传播史上，关于《维特》的翻译（含转译）、介绍和接受恐怕都是空前绝后的。

1903年作新社出版的《德意志文豪六大家列传》（目录页题为《德意志先觉六大家传》）在介绍歌德时首次提到德国文坛的"维特热"："此书（指《乌陆特陆之不幸》——笔者注）既出，大博世人之爱赏，批评家争为恳切之批评，翻译家无不热心从事于翻译，而卑怯之文学者，争勉而模仿之。当时之文学界，竟酿成一种乌陆特陆之流行病。且青年血气之辈，因此书而动其感情以自杀者不少。可特氏之势力，不亦伟哉！"[②]

18世纪70年代席卷德国乃至全欧洲的"维特热"于150年后在中国卷土重来。《维特》在德语文学汉译史上具有里程碑意义。最早与《维特》有关的翻译出自马君武之手，他在1903年前后译出了《维特》的一节诗文。1922年4月，上海泰东书局率先推出最早的《维特》中文全译本，译者为郭沫若。截至1930年8月，该译本仅泰东书局一家就先后印行了23版。

---

① Ascher, Barbara. Aspekte der Werther—Rezeption in China (Die ersten Jahrzente des 20. Jahrhunderts). In Günther Debon und Adrian Hsia (Hrsg.): *Goethe und China—China und Goethe: Bericht des Heidelberger Symposions*. Bern; Frankfurt am Main; New York; Peter Lang Verlag, 1985, S. 139.

② 转引自阿英：《关于歌德作品初期的中译》//柯灵主编：《阿英全集》（第二卷），合肥：安徽教育出版社，2003年，第831页。此文最先刊登于1957年4月24日的《人民日报》。《德意志文豪六大家列传》的作者是大桥新太郎，译者为赵必振，字曰生。文中提到的"可特"就是歌德，《乌陆特陆之不幸》是《少年维特之烦恼》的另一译名。《可特传》一文介绍了歌德的生平与著作，以及歌德对德国文学的影响。

截至 1949 年，如果仅仅考虑出版郭译《维特》的出版社，此书前后版次已经不下 50 版。[①]在此期间，黄鲁不、罗牧、傅绍光、达观生和钱天佑等人又相继重译这部小说[②]，惊人的出版量和重印数使《维特》成为"中国20—30 年代最为畅销的外国作品"[③]。

原著兼有书信体和日记体两种体裁，梗概如下：崇尚天性、富有才情的青年维特机缘巧合之下结识了少女绿蒂。绿蒂纯真善良，秀外慧中。随着两人越来越亲近，维特难以克制自己的倾慕之心，然而绿蒂已有婚约，她陷入矛盾之中，虽和维特惺惺相惜，却因对未婚夫阿尔伯特充满敬慕而无法抉择。情理两难之下，维特前往外地工作，但庸俗的职场、迂腐的上级和虚伪的社交生活让他饱受误解和屈辱，最后他愤而辞职。当维特与已婚的绿蒂重逢后，他看到绿蒂在无聊寡淡的婚姻生活中失去了往日的活泼和生气，他深感无力。此后，维特不堪承受现实生活的无望，在生和死的矛盾中挣扎过后，最终穿着与绿蒂初次见面时的服装饮弹自尽。死时他房间的桌上摊开摆放着戈特霍尔德·埃夫莱姆·莱辛（Gotthold Ephraim Lessing，1729—1781）的戏剧作品《爱米丽雅·伽洛蒂》（*Emillia Galotti*）。

在现代中国，《维特》引发的"翻译热"和"阅读热"互为因果。这部德国小说之所以受到中国读者追捧，与它的爱情主题有关。在新旧交替、社会转型的年代，故事中与众不同的、架空环境的、抽象的情爱成了个性自由的标志。[④]在苦闷困顿中徘徊的青年透过维特的命运照见自身，他们的心灵与维特发生了强烈的情感共振。当时一个名叫曹雪松的文学青年曾把《维特》改编成剧本并搬上舞台，作为个人青春时代一段苦涩恋情的记录和

---

① 参见邹振环：《影响中国近代社会的一百种译作》，北京：中国对外翻译出版公司，1996 年，第 307-308 页。

② 黄鲁不译《少年维特之烦恼》1936 年由上海龙虎书店出版，上海春明书店曾再版；罗牧译《少年维特之烦恼》是英汉对照译注本，1931 年由北新书局出版；傅绍先译《少年维特之烦恼》1931 年由世界书局出版；达观生译《少年维特之烦恼》1932 年由世界书局推出；杨逸声译述的《少年维德的烦恼》1938 年由大通图书社出版；钱天佑译《少年维特之烦恼》1936 年由启明书局出版；此外还有陈筱编译的《少年维特之烦恼》1934 年由中学生书局推出，但这是一个节译本。

③ 〔斯洛伐克〕M. 高利克：《初步研究指南：德国对现代中国知识分子历史的影响》，慕尼黑，1971 年，第 46 页。转引自〔捷克〕马立安·高利克：《中西文学关系的里程碑》，伍晓明、张文定等译，北京：北京大学出版社，1990 年，第 120 页。

④ Vgl. Ascher, Barbara. Aspekte der Werther—Rezeption in China (Die ersten Jahrzehnte des 20. Jahrhunderts). In Günther Debon und Adrian Hsia (Hrsg.): *Goethe und China—China und Goethe: Bericht des Heidelberger Symposions*. Bern; Frankfurt am Main; New York; Peter Lang Verlag, 1985.

追忆。①曹雪松仅仅是千千万万中国青年中的沧海一粟。正如蔡元培所说，
当时国内外国文学译本数量激增，《维特》"影响于青年的心理颇大"②。知
名学者冯至也证实了中国读者对《维特》的痴迷和热忱：

> "五四"以后外国文学源源不断地介绍到中国来……但我反
> 复诵读，对我发生较大影响的是郭沫若译的歌德的《少年维特之
> 烦恼》。这部小说，现在可能很少有人阅读了，可是20年代初期
> 它在中国青年读者群中的流行超过同时代其他外国文学译品。其
> 轰动的原因是"五四"时期一部分觉醒而找不到出路的青年与德
> 国18世纪70年代狂飙突进运动中的人物有不少共同点，他们在
> 这部小说中得到共鸣。③

冯至亲历了"维特热"。他的经历和感受可以佐证当时青年受《维特》
影响的程度和原因。声称或者实际受到这部作品影响的作家数不胜数。杨
武能以郭沫若、庐隐和蒋光慈（1901—1931）等作家为例指出《维特》和
中国现代文学书信体小说的关系。④德国汉学家沃尔夫冈·顾彬（Wolfgang
Kubin，1945—）认为郁达夫在创作《沉沦》时受到过《维特》的启发，且
与后者存在精神联系，不过郁达夫超越了《维特》对感受的强化，他塑造
的叙事者对于忧郁而多愁善感的主人公保持了批评的姿态，甚至形成了反
讽结构。⑤汉学家高利克指出，小说《维特》对茅盾的代表作《子夜》的"系
统结构实体"没有产生深刻的内在影响。⑥但这部小说有一个细节令人印象
深刻：吴家三少奶奶和初恋情人的信物是一本破损的《维特》和书中夹
藏的枯萎玫瑰。李欧梵归纳了西方浪漫主义风靡中国的两种类型，其中

---

① 曹雪松著改编本戏剧《少年维特之烦恼剧本》1927年由上海泰东图书局出版。

② 蔡元培：《三十五年来之中国新文化》//高平叔编：《蔡元培全集》[第六卷（1931—1935）]，
北京：中华书局，1988年，第90页。

③ 冯至、童蔚：《谈诗歌创作》//张恬编：《冯至全集》（第五卷），石家庄：河北教育出版社，
1999年，第247页。

④ Vgl. Yang Wuneng. Goethe und die chinesische Gegenwartsliteratur. In Günther Debon und Adrian
Hsia (Hrsg.), *Goethe und China — China und Goethe: Bericht des Heidelberger Symposions.* Bern:
Peter Lang Verlag, 1985, S. 132-135.

⑤ Vgl. Kubin, Wolfgang. Yu Dafu (1896-1945): Werther und das Ende der Innerlichkeit. In Günther
Debon und Adrian Hsia (Hrsg.): *Goethe und China — China und Goethe: Bericht des Heidelberger
Symposions*, Bern: Peter Lang Verlag, 1985, S. 177-178.

⑥ 〔捷克〕马立安·高利克：《中西文学关系的里程碑》，伍晓明、张文定等译，北京：北京
大学出版社，1990年，第123-124页。

一种是普罗米修斯型，另一种即维特型。李欧梵指出，徐志摩、章衣萍（1902—1947）、茅盾和谢冰莹等作家不同程度地受到"维特浪漫精神"的感召和影响。[①]

然而，《维特》对中国现代文学的实际影响更为广泛、普遍、深刻，《维特》对五四作家的精神启蒙和实际影响（比如影响方式和影响层面）目前尚未得到充分解读。除了庐隐和谢冰莹之外，其他现代女作家与这部德国小说的渊源同样非常深厚。本章讨论将依次展开。

4.2　庐隐和《维特》的因缘

4.2.1　庐隐：外国文学迷

庐隐[②]和冰心齐名："凡是略微看过新文学书籍的人，没有不知道庐隐女士的。"[③]她开始写作的时候正值五四的全盛时期，因此成为"被'五四'的怒潮从封建的氛围中掀起来的，觉醒了的一个女性"，她是"'五四'的产儿"[④]。

庐隐和冰心同为福建籍，步入文坛的时间相仿，因此经常被研究者拿来比较，于是便出现了这样一种评论："冰心在燕京的环境中，多少是受了些外国文学的影响；庐隐是女高师[⑤]国文系出身的，她的作品，很浓厚的呈显着中国旧诗词旧小说的情调。"[⑥]

如果仅是为了阐明庐隐创作的某些特点，这一论断并非毫无道理，但若因此否认庐隐和外国文学的关系，则亟待纠正。新文学早期作家庐隐在时代的感召下跨入文艺园地进行创作，她的文学起步和成名与外国文学关系密切。

要了解庐隐和外国文学的结缘，必须追溯到她的中学时代。庐隐本人

---

① 〔美〕L. 李欧梵：《浪漫主义思潮对中国现代作家的影响》//贾植芳主编：《中国现代文学的主潮》，上海：复旦大学出版社，1990 年，第 85-89 页。

② 庐隐，原名黄淑仪，又名黄英，福建闽侯人。1919 年考入北京女子高等师范学校国文系，先后在安徽宣城中学、北平师范大学附属中学、上海大夏大学和上海工部局女子中学任教，1934 年因难产去世。庐隐出版过《海滨故人》《曼丽》《归雁》《灵海潮汐》《象牙戒指》《云鸥情书集》《庐隐自传》等多部作品集。

③ 周乐山：《悼庐隐女士》//钱虹编：《庐隐集外集》，北京：书目文献出版社，1989 年，第 545 页。

④ 茅盾：《庐隐论》//钱虹编：《庐隐选集》（上册），福州：福建人民出版社，1985 年，第 1 页。

⑤ "女高师"，即北京女子高等师范学校，其前身可以追溯到 1908 年设立的京师女子师范学堂。1912 年中华民国成立后，该校遵教育部令更名为北京女子高等师范学校。

⑥ 刘大杰：《黄庐隐》//钱虹编：《庐隐集外集》，北京：书目文献出版社，1989 年，第 550 页。

曾饶有兴味地回忆她当时得到"小说迷"这　·雅号的经历：当时她迷上小说，一年内除了中国小说名著外，还看完了林（纾）译小说300多种。[①]她一度沉湎于林译小说，竟装病逃学，冒着被学监处罚的风险，躲在帐子里偷偷阅读。[②]林译小说为生长于旧中国典型书香门第、深受传统文学浸染的庐隐开辟了一扇新的窗口，使她对西方文学的兴趣与日俱增。

1919 年考入北京女子高等师范学校后，庐隐通过周作人开设的西洋文学史等课程开阔了视野，获得了了解外国文学的重要渠道。为了阅读外国文学作品，她与几位好友曾自发以重金聘请了一位外国文学修养较高的老师，他们利用暑假学习英文，以便研读外国文学原著。[③]

翻阅庐隐的作品，无论是成就其文坛盛名的小说，还是受同行交口称赞的散文，抑或是独具风格的杂论，当中都随处可见亨利克·易卜生（Henrik Ibsen，1828—1906）、居伊·德·莫泊桑（Guy de Maupassant，1850—1893）、爱弥尔·爱德华·夏尔·安东尼·左拉（Émile Édouard Charles Antoine Zola，1840—1902）、让-雅克·卢梭（Jean-Jacques Rousseau，1712—1778）、亚历山大·谢尔盖耶维奇·普希金（Aleksandr Sergeyevich Pushkin，1799—1837）、珀西·比希·雪莱（Percy Bysshe Shelley，1792—1822）、拉宾德拉纳特·泰戈尔（Rabindranath Tagore，1861—1941）、厨川白村（Kuriyagawa Hakuson，1880—1923）和奥斯卡·王尔德（Oscar Wilde，1854—1900）等外国作家的名字。这位女作家广泛的阅读量和旁征博引的能力令人惊叹。此外，庐隐和德语文学的关系同样密切。

国内学界 20 世纪 80 年代开始留意庐隐和德国文学的关联。杨义指出《维特》的自传体书写对庐隐的《或人的悲哀》等小说的主观抒情章法产生过影响，并认为二者在体裁和构思上相似。[④]杨武能和莫光华认为《或人的悲哀》与《维特》在体裁、人物塑造、故事结局和文句等方面存在相关性，不过《或人的悲哀》在模仿之外还有中国特色。[⑤]范伯群和朱栋霖主编的《1898—1949 中外文学比较史》对庐隐和德国文学关系的解读更为深入。该书首次系统指出庐隐受到《维特》和《茵梦湖》的双重影响，并将这种

---

① 参见庐隐：《庐隐自传》//王国栋编：《庐隐全集》（第六卷），福州：福建教育出版社，2015年，第 52 页。

② 参见庐隐：《中学时代生活的回忆》//王国栋编：《庐隐全集》（第五卷），福州：福建教育出版社，2015 年，第 267-268 页。

③ 参见程俊英：《回忆庐隐二三事》//林伟民编选：《海滨故人庐隐》，北京：人民文学出版社，2001 年，第 23 页。

④ 杨义：《中国现代小说史》（第一卷），北京：人民文学出版社，1986 年，第 274 页。

⑤ 参见杨武能、莫光华：《歌德与中国》，成都：四川人民出版社，2017 年，第 232-233 页。

创作表现归于"一种浪漫主义的探求"①。此外还有借助平行研究解读庐隐的创作和以上两部德国小说之关系的单篇论文。②

遗憾的是,上述研究虽重点各异,但省去了很多求证过程。而将平行研究方法运用于庐隐的文学创作与《维特》的关系的研究,无法真正证实二者的关联。下面将采用文本分析和实证研究方法,揭开庐隐接受《维特》的方法路径及特征表现。

4.2.2 忧郁少年维特的中国知音

郭沫若译《维特》初版问世半年后,庐隐发表了小说《或人的悲哀》。这并非时间上的偶合。《或人的悲哀》由十封信组成,年轻女子亚侠身患疾病,她与周遭环境格格不入,内心感到苦闷和压抑,遂写信向友人 KY 倾诉;后来她得知自己的某位仰慕者抑郁而终,于是精神大受刺激导致病情恶化;在一个夜深人静的夜晚,亚侠投湖自尽告别人世。故事以亚侠表妹写信通知 KY 亚侠的死讯结尾。有研究者认为:"庐隐的《或人的悲哀》,倾诉知识青年亚侠在茫茫的人生大海探求真挚的爱情和人生意义的热烈心愿,传达出了一派悲凉孤寂的情调,加上主人公绝望郁结自杀而死、多愁善感的书信体裁,明显地打上《维特》式浪漫小说的烙印。"③其实两部小说的相似不止于此。就人物性格塑造而言,亚侠与维特一样,因目睹"世界上种种的罪恶的痕迹"④,从乐观向上的青年变成怀疑论者,彷徨而迷茫,最后认定"好像死比生要乐得多"⑤,选择在深夜悄悄结束自己的生命;从叙事结构看,两位主人公为了摆脱精神危机远走他乡开始新生活,却因为人与人之间的虚伪和隔膜更加失望,被迫折返;尤其引人注目的是《或人的悲哀》以表妹附信告知 KY 亚侠的死讯而结尾,这个处理手法和《维特》"编者致告读者"关于维特死讯的做法如出一辙。

① 参见范伯群、朱栋霖主编:《1898—1949 中外文学比较史》(上卷),南京:江苏教育出版社,1993 年,第 319 页。此书在 2007 年有过再版,因需要指明该书在国内学界最早指出庐隐写作和两部德语小说的关系,故此处采用了 1993 年的版本。

② 笔者指的是:史白水:《从维特到亚侠……——〈少年维特的烦恼〉与〈或人的悲哀〉比较研究》,载《青海社会科学》,1991 年第 6 期;谢韵梅:《〈茵梦湖〉与〈象牙戒指〉》,载《中国现代文学研究丛刊》,1990 年第 2 期。

③ 范伯群、朱栋霖主编:《1898—1949 中外文学比较史》(上卷),南京:江苏教育出版社,1993 年,第 317-318 页。

④ 庐隐:《或人的悲哀》//王国栋编:《庐隐全集》(第一卷),福州:福建教育出版社,2015 年,第 225 页。

⑤ 庐隐:《或人的悲哀》//王国栋编:《庐隐全集》(第一卷),福州:福建教育出版社,2015 年,第 225 页。

　　《或人的悲哀》移植了《维特》的部分元素，"书信体+日记体"的叙事方式像一根红线贯穿始终，将二者看似散乱的相似点融合串联起来，从而达到形似和神似的双重效果。从文学功效上看，日记体和书信体写作属于情感宣泄式的创作，聚焦于人物的内心世界，主观性强，牵引读者的注意力，表现人物的喜怒哀乐，抒情色彩强烈。此后，庐隐借助书信体和日记体在"无聊—迷茫/矛盾—绝望—死亡"的"内心循环戏"和"命运叙事"中越走越远："生的漂泊者"①丽石因失去恋人而厌弃生命，任由病痛折磨自身，放弃治疗，主动走向慢性死亡。少女蓝田因轻信他人而失身，名誉受损的同时自感灵魂受到玷污，因此一病不起。弥留之际，她留给朋友一本忏悔日记，预料自己"在这不足留恋的世上，没有多久的时日了"②。在这些小说中找不到《维特》中基督教徒自弃生命的抗争色彩③，但在人物内心的刻画和情节发展的设置上却与《维特》一脉相承。

　　庐隐的小说《父亲》颇值得玩味，还曾引发争议。有研究者认为《父亲》在她的爱情小说中历史和美学价值最高。④但也有研究者批评《父亲》将乱伦叙事合法化，突破了人类社会的道德底线。⑤小说采用嵌套的框架结构，用虚构的日记形式披露了一段禁忌之爱。年轻的继子倾慕风华正茂的庶母，后者温柔贤良，且颇有才情。继子内心憎恶年迈的父亲独占两房妻室，用情不专，沾染恶习，独断专制。他沉浸在想象里，认为自己和庶母是一对完美的恋人，甚至幻想和她奔赴神圣的死亡，用白日梦弥现实情感无法落实的缺憾。他对庶母的纯洁之爱和父亲的纵欲形成强烈对比。他向庶母献上表达爱情的红玫瑰，后者在惊骇之下爱情意识似有萌动。不久后庶母罹患重病，临终前吐露心声："……我和你父亲本没有爱情，我虽然嫁了十年，我总不曾了解过什么是爱情。"⑥她在回光返照中鼓起勇气承认了自己对继子的爱，却很快撒手人寰。庶母之死宣告了继子与封建旧式家

①　庐隐：《丽石的日记》//王国栋编：《庐隐全集》（第一卷），福州：福建教育出版社，2015年，第 279 页。

②　庐隐：《蓝田的忏悔录》//王国栋编：《庐隐全集》（第二卷），福州：福建教育出版社，2015年，第 203 页。

③　对于这一点，小说结尾有过暗示，因为维特是自杀，所以"没有一僧徒伴葬"。见〔德〕歌德：《少年维特之烦恼》，郭沫若译，上海：创造社出版社，1928 年，第 190 页。

④　参见钱虹：《觉醒·苦闷·危机——论五四时期女作家的爱情观念及其描写》，载《文学评论》，1987 年第 2 期，第 100-101 页。

⑤　参见宋剑华：《"自我"的悖论——论新文学"个性解放"的伦理问题》，载《文艺理论研究》，2019 年第 4 期，第 181 页。

⑥　庐隐：《父亲》//王国栋编：《庐隐全集》（第二卷），福州：福建教育出版社，2015 年，第 102 页。

庭最后的联系彻底断裂，继子不再归家。

　　梳理《父亲》的重重叙述脉络，我们发现这部作品比《或人的悲哀》更接近《维特》的精神内核：对独裁者父亲和压抑人性的封建家庭的控诉，以及继子爱恋庶母的有悖伦常，均显示出作者反抗旧道德、旧秩序的先锋色彩，具有强烈的现代意识。这个故事从继子的男性视角展开，超越身份的隐秘之爱如暗流涌动，读来让人心旌摇曳。庶母之死宣告这段爱恋走向终结，未能转化成现实。继子和维特一样容易动情，鄙视世俗和人情往来的庸碌，也曾在表白后痛哭流涕。小说对秘恋的心理刻画和《维特》相似，情感热烈，细腻传神，尤其是继子在内心深处对庶母的热烈召唤几乎可以说是一场非理性的精神狂欢。

　　茅盾敏锐地注意到了《或人的悲哀》对于庐隐创作生涯的风向标意义，一度颇有微词："从《或人的悲哀》（短篇集《海滨故人》的第八篇）起到最近，庐隐所写的长短篇小说，在数量上十倍二十倍于她最初期诸作，然而她告诉我们的，只是一句话：感情与理智冲突下的悲观苦闷。"[1]作为文学研究会首批 21 位会员中唯一的女性，庐隐在初创期一度凭借《一个著作家》和《灵魂可以卖吗》等问题小说[2]在文坛崭露头角，"满身带着'社会运动'的热气"[3]。之后她突然转向言情风格，让文学研究会机关刊物《小说月报》的主编茅盾感到措手不及。茅盾透过庐隐在题材上的"仄狭"断定了她的"停滞"[4]。但是，庐隐在创作题材上由广至狭的退化在心理上和对时代特征的反映上也可能是一种由浅入深的推进[5]。再者，像茅盾这样的主流作家认定社会小说为唯一标杆的观点似乎过于主观。在此标准下，作家必须提供意识形态范畴的先进性和超群性，但却忽略了文学作品对生活和情感表现的真实性。这一标准对以庐隐为代表的女作家群体而言显然是一种苛求。现代女作家们从父系秩序中脱身而出，在寻找自我的道路上跌跌撞撞，在情爱的世界里闯荡沉浮。婚恋问题在男性看来是一方小小天地，充其量只是社会生活的一个侧面，但对女性的意义却大得多。庐隐的成名仰赖问题小说，但《维特》长于自我表露，强调情感抒发的叙事模式给予了她新的创作灵感，并激发出新的艺术表达形式。自此她的女性意识得到

---

① 茅盾：《庐隐论》//钱虹编：《庐隐选集》（上册），福州：福建人民出版社，1985 年，第 3 页。
② 问题小说是 1919—1925 年流行的一种小说类型，集中反映政治、社会、道德、教育和婚姻等人生问题，关注人的人生价值和生存真谛。
③ 茅盾：《庐隐论》//钱虹编：《庐隐选集》（上册），福州：福建人民出版社，1985 年，第 2 页。
④ 茅盾：《庐隐论》//钱虹编：《庐隐选集》（上册），福州：福建人民出版社，1985 年，第 1-2 页。
⑤ 乔以钢：《中国女性与文学——乔以钢自选集》，天津：南开大学出版社，2004 年，第 246 页。

前所未有的发掘，她执着探寻着情爱世界，在艺术世界里对爱情寄予无尽期望，又在抒写爱情的世界里批判社会，剖析自我。

除了创作实践外，庐隐还曾经从文学研究的角度考察过《维特》，对这部小说在德国的反响也略知一二："哥德①的《少年维特之烦恼》，其影响于当时青年的思想极大。"②她曾盛赞"如歌德所著《少年维特之烦恼》完全是作者心灵被压迫的呼声"，并认为"如用心理学的——精神分析法来分析就可知道其所以写这篇作品的原因"③。庐隐提议用精神分析理论探讨歌德创作《维特》的原因，这种提法对于《维特》的文学性解读无疑是简单化的，但是相对于其他女作家却是往前迈了一大步。毕竟放眼同时代的其他女作家，除了庐隐以外还没有人从文论视角有过类似提议。

庐隐是中国现代作家中最早对《维特》表现出兴趣和创作反馈的作家之一。她凭借问题小说写作闯入文坛，后期开始关注女性的情爱世界，艺术风格渐趋统一，运笔似乎也更得心应手。她塑造的"悲哀之海、泪的世界和残冷天地"彰显出这位才女作家的审美格调，也向读者证明了她是忧郁的德国少年维特的异国知音。

4.3　冯沅君爱情书写中的"维特元素"

4.3.1　文学史家与《维特》结缘

本节将冯沅君④纳入考察视野，并从爱情叙事的层面评析《维特》对冯沅君小说创作的影响。迄今为止，学界对冯沅君的写作与《维特》关系的认识停留在20世纪80年代德国汉学界的一篇论文上。文章认为，冯沅君的处女作《隔绝》直接影射了《维特》；两篇小说在母题和主题上十分相似。文章作者指出，冯沅君对《维特》的接受可以看作"维特热"在中国传播

---

① 即歌德。
② 庐隐：《著作家应有的修养》//王国栋编：《庐隐全集》（第五卷），福州：福建教育出版社，2015年，第235-236页。
③ 庐隐：《研究文学的方法——在今是中学文学会的讲演稿》//王国栋编：《庐隐全集》（第二卷），福州：福建教育出版社，2015年，第298页。
④ 冯沅君，原名冯恭兰，后改名淑兰，字德馥，笔名淦女士、沅君、易安、大琦和吴仪等，河南唐河县人，现代作家，文学史家；1917年入北京女子高等师范学校，1922年毕业后考入北京大学成为国学门首位女研究生，1925年起先后在金陵大学、暨南大学、复旦大学、安徽大学和北京大学等校任教，1932年赴巴黎留学，1935年获巴黎大学文学院博士学位后归国，1949年之后任教于山东大学；出版过短篇小说集《卷葹》《春痕》《劫灰》，文学研究专著有《宋词概论》《张玉田年谱》《古优解》《古剧说汇》等，与同为文学史家的丈夫陆侃如合著有《中国诗史》《中国文学史简编》等。

的一个重要证据。①然而，细读这位现代女作家的全部作品，我们发现《维特》对她的影响不止于此。无论是她早期身为创造社"同心的朋友"②发表的"隔绝"系列小说，还是她和创造社终止合作后发表的作品都与《维特》有密切关系。但冯沅君受《维特》影响的维度不同于庐隐：这位女作家在新文化运动即将退潮时才缓缓出场，她的文学创作话题几乎全部集中于自由恋爱和反对包办婚姻，《维特》几乎贯穿其爱情小说的灵魂和主要脉络。题材细微而感受真切是冯沅君爱情小说的一大特点。本节通过剖析和解读冯沅君小说的爱情叙事，力图证明《维特》为她的文学创作提供了丰富的艺术和精神资源。

相比其他同时代女作家，冯沅君的身份定位呈现出两面性。从求学道路和学术成就来看，她 1917 年考入北京女子高等师范学校国文专修科，毕业后成为北京大学国学门历史上专事古典文学研究的首位女研究生，1932 年赴巴黎大学深造；后凭借《中国诗史》（合著）、《中国文学史简编》（合著）、《古优解》和《古剧说汇》等著作在学术界奠定了中国古典文学研究专家的地位。但很多人不知道，这位女学者曾以"淦女士"③为笔名发表了一系列倡导婚姻自由的作品，大胆、勇敢、率直、热情地歌颂自由恋爱，在文坛引起轰动，被誉为"女性现代小说的爱情拓荒者"④。

冯沅君的文学创作生涯较短，有研究者指出她曾经从易卜生、列夫·尼古拉耶维奇·托尔斯泰（Leo Nikolayevich Tolstoy，1828—1910）、威廉·莎士比亚（William Shakespeare，1564—1616）和歌德等外国文学大师的作品中汲取丰富的养料。⑤下文着重讨论歌德的《维特》对这位女作家的文学创作的影响。鉴于冯沅君的创作期主要是 1924—1929 年，主要作品集中于《卷葹》《劫灰》《春痕》三部小说集，也散见于《语丝》《莽原》《晨报副刊》《现代评论》等诸多期刊，因此研究围绕冯沅君在上述刊物上发表的作品而展开。

---

① Lang-Tan, Goat Koei: Die Werther-Nachempfindung in der chinesischen Frauenerzählung der zwanziger Jahre. *Asien*, Nr. 16., 1985, S. 94-98.
② 参见成仿吾：《一年的回顾》，载《创造周报》，1924 年第 52 期，第 14 页。
③ 在创造社刊物上发表文章期间，冯沅君使用的是"淦女士"这一笔名。后来她转投其他刊物时采用了"大琦"和"易安"等笔名。
④ 王绯：《空前之迹——1851—1930：中国妇女思想与文学发展史论》，北京：商务印书馆，2004 年，第 529-530 页。
⑤ 参见乔以钢：《中国女性与文学——乔以钢自选集》，天津：南开大学出版社，2004 年，第 274 页。

4.3.2　个体遭遇和维特精神的感召：爱情至上主义的诱惑

《维特》的感伤元素、心理描写和难以实现的倾心之爱打动了成千上万的中国读者。[①]很多中国新文学的开拓者也有切身感受。受旧式婚姻束缚的郭沫若不但翻译了《维特》，还奋力鼓吹自由恋爱的纯洁和神圣。[②]几度逃婚出走的谢冰莹曾把《维特》"一连看过五遍"[③]。

冯沅君也有过类似困扰。她为了实现婚恋自由而北上求学，最终摆脱了包办婚姻的束缚并实现自由恋爱。[④]她的丈夫陆侃如（1903—1978）在追忆亡妻时曾说："沅君在家乡时，只知道'文学'包括诗词歌赋。后来到北京上学，读到文学研究会和创造社出版的新文艺作品，特别是郭沫若同志的热情洋溢、才气纵横的诗歌、小说、戏剧，大大开阔了眼界，引导她反传统的战斗，不仅有原来争取妇女和男子享受平等受教育的权利的一面，而且引导她走上争取妇女婚姻自主的自由权利的一面。"[⑤]这番话指出了郭沫若作品对冯沅君的指导意义，而帮助郭氏在译坛奠定一席之地、堪称其翻译代表作的《维特》想必也名列其中。

反对旧式婚姻仅仅是手段，其根本是要树立现代的爱情观。在维特眼中，"没有爱情的世界"就等于"没有光亮的神灯"[⑥]。维特视爱情高于一切，可以为爱倾尽所有。[⑦]《维特》宣扬的爱情观与以"父母之命，媒妁之言"为核心的中国传统婚姻理念截然不同，却道出了很多中国"维特迷"的心声。这种唯爱情论具有强烈的个人主义色彩：个人意志是唯一规范和标尺，对自我的器重和对自由的追求至关重要。这样的爱情强调要听从内心的指引和需要，推崇绝对化和神圣化。对爱情的坚守可以突破道德伦理的约束，爱情实现与否关乎个人存在与否。唯爱情论将爱情推至意识形态

---

① Ascher, Barbara. Aspekte der Werther—Rezeption in China (Die ersten Jahrzente des 20. Jahrhunderts). In Günther Debon und Adrian Hsia (Hrsg.): *Goethe und China—China und Goethe: Bericht des Heidelberger Symposions*. Bern; Frankfurt am Main; New York; Peter Lang Verlag, 1985. S. 144.

② 参见郭沫若：《引序》// 〔德〕歌德：《少年维特之烦恼》，郭沫若译，上海：创造社出版社，1928 年，第 3-4 页。

③ 谢冰莹：《一个女兵的自传》，上海：上海良友图书印刷公司，1936 年，第 90 页。

④ 冯沅君幼时曾在河南家乡定亲，去北京上学后自由恋爱，几经争取后解除了包办婚约。参见孙瑞轸：《和封建传统战斗的冯沅君》，载《新文学史料》，1981 年第 4 期，第 165-171 页。另有传记作品详细记载了冯沅君解除婚约和争取恋爱自由的往事，参见严蓉仙：《冯沅君传》，北京：人民文学出版社，2008 年，第 16 页和第 64 页。

⑤ 陆侃如：《忆沅君——沉痛悼念冯沅君同志逝世四周年》，载《新文学史料》，1979 年第 3 期，第 114 页。

⑥ 〔德〕歌德：《少年维特之烦恼》，郭沫若译，上海：创造社出版社，1928 年，第 51 页。

⑦ 〔德〕歌德：《少年维特之烦恼》，郭沫若译，上海：创造社出版社，1928 年，第 16 页。

的高度，使之成为判断个人自由意志是否实现的标准。

如此爱情至上主义脱离了现实环境，却因为超脱现实和理想主义的光芒而充满诱惑性。对于刚刚走出深闺的冯沅君而言，这种爱情理想主义足以构成强大的吸引力。在早期几部自传色彩较强的小说中，作家通过背负旧式婚约却试图争取自由恋爱的女主人公之口为爱情至上主义摇旗呐喊。[①]《隔绝》的女主人公为争取自由恋爱与母亲发生冲突，遭到囚禁，她在信中向恋人大声疾呼："身命可以牺牲，意志自由不可以牺牲，不得自由我宁死。人们要不知道争恋爱自由，则所有的一切都不必提了。……我们的爱情是绝对的，无限的……"[②]《旅行》则以一对自由恋爱的情侣的某次秘密出游为主线，宣扬这样的爱情观："我们所要求的爱是绝对的无限的。我们只有让他自由发展，决不能使他受委屈，为讨旧礼教旧习惯的好。"[③]

在冯沅君的爱情小说里，爱情必须是绝对自由的选择，是比生命更高尚的存在。短篇小说《林先生的信》暗示了这种爱情至上主义的根源。一群学生课余时围绕教师林先生女友的情书争论不休。这封信交代了两人恋情告急的原因，既有女方家人的阻挠，又有男方移情别恋的疑云。学生们七嘴八舌地发表看法，有一位学生否认林先生精神出轨的可能，理由是："……他向来主张爱要澈底的，有一次他同我们谈少年维特之烦恼时曾宣布过这种主义。"[④]小说中自始至终都未出场的中心人物林先生没有机会为自己申辩，而故事结尾林先生表弟的失望和愤怒似乎又是对爱情至上主义的深度怀疑。但是，作者冯沅君却深谙这种唯爱情论，并至少在相当长的一段时间内保持这一信仰。她所有的爱情小说都遵循两种叙述基调：对爱情的坚持和信仰（如《卷葹》），或是对爱情健忘症的嘲讽和批判（如短篇小说《缘法》和《贞妇》）。

生于旧式官宦家庭、曾受包办婚约束缚的冯沅君在跨入高等学府后呼吸到了自由空气。她一边承受着自由恋爱受阻的痛苦，一边与追求情爱自由的浪漫文学惺惺相惜。于是像《维特》这样的小说顺理成章进入她的阅

---

① 这些作品部分再现了作者本人的情感经历。作者的朋友曾指出她的早期作品与她的亲身经历有关："当友人告我这件隔绝的事实时，——那时我尚未读到隔绝，——我还说：'真想不到这样的事实会发生在淦女士的生命里。'……真实的情感，只能附着在真实的人们的灵魂里。"参见萍霞：《读〈隔绝〉与〈旅行〉》，载《京报副刊》，1924 年第 3 期，第 8 页。

② 淦女士：《隔绝》，载《创造季刊》，1924 年第 2 卷第 2 期，第 67 页。"淦女士"是冯沅君的笔名之一。

③ 淦女士：《旅行》，载《创造周报》，1924 年第 45 期，第 5 页。

④ 大琦：《林先生的信》，载《莽原》，1926 年第 1 卷第 12 期，第 494 页。"大琦"是冯沅君的笔名之一。

读视野并唤起她的情感共鸣。不过她并不满足于当普通读者，她还在小说创作中呼应《维特》，与之形成文学共振。

4.3.3　《卷葹》：早期作品的"维特因素"

有论者指出，《维特》中译本的巨大成功引发了大量重写本和仿写本的问世，维特的诸多烦恼常见于新文学作品，而冯沅君的小说《隔绝》模仿《维特》的迹象十分明显。[①]其实，"维特元素"贯穿了冯沅君早期的小说，并不限于《隔绝》。

1926 年出版的小说集《卷葹》是冯沅君以"淦女士"为笔名向文坛交出的第一份答卷。该集收录的《隔绝》《旅行》《慈母》《隔绝之后》等四个短篇在结集出版前曾发表在创造社的刊物上。各篇的主要人物虽然姓名不同，但性格与身份相似，处境相同，而且各个故事之间的情节相互嵌套，可以看作对同一个故事的连贯叙述。[②]

《卷葹》的叙述主线是一场热烈缠绵却不为家庭和世俗所认同的爱情。女主人公奋力挣扎在刻骨铭心的自由恋爱和以母亲为代表的封建婚姻维护者对她的爱的"隔绝"之间。刚刚萌发自主意识的新生力量和受旧式伦理道德支撑的力量之间爆发了尖锐冲突，最终女主人公和她的恋人殉情而死。这个短篇系列的情节被尽量淡化，抒情色彩浓烈，以心理描写为主，叙述带有明显的欧化印记。郭沫若曾指出《维特》"几乎全是一些抒情的书简所集成，叙事的分子极少，所以我们与其说是小说，宁说是诗，宁说是一部散文诗集"[③]。《卷葹》同样是以爱情为题的散文诗。《隔绝》中有一处心理描写直接指涉《维特》。女主人公纕华因心有所属而拒绝包办婚姻，为此遭到母亲软禁。其间她回忆起与恋人青霭初次约会时的甜蜜场景，当时两人情不自禁地想亲近对方："那时我的心神也已经不能自持了，同'维特'的脚和'绿蒂'的脚接触时所感受的一样。"[④]无独有偶，维特曾写信向朋友描述与绿蒂发生肢体接触后的内心悸动："我的指头无意之间触着她的指头的时候，我们的脚互相在桌下遇着的时候，我全身底血液要沸腾起来了哟！"[⑤]

这两段分别从女性和男性的视角出发描述与异性身体接触后的感受和

---

①　参见昌切：《弃德而就英法——近百年前浪漫主义中国行》，载《文艺争鸣》，2018 年第 9 期，第 15 页。

②　在这些小说中，从情节和逻辑上看，只有《慈母》与另外三篇稍有出入。

③　郭沫若：《少年维特之烦恼·序引》，《创造季刊》，1922 年第 1 卷第 1 期，第 131 页。

④　淦女士：《隔绝》，载《创造季刊》，1924 年第 2 卷第 2 期，第 71 页。

⑤　〔德〕歌德：《少年维特之烦恼》，郭沫若译，上海：创造社出版社，1928 年，第 50 页。

欲望。相对于传统意义下进攻性和主导欲更强的男性，强调女性声音和体验的做法尤为大胆。接受过新式教育的繻华在与恋人亲近的时刻，由当时的场景联想起维特和绿蒂的相处，可见她已将自我生存艺术化，如同置身于一场轰轰烈烈的西方爱情剧。作者也许想暗示读者，女主人公的爱情经历也是西方浪漫故事的延伸。事实的发展的确如此：繻华为保全爱情，不惜服毒，以死抗争。

相对于情感的恣意迸发，冯沅君对情欲的描写非常拘谨保守。她笔下的主人公内心丰富活跃，却缺乏行动力和决断力，不敢把爱的欲望转化为两性结合。鲁迅曾如此评价《卷葹》中的爱情描写："……实在是五四运动之后，将毅然和传统战斗，而又怕敢毅然和传统战斗，遂不得不复活其'缠绵悱恻之情'的青年们的真实的写照。"①想冲破性禁忌的铁幕，仅凭一时的激情和勇气显然不够。冯沅君在描写爱情时顾忌颇多，决绝反抗后缺乏实际行动，因为行动者被沉重的传统思想绑缚。《卷葹》小说集中欲说还休的含糊表达印证了作者这种矛盾心态，比如《旅行》：

> 他那一间房简直是作样子的，充其量也只是他的会客室而已。起初我自然是很难以为情，尤其是当他的朋友们来找他，他从我的房里出去会他们，和我的表妹来看我，他在我的房里读书的时候，后来也就安之若素了。好像我们就是……其实除了法律同……的关系外，我们相爱的程度可以说已超过一切人间的关系，别说……②

这里省略掉的三处，若依次加以填充，可能是夫妻、性和夫妻关系。同样的情况也出现在《隔绝》和《慈母》等短篇中。③这些反复出现的表达引起诸多学者的注意。有学者以女性主义视角为突破口指出，这些想爱又

---

① 鲁迅：《中国新文学大系·小说二集》，上海：上海良友图书印刷公司，1935 年，"导言"第 7 页。本书依据的是上海文艺出版社 2003 年的影印本。
② 淦女士：《旅行》，载《创造周报》，1924 年第 45 期，第3-4 页。
③ "就在那年冬天，万牲园内宴春园茶楼上，你在我的面前哭着，说除我而外你什么都不信仰……我就是你的上帝。……实行……的请求。我回答你：自此而后我除了你而外不再爱任何一个人，我们永久是这样，待有了相当时机我们再……。你的目的达到了，温柔的微笑登时在你那还含着余泪的眼上涌现出来，你先用手按着我的双肩，低低的叫我声姐姐，并说我们是……。"（参见《隔绝》，载《创造季刊》，1924 年第 2 卷第 2 期，第 72-73 页）此处隐去的内容，依然和性有关。其他处从略。此外，《卷葹》1928 年再版时增收的小说《误点》也在涉及性话语时采用了类似处理方式。

不敢爱、颇多顾忌的矛盾心态描写透露出作者某种难言的隐秘心理。[①]在笔者看来，这种表现手段反映出一种悖谬：激昂、迫切的爱情宣言和对灵肉统一的强烈渴望，与无法言说的困窘和尴尬产生了激烈碰撞。如何在表达与缄默之间找到平衡？冯沅君用符号遮蔽两性关系语词，替代了对两性关系的直接描述。

这种"话语空缺"[②]留给读者的想象空间极其有限，稍加分析就能推断其中含义。与其说是为了掩藏人物的羞涩和逃避，不如说是为了掩饰身为未婚女性的冯沅君面对情欲关系描写时的惶惑和不安。"有情无欲"和"有情无性"的表述承袭了中国旧式言情小说传统。数千年来的宗教礼法观念对女性叙事者和写作者形成了巨大压迫：她们谨守信念和分寸，发乎情止乎礼，面对两性关系时犹豫踌躇。值得一提的是，这种潜隐暗示的手法在冯沅君同时代的文学作品中并不常见，但又并非她独创。而《维特》倒可以提供一种答案。

维特和绿蒂重逢后，看到她被无聊的婚后生活困住，内心思忖："……我开心的是，阿伯尔[③]好像不像他……所希望的那么幸福，也不像我……自信会……，假使……"[④]维特的真实想法是：如果自己可以与绿蒂结婚，他有信心使她幸福。于情于理，如此明目张胆的假设都十分不妥，所以维特只能隐晦地说明心意，并这样解释："我不是爱用这些虚线，但是我除此以外，没有别的表现法，我想这也就很明了了。"[⑤]这句话也可以解释《卷葹》中女主人公的真实想法：未婚女子尽管被爱情搅得内心狂热，但一旦需要郑重表达对婚姻和性的看法时，又觉得难以启齿。

冯沅君在《卷葹》中频繁运用这种隐曲的话语表达策略来表现人物内心世界的复杂性和丰富性。青年们强烈渴望自由恋爱，发出内心的真实诉求。他们希望解放个性，追求自我意志的实现，但理性觉悟尚未真正沉淀，面对强大的社会传统和伦理规约时依然矛盾纠结，因而不得不徘徊四顾。冯沅君抓住这种心态展露了知识女性在恋爱过程中的"难言之隐"。

如果说如何表白爱情和姿态含蓄与否有关，那么自杀就是决绝的表态。

---

① 参见刘思谦：《"娜拉"言说：中国现代女作家心路纪程》，开封：河南大学出版社，2007年，第34页。

② 此处借用了刘思谦的说法，她在《"娜拉"言说：中国现代女作家心路纪程》中将省略号暗示两性关系的做法称为"话语空缺"。

③ 即阿尔伯特。

④ 〔德〕歌德：《少年维特之烦恼》，郭沫若译，上海：创造社出版社，1928年，第119-120页。

⑤ 〔德〕歌德：《少年维特之烦恼》，郭沫若译，上海：创造社出版社，1928年，第120页。

死亡是贯穿《维特》始终的母题。维特镇定地给朋友们留下遗书，从容安排好一切。面对死亡，他并不恐惧，甚至有所期待。他暗示绿蒂，他将怀抱永恒的爱的信念走向死亡。尽管有"这一瞬间的分离"，但"两人都不会绝灭"。[1]无独有偶，一位《维特》中译者这样理解维特的自杀行为：

> 牺牲是情爱之花；
> 自杀何尝非情爱之果？
> 没有痛苦那有代价！
> 谁说自杀者到头是末日末路！
> 谁说自杀者的成就仅一座冷墓！[2]

　　在这位译者看来，维特之死不是个人的失败，而是自我的实现。这样理解《卷葹》也未尝不可。男女主人公奋力抗争却殉情而亡。在家庭、社会的重压下，一对新青年在新时代上演了一出古典悲剧。从表面上看，在女性解放、自由恋爱的垄断话语下，传统伦理道德与现代思想似乎再次衔接，然而这出惨烈激昂的现代爱情剧与中国古典小说的殉情故事却有着截然不同的精神内涵。另外一点不同在于，现代意义上的西方爱情小说以心理描写为主，面临如何向内心发展，以及如何深入表现人的情绪和人心变化等问题。而中国古代言情小说以叙事为主，看重情节。《卷葹》显然有西方现代爱情小说的影子。这对青年男女"自愿为争恋爱自由而牺牲的先声"[3]，洋溢着某种个人英雄主义色彩。敢为天下先，为后来者的爱情之路当一回先锋。从这个角度来看，为爱自杀不是妥协，而是悲情果敢的抗争，并不完全只有负面意义。[4]

　　迫使新青年放弃这样的爱情必须找到合理的理由，比如忠孝节义。而在这个小说系列中，"母爱"成为重要理由。当二者无法兼顾，又想坚持以自由为最高理想的爱情时，为实现其合法性，只能以牺牲肉身为代价。这样的惨烈和决绝在《维特》里未尝没有出现。但是，维特要实现的自由的

① 〔德〕歌德：《少年维特之烦恼》，郭沫若译，上海：创造社出版社，1928年，第177页。
② 达观生：《题自己译的〈少年维特的烦恼〉》//〔德〕歌德：《少年维特的烦恼》，达观生译，上海：世界书局，1932年，第1-2页。上文中引用的诗歌来自上海图书馆手抄民国书册。
③ 淦女士：《隔绝之后》，载《创造周报》，1926年第49期，第4页。
④ 冯沅君笔下这种超越才子佳人爱情叙事传统的小说是对封建礼教剥夺女性爱情权利的反叛。但也有研究者认为这样的爱情憧憬在当时并非个人经验感受，而是一种与实际相差甚远的浪漫想象。这种想象因缺乏普遍性只能成为女性主义启蒙过程的纪念品。参见李国英：《"五四"女性文学中情爱主题的考察》，载《文艺理论与批评》，2007年第5期，第113页。

内涵比爱情要丰富和广泛得多，并非只有"痴""嗔""疯""魔"的男女之情，其本质是个人意志的自由。

小说《隔绝之后》的结局揭示了它和《维特》的内在联系：死亡成就生前难以实现的愿望，自杀使爱情升华，实现爱的永恒。死亡不只是终结。《维特》给中国读者带来的震撼效应集中体现在超越世俗的爱情观念上。抽象的爱情成了个人自由的代名词，而死亡可以把爱情推向巅峰，帮助个人完成自我救赎。《维特》催生了缦华这样为爱勇敢赴死的逆女。这位伦常的悖逆者为了实现精神自由和人格自由不惜放弃生命，而她的恋人也最终以殉情表达抗争。这种以死相搏的方式注定是失败的，因为生命的逝去泯灭了言说和声辩的可能，但以死相搏的方式又最大限度地体现出个人的最高理想和终极诉求。维特的爱情因死亡蒙上悲情色彩，中国恋人的生死相随将他们具备现代性内涵的爱情理念诠释得淋漓尽致，同时把这种人类普遍的精神活动的意义提升到新高度：当人们在生存与死亡之间抉择时，爱情的意义和价值被放大，甚至被意识形态化、被神圣化，被升华到生命意志自由的高度，成为现代人的信仰。西方爱情文学中包含的坦荡开放的生命意识和为爱赴死的豁达姿态在《卷葹》中有所体现。

《卷葹》一书表现出冯沅君初期创作的"维特因素"。如果说她将《维特》的场景设置运用到小说中只是一种粗浅的模仿，那么"话语空缺"的频繁使用说明她已经开始尝试新的叙事技巧。随后，她通过突显个人意志的自杀行为为这个故事画上句号。比起中国传统爱情故事，这样的言说更像西方式的，乃至维特式的。当然，这部小说集也不是对《维特》的单纯模仿，由于母亲权威在这个作品中的凸显，母亲的意志对于自由爱情的阻挠始终以一条隐性但鲜明的线索存在。中国化的理欲冲突在《卷葹》中得到强化，这一点有别于《维特》，也更符合现代中国的语境：当时的青年为追求自由恋爱而反抗包办婚姻，父子（母子）冲突引发的理欲冲突在所难免。

4.3.4　《劫灰》：维特故事的中国式演绎

有文学史家注意到，冯沅君早期的文艺观带有创造社浪漫主义的深刻印痕。[1]其实，冯沅君最初在文坛崭露头角时，致力于新文学创作和评论的刊物层出不穷，持不同理念的文学团体常常掀起笔战，论争之声不绝于耳。

---

① 参见杨义：《中国现代小说史》（第一卷），北京：人民文学出版社，1986年，第271页。

当时文坛新秀冯沅君选择将四篇小说投向创造社刊物，后被悉数录用。①创造社主将郭沫若的译家名声得益于《维特》，自然欢迎充满"维特气息"的爱情小说。换言之，冯沅君的四篇小说能有机会在创造社刊物上发表，也是双方文艺主张合拍的结果。冯沅君为数不多的杂文透露出她与创造社的艺术主张接近。她相信"文艺之可贵，即在其能抒写人之难言的痛苦或欢愉"②；她认为文艺就是"将此叹息号泣及欢呼用种文字象征出来"③；她从自身经验出发，看准了"文艺的创作全凭兴会，而此兴会又是稍纵即逝"④。这种为艺术而艺术的观念符合创造社的艺术初衷，于是，创造社也将冯沅君视为"同心的朋友"和有潜力的新作者。⑤不久后，冯沅君的作品突然在创造社刊物上绝迹，原因与文学写作本身无关。⑥

　　从创造社刊物转战《语丝》《莽原》《现代评论》等文艺期刊后，冯沅君将笔名由"淦女士"改为"大琦""沅君""易安"，但并没有彻底告别与《维特》相关的爱情叙事。她开始尝试在《贞妇》《劫灰》等小说中融入现实主义色彩，但评论界更看好的依然是她的爱情小说。当时的评论可谓一针见血："在这三个集子里，也有抛弃了两性恋的题材，去描写一两件故乡的'劫灰'的，可是，她的笔致却不能如她描写恋爱小说时的'运用自如'，

---

① 此处指《卷葹》初版收录的四篇作品。

② 冯沅君：《"无病呻吟"》//袁士硕、张可礼主编：《陆侃如冯沅君合集》（第 15 卷），合肥：安徽教育出版社，2011 年，第 235 页。

③ 冯沅君：《愁》//袁士硕、张可礼主编：《陆侃如冯沅君合集》（第 15 卷），合肥：安徽教育出版社，2011 年，第 239 页。

④ 冯沅君：《闲暇与文艺》//袁士硕、张可礼主编：《陆侃如冯沅君合集》（第 15 卷），合肥：安徽教育出版社，2011 年，第 240-241 页。

⑤ 笔者查阅中国社会科学院文学研究所总纂《中国文学史资料全编·现代卷》的《创造社资料》上、下两册，无论是执委名录、出版部通告还是较细致的回忆录部分，都没有找到冯沅君加入创造社的相关信息，倒是成仿吾的一篇文章隐约透露了冯沅君与创造社的关系："在我们这一年——很长很长的一年的工作之中，我们深幸得到了几个同心的朋友，他们给了我们不少的气力，他们是一个维系我们的希望的星斗。他们之中，我们尤其感激倪贻德，周全平，淦女士和敬隐渔四位。"参见成仿吾：《一年的回顾》，载《创造周报》，1924 年第 52 期，第 14 页。

⑥ 冯沅君后来将这几篇小说合集为《卷葹》后转投鲁迅主编的《乌合丛书》，且从此不再在创造社刊物上发表作品。对于这段纠葛，可参见鲁迅 1926 年 12 月 5 日致韦素园的信："前得静农信，说起《卷葹》，我为之叹息，他所听来的事，和我所经历的是全不对的。这稿子，是品青来说，说愿出在《乌合》中，已由小峰允印，将来托我编定，只四篇。我说四篇太少；他说这是一时期的，正是一段落，够了。我即心知其意，这四篇是都登在《创造》上的，现创造社不与作者商量，即翻印出售，所以要用《乌合》去抵制他们，至于未落创造社之手的以后的几篇，却不欲轻轻送人《乌合》之内。"参见鲁迅：《鲁迅书信一》，北京：人民文学出版社，2006 年，第 317 页。注：品青即王品青，冯沅君当时的恋人。从鲁迅的信中大致可了解到，创造社在未得到冯沅君许可的情况下私自翻印并出售她的作品，引起后者的不满。她后来转投《乌合丛书》，应该是为了抵制创造社的侵权行为。

她，终极，还是长于恋爱生活的描写。"①

如果说冯沅君最初的作品在主题和精神上接近《维特》，那么她后来的小说则从文学技巧本身趋近《维特》。②《我已在爱神前犯罪了!》（下文简称《我》）中，一位女校男教师给友人写信，倾诉自己对某位学生的暗恋。这是冯沅君首次以"女扮男装"的方式透过男性视角窥探隐秘的爱情世界。这也是《维特》讲故事的视角。维特曾不厌其烦地向朋友描述绿蒂的美貌、动人的舞姿和深邃的思想。男教师向朋友夸赞暗恋对象的美貌和才气的方式与维特如出一辙。作家选择从男性视点倾诉，以便拉开距离观察女性。和绿蒂一样，《我》中的女学生作为被看的对象隐藏在讲述者身后，始终深深吸引着读者的注意力。

熟悉《维特》的读者可能对其语言的繁复和细节的琐碎印象深刻。维特与绿蒂手脚相触时的心潮澎湃，以及与她并肩而坐时的内心悸动，让读者窥见暗恋者的内心世界。《我》也塑造了同样多情的青年。男教师单恋学生，陶醉于她羞涩妩媚的少女气息，在监考时情不自禁地试图"向她作亲爱的表示"③。但热忱的暗恋难以开花结果。绿蒂已有未婚夫，暗恋者维特唯有止步不前。这位男教师也面临道德拷问，因为他已有家室，有必要约束情感，包括精神出轨。但小说作者对这段三角恋的表态却很暧昧：读者很难在里面看到作者对精神出轨的道德批判，反而被唤起对这位备受煎熬的男士的百般同情；且小说描述的仅仅是恋情片段，结局是开放式的，未来似乎还有可能。

继《我》之后，《潜悼》也是冯沅君后期颇受关注的作品之一。这部小说由曹植的《洛神赋》诗句引出，其中穿插方言俚语，抒写了一曲江南风情浓郁的爱情悲歌。"潜悼"主诉者是一位"灵魂还未为道学家的酸气腐气薰透"④的青年。他在悼词中追述与一位已经亡故的族嫂的生命交集，吐露对她潜藏许久的爱恋，揭开一段婚外爱情的前因后果。⑤生者缅怀逝者，他在这份不能公之于众的悼词中袒露徘徊于欲望和伦理之间的痛苦，以及无法把握人生的虚无感。

《潜悼》的倾诉者也是一位陷入单恋的男主人公。爱情至上的他身上有

---

① 黄英编：《现代中国女作家》，上海：北新书局，1931年，第112页。
② 相关文学技巧主要包括情节铺陈、人物关系和叙事方式。
③ 沅君：《我已在爱神前犯罪了!》，载《莽原》，1925年第6期，第139页。
④ 冯沅君：《潜悼》//袁士硕、张可礼主编：《陆侃如冯沅君合集》（第15卷），合肥：安徽教育出版社，2011年，第102页。
⑤ 当时以叔嫂恋作为主题的小说为数不少，比如向培良的《飘渺的梦》和郭沫若的《叶罗提之墓》都记叙了小叔子和嫂子之间的私恋，实际是有违伦理道德的。

维特的某些投影。他秉承与一般道学家不同的见解，高调宣布："浪漫的爱神，根本上就不认识人间的虚伪的道德。"[①]正因如此，他才敢违背传统爱上族嫂。女主人公具备"容色、姿态、神韵，甚至于灵魂深处的美"[②]，时而活泼，时而沉静。随着回忆的展开，读者看到她对男主人公"若即若离，迷离荒忽"[③]，情感摇摆不定。这种含糊暧昧的态度恰如维特与绿蒂的微妙关系。女主人公的丈夫——男主人公"我"的族兄珪哥——则完全缺席。有关他的只言片语——"老成练达，素薄儿女闲情"[④]——是一种暗示：珪哥实际上扮演了绿蒂丈夫阿尔伯特的角色。两者的共同点是务实能干，但对儿女情长之事十分寡淡。在《维特》中，理性务实的阿尔伯特和热情率真的维特形成鲜明对照，同样，在这部小说中老成持重的珪哥和感性多情的"我"也截然相反。

　　女主人公的爱情天平会偏向哪一方？《潜悼》延续了《维特》的主要人物关系设置，却没有完全依照后者的故事走向。小说的女主人公因病而亡，她的爱情归属成了未解之谜。这一结局偏离了《维特》的故事文本，或许是对模仿影响的摆脱，或许有冯沅君作为女性创作者的微妙心态：尽管叙事是从男性视角出发，但女性有权将爱情的秘密保留到最后。男性对女性的缠绵思恋随着后者的逝去而化作无声的"潜悼"。柔肠百结的禁忌之恋随风消散，恋者的深情无处安放。

　　《潜悼》的篇幅决定了它的心理描写不如《维特》精细入微，但"我"的内心活动对整部作品的作用不容小觑。如果将《维特》和《潜悼》对读，我们会发现很有意思的现象。维特因为无意中碰到绿蒂的手指和脚而激动莫名，"我"打牌时因和族嫂手脚相触而欣幸不已；维特因为绿蒂随口一句"可爱的维特"而欣喜若狂，"我"因被族嫂称为"莹弟"而认定自己得到垂青；绿蒂无意间转头一瞥让维特感到莫大的慰藉，而族嫂无意中的玩笑话让"我"认定她在意"我"；维特坚信和绿蒂"同相契合"，而"我"自认为和族嫂的默契程度更胜族兄。我们发现，中国青年"我"几乎以德国青年维特的方式思考问题，效仿维特的情感逻辑陷入无法自拔的单恋。很

① 冯沅君：《潜悼》//袁士硕、张可礼主编：《陆侃如冯沅君合集》（第 15 卷），合肥：安徽教育出版社，2011 年，第 89 页。

② 冯沅君：《潜悼》//袁士硕、张可礼主编：《陆侃如冯沅君合集》（第 15 卷），合肥：安徽教育出版社，2011 年，第 91 页。

③ 冯沅君：《潜悼》//袁士硕、张可礼主编：《陆侃如冯沅君合集》（第 15 卷），合肥：安徽教育出版社，2011 年，第 102 页。

④ 冯沅君：《潜悼》//袁士硕、张可礼主编：《陆侃如冯沅君合集》（第 15 卷），合肥：安徽教育出版社，2011 年，第 98 页。

多原本属于维特的措辞和心理都被编织到"我"身上。

有研究者指出《潜悼》的结构缺陷:"作者只知道收集一些琐碎的情节,率直地写出,没有注意到穿插的功夫,这是使作品过于板滞的缘故。"①这种絮絮叨叨的叙事方式也是《维特》的写作手法。我们通过比对和细节拼贴形成完整的证据链条,由此揭开二者的亲缘关系。

维特和绿蒂的交集源于一个偶然事件:两人初识当天因大雨滞留舞场,共同的游戏让维特坠入情网。《潜悼》也设置了相似情节。某年初春,天降大雪,亲友滞留,"我"和族嫂畅聊人生,打牌嬉戏。这一晚让"我"毕生迷恋。如果说机缘巧合下的交往和接近使爱情发展成为可能,那么定情信物则以一种物性契约的方式落实爱的承诺。暗恋者得不到爱的诺言,但对方的贴身物品可以留给暗恋者念想,代替心上人的陪伴。《潜悼》中的"我"在族嫂新婚次日索得其胸前佩花,"美人之贻"令"我"如获至宝。族嫂死后,"我"珍藏佩花,将它视为"无价的产业"和"老年殉葬的物品"②。这种近乎恋物癖的情节在《维特》中也有一定程度的表现:维特在生日当天获得绿蒂佩戴过的浅红色蝴蝶结,他在遗书中留言给绿蒂,要求把蝴蝶结作为陪葬。生离死别了断了爱情的幻想,心上人的随身之物由慰藉品演变成陪葬品。赠礼取代了虚无缥缈的爱的幻影,爱情因死亡走向永恒。

通过一个违背人伦又泯灭于无形的三角恋故事,我们看到冯沅君把一个类似《维特》的故事纳入中国叙事文学的传统,使《潜悼》的人物形象和情节场景都似曾相识。在严男女之大防胜于一切的江南农村,这种夫妻情分之外的大家族"婚外情"、中国病美人的西洋风情,以及春心萌动的青年对禁忌之爱的勇敢宣示,这种种有违常理之处因为有了《维特》这样的德国小说作为底色而变得合乎逻辑。

小说集《劫灰》"是合若干篇风格不同题材各异的作品而成"③,但《我》和《潜悼》风格趋向鲜明。两部作品的爱情书写不乏对《卷葹》的传承,但明显开始趋于理性。浪漫激昂的爱情宣言逐渐让位于静水流深的内心独白。冯沅君改变了口号式的呐喊,不再强化与外部压抑的冲突,开始重视爱情本体,逐渐淡化了对抗意识。

① 贺玉波:《中国现代女作家》,上海:现代书局,1932年,第169页。
② 冯沅君:《潜悼》//袁士硕、张可礼主编:《陆侃如冯沅君合集》(第15卷),合肥:安徽教育出版社,2011年,第95页。
③ 陆侃如:《跋》//袁士硕、张可礼主编:《陆侃如冯沅君合集》(第15卷),合肥:安徽教育出版社,2011年,第106页。

4.3.5　《春痕》：书信体言说和情感的沉淀

冯沅君创作的 15 篇小说中书信体或穿插书信的作品占到 8 篇，且多为爱情小说。她毫不讳言对这一体裁的喜爱："至于书信，我以为应较其他体裁的作品更多含点作者个性的色彩。"[①]在冯沅君看来，书信日记体不但是展现人物内心的有效形式，还能表现作家的性格特点和艺术特色。作为一部书信日记体小说，《维特》名义上是维特向朋友倾诉失恋的痛苦以及现实社会的种种违和，但在缺乏回应的情况下，这些信件本身更像告白和宣战，揭示作者的观点。狂飙突进主将歌德持叛逆和决绝之姿登上文坛，质疑启蒙运动的过度理性，结合亲身经历和友人失恋的遭遇指出个性受到压抑的后果，呼吁解放自我。冯沅君的书信体写作也具备这样的功能。以她唯一的中篇小说《春痕》为例。这部作品由 50 封信组成，由一女子寄给她的情人，从爱苗初长到摄影定情，历时约五个月。[②]这部书信体结构作品有两个主题：一是吐露相思和苦闷，二是切磋诗词。这是迄今为止最接近作者自传色彩的作品，以中国古典文学为业的冯沅君为我们塑造了一个兼具理性和感伤情怀的知识女性形象。

从《卷葹》到《劫灰》再到最后的《春痕》，冯沅君的创作之路向我们揭示了"维特热"的深远影响。她并不多产，但在这些作品中几乎总能看到"维特"的存在。《卷葹》用一个肉体被"隔绝"但心灵无法被"隔绝"的殉情故事展现了维特式爱情的热忱体验和勇敢呐喊；《劫灰》通过《我》和《潜悼》等小说赋予中国维特相似的情感际遇和无法言说的爱的痛苦；《春痕》则以书信日记体形式完成对德国经典小说的最后致敬。

冯沅君从狭小的书斋一隅探出头来，写下爱情的凄苦甜蜜和人世的悲欢。她突破惯性思维和情感禁忌，对爱情题材的探索在五四时期的爱情书写中达到可贵的高度。她的小说描绘了爱情的不同阶段和多重面向。早期，她大胆泼辣，为自由爱情摇旗呐喊；尔后她开始认识到爱情关系的复杂性，转向沉潜内敛的心理刻画；最后她寻觅到理想恋人，因此更期待志趣相投和心有灵犀。她的小说在勾画知识女性在 20 世纪 20 年代爱情观的演变路径时很有代表性。刚刚走出深闺的女性自我意识觉醒，追求人格独立，希望在爱情上有选择自主权；现实的多变和复杂让她回归本心；千回百转得

---

① 冯沅君：《淘沙》//袁士硕、张可礼主编：《陆侃如冯沅君合集》（第 15 卷），合肥：安徽教育出版社，2011 年，第 232 页。

② 陆侃如：《后记》//袁士硕、张可礼主编：《陆侃如冯沅君合集》（第 15 卷），合肥：安徽教育出版社，2011 年，第 143 页。

到真爱，她关注爱情关系中的自我表达和相互交流。《维特》在此过程中总是若隐若现，在不同的故事里形成文本意义的不同衍变、不同重构和不同编织。这部德国小说与冯沅君的文学创作发生碰撞是东西方精神相遇的结果，也是跨文化交流的经典案例。冯沅君对维特式爱情的解读和中国式演绎不仅是个体创作行为，也再次验证了《维特》对中国读者的持久魅力。

4.4　悲情才女石评梅与《维特》的文学对话

4.4.1　中西合璧的石评梅

1902 年 9 月 20 日，石评梅①出生于山西省平定县一个清朝举人家庭。在父亲的悉心栽培下，她勤读古书，具备深厚的文学根底。从山西太原女子师范学校毕业后，她考入北京女子高等师范学校体育部（该校当年不招文科生）。她大学期间笔耕不辍，热情投身新文学，诗歌里提到华希理·爱罗先珂（Vasili Eroshenko，1890—1952）和雪莱，散文和小说中流露出厨川白村文艺观的影响，她的教育观受到过埃迪蒙托·德·亚米契斯（Edmondo de Amicis，1846—1908）的启发。总之，这位古典文学功底深厚又积极阅读新文艺作品的女学生的作品呈现出中西合璧的特色。

石评梅是新文学史上最早集创作和主编刊物于一身的女作家，从 1921 年发表处女作《夜行》到 1928 年病逝，她的文学生涯仅有短短七年时间，可她却能轻松驾驭诗歌、散文、小说、戏剧和文论等，生前著述达五六十万字，与吕碧城（1883—1943）、张爱玲和萧红（1911—1942）并称"民国四大才女"。然而，在石评梅逝世后的几十年里，她在中国现代文学史上的地位始终没有得到认可，很多女作家传书中也鲜少提及她的名字，在中国现代文学馆的展览中甚至找不到和她有关的资料实物。这固然和她英年早逝无法持续发挥文学影响力有关，但还有一个重要原因：她作为作家和报刊编辑的光芒在很大程度上被她的另一个身份所掩盖——中国共产党早期领导人高君宇（1896—1925）的知心恋人。②

---

① 石评梅，原名石汝璧，笔名波微、漱雪和林娜等，山西平定人，1919 年考入北京女子高等师范学校体育系，和友人共同主编和创刊《京报副刊·妇女周刊》和《世界日报》副刊《蔷薇周刊》等，曾在《语丝》、《文学》、《晨报》副刊和《文学旬刊》等刊物上发文。1928 年病逝于北京，死后友人为她出版散文集《偶然草》（1929）和《涛语》（1931）。

② 高君宇，原名高尚德，字锡三，别号君宇，笔名天辛，山西静乐人，毕业于北京大学，曾任北京大学学生会代表参与五四运动。他在李大钊的领导下发起成立马克思主义学说研究会，协助孙中山召开国民党"一大"，是中国共产党早期成员，山西党、团组织的创始人，山西省共产主义启蒙运动的先驱和政治活动家，1925 年 3 月因猝发急病在北京逝世，终年 29 岁。

20 世纪 80 年代，沉寂多年的石评梅因为"高石恋"这段"化蝶式"的凄美恋情而重归大众视野。她在传记文学中变成"风流才女"，与高君宇成为"红色恋人"[①]。高石二人的交往被奉为才子佳人式的缠绵悱恻、生死相依的爱情神话，两人未婚同葬的陶然亭成为文艺青年凭吊爱情的场所。如今，两人爱情传奇的各种版本众说纷纭，其中的因果缘由扑朔迷离。但值得关注的是，当时几部颇有影响力的德语文学作品由始至终伴随着"高石恋"，并在这个悲剧故事里扮演了重要角色，也在石评梅的文学创作中留下深刻印痕。本节将重点讨论她的文学创作和《维特》的关系。

4.4.2　《维特》故事的现实扮演者

善于博采众长的石评梅一度倾心于德语文学。她感兴趣的几部德语小说都是悲剧。这一点源自旧式才女的艺术审美趣味，与她的遭遇也不无关系。初到北京女子高等师范学校时，石评梅受到同乡吴天放的悉心照料，后和他坠入爱河。涉世未深的她初尝初恋的甜蜜，不料发现对方已有家室。尽管石评梅断绝了和吴天放的往来，却难以治愈心中的创伤。高君宇与她相识后倾心于她，终结了包办婚姻，但石评梅拒绝和高君宇发展恋爱关系。不久后高君宇罹患急症骤然离世。石评梅在高君宇去世后为他整理遗物，在阅读他的日记后得知，她的拒绝使他深受打击。高君宇的离世和他求爱遭拒不无关系。于是石评梅将高君宇的死归咎于她的拒绝，痛惜不已，沉浸在愧悔中难以自拔。两年多后，石评梅也因病离世。

天性伤感与多舛的情感经历造就了石评梅的悲剧意识，而她对悲剧作品也有天然的崇拜和迷恋："矫情的再深一层说，我是崇拜悲剧。我愿大文学家大艺术家的成就，是源于他生命中有深的缺陷。惨痛苦恼中，描写着过去，又追求着未来的。"[②]

石评梅的同事、房东与知交林砺儒（1889—1977）这样评价她："文学家是住在想像的世界里面的，青年是特富有想像力的，文学家的心绪是苦闷的，女子是深情的，她的个性又偏于伤感，所以她成了一个过度伤感的

---

① 柯兴著《风流才女——石评梅传》（百花文艺出版社，1986）结合部分史料以及高君宇写给石评梅的部分信件，浓墨重彩地叙述了两人之间的恋情。但该书不乏艺术加工，着重突出石评梅从初恋到逝世前的几段感情经历，对她的文学创作分析欠深入。

② 石评梅：《再读〈兰生弟的日记〉》//杨扬编：《石评梅作品集：散文》，北京：书目文献出版社，1983 年，第 231 页。

青年女文学者。"①

高君宇去世后，石评梅常常用文字描述生命中的缺陷和失去高君宇的
痛楚，并把她的经历和文学作品的悲剧故事相关联。她自豪地认同朋友将
自己和高君宇的故事比作"一首极美的诗"，"比但丁《神曲》还要凄艳的
诗"，而且承认这是由她的理想实现的。②她回忆在殓房看到高君宇的尸体
时的心情"似乎和沙乐美得到了先知约翰的头颅一样"③。她向友人展示高
君宇的遗书，并表示要在死后将其出版，认为其内容"不亚于《少年维特
的烦恼》"④。

与众多同时代女作家一样，石评梅读过《维特》，但是她在这部作品中
加入了更多代入感，认为维特为爱而死的悲情故事可与高君宇的遗书相较。
当同时期的庐隐在学习和借鉴《维特》的创作手法，冯沅君在维特主义的
影响下表达对爱情的执着时，石评梅似乎更愿意把自己想象成维特式悲剧
的主角，在人生舞台上表演《维特》。她认定为情而伤、为情而死的高君宇
的遗书形同维特的告白。石评梅注定要成为抱憾终身的女主人公。这是一
个现实版的《维特》故事。

4.4.3　书信体"弃妇小说"

《维特》对于石评梅创作的影响表现为她对日记体和书信体写作的偏
好，尤其是以弃妇作为主要人物的作品。《祷告——婉婉的日记》和《林楠
的日记》都是第一人称日记体小说。前者记叙某青年失恋后病死的故事，
后者是一个弃妇因丈夫移情别恋而发出的痛苦独白，最后一句"我想到走，
想到死，想到就这样活下去"⑤预示了人物面临的悲惨结局。后期小说如《弃
妇》《余晖》《被践踏的嫩芽》《流浪的歌者》《蕙娟的一封信》等或为书信

----

① 刘浩（笔记）：《评梅的一生——石评梅先生追悼会主席林砺儒先生报告》//杨扬编：《石评
梅作品集：戏剧·游记·书信》，北京：书目文献出版社，1985 年，第 374 页。

② 石评梅：《致李惠年信之八》//杨扬编：《石评梅作品集：戏剧·游记·书信》，北京：书目
文献出版社，1985 年，第 120 页。两处引用均在第 120 页上。《神曲》是意大利诗人但丁的
长诗，用梦幻故事描述其游历"地狱"炼狱的情景，有谴责教会的思想。

③ 石评梅：《肠断心碎泪成冰》//杨扬编：《石评梅作品集：散文》，北京：书目文献出版社，
1983 年，第 102 页。《莎乐美》是英国作家奥斯卡·王尔德（Oscar Wilde）用法语创作的独
幕剧，取材于《圣经·新约》。犹太公主莎乐美向施洗者约翰求爱被拒，发誓要吻到他的嘴
唇。后来她使计令继父希律王杀死约翰，最终亲吻了盛放在盘子里的约翰的头颅。

④ 石评梅：《我永远没有明天——遗稿之八》//杨扬编：《石评梅作品集：戏剧·游记·书信》，
北京：书目文献出版社，1985 年，第 147 页。

⑤ 石评梅：《林楠的日记》//杨扬编：《石评梅作品集：诗歌·小说》，北京：书目文献出版社，
1984 年，第 250 页。这部小说连载于《中央日报·红与黑》第 42 和 43 号（1928 年 10 月 17、
18 日），发表时石评梅已去世。

体，或穿插书信。这些作品中塑造的人物形象多变，有革命者，有学生，还有投笔从戎的知识女性，但主人公往往为情所困，免不了投海和服毒等结局。从内容上看，《弃妇》和《林楠的日记》更像是作者对拒绝高君宇一事的辩解。石评梅在犹豫、落寞、孤独和忧郁中感受着男权社会对女性人生的拨弄和压迫，设想了遭遇丈夫抛弃的女性的悲剧命运。她拥有知识女性的敏感和良知，也有启蒙同性的意愿和姿态，因而在"弃妇小说"中对女性命运充满同情，对男性精英的"以爱为名"表示质疑。

石评梅曾在《再读〈兰生弟的日记〉》里谈及创作心得："谁也说文学家们的小说似乎不能坚认为诚实。所以最率真坦白能表现了自己的，还须在日记和尺牍中，比较能找到。"[①]当谈及文学作品中穿插书信日记后"似乎有时读者感到冗杂和厌倦"，"有些人读不下去"，石评梅认为："这是属于心灵上体验上能否同作者共鸣的问题。在一个不能沉醉于酒的人，你问他饮过后的余味，他自然是告诉你感到酸涩的。"[②]可见她十分重视书信日记体创作，对其艺术表达力也很认同。

除了虚构文学作品，石评梅坚持在自己主编的文学刊物上发表与友人交流的书信散文。散文集《偶然草》和《涛语》虽然在其死后才出版，但部分文章在她在世时已在《京报副刊·妇女周刊》和《世界日报·蔷薇周刊》等刊物上陆续发表。她以标题人物为倾诉对象讲述自己的生活近况，抒发内心苦闷，畅谈思想的曲折变化，表达对故乡和母亲的依恋以及对朋友的安慰。这些倾诉对象包括她的母亲、高君宇及她的好友。这些以第二人称写成的书信在内容和形式上与小说《维特》中男主人公给朋友威廉的信有不少相似之处。

考察文学作品对作家的影响，作家的日记往往是很重要的证据。如果作家留有读书笔记，她对文艺作品的读后感也有重要研究价值。石评梅的好友庐隐和陆晶清[③]（1907—1993）曾根据她在 1924—1927 年所写的四本日记编辑过一部《石评梅日记》，计划在庐隐参与集资的华严书店出版。当时征求预订的广告已刊登，但日记因最终被石评梅的亲属拿走而未能出

①　石评梅：《再读〈兰生弟的日记〉》//杨扬编：《石评梅作品集·散文》，北京：书目文献出版社，1983 年，第 229 页。

②　石评梅：《再读〈兰生弟的日记〉》//杨扬编：《石评梅作品集·散文》，北京：书目文献出版社，1983 年，第 234 页。

③　陆晶清，原名陆秀珍，笔名小鹿、娜君、梅影等，云南昆明人，诗人、散文家。曾就读于北京女子高等师范学校，与石评梅共同主编《京报副刊·妇女周刊》和《世界日报·蔷薇周刊》，先后在暨南大学和上海财经学院（今上海财经大学）任教。出版过散文集《素笺》（1930）、《流浪集》（1933）和诗集《低诉》（1932）。

版。^①如果日记能重见天日，我们可以更清楚地了解她的阅读体验以及她对文学和人生的看法。

作为名动京师的才女，石评梅直抒胸臆的创作手法受到过浪漫主义的影响。然而在那个强调个性解放、爱情自主的年代，女性即便"打出幽灵塔"，也可能沦为爱情的俘虏。因为一切准则和话语实际上更多的是在为男性实现个人私利和满足本能欲望提供契机。^②遗憾的是，这位有着强烈女性意识的作家最后却以埋葬灵魂和肉体的方式献祭死者。人的思想和行动总是很难充分协调。石评梅心如明镜，冰雪聪明，却和她塑造的众多小说人物一样，免不了在悲剧中沉沦。

4.5　女兵作家谢冰莹和《维特》

4.5.1　蜚声国际的谢冰莹

歌德青年时期的巅峰之作《维特》在现代中国的接受创造了文化奇迹，连番掀起阅读热、翻译热、创作热和讨论热，真可谓炙手可热。只不过，在"维特热"的现象背后还有一种余音。通过谢冰莹^③这样一位在中国新文学史上风格独树一帜的女兵作家，我们或许可以观察到《维特》在现代中国的另一种接受维度。这位作家的创作和交游揭开了这部德语经典作品在中国的一段传奇经历。

---

① 参见李庆祥：《评梅女士年谱长编》，北京：文津出版社，1990 年，第 221 页。另外，石评梅的学生、作家蹇先艾在《追忆石评梅师》一文中对此事也有说明，见《石评梅作品集：戏剧·游记·书信》，北京：书目文献出版社，1985 年，第 24 页。另有一种说法是，石评梅去世后，其好友庐隐、瞿菊农等曾计划集资经营华严书店，打算出版石评梅日记，但书店因经济拮据而关门，后来石评梅的山西家人索回了她的日记。当时石评梅的遗书和遗作等均由庐隐与石评梅在北京的亲属张恒寿保管，后遗书由她的母舅李士美等捐给了石评梅生前所服务的北京女子高等师范学校附属中学，其遗作和日记则不知所踪。参见散木：《〈京报·文学周刊〉和石评梅》，载《中华读书报》，2018 年 2 月 28 日，第 14 版。

② 参见王艳芳、于迪：《过渡时代知识女性的自我型塑以及意蕴——以庐隐、石评梅小说为中心》，载《南开学报（哲学社会科学版）》，2016 年第 6 期，第 17 页。《打出幽灵塔》是白薇（1894—1987）的代表剧作，是一部三幕悲剧。

③ 谢冰莹，原名谢鸣岗，字凤宝，湖南新化人。1926 年考入武汉中央军事政治学校，之后参加北伐战争。她先后在上海艺术大学和北京女子师范大学学习，两次赴日本留学，第二次曾就读于早稻田大学研究院。"七七事变"后，她组织"湖南战地妇女服务团"，亲自担任团长，在前线抢救伤员，同时担任宣传工作。后任教于北京女子师范大学，1948 年，谢冰莹赴台任台湾省立师范学院教授，晚年移居美国。主要作品有《从军日记》《女兵自传》《湖南的风》等，《在日本狱中》以纪实报告形式记录了她在日本因拒绝欢迎溥仪朝日而被捕入狱并遭受酷刑的经历。

　　作为"我国文坛上第一个参军的女作家"，谢冰莹踏上北伐战场后因随军日记而蜚声文坛。[①]著名报人孙伏园赏识她随军征战就地取材写成的文章，将其连载，轰动文坛；林语堂将谢冰莹的日记译成英文发表，法语、俄语和日语等多种版本随后问世，使年方二十的谢冰莹闻名海内外；罗曼·罗兰（Romain Rolland，1866—1944）在《小巴黎人报》（Le Petit Parisien）上大力推介法译版《从军日记》，还亲笔写信鼓励谢冰莹。[②]1929 年《从军日记》单行本的出版使她成为 20 世纪 30 年代中国文坛上风光无限的作家。谢冰莹高寿而多产，生平著作达 70 多种，创作逾 1000 万字，是新文学时期最重要的女作家之一。

4.5.2　《维特》热忱的读者和学习者

　　谢冰莹出身湘西殷实之家，家中读书氛围浓厚，她自幼对外国文学感兴趣。在县立高等女子小学就读期间，她开始阅读胡适译的短篇小说集，从此对新文学产生好感与崇拜。[③]1921 年秋，15 岁的谢冰莹考入湖南省立第一女子师范学校，借助管理学校图书的便利条件积极阅读新文学著作，包括《块肉余生录》（David Copperfield）[④]和《悲惨世界》（Les Misérables）等世界名著。中学五年间，她读了 500 多本文学名著。[⑤]中学时代的谢冰莹崇拜莫泊桑、左拉、托尔斯泰、费奥多尔·米哈伊洛维奇·陀思妥耶夫斯基（Fyodor Mikhaylovich Dostoyevsky，1821—1881）和亚历山大·小仲马（Alexandre Dumas，fils，1824—1895）。在书籍的选择上，谢冰莹深知自己的阅读偏好：

　　　　……我爱看哀感悲壮的小说，就是看戏看电影也一样，我不

---

① 赵清阁：《贺谢冰莹九十诞辰》//阎纯德、李瑞腾编：《女兵谢冰莹》，北京：人民文学出版社，2002 年，第 7 页。

② 参见徐小玉：《〈从军日记〉、汪德耀、罗曼·罗兰》，载《新文学史料》，1995 年第 4 期，第 88-98 页。另据石楠：《中国第一女兵：谢冰莹全传》（江苏文艺出版社，2008），罗兰的文章名为《参加中国革命的一个女孩子》。当时留法学生汪德耀看完《从军日记》（春潮书店，1929）后，对《致 LK 的信》一文评价很高，认为作品写出了作者在大革命失败后思想上的苦闷和生活上的艰辛，故萌生了把《从军日记》翻译成法文的念头，参见石楠：《中国第一女兵：谢冰莹全传》，南京：江苏文艺出版社，2008 年，第 199 页。

③ 谢冰莹：《开始与小说发生关系》//艾以、曹度主编：《谢冰莹文集》（上），合肥：安徽文艺出版社，1999 年，第 38-39 页。

④ 又译《大卫·科波菲尔》。

⑤ 参见谢冰莹：《中学生活的回忆》//艾以、曹度主编：《谢冰莹文集》（中），合肥：安徽文艺出版社，1999 年，第 7-9 页。

喜欢看那些结局大团圆的，而喜欢看结局悲惨的。歌德的《少年
维特之烦恼》，小仲马的《茶花女》和苏曼殊的《断鸿零雁记》，
朱淑真的《断肠词》，成了我最爱的读物……①

　　这些外国文学作品产生的时代和环境不同，但哀婉凄艳、"结局悲惨"
是共同的艺术特征。谢冰莹在这段陈述里提到《维特》，也进一步证明《维
特》的感伤风格当时确实风靡中国。至于谢冰莹少年时代对《维特》的痴
迷程度，我们可从她的自传作品中得窥一二。据谢冰莹回忆，她曾经把《维
特》一口气连看五遍。她陶醉于书中描写，甚至因此耽误了图书馆的本职
工作。②
　　谢冰莹的二哥鼓励她学会消化并吸收他人作品的精华，为创作汲取营
养。③广泛阅读激发了她对新文学创作的兴趣。小说《维特》也影响了这位
初出茅庐的文坛新人。有学者从体裁、人物形象、主题和艺术特色等方面
比较了谢冰莹的处女作《从军日记》与《维特》的异同，认为二者的内在
精神相似性极强，后者可以看作是对前者的影响的来源。④短篇小说《林娜》
中已婚男教师和留日女学生之间的情感互动、《初得到异性的温柔》中男主
人公得到女招待青睐后的狂喜，这些心理刻画和《维特》类似。不过《维
特》的影响不止于此。纵观谢冰莹前期的作品，她对书信体和日记体创作
的偏爱显然受到过《维特》的启发。她早期作品中以日记体或书信体成书
的有《从军日记》（1929）、《新从军日记》（1938）、《冰莹日记》（1941）、
《青年书信》（1930）和《写给青年作家的信》（1942）等。⑤她的书信体短
篇同样数量庞大：《给 S 妹的信》回顾了自己与同窗好友 S 妹的珍贵友谊，
严正斥责她思想倒退、嫁给某军阀做姨太太的不智行为，鼓励她奋斗、追
求，勇敢做"人"；《清算》中的女主人公致信情人奇，历数与奇的恩怨纠
葛，宣布爱情已逝，决心与其决裂；《望断天涯儿不归》中的主人公通过书

---

① 转引自阎纯德：《谢冰莹：永远的"女兵"》//阎纯德、李瑞腾编：《女兵谢冰莹》，北京：
　　人民文学出版社，2002 年，第 129 页。可查看阎纯德：《作家的足迹（续编）》，北京：北
　　京知识出版社，1988 年，第 431 页。
② 参见谢冰莹：《一个女兵的自传》，上海：上海良友图书印刷公司，1936 年，第 90 页。
③ 参见谢冰莹：《平凡的半生》//艾以、曹度主编：《谢冰莹文集》（中），合肥：安徽文艺出
　　版社，1999 年，第 53 页。
④ 参见蒋永国：《〈从军日记〉与〈少年维特之烦恼〉的精神联系和差异》，载《长春师范学
　　院学报（人文社会科学版）》，2011 年第 5 期，第 94-97 页。
⑤ 此处主要参照阎纯德的《谢冰莹：永远的"女兵"》中对谢冰莹出版情况的介绍。文中仅列
　　举了 1949 年前她发表的相关作品。据阎纯德统计，谢在台湾地区还曾出版《冰莹书束》（台
　　北力行书局，1975）和《给青年朋友的信》（台湾东大图书公司，1981）等书信体著作。

信承认和母亲因婚姻问题爆发冲突而感到痛苦内疚，此外还有《海上孤鸿》和《不自由，毋宁死》等书信体文章。严格说来，中国叙事文学传统中常见尺牍体裁，但五四期间很大一部分书信体或日记体文学却是受益于外国文学。谢冰莹在创作中频繁使用书信日记体与《维特》的影响有很大关系。倾诉性强烈的书信日记体为作家提供了表情达意的理想手段。

不过，《维特》对于谢冰莹更重要的意义在于参与塑造了她的现代爱情观：谢冰莹对《维特》的钟情和她的生命体验有关。《维特》之所以在 20 世纪 20 年代的中国引发极大反响与这部作品的主题有关。歌德在这部小说中选取自身情感受挫的经历，并将友人耶路撒冷单恋受挫后自杀身亡的悲剧镶嵌其中。《维特》对自由恋爱的渴望和对个性解放的追求贴合中国青年的心灵呼声。他们把主人公不顾世俗目光对爱的渴慕理解成对现有社会陋习和包办婚姻的抵抗。[①]谢冰莹曾险些沦为包办婚姻的牺牲品，因此对自由爱情的追求尤其激进。

谢冰莹的母亲是一个勤劳能干但思想保守的旧式妇女，在村民中颇具威望，在家中有着不可撼动的权威，牢牢掌控五个子女的婚姻权。年幼的谢冰莹由父母做主订下娃娃亲，许配给父亲朋友之子。后来，她上了私塾，后进入新化大同女校[②]，考上湖南省立第一女子师范学校，1926 年以第一名的成绩考上武汉中央军事政治学校第六期女生队参加北伐。她如此上进的目的之一是争取婚配自由。[③]北伐失败后，她被迫回乡，遭遇母亲逼婚，先后三次计划逃婚未果，只能"戴凤冠，披红绸"，被迫出嫁。但她不能忍受无爱的婚姻，新婚之夜试图说服新郎："爱情不能带有丝毫的强迫性，她是绝对自由的。不能强迫一对没有爱情的男女结合，也不能强迫一对有爱情的男女离开。"[④]第四次逃婚获得成功后，她摆脱了旧式婚姻的束缚。这种唯情主义的论调是时代精神在这位女兵身上的投影，也是维特式爱情观向来倡导和主张的。谢冰莹情路坎坷，屡经挫折才找到终身伴侣，相伴度过 50 年。谢冰莹传记的作者石楠认为她是"爱情的理想主义者，她追求爱

① Vgl. Ascher, Barbara. Werther und Immensee in China. *Zeitschrift für Kulturaustausch*, 1986, Nr. 3, S. 370.
② 1912 年，周范华（1876—1951）在湖南省新化县大同镇创办大同女校，该校是湖南省内创办较早的女子学校。1946 年，大同女校更名为大同中学女生部。
③ 参见秦嶽：《女兵回响曲》//阎纯德、李瑞腾编：《女兵谢冰莹》，北京：人民文学出版社，2002 年，第 187-188 页。另参见陈敬之：《现代文学早期的女作家》，台北：成文出版社，1980 年，第 174 页。
④ 谢冰莹：《第四次逃奔》//艾以、曹度主编：《谢冰莹文集》（上），合肥：安徽文艺出版社，1999 年，第 135 页。

的至善至美，共同的理想信念和无私无我的爱"①。这种爱情理想主义受到过西方浪漫爱情观的影响。被谢冰莹读过五遍的《维特》在她的心中播撒了爱的信仰的种子。

4.5.3　女兵作家的中国情人"维特"

谢冰莹的小说里鲜少有维特型的人物现身，但她的真实生活里却出现过一个叫"维特"的情人。在战地报道《踏进了伟大的战场——台儿庄》一文中，他曾以"维特"的名字出现。②不过多数情况下他是以"特"的名字出现的。我们从谢冰莹20世纪30年代的作品中不难发现这位"维特"的身影。在1931年7月写给男友符号的信中，谢冰莹详细描述过"特"：

> 他是中国数一数二的美男子，两个富有魔力藏着深情的眼睛一触着就会使你发狂，你的灵魂会不知不觉被他吸出。我认识他两年了，可是连说一声我喜欢他的话也没有。我明知我对他的情感，完全像《第四十一》中的马柳特迦对中尉郭鲁奥特罗一般。不过我不该将特来比他，因为特是思想清新的，他曾为我们的妇女团体出力不少，他是能和我们站在一条战线上的。可是他有美丽的妻子，而我也没有梦想过什么，只是心里爱着他，但又不愿见他面，因为见了无论如何我的心会不安静几小时……③

这封信坦率地向现任男友吐露了谢冰莹对另一个异性的爱慕之情，勾勒出一个近乎完美的男性形象。从写信的时间看，谢冰莹大约在1929年已结识特。1932年底，谢冰莹奔赴闽西，此时发表的散文作品如《秋天的落叶》《海滨之夜》《心的谴责》《九个遣散兵》等表明她与特是情人关系。1933年福建事变后，谢冰莹回到长沙，住在妙高峰青山祠内闭门写作《一个女兵的自传》。从她此时的作品来看，特也陪伴她去了长沙。散文《黄昏》《小鸭子之死》《玫瑰色的衣裳》记录下两人日常生活的点滴。写于留日期间的《湖南的风》和《樱之家》追忆了谢冰莹和特在中国和日本生活的场景；《又是一年》和《雨》再现了谢冰莹和特在日本被捕后共渡难关的往事。抗日

---

① 石楠：《中国第一女兵：谢冰莹全传》，南京：江苏文艺出版社，2008年，第317页。
② 谢冰莹：《踏进了伟大的战场——台儿庄》//艾以、曹度主编：《谢冰莹文集》（上），合肥：安徽文艺出版社，1999年，第498页。
③ 谢冰莹：《清算》//艾以、曹度主编：《谢冰莹文集》（下），合肥：安徽文艺出版社，1999年，第70-71页。

战争爆发后，谢冰莹发起组织"湖南妇女战地服务团"，随军写成的《抗战日记》同样留下了特的身影。《战地中秋》和《恐怖的一日》倾诉了作家在前线对恋人特的思念，后者曾去前线陪伴她。①由此可见，这位"维特"曾经和谢冰莹保持了长久的恋人关系。

这位"维特"还曾参与谢冰莹作品的出版工作。他为散文集《湖南的风》（1936）写后记，共同署名的战争纪实作品《第五战区巡礼》（1938）、小说集《前路》（1930）和散文集《麓山集》（1932）的出版也有"维特"的贡献。②"维特"还为谢冰莹的《新从军日记》（1938）作序。谢冰莹曾在代表作《一个女兵的自传》的出版前言中感谢他："三年来，我没有出版过一本东西，今年能够印出这本和《湖南的风》，都是特的力量促成的。我应该为他给予我的鼓励与安慰，更努力创作有力的作品，献给这将要来到的伟大底新时代！"③

这位"维特"对谢冰莹的人生与创作都有着重大影响。但是，她在作品中对"维特"的形象缺少细致刻画，也极少交代他的生平。凭借只言片语，读者大致可以了解，"特是福建的"④，"特是学科学的"⑤，以及"特曾经赴日留学"⑥等。这位神秘的"维特"究竟是何许人也？

有人曾考证："从一九三四年起，谢冰莹就和一个原籍福建，名'特'的牧师过从甚密，此后，就一直和特生活在一起。"⑦

然而，"维特是牧师"的说法并不确切。"维特"原名是黄经芳，又名黄震，笔名维特、雨辰，福建仙游人。他曾参与北伐战争和八一南昌起义等重大事件，是南昌起义后第一个起义通电的发报人。⑧他毕业于国立北平

① 参见谢冰莹：《踏进了伟大的战场——台儿庄》//艾以、曹度主编：《谢冰莹文集》（上），合肥：安徽文艺出版社，1999年，第496-505页。此文完成于1938年4月24日，讲述台儿庄大捷后，这位"维特"曾陪伴谢冰莹去台儿庄实地探访的所见所闻。
② 《第五战区巡礼》实际由维特整理加工。
③ 谢冰莹：《写在前面》//谢冰莹：《一个女兵的自传》（上卷），上海：上海良友图书印刷公司，1936年，第5页。
④ 谢冰莹：《湖南的风》//艾以、曹度主编：《谢冰莹文集》（下），合肥：安徽文艺出版社，1999年，第264页。
⑤ 谢冰莹：《海滨之夜》//艾以、曹度主编：《谢冰莹文集》（下），合肥：安徽文艺出版社，1999年，第234页。
⑥ 关于"维特"留学的信息，是根据下文判断得出，参见谢冰莹：《樱之家》//艾以、曹度主编：《谢冰莹文集》（下），合肥：安徽文艺出版社，1999年，第272-274页。
⑦ 花建：《谢冰莹》//上海社会科学院文学研究所编：《三十年代在上海的"左联"作家》（下卷），上海：上海社会科学院出版社，1988年，第90页。
⑧ 参见周琳：《南昌起义的通电是我爷爷发的》，载《海峡都市报》，2007年6月14日。该篇访谈根据对黄震孙子黄炳敖的采访写成。

师范大学（今北京师范大学）生物系，1935 年赴日本东京帝国大学进修应用动物学，因谴责溥仪卖国行径拒不朝拜而被捕入狱，归国后任国立中正医学院（今南昌大学）教授及长沙《抗战日报》战地记者等。①1949 年后，他潜心教育，任福建农学院（今福建农林大学）教授，1968 年去世。②

1937 年《抗敌画报》第 12 期第 4 页上有标题为"民族英雄卫国干城"的合照一幅，并注明左起第一人和第二人是谢冰莹和谢之外子黄震。关于黄震的笔名"维特"，他的学生根据《黄震简历》推断："黄震虽习自然科学，但酷爱文学，青年时代嗜爱哥德《少年维特之烦恼》，因自命为'维特'或'特'。"③

这位中国"维特"与少女时代酷爱《维特》的谢冰莹因志趣相投而结合，最后却阴差阳错，各奔东西。④有研究者指出："严怪愚在《蹉跎岁月记冰莹》中多次提到谢冰莹将贾尹篯⑤称为维特，可见《维特》一书对作者的影响非同一般。"⑥此言不确。根据谢冰莹当时的作品可知，她当时的伴侣是黄震，并非她后来的丈夫贾伊箴。⑦不过黄震改名"维特"这一事实说明在当时的知识青年中，《维特》的盛行是不争的事实。

4.5.4　《维特》影响的另一种维度

20 世纪 20 年代初，《维特》被青年男女奉为经典。他们谈论婚姻自主、

---

① 参见柯文溥：《谢冰莹三次婚恋对其创作的影响》，载《南京师范大学文学院学报》，2009 年第 2 期，第 49 页。

② 另据石楠的《中国第一女兵：谢冰莹全传》中所说，黄震从中学时代起因反对军阀统治遭通缉，1926 年毕业后投奔北伐军，任十七军一师宣传科科长。他在"四一二"反革命政变后被列为重点清查对象，后逃往武汉并参加八一南昌起义。

③ 柯文溥：《谢冰莹三次婚恋对其创作的影响》，载《南京师范大学文学院学报》，2009 年第 2 期，第 48 页。

④ 有研究者认为，两人最终分道扬镳是因为谢冰莹不甘于在后方过安逸的生活，与当时在国立编译馆任职的黄震发生争执。参见阎纯德：《谢冰莹：永远的"女兵"》//阎纯德、李瑞腾编：《女兵谢冰莹》，北京：人民文学出版社，2002 年，第 145 页。也有人认为，黄震因顾念母亲患病不能随行，引发误会导致二人分手。参见柯文溥：《谢冰莹三次婚恋对其创作的影响》，载《南京师范大学文学院学报》，2009 年第 2 期，第 50 页。最终谢冰莹去了我国台湾地区，而黄震留在大陆直到去世。

⑤ 此处原文有误，应为贾伊箴。

⑥ 参见蒋永国：《〈从军日记〉与〈少年维特之烦恼〉的精神联系和差异》，载《长春师范学院学报》，2011 年第 5 期，第 95 页。

⑦ 严怪愚原文如下："1936 年春末，我新婚不久，即由长沙北门迁居南门外妙高峰下南村二号楼上，隔壁住的便是谢冰莹和她的维特（谢冰莹一直称她的男人为'维特'，她喊得那么亲，那么甜，那声音至今犹萦绕耳际）。"参见严怪愚：《蹉跎岁月记冰莹》//阎纯德、李瑞腾编：《女兵谢冰莹》，北京：人民文学出版社，2002 年，第 84 页。

恋爱自由，陶醉于对爱情的梦想和憧憬。但是，战争的炮火终结了浪漫的情爱角逐。曾经狂热迷恋《维特》的谢冰莹后来这样感慨：

> "六一"惨案简直像一颗炸弹，它唤醒了无数热血沸腾着的青年男女，它更唤醒了我这每天只知躲在图书馆里看《少年维特之烦恼》的胡涂虫。唉！多危险呵，要不是一九二六年的第二个大炮惊醒了我，也许我真的做了维特第二呢。①

短短几年，谢冰莹对《维特》的态度变得截然不同。她对《维特》不再心驰神往，不再沉溺于感伤的爱情故事。通过她在《女兵自传》中的自白，我们或可窥见她的心态："她们并不把恋爱看得稀奇神秘，或者怎样重要；她们最迫切的要求，只有两个字——革命！……恋爱不过是有闲阶级的小姐少爷们的玩艺儿而已。"②

转变猝不及防。但是如果联系时代背景，这种转变再正常不过：救民族于危亡在革命年代成为主旋律。依靠女兵文学建立声望的谢冰莹走出了一条不同于五四女作家的道路。虽然她在文学发蒙期为《维特》动情动容，尽显少女情怀，但时代的匆促容不下她丝毫的感伤和忧郁。也正是由于急骤的革命/阶级话语引领她寻找自我的路向，她在心理认同的转换期遭逢社会革命，个人意志便无可挽回地被裹挟着一路向前。革命不需要情爱共同体，无论是男女共建的爱情共同体，还是当时一度流行的同性爱恋共同体。这些在革命话语体系空前强大的氛围下，不过是小资产阶级的意识和需求，必然遭到鄙弃。所以谢冰莹的文学书写前后判若两人，从信仰《维特》、高唱爱情至上主义，骤然转向反《维特》、"打破恋爱梦"，奔赴革命浪漫主义。革命和恋爱对于挣扎在时代夹缝中的知识女性是仅有的两条出路。当革命和爱情不能兼容时，爱情必须让步，《维特》的影响自然就隐退了。对于她们而言，若以恋爱换取革命机会得不偿失。情爱是个人生命中的奢侈品，革命的机遇千载难逢。革命话语挤压恋爱话语，对革命的热忱战胜了爱神。

《维特》与谢冰莹的因缘尽管是个案，却很有代表性。文学的接受和传播受到现实语境、接受者的个体接受视域和传统文化因素等多重元素的影响。个体接受者随着所处时代政治语境的急剧变化而生发出不同的心境，这些可能使他们前后对文学作品的接受和感悟大相径庭。这位女兵作家对

---

① 谢冰莹：《一个女兵的自传》，上海：上海良友图书印刷公司，1936年，第119-120页。
② 谢冰莹：《女兵自传》//艾以、曹度主编：《谢冰莹文集》（上），合肥：安徽文艺出版社，1999年，第77-78页。

《维特》由热转冷的态度验证了这一问题在跨文化文学接受中的普遍性。

4.6　小　　结

4.6.1　汇入五四思想脉络的《维特》

歌德通过《浮士德》(*Faust*)表达了对美的灵魂和美的自然的强调，这是源于个性解放的要求；而这种个性解放的要求是基于德国精神生活与哲学体系的内在发展逻辑。[①]其实，歌德早在《维特》中就表达了具备才智学识的市民阶层青年对个性解放的要求。这一点和狂飙突进的精神一脉相承：对贵族阶层的抵抗、对父辈权威的质疑和对因袭旧俗和暮气沉沉的文坛的叛逆。所以格奥尔格·勃兰兑斯(Gerog Brandes，1842—1927)强调《维特》表现的不是个人的情感和痛苦，而是整个时代的感情、憧憬和痛苦。歌德把维特变成伟大的象征性人物，代表新时代的精神和才智。小说并不单纯描写爱情的痛苦，而是触及维特所接触的社会文化的方方面面，展现出自由心灵和日常习俗的矛盾和冲突。[②]

在中国，《维特》作为西方文学经典汇入了"五四"的思想脉络。曾立志成为中国歌德的郭沫若和志同道合的宗白华及田汉频繁交流对歌德的看法，他们的书信往来以《三叶集》为名结集出版。郭沫若认为歌德的时代和当时中国所处的时代都是"胁迫的时代"，所以他有心将《维特》翻译成中文，全面介绍歌德的杰作。[③]封建社会的伦理道德和纲常秩序尚未瓦解，但已收获新知的青年对世界和自我的认知已大不相同。希望摆脱束缚和改变命运的青年因此兴奋而焦虑。

作为一个冷眼旁观的局外人，汉学家高利克指出，20 世纪 20 年代狂热追捧《维特》的中国信徒并未领悟这部作品的思想精髓和革命性精华，纯粹是出于个人经验而认同小说的爱情狂热，因而只是没有精神深度、没有追求目标、没有理解的浅薄的装腔作势。[④]也有研究者认为，五四时期浪漫小说的男主人公身上虽然常常有维特的影子，但偏于怯懦脆弱。维特对

---

① 参见张辉：《浮士德精神的中国化审美诠释》，载《中国现代文学研究丛刊》，1998 年第 1 期，第 43 页。

② 〔丹麦〕勃兰兑斯：《十九世纪文学主流》(第一分册)，张道真译，北京：人民文学出版社，1997 年，第 19 页。

③ 参见宗白华等著：《三叶集》//林同华主编：《宗白华全集》(第一卷)，合肥：安徽教育出版社，2008 年第 2 版，第 223 页，第 251-252 页。

④ 参见〔捷克〕马立安·高利克：《中西文学关系的里程碑》，伍晓明、张文定等译，北京：北京大学出版社，1990 年，第 122-123 页。

绿蒂的爱慕，是一个独立人格向另一个独立人格的追求，并不仅仅是多情男子和妙龄少女之间的情爱和性爱。《维特》也闪现着人性的光辉，展示出悲剧的力量。但模仿《维特》的五四时期浪漫小说只学到了皮相。[①]诚然，就文学创作而言，尚处在探索阶段的中国现代文学确实没有得到《维特》的全部精髓。维特似乎更多地被转化为一个符号，他的敏锐和真诚极少在中国现代小说中出现，而是被单一化、扁平化，最终成为爱情至上主义的代言人。但是，当时确也有人对这部小说的理解超越了简单片面的层次。比如柳无忌（1907—2002）认为《维特》是"时代的精神"的具体表现，他在这部小说中读出"对于个人主义的加重""社会的变迁，宗教信仰的缺乏，悲观厌世""永不熄止的爱火""青年人对于美丽理想的热烈的追求"[②]。

柳无忌对《维特》的诠释比较到位。这部作品并不是中国传统言情话本的简单再现，而是有自身的社会和哲学深度，其阐释容量大过我们的想象。读者通过维特的命运看到个人与社会对抗失利而导致的悲剧，他的死亡并不是单纯的"爱而不得"。《维特》在现代中国持续走俏，是因为歌德预言了中国青年的忧惧，是因为他为渴望宣泄的中国青年代言。他们和维特一样有着丰沛的情感和机敏的头脑，想要自我发展，却受到阻挠；想凭感情冲动行事，却被压抑。考虑到过去相似的惆怅和对未来相似的惶恐，他们把《维特》作为心灵之书。五四时期的文化诉求决定了中国读者阅读《维特》的视角。

4.6.2　《维特》和中国现代女作家的爱情书写

五四时期前后，很多人把恋爱看作人生最伟大崇高的事业，仿佛失去爱情就等于失去了人生意义。长久以来封建专制下包办婚姻的压迫使青年感觉灵魂无处安放般空虚。当恋爱自由的曙光初现，他们在黑暗中看到了光明，对自由恋爱的追求也更积极迅猛。

是什么激发并强化了知识女性走出家门、追求爱情的欲望呢？这一过程中文学的影响不可忽略，它触动了曾经的闺阁少女、如今的女大学生内心这根最温柔隐秘的心弦。她们在那些为追求自由恋爱而拼死抗争的痴男怨女身上看到了自己的身影。她们在那些为爱大声疾呼、为自由摇旗呐喊的浪漫呼声里听见了自己心灵的跃动。女作家在西方浪漫爱情故事里听到

---

① 参见张忆：《"非表现"的表现——"五四"浪漫小说抒情风格论》，载《北京师范大学学报（社会科学版）》，1995 年第 2 期，第 38 页。

② 参见柳无忌：《西洋文学研究》，上海：大东书局，1946 年，第 195 页。柳无忌是文学团体南社的成员、著名诗人柳亚子（1887—1958）之子，翻译家、近代著名诗人、旅美散文家。

了自己的传奇，看到了自己的命运。这种代入感和共鸣在她们对《维特》的接受中表现得尤其明显。绝大多数现代女作家都把《维特》当作单向度的爱情小说。《维特》对她们在情感方面的影响不可忽视。

当然，她们这样理解《维特》是片面的。这种"将错就错"宣告了个人命运被时代洪流裹挟的苦楚。大部分女作家面临包办婚姻的胁迫时往往身不由己，笼罩在巨大的阴影之下。《维特》有效激活了她们大脑中存储的浪漫爱情想象，并由此构建了"想象的情感共同体"。她们以共同的文化记忆建立了一个时代的自觉意识和情感观念。①

爱情是千年万代、横贯中西、长盛不衰的文学主题。王安忆（1954— ）曾说，爱情是"最具人间面目的幻觉"②。自带艺术气息的爱情作为一种文学题材有着现实和精神的双重面目，适合写成小说。中国第一个女作家群体是崛起于爱情主题的。③最先获得启蒙的女作家意识到在两性关系中与异性平等对话的重要性，也认定追求婚姻自主和追求意志自由之间的关联性。这是女性在争取身体和情感支配权上一次重要的觉醒。他们对真实爱情的憧憬有自身经验和感受，有出于"人"的意识的觉醒，也有部分来自浪漫的想象，所以可能出现观念演绎的问题。西方文学构建了想象的重要源头。《维特》促使女作家们的爱情观产生新的质素：自我意识的凸显、自我神圣化的感情境遇，以及被意识形态化的爱情。这种前所未有的认识并非受益于传统爱情传奇，而是沾染上了特别鲜明的西方爱情小说的意味。中国现代女性的爱情观在这场跨文化对话中实现了从传统向现代转换的重要一环。

4.6.3　《维特》和女性文本中的书信日记体书写

中国文学不乏感伤的诗篇，也不乏感伤精神，但现代意义上的感伤主义却滥觞于英国。塞缪尔·理查逊（Samuel Richardson，1689—1761）的书信体小说《帕米拉》（*Pamela*）以心理-感觉-情绪为载体，糅合现实世界的投影，打破情节小说的常规，放弃依靠时间和空间的顺序组织情节，代之以刻画主人公情感起伏为主，突出情感表达力度，开感伤小说风气之先。《维特》作为感伤小说的余波尽得其真传，也比英国感伤小说更深刻地影响

---

① 这一表述受到以下论文启发，参见侯陈辉、宋剑华：《从古典到现代：论新文学对才子佳人叙事模式的现代演绎》，载《现代中国文化与文学》，2016 年第 2 期，第 217 页。

② 王安忆：《无韵的韵事——关于爱情的小说文本》//王安忆：《王安忆读书笔记》，北京：新星出版社，2007 年，第 96 页。

③ 参见乐铄：《跛足者的跋涉——关于现代女作家倚重爱情主题的一种思考》，载《郑州大学学报（哲学社会科学版）》，1996 年第 3 期，第 87 页。

了中国现代文学。《维特》在欧洲乃至世界范围的巨大成功在一定程度上应该归功于书信日记体写作的表现力。歌德并不是这种体裁的首创者，他从虔敬派信徒的撰写传统和卢梭的《忏悔录》等作品中得到灵感。他对《维特》的体裁颇为满意："没有人能抵抗书面倾诉，无论它诉说高兴或烦恼，……这样一来，维特的信件充满无穷的魅力。"①

书信体和日记体写作的特点是：关注个体的内在体验，聚焦情感、想象和反思，激发对社会人生的理性思考和对自我的审视，有助于情感宣泄和剖白。陈平原认为："'五四'作家则学《少年维特之烦恼》，写《落叶》、《遗书》、《或人的悲哀》这样'有感觉'、'有悟性'的小说。"②感觉和悟性来自真情实感，陈平原指明《维特》的艺术风格对中国现代文学的影响。这种影响表现在中国现代文学中大量书信体小说的涌现上，比如他举例的三部现代文学作品都属于书信体写作。

中国传统文学中并非没有书信体和日记体写作，南梁刘勰（约 465—532）的《文心雕龙》"书记"篇专门论述过书信的源流、性质、特征和典型风格，尺牍的源头可以追溯到战国时期。③但书信和日记对虚构文学创作的意义直到 20 世纪初才真正显现。徐枕亚（1889—1937）的《玉梨魂》和包天笑（1876—1973）的《冥鸿》将书信体正式引入小说之中。鲁迅的《狂人日记》拉开了中国新文学的序幕，他对人称、叙事结构和叙事时间等元素做了大胆尝试，展现出小说文体和叙事意识的觉醒，同时引入新的写作形式和观察视角。但《狂人日记》只叙事不抒情，作者本人和小说中的第一人称"我"保持疏离，展现的是"我"对周遭的观察、主观感受和潜意识冲动。

有迹可循的是，大量书信日记体小说的兴盛期是 20 世纪 20 年代，更具体的时间节点是在《维特》中译本出版之后，比如许地山（1893—1941）的《无法投递之邮件》（1923）、王以仁（1902—1926）的《流浪》（1925）、郭沫若的《落叶》（1926）和蒋光慈的《少年漂泊者》（1926）等。这些作品和《狂人日记》虽然在体裁上相似，但在精神内核、主题、人物心理描写等方面模仿和继承了《维特》。这些小说热衷于探索内在世界，倾诉性强，用情感强度确立文本结构的制高点，这些都源自西方文学艺术传统。作家

---

① Vgl. Rothmann, Kurt. *Erläuterungen und Dokumente zu Goethe: Die Leiden des jungen Werthers.* Stuttgart: Verlag Philipp Reclam jun., 1982, S. 111. 此类引文，如无特别说明，均为笔者参照外文原文进行的自译，后文余同。

② 参见陈平原：《中国小说叙事模式的转变》，北京：北京大学出版社，2010 年，第 91 页。

③ 参见王爱军：《诗性之维：书信与"五四"小说文体互渗现象》，载《中国现代文学论丛》，2020 年第 2 期，第 1 页。

叶灵凤所言可作旁证：

> 《少年维特之烦恼》……由于是书信体的，许多的情节都要
> 靠读者自己用想象力去加以贯穿，然而它的叙述却充满了情感，
> 文字具有一种魅力，使人读了对书中人物发生同情，甚至幻想自
> 己就是维特，并且希望能有一个绿蒂。而且在私衷暗暗的决定，
> 若是自己也遇到了这样的事情，毫无疑问也要采取维特所采取的
> 办法。这大约就是当时所说的那种"维特热"，也正是这部小说在
> 当年能迷人的原因。①

叶灵凤道出了《维特》书信日记体形式的魅力所在。现代女作家在这
方面受到的触动颇大。女作家们的书信日记体小说在现代文学文本中占了
很大一部分，其中庐隐、石评梅、冯沅君、冰心、丁玲（1904—1986）和
谢冰莹等都擅长这一形式。②以第一人称为主，同时结合书信、日记和自传
体的叙述形式拓展了现代女作家的创作形式，也是她们后期普遍操作的文
本形式。书信日记体创设一种真实感，刻画出主人公真实而隐秘的内心感
受。作家看重这类体裁在袒露创作主体隐秘的内心世界、表达主观情感方
面的潜能。③

书信日记体构建了一种开放的情感结构以表现情感的恣意流露。书信
和日记是非常切近人类心灵的书写方式。《维特》承袭了感伤主义传统，其
特征是重视心理刻画，不以故事情节为叙述中心；专注于勾勒人物情绪发展
变化，不以情节发展来构建小说框架，淡化并隐藏情节。书信体和日记体小
说与第一人称叙事结合后，作者得以突破叙事身份的限制，宣泄情感、表达
见解或借景抒情。《维特》记录并部分还原了作者歌德在韦茨拉尔结识少女夏
绿蒂·布甫（Charlotte Buff）后陷入三角恋爱又不得不忍痛割爱的经历。
这种自叙传风格和维特偶尔冒出的歌德式的见解对于读者既是挑战，也是享
受。在这一点上，女作家们的书信体和日记体写作显然受到过启发。她们长

---

① 叶灵凤：《叶灵凤散文》，杭州：浙江文艺出版社，2003 年，第 267 页。

② 冰心 1949 年前创作的 48 篇小说中有 7 篇是书信体、日记体小说；庐隐一生创作的 81 篇小说
中有 29 篇是书信体、日记体小说；冯沅君创作的 15 篇小说中有 8 篇是书信体、日记体小说；
石评梅的 20 余篇小说中有 10 篇是书信体、日记体小说。参见钱雪琴、肖淑芬：《中国现代
日记体、书信体小说研究综述》，载《扬州大学学报(人文社会科学版)》，2006 年第 4 期，
第 60 页。

③ 泓峻：《从日记体、书信体小说看五四时代的一种写作伦理》，载《四川大学学报(哲学社会
科学版)》，2010 年第 5 期，第 82 页。

驱直入主人公的内心世界，依靠书信和日记不加掩饰地表达隐私和内心挣扎。

书信日记体写作验证了"她即文本"。美国汉学家魏爱莲（Ellen Widmer）曾揭开过"17 世纪中国才女的书信世界"。她指出《尺牍新语》是中国第一部为女性设专章的书信选，证明中国的闺阁才女在晚明时期曾超越地理和社会障碍，依靠书信建立起交流网络，走向更广阔的世界。①这类女性书信创造了第一人称女性叙述声音，但更多的是充当她们用才华弥补社会短板的手段，尚缺乏写作主体意识。现代女作家的书信体写作有本质不同。她们似有满腔哀怨、彷徨和烦闷需要倾诉，絮絮叨叨，不吐不快。女性主义理论认为："对艺术家来说，这种意识到她自己就是文本的感觉意味着在她的生活和她的艺术之间几乎没有什么距离可言。妇女作家之所以那么偏好个人抒情的形式如书信、自传、自白诗、日记以及游记等，恰是生活被体验为一种艺术或是说艺术被体验为一种生活的结果。"②现代女作家书信日记体写作让她们作为审美主体去观照世界，让她们作为话语主体去言说自我、表达自我，建立女性作者虚构的权威。她们在书信日记体写作中有效把握了个人化和自主化倾向，展现出自己的真实体验。

书信日记体写作建立了封闭的空间结构，倾诉对象单一，只有定向的有限读者甚至是写作者本人，保证了其私密性。作为交付给读者的文本，这种封闭空间结构是伪命题，因为人人得而读之，出版的日记和书信是公开的秘密。故事讲述者毫无隐私可言。但这恰恰是这种体裁成功的秘诀：书信日记体小说有很大的自由在写实与虚构之间自如切换，在私人领域和公共空间之间游走；它来源于个人经验又公之于众，暗示个人经验存在某种普遍性；它在情感上可以获得尽可能多的读者的共鸣。

现代女作家关注内心感觉，重视情感流露，所以她们的书信日记体作品的数量巨大，坚持的时间也较久。③有学者认为现代女性书信体日记体写作与逻辑性、条理清晰的男性写作不同，在内容和形式上体现出女性特质：含糊、感性且令人困惑。④这是中国现代女作家群体用这种体裁发出的感性

---

① 〔美〕魏爱莲：《晚明以降才女的书写、阅读与旅行》，赵颖之译，上海：复旦大学出版社，2016 年，第 4-6 页。
② 〔美〕苏珊·格巴：《"空白之页"与女性创造力问题》//张京媛主编：《当代女性主义文学批评》，北京：北京大学出版社，1992 年，第 170 页。
③ 比如庐隐的四部短篇集《海滨故人》《曼丽》《灵海潮汐》《玫瑰的刺》共计包含作品 55 篇，但日记、书信或其中穿插二者的作品竟达 28 篇，堪称"书信日记体小说的专家"。参见杨义：《中国现代小说史》（第一卷），北京：人民文学出版社，1986 年，第 274 页。
④ 参见张莉：《书信、日记、自白式表达——现代女性写作叙述范式的初步形成（1917—1925）》，载《天津师范大学学报（社会科学版）》，2008 年第 3 期，第 59 页。

的女性之声，构建起女性叙述的范式。这样的文学实践需要勇气，因为她们在自我的确立和表达的过程中遇到的挑战和阻碍多于男作家。幸运的是，书信体小说和日记体小说在一定程度上协助她们实现了艺术追求。

4.6.4　永葆青春的《维特》

从 1922 年《维特》首个全译本问世到 1949 年，《维特》的重译本和重印本不断涌现。20 世纪 40 年代中期，郭沫若再度重印《维特》时感慨良多："这本书的译出也就二十年了。二十年后的今天我又重读了一遍，依然感觉着它的新鲜。一本有价值的书，看来总是永远年青的。读了这样的书，似乎也能够使人永远地年轻。"[1]

无论中国现代文学如何关注《维特》，误解和理解、自况和自证、同情和滥情，都是源于对这部作品的偏爱。《维特》因婚恋主题引发中国读者的关切，也因展现青春心灵的丰富热烈和只有青年才能感受到的社会约束而让人感慨万千。维特身上的"少年感"是对西方现代文化理智性、机械性和功利性的矫治。[2]郭沫若为《维特》所写的序引强调小说的主情主义、泛神思想、赞美自然、景仰原始生活和尊崇儿童等重要思想。这些试图超脱物质化和庸俗化的质朴理念是《维特》在现代中国经久不衰的秘密源泉。深谙德国哲学文化的唐君毅（1909—1978）在《歌德自传》中看到青年歌德的交游和生活"宛如一群于混沌初开不久，在烂漫阳春下之孩子"，又因为"中国人之灵魂中之缺此一情调"大感惋惜。[3]有着歌德青年时代的影子的维特携带着满满的少年感表达出青年人心绪的感性激越，为蹒跚学步中的中国现代文学提供了一个颇有代表性的西方典范。《维特》裹挟着德国狂飙突进运动反对束缚与规则、扬弃理性、礼赞青春韶华的澎湃之气，唤醒了纠缠于封建文化桎梏下的中国青年。维特也因此成为五四青年追求自由解放的浪漫偶像，在他们的文本中反复出现。在文坛上起步稍晚的女作家也不遑多让。她们带有维特式自白风格的写作燃烧着青春的火焰，也为现代女性写作开辟了新的道路。

---

① 郭沫若：《重印感言》// 〔德〕歌德：《少年维特之烦恼》，郭沫若译，重庆：群益出版社，1944 年。

② 参见单世联：《中国现代性与德意志文化》（下），上海：上海人民出版社，2011 年，第 1040 页。

③ 参见唐君毅：《中国文化之精神价值》，桂林：广西师范大学出版社，2005 年，第 280 页。唐君毅，哲学家、教育家，当代新儒家的主要代表。

第5章 《茵梦湖》与中国现代女作家

5.1 现代中国的"茵梦湖传奇"

与大文豪歌德相比，19世纪诗意现实主义（poetischer Realismus）的代表人物施笃姆在德语文学史上并不是鼎鼎大名，但他的中篇小说《茵梦湖》在现代中国引起的反响比之《维特》不遑多让。小说还未发表时，施笃姆对于它可以预见的成功颇有信心："这本小书将成为德国文学的一颗明珠。在我之后，它将以不朽的文学魅力攫住那些年长和年轻的心灵，激荡读者的青春和灵魂。"[①]《茵梦湖》确实在德语世界取得了巨大成功，它在作者生前已印刷30多个版次，至1915年已再版79次。[②]不过作者大概没有想到，他的小说能够在遥远的中国得到和歌德的《维特》同等的礼遇。

从中译本出版时间来看，1921年出版的《茵梦湖》比《维特》更早与中国读者相遇。1921年7月郭沫若和钱君胥[③]的《茵梦湖》译本出版后反响颇佳，截至1930年4月已推出13版。有据可查的《茵梦湖》中译本至少有22种。[④]目前较有名的中译本包括以下几种：郭沫若和钱君胥合译版《茵梦湖》（泰东图书局，1921）、唐性天译《意门湖》（商务印书馆，1922）、朱偰译《漪溟湖》（开明书局，1927）、张友松译《茵梦湖》（北新书局，1930）、王翔译《茵梦湖》（世界书局，1933）、施瑛译《茵梦湖》（启明书局，1936）、巴金译《蜂湖》[⑤]。《茵梦湖》译本数量和再版次数与《维特》不相上下，和《维特》携手成为20世纪畅销中国的外国小说。

---

① Herrmann, Walter (Hrsg.). *Theodor Storm: Immensee und andere Sommergeschichten.* Leipzig: Verlag Philipp Reclam jun., 1987, S. 4-5.

② 参见叶廷芳：《从〈茵梦湖〉到〈溺殇〉——具有鲜明艺术特色的德国作家施托姆的小说》，载《小说界》，1981年第2期，第144页。

③ 钱潮（1896—1994），字君胥，浙江杭州人，毕业于日本九州帝国大学医学部。《茵梦湖》乃钱君胥自德文译出，郭沫若改译润色。见龚明德：《从郭沫若"孤山看梅花"引出的文坛旧事》，载《中华读书报》，2016年8月10日，第14版。

④ 杨武能指出，如果将台湾和香港地区包括在内，《茵梦湖》已知的中译本至少有22种。参见杨武能：《施笃姆的诗意小说及其在中国之影响》，载《外国文学研究》，1986年第4期，第59页。

⑤ 《蜂湖》并非单行本，而是收录在1943年文化生活出版社所出的译文集《迟开的蔷薇》一书中，译者是巴金。

　　文化语境对文学作品在本国和异域的接受有很大影响。如果以译本流传度为判断标准，《茵梦湖》在现代中国取得的胜利已超越了它在本土的影响。这种"超越影响"①现象的产生和现代中国的时代精神相关。这部作品揭露了包办婚姻的流弊以及金钱与爱情、伦理与偏见之间的矛盾，凄婉动人的情节和忧郁哀怨的情调大大增强了其可读性。文史学家唐弢曾回忆："《茵梦湖》有誉于世，我早年读此，备受感动，印象之深，不下于《少年维特之烦恼》。"②

　　和《维特》相比，《茵梦湖》更明确地指向爱情和婚姻主题，情节简单明了：莱因哈特和伊丽莎白青梅竹马，相互钟情，但伊丽莎白的母亲执意将女儿嫁给富有的庄园主埃利希，导致有情人难成眷属。多年后，莱因哈特应邀去埃利希的庄园拜访伊丽莎白夫妇。旧情人重逢，心中万千感慨却无法再续前缘，徒留遗憾。莱因哈特匆匆辞行，此后二人一生再未相见。

　　爱情小说的"爱而不得"往往让人回味良久，这比大团圆结局更令读者难忘。《茵梦湖》遵循这样的叙事逻辑和美学思考，也确实取得了良好的艺术效果。一对彼此心照不宣的有情人单纯美好，但由于女方母亲的固执己见，他们被迫分离，即使后来对彼此还有眷恋，却再也不可能扭转命运。吉卜赛女郎的吟唱透着浓浓的悲凉，莱因哈特送给伊丽莎白的画眉鸟死去，被镀金笼子里的金丝雀取代，以及他在夜晚涉险下水，想努力靠近湖中的睡莲，却发现那洁白的花儿可望而不可即……这些细节都隐含着相爱却无法相守的悲凉。整部小说没有刻意渲染失去真爱的悲恸，而是用男女主人公年少时的情潮涌动，以及再度相见时的矜持有礼、自我节制和隐而不发，确保了这部作品以隐忍和含蓄为主要言说方式及美学原则。平心而论，《茵梦湖》相比《维特》在思想深度上相对平庸，但是结构精致紧凑，抒情状物笔法细腻，情感绵长，令中国读者大有惺惺相惜之感，符合他们的审美期待。有学者认为，《茵梦湖》的"怨"对熟悉此类主题的中国读者富有吸引力。③作为《茵梦湖》译者之一的巴金评价这部小说拥有"清丽的文笔，简单的结构，纯真的感情"④。这些艺术特征与五四时期作家和青年的情感诉求相吻合。他们那时正力求抽离动荡不安的社会大环境，在艺术中张扬

---

① "超越影响"的概念出自比较文学理论，指作家的作品在国外的影响超出其在本国范围的影响。见孟昭毅：《比较文学通论》，天津：南开大学出版社，2003年，第98页。

② 唐弢：《晦庵书话》，北京：生活·读书·新知三联书店，2007年，第351页。

③ 参见孙凤城：《德国文学在中国》，载《国外文学》，1989年第3期，第59页。

④ 〔德〕斯托姆：《迟开的蔷薇》，巴金译，杭州：浙江文艺出版社，2019年，第112页。

情感，寻求心灵的慰藉。①

这部小说唤起中国读者共同的阅读记忆，促使他们将阅读此书的感受和过往的阅读经验相连。曾有读者发文见诸报端，指出《茵梦湖》和《红楼梦》同为言情小说有颇多相似之处，《红楼梦》的读者不应该错过《茵梦湖》，推荐之词极为恳切。②还有读者先盛赞《红楼梦》"绮腻情态，极其缠绵细致，就是写景言事也有无上的妙处"，接着话锋一转，为德国18世纪小说《茵梦湖》"欢欣鼓舞"，认为后者的简洁大有好处。③《茵梦湖》塑造的人物形象也让中国读者有似曾相识之感。女主人公伊丽莎白少女时代天真烂漫，喜爱读诗听故事，精于厨艺女红，面对强势母亲指定的婚事软弱而无法决断，默默认命，酷似中国封建社会由父母指定终身大事的闺阁少女。④男主人公莱因哈特性格刚毅，幼时对伊丽莎白充满保护欲，求学在外时用书信和故事集寄托相思。从幼年时期的两小无猜，到少年时期的情投意合，再到成年后的空留余恨，男女主人公即便得到单独相处的机会，也只能婉转含蓄地追忆往事，没有显露出与命运抗争的念头和勇气，遑论行动。这种叙事模式和道德逻辑与清末民初的哀情小说⑤相似：社会现实影响人们的感情生活，而主人公的性格最终造就了他们的命运。

《茵梦湖》催生了很多中国现代文学仿作。周全平（1902—1983）的《林中》（1925）、巴金的《春天里的秋天》（1932）和郁达夫的《迟桂花》（1932）在故事情节、人物设定和艺术情调上都与《茵梦湖》有相似之处。这些小说多具有诗化特征，为中国现代文学增添了感伤的诗意美，丰富了现代文学的美感品类，也为读者提供了新的美感体验。⑥

这部小说的普及程度还有一个细节可以佐证：郭钱二人所译的《茵梦湖》

---

① 参见卫茂平：《〈茵梦湖〉在中国的译介和浪漫主义的胜利》，载《中国比较文学》，2002年第2期，第124页。

② 参见王先骕：《"漪溟湖"和"红楼梦"》，载《开明（上海1928）》，1930年第2卷第7期，第393-394页。"漪溟湖"即"茵梦湖"的另一译名。

③ 参见农泉：《读茵梦湖有感》，载《中国新书月报》，1931年第1卷第8期，第27-29页。

④ 小说中有一个场景提到，莱因哈特和伊丽莎白重逢后一起朗诵诗歌作为游戏，诗中歌词如下："我的妈妈所主张，要我另选别家郎；从前所有心中事，要我定要把它忘；我自暗心伤。"听到此处，伊丽莎白触景生情，突然失态，匆匆离开以掩饰心情，可见她嫁给埃利希并非内心所愿。参见〔德〕特奥尔多·施笃姆：《茵梦湖》，郭沫若、钱君胥合译，上海：光华书局，1932年，第61-62页。

⑤ 哀情小说产生于清末民初，兼顾对传统文化内涵的展示和对时代风貌的描摹，集中刻画了清末民初的社会现实和人们的情感生活，常见限知叙事和细腻真实的心理描写。哀情小说常见的叙事模式为：社会的动乱、外来文化的影响及主人公的性格最终导致悲剧结局。

⑥ 参见马伟业：《〈茵梦湖〉与中国现代爱情小说》，载《学术交流》，1992年第2期，第129页。

片段曾是文学青年们的中文教材读本。^①一部外国小说入选教材，它的读者数量和规模自然不小，而它能被选为中文教学的范文，其文学价值和美学价值自然也不低。总之，《茵梦湖》在现代中国缔造了传奇。它的传奇性还表现在，以庐隐和石评梅为代表的现代女作家用文学书写回应了对这部小说的理解，也用生活实践强化了这部德国小说在一代知识青年精神思想上留下的刻痕。

5.2　感伤派女作家庐隐结缘《茵梦湖》

5.2.1　《象牙戒指》：杂糅浪漫和感伤的女性主义探求

随着《茵梦湖》汉译本的热销，受到影响而产生的模仿《茵梦湖》的悲情小说开始问世。其中庐隐的中篇小说《象牙戒指》被认为与《茵梦湖》"神通情契"^②。小说采取故事外叙述视角，分别由女主人公的两位好友——"我"和素文相继讲述故事情节。小说梗概如下：张沁珠与伍念秋相恋，后因得知男方有家室而伤心欲绝，断然与之分手；沁珠因初恋失败抱定独身素志，所以当革命者曹子卿试图用满腔热情重燃她的爱火时，她陷入矛盾中，忽而勉强应承，忽而要和对方维系冰雪友情，曹子卿深受情爱折磨，加之为革命事业操劳，患急症撒手人寰；沁珠悔不当初，决意用青春和生命祭奠子卿，身心俱疲的她在几年后香消玉殒，两人被合葬在陶然亭。这部小说以女作家石评梅与革命志士高君宇的爱情纠葛为蓝本。女主人公"矛盾而生，矛盾而死"^③，整个故事笼罩在愁云惨雾中，弥漫着死亡的阴影。其中有一个场景提到沁珠和子卿相约去陶然亭看芦花，子卿黯然慨叹："……珠妹！你是冰雪聪明，难道说连我这一点心事都看不透吗？老实告诉你，这世界我早看穿了，你瞧着吧，总有一天你要眼看我独葬荒丘……"^④女主人公立刻明白他意有所指："'死时候呵死时候，我只合独葬荒丘。'这是《茵梦湖》上的名句，我常常喜欢念的。"^⑤二人的对白指向了《茵梦湖》

---

① 《茵梦湖》的片段曾刊登于《风下》（1947 年第 76 期，第 256、258 页），作为风下青年自学辅导社的教材。

② 范伯群、朱栋霖主编：《1898—1949 中外文学比较史》（上卷），南京：江苏教育出版社，2007 年，第 318 页。

③ 庐隐：《象牙戒指》//王国栋编：《庐隐全集》（第四卷），福州：福建教育出版社，2015 年，第 195 页。

④ 庐隐：《象牙戒指》//王国栋编：《庐隐全集》（第四卷），福州：福建教育出版社，2015 年，第 135 页。

⑤ 庐隐：《象牙戒指》//王国栋编：《庐隐全集》（第四卷），福州：福建教育出版社，2015 年，第 135 页。

中的一首诗。

《茵梦湖》全书多处出现诗歌和民谣，其中有一首诗歌首尾呼应，为整个故事奠定了感伤的基调。圣诞节前夕，莱因哈特在酒馆偶遇一位卖唱的吉卜赛女郎。她鄙视纨绔子弟的金钱游戏，却被莱因哈特的感性赞美打动，主动献唱一曲：

> "今朝呀，只有今朝
> 我还是这么窈窕；
> 明朝呀。啊，明朝
> 万事都要休了！
> 只这一刻儿
> 你倒是我的所有；
> 死时候，啊，死时候
> 我只合独葬荒丘！
> ……"①

多年后，莱因哈特和已嫁作他人妇的伊丽莎白一同散步，路遇一个女乞丐。她唱的竟是同一首歌。伤感的曲调正对二人当下的处境，再度勾起莱因哈特的怅惘和失落。此曲嗟叹情爱易逝，唱尽了有情人离散的无奈和不舍，展现出失去真爱的痛楚和绝望，指出死亡是失恋者唯一的归宿。

高君宇和石评梅的生死绝恋在 20 世纪 20 年代的北京文化界颇为知名。在沉寂多年后，几乎被历史遗忘的石评梅因为高君宇"红色恋人"的身份在 20 世纪 80 年代重归大众视野。电视剧、广播剧和传记的多重演绎向读者和观众展现出一段生死相随的世纪往事。1965 年，周恩来（1898—1976）在审批北京城市规划时强调要妥善保存高石二人的合葬墓。邓颖超（1904—1992）在 20 世纪 80 年代为三卷本《石评梅作品集》撰写书名后志时再度确认了高石二人"革命加恋爱"的事实。可是当我们返回小说《象牙戒指》时，会发现这部作品虽然带有革命浪漫主义和后五四时代典型的言情感伤主义倾向，但庐隐作品中记录的高石二人的恋情透露出更丰富的细节。她借助《茵梦湖》的情诗塑造了一个非典型的革命者形象：他愿为革命挥洒热血激情，又执着于儿女情长；他的欢乐和哀愁常常被爱情操纵，甚至有时候革命事业反而被模糊化而退居后台，这不太符合读者对革命者

---

① 〔德〕特奥尔多·施笃姆：《茵梦湖》，郭沫若、钱君胥译，上海：光华书局，1932 年，第 26 页。

高人形象的预期和想象。子卿在沁珠面前预言了自己"独葬荒丘"的命运，他的悲凉心境源自得不到爱情的绝望，又隐隐向心上人施加心理压力，甚至多少带有赌气的成分。女主人公沁珠对子卿的多番拒绝也并非出于女性的羞怯，而是因为新女性看到男性精英通过恋爱话语实施主导权，加强了对女性的掠夺和俘虏。所以，尽管她相信子卿确实出自真心，但强烈的女性主义意识却阻止她再次贸然掉入爱情的魔圈。庐隐参考了石评梅身后留下的诗文、日记和书信，在小说中频繁引用其原文。她试图走进挚友的内心世界，用纯粹的女性言说发出另一种声音。在"革命加恋爱"的官方叙事之外，庐隐用死亡预言和爱情陷阱的非常规模式使《象牙戒指》偏离了明确的革命化政治化倾向。

《象牙戒指》的故事走向和结局无疑是感伤的。作者庐隐似乎也沉入了感伤主义情绪，反复诉说。这种感伤主义有中国因子，它植根于中国文学的浪漫情爱传统，这一传统由曹雪芹（1715—1763）的《红楼梦》、魏子安（1818—1873）的《花月痕》和徐枕亚的《玉梨魂》等一类小说共同构筑。[1]《象牙戒指》描写人物多情和痴迷的心态，夹杂着多情总被无情恼的幽怨以及求而不得的痛苦，融合了文人伤怀和死后合葬的浪漫想象，接续了才子佳人多情恨和伤别离的中国文学传统。但这种感伤主义又复刻着西方浪漫主义传统。曹子卿反复吟咏《茵梦湖》中的民谣并发出"独葬荒丘"的哀叹，小说对于情爱的迷恋和对于死亡近乎病态的渴慕，串联起西方浪漫悲剧的情调。这样的言情故事确实契合五四时期的审美意趣，高君宇和石评梅的故事被顺利编入了五四时期的浪漫主义脉络。[2]东西方感伤传统的糅合给庐隐创造了机会。

5.2.2　缄情向荒丘：《茵梦湖》式的悲情苦恋

庐隐对《茵梦湖》中的诗歌兴趣浓厚，尤其是"独葬荒丘"的意象。这首源自《茵梦湖》的小诗为施笃姆原创。他认为这首得意之作可以与歌德、约瑟夫·弗赖赫尔·冯·艾兴多尔夫（Joseph Freiherr von Eichendorff，1788—1857）和路德维希·乌兰德（Ludwig Uhland，1787—1862）等诗人的作品比肩。[3]由郭沫若出神入化翻译过来的"独葬荒丘"一词所表现的氛

① 参见刘剑梅：《革命与情爱——二十世纪中国小说史中的女性身体与主题重述》，郭冰茹译，上海：上海三联书店，2009 年，第 132 页。

② 参见刘剑梅：《革命与情爱——二十世纪中国小说史中的女性身体与主题重述》，郭冰茹译，上海：上海三联书店，2009 年，第 133 页。

③ Vgl. Betz, Frederick (Hrsg.). *Erläuterungen und Dokumente: Theodor Storm Immensee*. Stuttgart: Verlag Philipp Reclam jun., 1984, S. 52.

围和中国古典诗词中常见的孤冷凄清相似。这大概是庐隐留意这首诗的原因。这一意象日后一度构成庐隐小说的常见基调。

客死异乡，独葬荒丘，是强调"落叶归根"和"思乡情怯"的中国传统观念所难以接受的。生前寂寥固然可悲，死后"独葬荒丘"更为凄凉。在《象牙戒指》中，"独葬荒丘"表现出男主人公爱而不得的孤独和绝望。沁珠的缄默和婉拒让他黯然神伤，又觉前途暗淡，恐将"独葬荒丘"。求爱遭拒后，他病情恶化终告不治，长眠于"广漠的郊野"。"荒郊冷漠，孤魂无伴"，沁珠冒雪前往凭吊。子卿死后三年，沁珠和"我"相谈，神情抑郁，"我"问："沁珠，在前五个月你给我的信中，所说的那些话，仿佛你要永久缄情向荒丘，现在还没有变更吗？"①引文涉及的荒丘或郊野都指向了子卿的坟地。

"缄情向荒丘"，是生者为表示对往生爱人的忠诚而拒绝接受新的爱情。庐隐后期小说中不乏"缄情向荒丘"的人物。她的小说中常常出现"荒丘""荒郊""郊野"一类词汇，且这些地点几乎都是爱人逝世后的埋葬地，与《茵梦湖》歌谣中的情境可堪匹配。《云萝姑娘》的女主人公历经坎坷，心上刻有"极深刻的残痕"，她拒绝青年凌俊的求爱，决心"永远缄情向荒丘"②。《归雁》用日记形式记录了一段恋情的开始和终结。纫菁不幸丧偶，彷徨无助，在失眠、抑郁和绝望中消耗精神和肉体来麻痹情感。她深感"青春的幻梦已随元哥消逝"，而爱慕者的表白又让她怦然心动。③她陷入巨大的矛盾，因为她留恋亡夫，曾经发誓要"缄情葬荒丘"④。她最终拒绝了爱情，"独自蹀躞于荒郊"⑤。有必要指出，这部作品中反复出现的"荒丘"和"荒郊"正是女主人公埋葬亡夫的地方。

《茵梦湖》的故事情节和穿插其间的歌谣给定的情境是一致的：当心爱之人离去，被离弃的一方相信一生再也无法收复爱情，也不可能再遇到新的爱情，孤独终老是唯一的结局。前文提到的庐隐的几部小说也遵循同一种模式：爱人英年早逝，"独葬荒丘"，女主人公独活于人世，主观上拒绝

---

① 庐隐：《象牙戒指》//王国栋编：《庐隐全集》（第四卷），福州：福建教育出版社，2015年，第 182 页。
② 庐隐：《云萝姑娘》//王国栋编：《庐隐全集》（第三卷），福州：福建教育出版社，2015年，第 15 页。
③ 庐隐：《归雁》//王国栋编：《庐隐全集》（第三卷），福州：福建教育出版社，2015年，第 44 页。
④ 庐隐：《归雁》//王国栋编：《庐隐全集》（第三卷），福州：福建教育出版社，2015年，第 55 页。
⑤ 庐隐：《归雁》//王国栋编：《庐隐全集》（第三卷），福州：福建教育出版社，2015年，第 106 页。

新的爱情。庐隐将"独葬荒丘"演化成"缄情向荒丘",展现出失去配偶的现代女性在心灵深处抱定从一而终的念头,驱散了未来人生的其他可能。反复的创作实践促使庐隐进一步扩大这种守贞情结,最终形成类型化风格。当然,庐隐小说中的这种情感困境较之《茵梦湖》中的有情人难成眷属更添一层悲凉,因为孤独和痛苦是女主人公们的主动选择,甚至一度是作家本人的选择。①

5.2.3　中德汇通的感伤主义

20 世纪 30 年代出版的多部女作家研究著作对庐隐的评价出奇一致:有人批评她"只是一味用了锦绣的文字织那些伤感消沉悲哀的梦境"②;有人指出她的作品具有"伤感的,厌世的倾向","始终沉浸在'悲哀的海'里"③;有人冠之以"感伤派女作家"④的封号。"感伤"是评论界加诸在庐隐身上的标签。而她的感伤风格的形成,是中西结合、兼收并蓄的结果。

种种证据表明,庐隐依靠勤勉的私房阅读与外国文学实现了亲密接触。⑤庐隐作品中涉及纷繁芜杂的外国文学作品和作家,说明她没有将德国文学视为特定的国别文学资源进行自觉学习、效仿、整合和利用,而是博采众长。从她的知识结构来看,庐隐一生从未留学德国,德语亦非其专长,她对德国文学的阅读、评价、模仿、吸收和再创造主要依靠翻译文学。不过,庐隐小说与德国文学和文艺思潮的关系并非随心偶然可以解释。《维特》和《茵梦湖》等作品一并以"感伤"的主形态分布在庐隐的小说中。

《茵梦湖》虽然是诗意现实主义的代表作,但在国人眼中并没有脱离感伤主义的基调。从小说表现手法看,自然风光在故事中的若隐若现激发了人物的感觉和情感,留恋过去、追忆往昔美好与当下的求之不得造成巨大落差,催生了人物的感伤情绪的同时也有效激发了读者的共情;从叙事特征看,《茵梦湖》放弃了对于当时德国社会现实的刻画,只将情感本体置于叙事主体框架之内,放任故事人物沉入多愁善感之中。中国读者和译者显

---

① 联系作家生平,"缄情向荒丘"是对庐隐特定时期心路历程的真实写照。成婚两年后,庐隐的丈夫郭梦良遗下她与未满周岁的女儿骤然病逝。这种境遇同她笔下的诸多女主人公极其相似。"缄情向荒丘"在一定程度上也是作家的心声。

② 贺玉波:《中国现代女作家》,上海:现代书局,1932 年,第 46-47 页。

③ 黄英编:《现代中国女作家》,上海:北新书局,1931 年,第 56、45 页。

④ 草野:《现代中国女作家》,北京:人文书店,1932 年,第 42 页。

⑤ 庐隐中学时代读过 300 多种林译小说,为了阅读不惜逃学旷课,被亲戚和家人戏称为"小说迷"。为了阅读原著,庐隐还和几位志同道合的好友聘请一位外国文学修养较高的老师学习英文。

然也是从感伤主义的角度去理解《茵梦湖》的。这部作品历经多个译本，译名几度更迭，无论是"隐媚湖""意门湖""漪溟湖""蜂湖"，都难敌"茵梦湖"迷离浪漫。所以"茵梦湖"这一译名保留至今，历经考验而经久不衰。

结合《维特》和《茵梦湖》来看，德国文学的感伤因素增进了庐隐小说的感伤风格。这位感伤派女作家之所以感伤，离不开中国古典文学的底蕴依托，但也有德国文学的推波助澜。庐隐的感伤风格为我们提供了中国现代作家借鉴德国文学的生动范例。

5.3 以《茵梦湖》为人生剧本的石评梅

5.3.1 围绕《茵梦湖》而展开的文学唱和

前文提到庐隐的小说《象牙戒指》讲述了张沁珠与曹子卿之间的爱情悲剧。二人同游陶然亭，求爱遭拒且身患重疾的子卿感叹将"独葬荒丘"，暗示了故事的悲剧结尾。这部小说以高君宇和石评梅的故事为蓝本，庐隐不负朋友所托，大量研读石评梅的日记和书信文章，记录下挚友的生前往事，尽可能还原她的内心世界。《茵梦湖》的"独葬荒丘"并不是庐隐为烘托感伤气氛而杜撰，而是真实地出现在高石二人的交往中，还有清晰翔实的唱和细节为证。

1924 年 12 月 30 日和 1925 年 1 月 7 日，高君宇以"天心"①为笔名连续两期在《晨报副刊》上发表长诗《我只合独葬荒丘!》，落笔结束语是"读茵梦湖后"。长诗《我只合独葬荒丘!》用拟人修辞法描写了一对在"月明秋夜"②哀鸣的孤雁。他们横空飞翔，携手并肩，走遍丛林和小溪。她纯洁烂漫，"双眼含愁"，"我"深情凝望她的倩影，为她采摘鲜花，追随她的脚步，整个身心为她倾倒，唯愿在她的心怀里安睡和死去。"我"满腔深情，立誓"此情与天地同休"，甚至期许来生能与她相亲相爱，"愿来生合葬空谷"。未料，她"驾着晚霞一去不归"，徒留"我"发出阵阵哀鸣："死时候，呵，死时候我只合独葬荒丘!"

细读之下，可以看出长诗中的一对孤雁是一双情侣，但是二者的爱情

---

① 高君宇是当时北京舆论界的活跃人物，曾参与《国民》杂志的编辑工作，同时为《新潮》《新青年》《晨报副刊》《国民日报》《北京大学学生周刊》等刊物撰稿。

② 此篇引文皆出自天心：《我只合独葬荒丘!》，载《晨报副刊》1924 年 12 月 30 日，第 4 版；天心：《我只合独葬荒丘!》（下），载《晨报副刊》1925 年 1 月 7 日，第 4 版。笔者参考的这两篇诗歌作品是影印版，未见页码标识。

关系似乎颇为纠结,并非简单的两情相悦或落花有意流水无情可概括。"我"一往情深,痴迷不悔,而她似乎对"我"有情,却又犹疑不决,有所保留。当"我"沉浸在爱的甜梦里一心想将生命托付,她却彻底消失在"我"的生命里,只留我"夜夜悲啼","独葬荒丘"。这首诗带有中国古典诗歌的感伤情调,"秋夜""孤雁""冷宫"传承了古诗的离愁别绪和凄凉悲怆。大雁是忠贞的鸟,在失去挚爱后形单影只,不知所往,哀鸣阵阵,令闻者伤心,听者落泪。

但是,这首长诗又在文末和《茵梦湖》呼应,使得其整体基调染上西方浪漫文学的情调,可说是作者读完《茵梦湖》后的自况。《茵梦湖》触及的包办婚姻问题引起了高君宇的注意,这可能跟他的个人遭遇有关。他年少时曾因父母之命迎娶比自己年长两岁的妻子李氏,结婚当日新娘便咳血身染沉疴。不久后,他考上北京大学赴京求学,离开了发妻。他数度在家书中要求父亲"释放此可怜之女子"①,遭到父亲拒绝。他自认为"是父亲系于铁索下的"②。高君宇从感性认识上批判扼杀自由和真爱的包办婚姻。

这首长诗描述的爱情细节和高石二人的情感互动可以相互佐证。高君宇确认了自己对石评梅的感情后,下定决心回到家乡解除了婚姻,为发妻妥善安排了归宿。但得知消息的石评梅果断拒绝和他进一步发展恋爱关系,要践行"冰雪友谊"。高君宇在情感上遭到重创,加上旧疾复发,心灰意冷,但他并未因此为难和纠缠石评梅。石评梅虽为高君宇的高尚品格所折服,却始终不愿改变初衷。

1925 年 3 月初,高君宇因急性盲肠炎病逝,诀别时留下遗言:"评梅,一颗心的颁赐,不是病和死可以换来的,我也应用病和死来换你那颗本不愿给我的心。我知道我是生也孤零,死也孤零。死时候啊,死时候,我只合独葬荒丘……评梅,这儿的信件,你拿走罢,省得你再来一次检收。"③高君宇的高尚情操和豁达人格使石评梅更加愧悔。她在一年多后写下同名散文《我只合独葬荒丘》,记录她在寒风凄雪里独自前往陶然亭凭吊高君宇的

---

① 参见《前录:高君宇同志致评梅书信十一封》//杨扬编:《石评梅作品集:诗歌·小说》,北京:书目文献出版社,1984 年,第 12 页。详见"1923 年 X 月 X 日致评梅信"。

② 参见《前录:高君宇同志致评梅书信十一封》//杨扬编:《石评梅作品集:诗歌·小说》,北京:书目文献出版社,1984 年,第 8 页。详见"1923 年 10 月 15 日致评梅信"。

③ 于增继:《石评梅与她的绝世之恋》,载《文史精华》,2007 年第 2 期,第 37 页。另据张莉的观点,高君宇临终前面对石评梅的内疚所说的是:"一颗心的颁赐,不是病和死可以换来的,我也不肯用病和死,换那颗本来不愿给的心。我现在并不希望得你的怜恤同情,我只让你知道世界上有我是最敬爱你的,我自己呢,也曾爱过一个值得我敬爱的你。"张莉:《"我愿替你完成这金坚玉洁的信念"——情书里的高君宇》,载《光明日报》,2021 年 5 月 21 日,第 13 版。

事。这篇文章可以看作她对高君宇遗诗的回应。文章追忆了 1925 年正月初五两人雪后同游陶然亭的往事，大段转引高君宇写给石评梅的信。据石评梅回忆，高君宇在给她的信中感叹命运悲惨，因想起《茵梦湖》中"我只合独葬荒丘"的诗句而感慨唏嘘，当场安排好了自己的埋骨所在。两个月后，他溘然长逝，被埋葬在陶然亭畔的孤坟里。石评梅却在雪花飞舞时来到他的墓碑前泪流满面地呼唤他的名字。她在石桌上留下"我来了"三字后决然离去，归途中回想起高君宇在病榻上诵读《茵梦湖》的诗句："死时候呵！死时候，我只合独葬荒丘！"①石评梅在这篇文章中引用的书信还原了高君宇提到《茵梦湖》的真实情境，这种悼念方式成功地构建了一种洋溢着悲伤和浪漫情调的仪式感。围绕《茵梦湖》而展开的这段往事以类似古代文人唱和的方式为庐隐的小说《象牙戒指》提供了佐证。真实世界中的主角石评梅此后无论是在文学书写中还是在日常生活中都在还原和演绎《茵梦湖》的情节，大有人生如戏的错位感。

5.3.2　表演《茵梦湖》："做一个悲剧的主人"

小说《茵梦湖》在石评梅的文学创作中留下的痕迹并不显著，倒是高君宇"独葬荒丘"的事实对她造成了强烈的精神冲击。当高君宇生命垂危时，她忏悔自己过去的行为，面向自然和宇宙大声疾呼："主呵！我已认识了自己。"②她的感情似乎直到高君宇即将离世时才刚刚燃起。高君宇逝世后，石评梅的文风由伤感转向悲壮，感情上由坚持独身主义和冰雪友谊转化为对高君宇骸骨的迷恋。《缄情寄向黄泉》中，她意识到高君宇是她"生命的盾牌"和"灵魂的主宰"，于是将全部的爱献给死者，大胆告白："自你死后，我便认识了自己，更深的了解自己。"③在《墓畔哀歌》里，她失去高君宇的痛惜之情达到极致，首次称高君宇为"我爱"，用眼泪和相思表达深情，无时无刻不感受到他的存在。这篇散文绮丽凄艳，文笔华丽，表现了作者与黑暗抗争的决心，极富浪漫主义色彩。她宣誓："我把你遗我的宝剑纤手轻擎，宣誓向长空：愿此生永埋了英雄儿女的热情。"④她反思："我

---

① 石评梅：《我只合独葬荒丘》//杨扬编：《石评梅作品集：散文》，北京：书目文献出版社，1983 年，第 97 页。

② 石评梅：《"我已认识了自己"》//杨扬编：《石评梅作品集：诗歌·小说》，北京：书目文献出版社，1984 年，第 113 页。

③ 石评梅：《缄情寄向黄泉》//杨扬编：《石评梅作品集：散文》，北京：书目文献出版社，1983 年，第 86 页。

④ 石评梅：《墓畔哀歌》//杨扬编：《石评梅作品集：散文》，北京：书目文献出版社，1983 年，第 143 页。

自从混迹到尘世间，便忘却了我自己；在你的灵魂我才知是谁？"①言下之意，她对自我的认知需要经过高君宇才能得到确认，而在此之前她生活在一片混沌之中。石评梅的这种说法显然夸大了高君宇对她的情感意义，因此很多研究把《墓畔哀歌》作为石评梅错失爱情后的忏悔和浪漫告白，但是我们不能忽略石评梅与生俱来且伴其一生的悲剧情结。《墓畔哀歌》看似是对高君宇的倾诉和追思，但其本质是对人间绝望的石评梅关于自身成长的"自悼"②。

假如时光倒流，石评梅恐怕依然不会接受健在的高君宇的求爱。少女时代的石评梅，作品已多"暮秋之气"，缺乏年轻人身上常见的蓬勃朝气和浪漫憧憬。这一点和她的气质秉性有关，也使得她更易接受悲情内涵的作品。她在短暂的一生中都在思考人生的苦难，甚至自觉将承受这些苦难作为追求人生理想的必由之路。她在《蔷薇周刊》和《妇女周报》上留下的散文多为自传色彩强烈的书信体，具有鲜明的自我言说、自我倾诉和自我辩解的艺术风格。石评梅与友人之间的通信传达了这样的事实：她以悲哀为美，在作茧自缚中享受悲剧带来的痛苦和快感；她对人的生存境遇有先验和经验的理性认知，刻意在文学创作和生活中表现出人生的苦难和悲剧性；她对自身经历的悲剧性有着清醒的认识，甚至放任悲剧发生，以验证自己的哲理性判断。这一点对于初涉人世的新时代女性来说似乎难以想象，甚至毫无必要，但结合石评梅的生命遭遇却又合乎逻辑。其早期作品中的风花雪月和绿肥红瘦的哀愁说明这位女诗人继承了古典女性文学书写的精神血脉，带有顾影自怜和孤芳自赏的特征；少女时期初恋受挫，在理智和情感、身体和心灵、知识和生活的多重割裂中进退维谷，加深了她对人生哀感的认识；叔本华、尼采和厨川白村围绕人生问题展开的文艺、美学和哲学论述加剧并固化了她"人生即苦难"的观念；在近乎残酷和绝望的"人生缺陷论"的指导下，她将自身生命体验和生存境遇与被抽象至哲理层面的悲剧观合二为一，用近乎夸张的悲剧气质和异于常人的凄美浪漫编写和导演自己的人生悲剧，按照意愿主动塑造自己的命运和归宿，在自残自戕中肆意表演，在悲剧中沉沦。③正如她的自我评价："我们一切都像预言，

① 石评梅：《墓畔哀歌》//杨扬编：《石评梅作品集·散文》，北京：书目文献出版社，1983年，第143页。

② 参见温左琴：《"悲艳"的追念与自悼——石评梅〈墓畔哀歌〉的另一种解读》，载《名作欣赏》，2008年第18期，第51页。

③ 也有学者认为，石评梅为了实现心理预期和预期实现的心理满足，承担了编剧和导演的角色。她创造了自我的悲剧因牢，禁锢住肉体，与自己为敌，最终埋葬了自己的青春和生命。参见林幸谦：《濡泪滴血的笔锋——论石评梅的女性病痛身体书写》，载《文艺评论》，2010年第5期，第134页。

自己布下凄凉的景，自己去投入排演。"①她甚至告诉友人："乃贤说我和宇的事是一首极美的诗，而这首极美的诗我是由理想实现了！我很喜欢！谁有我这样伟大，能做这样比但丁《神曲》还要凄艳的诗！我是很自豪呢！"②这位蕙质兰心的才女的人生受到西方艺术理念和文学作品的影响，对自己的命运又表现出强烈的操控欲和设计感，效仿自己创造的角色去生活，最终在一种奇异的自我设定的宿命中用鲜活的生命演绎了悲剧。

石评梅逝世后，她曾经担任主编的《蔷薇周刊》在 1928 年 11 月 7 日至 17 日期间推出了《石评梅女士纪念特刊》，后又出版了《评梅逝世周年纪念特刊》，用各种方式表达追忆。20 世纪 80 年代，与"高石恋"相关的传记和影视作品广泛传播，让这位女作家重新进入读者视野。《石评梅作品集》的出版为她更添热度。在石评梅 100 周年诞辰之际，《魂归陶然亭——石评梅》作为回忆录问世。关于石评梅的介绍、评论和研究已近百年，然而在故友旧交的缅怀文字中，对她的评价却有一个关键词始终未变：悲剧心理。据她的友人回忆，石评梅志愿"当悲剧中的一个主人"，在黯淡而缺乏生命火焰的人间，放射出一道惨白的异彩，为了"做一个悲剧的主人"，她还拒绝过舞台演出的邀请。③她的创作虽历经三个时期，但总体而言，悲剧是永恒的主旋律。④有人评价她的作品"Sentimental⑤的成分太多"⑥。她的阅读偏好也是悲剧多于喜剧。作为 20 世纪 20 年代风靡一时的悲剧作品，《维特》和《茵梦湖》引起她的关注也在情理之中。她不但在创作中吸收了这两部作品的元素，她的个人悲剧也和这两部作品有关，这并非巧合。有研究者指出，新文化初期的女作家作为新文化创作者与"新女性"道德实践者的合体，将自身对"新女性"的想象和个人与之相关的生活实践代入

---

① 石评梅：《我只合独葬荒丘》//杨扬编：《石评梅作品集：散文》，北京：书目文献出版社，1983 年，第 95 页。

② 石评梅：《致李惠年信之八》//杨扬编：《石评梅作品集：戏剧·游记·书信》，北京：书目文献出版社，1985 年，第 120 页。

③ 参见袁君珊：《我所认识的评梅》//卫建民编选：《魂归陶然亭——石评梅》，北京：人民文学出版社，2002 年，第 121 页。

④ 庐隐曾经将石评梅的创作思想大致分为三个时期：第一个时期她创作的作品较浅薄，带有浮浅的热情；第二个时期因她开始了解人生，懂得了悲哀，因而形成悲哀的人生观，从而开始赞美死，诅咒生；第三个时期，石评梅从悲哀中找到出口，因此跳出个人的悲海，将哀己之情扩大为悲悯一切众生的同情。参见庐隐：《石评梅略传》//杨扬编：《石评梅作品集：戏剧·游记·书信》，北京：书目文献出版社，1985 年，第 191 页。

⑤ 即多愁善感的。

⑥ 李健吾：《评梅先生及其文艺》//卫建民编选：《魂归陶然亭——石评梅》，北京：人民文学出版社，2002 年，第 19 页。

创作，反过来又从文学作品中汲取人生实践的灵感。①这种说法在石评梅身上得到了印证。

5.3.3　从"独葬荒丘"到"并葬荒丘"

据石评梅的好友陆晶清回忆，石评梅在高君宇死后经常说："生前未能相依共处，愿死后得并葬荒丘。"这句话后来出现在她的日记里。②陆晶清是石评梅的同学兼密友，在其死后参与编辑石评梅的四部日记并打算出版，所以她的陈述应该比较可靠。"死后得并葬荒丘"相对于《茵梦湖》中提到的"独葬荒丘"实现了本质跨越，完成了从单恋到双向奔赴的历程。如果我们再回到天心所写的长诗《我只合独葬荒丘！》会发现，沉入爱情的孤雁也曾透露"来生合葬空谷"的愿望。显然，石评梅的念白和长诗《我只合独葬荒丘！》形成了某种互文关联。从"独葬"到"并葬"，一字之差使这段难以实现的爱情追逐在二者死后转化为现实。对于高君宇而言，"独葬荒丘"是因失去毕生挚爱、生无可恋而导致的必然命运，凄怆之意溢于言表。"并葬荒丘"是石评梅以高君宇未亡人的身份自居，表达她死后追随他的夙愿。擅长营造感伤气氛的文学家并不避讳死亡禁忌。"谁都认荒冢枯骨是死了的表象，然而我觉着是生的开始，因此我将我最后的希望建在灰烬之上。"③她不畏惧死亡，甚至对死亡怀有某种期待，因为死亡中孕育着生机。

高君宇逝世两年多后，石评梅突发疾病，因延误治疗不幸离开人世。朋友和家人遵从她的愿望，将她与高君宇同葬陶然亭，完成了她和高君宇生死相随的志愿，实现了她"并葬荒丘"的理想。在旁观者看来，石评梅的行为似乎偏执而矫情：高君宇生前，无论他怎样真心相待，痴心不悔，她都拒绝接受他的求爱；在他死后，无论旁人如何劝阻，她都心无旁骛，坚定地将灵魂和生命献给逝者。这是她的悲剧性所在，但恰恰反映出她对自我意志的追寻和对命运的掌控欲。沐浴着五四自由风尚的知识女性效仿封建时代的死祭为革命志士殉葬，高石恋最终以新女性为新青年殉情的方式画上句号。新式恋爱和旧式伦理戏剧般地交汇，看似返归传统的场景背后是石评梅用生命成就的美学悲剧。批判不自主婚姻的德国小说《茵梦湖》贯穿于高石恋的始终，而高石恋比虚构文学更胜几分的浪漫悲戚使二人的

---

① 参见林峥：《表演"新女性"——石评梅的文学书写与文化实践》，载《文学评论》，2018年第1期，第171页。

② 参见陆晶清：《追忆评梅——为〈石评梅作品集〉出版而作》//杨扬编：《石评梅作品集：诗歌·小说》，北京：书目文献出版社，1984年，第13页。

③ 石评梅：《灰烬》//杨扬编：《石评梅作品集：散文》，北京：书目文献出版社，1983年，第213页。

故事走入传奇，被历史反复改写甚至神化。石评梅用生命实践了文学经典，经过她自身的文学书写和后期的演绎传播，高石二人的情感纠葛甚至超越故事本身演变成中国新文学史上的风景，连同二人同葬的陶然亭，构筑了一道长盛不衰的都市景观。①

5.4　小结：游走在真实和虚幻的边缘

《茵梦湖》在五四时期的中国盛行一时，源于其主题切中时弊，胜在其凄美哀婉的抒情笔调。这部作品成为契合五四审美趣味的文化符码，激发读者和创作者关于浪漫、多情、痴恋和伤怀的一系列想象。庐隐的《象牙戒指》将石评梅和高君宇的故事编入五四时期的浪漫主义脉络，而石评梅通过自我书写、自我抒怀以及与逝者的交错唱和强化了这一脉络的悲情意味。如果说《维特》以其鲜明的文体意识带给现代女作家文学创作上的启发，那么《茵梦湖》体现在女作家的接受中的是一种精神渗透。一方面，庐隐和石评梅对于"独葬荒丘"这一文学意象的反复强调承袭了从中国古典诗歌至民初哀情小说中的哀婉凄清，又凸显了西方浪漫感伤传统的浸染；另一方面，这种宿命般的死亡叙事出现在"革命加恋爱"的叙事模式中，尤其出现在一个先锋革命者和一个时代新女性的情感纠葛之中，着实耐人寻味。如果说庐隐是受挚友所托用《象牙戒指》还原一个知识女性真实的内心世界，那么石评梅则用自叙传手法披露内心矛盾，向读者呈现出她对人生的独特领悟。就高石恋而论，石评梅的书写一度将死亡预言设置于虚构的文学文本之中，也融入自己和友人的通信中，导致历史现实和文学虚构、真实场景和自我暗示之间的边界屡屡被打破。对未来的不详预测和西方文学的凄美意象之间的互文，以及"并葬荒丘"相对于"独葬荒丘"的内涵超越和重新构建，印证了《茵梦湖》对石评梅写作中的情节设计和情调抒写的影响；她以《茵梦湖》为剧本的情感实践，也让遗憾落幕的高石恋增添了些许人生况味。

---

① 参见林峥：《表演"新女性"——石评梅的文学书写与文化实践》，载《文学评论》，2018年第 1 期，第 170 页。

第6章 德语诗歌对中国现代女作家的影响

6.1 歌德和两位现代女诗人的文学因缘

6.1.1 冰心诗作中的歌德形象

6.1.1.1 冰心：最了解外国文学的中国女作家

冰心[①]是"新文艺运动中的一位最初的，最有力的，最典型的女性的诗人，作者"[②]。她是 20 世纪的同龄人，高寿且多产。早期的问题小说为她赢得众多读者，诗集《春水》（1923）和《繁星》（1923）闻名遐迩，她留学期间发表的通讯集《寄小读者》成为儿童文学经典之作。冰心晚年笔耕不辍，一生著作等身。她被作家夏衍（1900—1995）称为"我国女作家中最了解外国文学的人"。[③]她与外国文学的密切关系表现在多方面。其一，她与外国作家交往密切，1946—1951 年留日期间，她受聘于东京大学讲授中国文学，和众多日本作家私交甚好，并保持长期友谊；其二，冰心熟练掌握英语，常年从事外国文学翻译，曾先后翻译过黎巴嫩作家卡里·纪伯伦（Kahlil Gibran，1883—1931）和印度作家泰戈尔的作品，并转译过加纳、尼泊尔、朝鲜和马耳他等国的作家的作品。但要想追溯冰心和外国文学的渊源必须回到她的童年时代，林纾（1852—1924）翻译的外国小说拉开了冰心外国文学启蒙的序幕。[④]她在

---

① 冰心，原名谢婉莹，生于福建福州，作家、诗人、翻译家、儿童文学家。早年就读于华北协和女子大学（后并入燕京大学），1926 年获美国威尔斯利学院硕士学位。她是新文学早期著名的女作家，文学研究会会员，1919 年起在报刊上发表"问题小说"，代表作有《超人》《两个家庭》等，20 世纪 20 年代以《繁星》《春水》等诗集闻名，其他重要作品有《关于女人》《寄小读者》等。

② 阿英：《谢冰心》//范伯群编：《冰心研究资料》，北京：知识产权出版社，2009 年，第 178 页。

③ 参见高莽：《"老大姐"与"小老弟"》//卓如编选：《一片冰心》，北京：人民文学出版社，2002 年，第 250 页。

④ 冰心幼年曾跟随父亲谢葆璋（时任烟台海军学堂校长）住在山东烟台海边，父亲的朋友们常常让聪慧的小婉莹讲《三国演义》中的故事，并将商务印书馆的林译"说部丛书"作为报酬赠予她。她的塾师赏识其造句才华，用赏金奖励她，她便拿赏金托人购买"说部丛书"小说，废寝忘食地阅读。11 岁时冰心随父母返回故乡福州，在祖父的书房里看到林纾译《巴黎茶花女遗事》和严复译《群学肆言》等书。她对后者望而生畏，但对前者却颇喜欢。11 岁时，冰心已看完所有"说部丛书"。林译小说的部分语句令她在作文时颇为受益，甚至到耄耋之年依然能背诵出来。参见冰心：《我的文学生活》//卓如编：《冰心全集》（第二卷），福州：海峡文艺出版社，2012 年，第 322 页；参见冰心：《我和商务印书馆》//卓如编：《冰心全集》（第六卷），福州：海峡文艺出版社，2012 年，第 460 页。

孩提时代沉迷于林译"说部丛书",将阅读此类书籍作为自己"竭力搜求'林译小说'的开始"和"追求阅读西方文学作品的开始"[①]。

　　幼年的冰心和庐隐一样都是小说迷。尽管良好的家庭教育和幼年时对西方文学和中国古典文学的广泛涉猎使冰心的文学才能在北平贝满女中求学期间就已出类拔萃,但她最初的志向却是学医,并曾就读于北平协和女子大学理预科。不久,五四运动将冰心"震"上文坛,她开始在北京《晨报》《燕大季刊》等报刊上发表文章,并最终走上弃医从文的道路。从 1919年 8 月在北京《晨报》上发表处女作到 1923 年 8 月前往美国威尔斯利学院攻读硕士学位为止,这四年时间是冰心文学创作的第一个高峰。

　　6.1.1.2　短诗《向往》:惊鸿一瞥的歌德印象

　　相对于泰戈尔和纪伯伦对冰心的文学影响,德国诗人歌德只给冰心留下了惊鸿一瞥的印象。但了解她在诗作中对歌德形象的表述和构建有助于我们了解她早期的文学观。

　　1922 年初,国内为纪念德国文豪歌德逝世 90 周年举办了多场活动。文坛新秀冰心携其短诗《向往》,与郑振铎及宗白华等文化名人一同致敬德国诗人。这首四节自由体短诗记录下了冰心对歌德的认识:

> 万有都蕴藏着上帝,
> 万有都表现着上帝;
> 你的浓红的信仰之华,
> 可能容她采撷么?
>
> 严肃!
> 温柔!
> 自然海中的遨游,
> 诗人的生活,
> 不应当这样么?
>
> 在"真理"和"自然"里,

---

① 冰心:《我的故乡》//卓如编:《冰心全集》(第五卷),福州:海峡文艺出版社,2012 年,第 457 页。此外,冰心在《从"五四"到"四五"》《漫谈"学贯中西"》《故乡的风采》等文中均对幼年阅读外国文学的情况有所描述。另据冰心后来的回忆,她当时还曾拥有全套"说部丛书"。参见唐达成:《通彻生命最深的秘密》//卓如编选:《一片冰心》,北京:人民文学出版社,2002 年,第 208 页。

　　　　挽着"艺术"的婴儿,
　　　　活泼自由的走光明的道路。
　　　　听——听
　　　　天使的行进歌声起了!
　　　　先驱者!
　　　　可能慢些走?

　　　　时代之栏的内外,
　　　　都是"自然"的宠儿呵!
　　　　在母亲的爱里,
　　　　互相祝福罢!①

　　这首短诗开篇提到"万有都蕴藏着上帝,/万有都表现着上帝",凸显了上帝无处不在的泛神论观点。诗人在这里揭开了歌德的文学创作和泛神论的联系,并指出表现上帝的无处不在是歌德的艺术信仰。"采撷"即是效仿和追随,不过诗人明明颇为激赏,却并未直抒胸臆,而是刻意拉开诗人和抒情的自我之间的距离,用第三人称"她"展现心声。这是诗坛新人对德国诗人的敬畏和仰望,也是她在温柔委婉地表达艺术追求。

　　第二节的"严肃"和"温柔"是一组反义词,对于诗歌创作而言却并不相悖。一方面,一位真正的诗人以艺术为志业,用严肃的态度对待诗歌创作,不带半点敷衍,这是对诗歌艺术的虔诚;另一方面,诗歌是表达人内心情感的艺术手段,也是联结诗人和世界的一种方式,所以"温柔"既可以是诗人的心境,无论欢乐或哀愁,也可以是诗人对待世界的态度,无论他饱经风霜或是幸福圆满。自然对诗人来说则是多维功能的实现:自然是诗人灵感的源泉,诗情因大自然而起;自然是诗人逃遁凡尘俗世和政治灾难的庇护所;诗人可以和他感知的自然物象交融,让自然进入自己的情感世界,和诗人共建情感共同体。从自然中汲取精神营养,激发诗情,是诗人毕生的探求。这一节与其说描绘了诗人歌德的生活图景,毋宁说是刻画了冰心想象中的艺术世界。最后的反问既是对想象世界的肯定,亦是对歌德生活其中的艺术世界的倾慕和向往。

　　第三节丰富和增补了歌德的诗歌世界。除了自然,冰心着重添加了"真

――――――――――
① 冰心:《向往——为德诗人歌德逝世九十周年纪念作》//卓如编:《冰心全集》(第一卷),福州:海峡文艺出版社,2012 年,第 346-347 页。这首散文诗收录于《春水》,最初发表于1922 年 3 月 23 日的《时事新报·学灯》上。

理"和"艺术"的概念。诗歌以艺术手法实现对日常生活的审美超越,但并不改变其追求真善美的艺术理想。用诗性语言诠释真善美的真谛于诗人而言责无旁贷。追求真善美的道路即奔向光明的道路。在这艰难而又充满欢欣的探索道路上,冰心创设了一个似真似幻的情境,周围有天使的歌声萦绕耳畔,使追求艺术的道路平添宗教的神秘色彩。对于德国诗人歌德,诗坛后辈冰心希望采撷其信仰在先,又有渴望步其后尘在后,表现了她追随先人步伐的迫切之心。

冰心在全诗收尾时试图建立起她和歌德的联系。"时代之栏"不是障碍,因为时间和空间的阻隔并不能隔断两位诗人的共性。歌德与约翰·戈特弗里德·赫尔德(Johann Gottfried Herder,1744—1803)在斯特拉斯堡相遇后,后者使前者的诗歌创作转向清新、明快而欢脱的民歌曲风。实感诗有效结合对自然的讴歌和内心情绪的抒发,令曾经沉溺于洛可可文风的歌德改头换面。"冰心体"小诗在文坛掀起热潮,对自然的不吝赞美和清新温柔的诗性语言使冰心收获了大量读者。从这个角度看,这两位诗人都受到了自然的恩赐,皆是自然的宠儿。后两句的关键词是"母爱"。正如冰心在早期小说《超人》中指出的那样:"世界上的儿子和儿子都是好朋友,我们永远是牵连着呵!"①这一节指出两位诗人更深一层的联系在于共同的"人子"身份,而冰心宣示了母爱是关联歌德与自己的桥梁,相互祝福和守望是诗人之间的牵依。

这首诗篇幅精练,构思奇妙,颇为精准地把握住了歌德创作的重大主题要素,也把年轻诗人冰心的艺术情怀展现在读者面前。"冰心体"中常见的诗情和哲理创造性地融合在此时已现雏形。我们好奇的是,冰心关于歌德的知识和她构建歌德形象的素材出自何处?毕竟在《维特》中译本出现以前,歌德其人其作在中国引起的反响还很有限,在中国知识界和文学界远未达到脍炙人口的程度。冰心的《向往》的创作时间(1922 年 2 月)甚至比《维特》首个中译本问世的时间(1922 年 4 月)更早一些。既然小说《维特》引发的"维特热"是"歌德热"形成的重要原因,那么冰心了解歌德的渠道又是什么呢?笔者认为,冰心能够对作为诗人的歌德了解至此,很可能得益于她对新文学杂志和期刊的广泛阅读。这些刊物上不断更新的文坛消息和思潮理论是这位文坛新秀接触西方文艺的前沿阵地。在冰心经常阅读的刊物《少年中国》中,笔者发现了田汉译的《歌德诗中所表现的

---

① 冰心:《超人》//卓如编:《冰心全集》(第一卷),福州:海峡文艺出版社,2012 年,第 194 页。

思想》①一文。这篇长达 20 页的文章分析了歌德以泛神论为核心的世界观、人生观和艺术观，强调歌德的信仰受万有之神和自然共同支配，并指出他是一位严肃的抒情诗人。这篇文章颇有见地和新意地解读了歌德的诗歌创作与真理和神性之间的关系，强化了泛神论对歌德诗歌的影响，提炼出歌德文学创作中的核心观念如艺术和真理等。这篇论文结尾处还专门论述了母爱的主题。该文与冰心短诗中展现的歌德观十分契合。

如果说对于自然的描述和讴歌是古今中外诗人的共同写作路径之一，对于真善美的追求是艺术家的终极理想，那么这些在歌德作品中确有体现，但把歌德的诗歌写作和母爱主题相关联却很罕见。出身名门的歌德一生异性缘颇佳，罗曼史不断，他的作品中塑造了多姿多彩、形神各异的女性形象。但歌德的文学创作几乎不为母亲塑像，《浮士德》中还出现过杀婴的罪妇形象。在他的笔下，母爱几乎从来没有成为创作主题，甚至连边缘话题都谈不上。如此一来，冰心构建的歌德形象，以及她关于德国诗人的艺术世界的描述，能同时容纳泛神论、真理、艺术、严肃和母爱等关键词，恐怕多半是消化文艺评论的结果。

《少年中国》是冰心五四前后经常阅读的期刊之一。据此，笔者猜测，冰心主要通过《歌德诗中所表现的思想》等评论译介文章了解歌德作品的大致情况和总体风格，从而建构了诗人歌德的文学形象。②在当时歌德的论著和译作相对匮乏的情况下，这是她可以把握歌德艺术观的重要来源。《向往》后来被宗白华编入《歌德之认识》（1933），甚至置于"编者前言"之前，大有总领全书、提纲挈领之意。相信这与冰心对歌德文艺观的解读方式是分不开的。

有学者指出，《向往》一诗证明冰心受到了歌德影响，并表现了她的艺术倾向。③这个判断后期没有切实的材料支撑，从冰心后来的创作来看，她似乎没有继续追随诗人歌德的艺术世界。尤其当时国内"维特热"正逢其时，冰心似乎也未受波及，尽管她晚年曾提及阅读《维特》译本的往

---

① Shokama：《歌德诗中所表现的思想》，田汉译，载《少年中国》，1920 年第 1 卷第 9 期。Shokama 疑为 Shiogama，即日本学者盐釜天飈。

② 这种情况在新文艺运动早期非常普遍。例如，日本学者北冈正子就在《摩罗诗力说材源考》（何乃英译，1983）一书中爬梳了鲁迅该文的材料来源包括拜伦、雪莱、普希金、莱蒙托夫、密茨凯维支、斯沃瓦茨基、克拉辛斯基和裴多菲等人的思想资源，从而证明鲁迅该文的部分内容以日本学者的著作以及在日本流行的外国著作为基础。这种情况并非孤例，日本作为西学中转站曾向中国传递了很多西方文学研究的成果。冰心的《向往》一诗的思想源头出自西方文艺著作或译文的可能性非常大。

③ 参见杨武能、莫光华：《歌德与中国》，成都：四川人民出版社，2017 年，第 302 页。

事①，但总体而言，歌德及其作品虽曾进入冰心的阅读视野，并未引起她持久的兴趣。

在中国现代女作家群中，冰心有其特立独行之处。在中国现代女作家和"维特热"的对话中，冰心是沉默的。追求婚恋自由和个性解放在五四前后的文坛是一个重要的主题。《维特》风靡一时，与冰心同期的冯沅君、庐隐和石评梅等作家的创作深受其影响。她们的写作围绕爱情主题展开时或多或少流露出《维特》的影响痕迹，但同样是《维特》读者的冰心却未表现出受影响的征兆，甚至冰心在创作中自始至终对爱情主题退避三舍。在她偶尔流露情意的小诗中，爱情仅仅是蜻蜓点水："躲开相思，/披上裘儿/走出灯明人静的屋子。/小径里明月相窥，/枯枝——在雪地上/又纵横的写遍了相思。"②这样婉转低回、低调克制的情感表达更像出自古代闺秀的手笔，未见新青年的热忱和激昂。再如《疯人笔记》，作者乔装成"身体原是五十万年前的""补鞋的老人"③，实则是情窦初开的少女对理想恋人的憧憬和期待。这位主张爱的哲学的女作家笔下有对人类的博大之爱、对母亲的眷恋之爱、对自然的欣赏之爱、对孩童的怜悯之爱，却唯独缺少两性情欲之爱。冰心回避两性之爱的原因曾引发诸多猜测。④但无论真实原因如何，她的精神气质和审美追求对她的创作主题选择产生了影响：比起同时代女作家通过《维特》将感性需求表达到极致，冰心对艺术和人生的诠释更靠近理性层面。所以她和小说《维特》保持距离，却对诗人歌德念念不忘。在她致敬德国诗人的小诗中，以"母亲""自然""婴儿"为爱的对象的体系已初见雏形。这恰恰对应了支撑冰心爱的哲学的三大支架：母爱、自然和童心。由此冰心宣告她的审美世界是基于一种类似于"上帝-自然-艺术"的三位一体结构。《向往》用想象塑造了歌德的艺术世界，但本质是

---

① 冰心晚年曾撰文回忆阅读郭沫若译著的往事："我在二十年代，就拜读过郭老的新诗，如《女神》，《凤凰涅槃》，《星空》，以及译诗译文，如《浮士德》，《少年维特之烦恼》和这以后的许多作品。我对于这位诗人气魄之雄大，学识之精湛，有着很深的敬佩！他的创作固然是清艳雄奇，而他的译诗译文，也是青出于蓝，不同凡响！"参见冰心：《悼郭老》//卓如编：《冰心全集》（第五卷），福州：海峡文艺出版社，2012 年，第 392 页。

② 冰心：《相思》//卓如编：《冰心全集》（第二卷），福州：海峡文艺出版社，2012 年，第185 页。

③ 冰心：《疯人笔记》//卓如编：《冰心全集》（第一卷），福州：海峡文艺出版社，2012 年，第 414-415 页。

④ 冰心受到过基督教文化和教育体系的熏陶和培育，她的恋母情结也可能使她在母女同盟和两性同盟之间做选择时倒向前者，或许她还曾受到传统文化心态的拘囿和制约。参见何瑶：《缘何独少这份"爱"——冰心创作中爱情题材缺失成因初探》，载《西南农业大学学报（社会科学版）》，2006 年第 4 期，第 201-204 页。

冰心对艺术创造和爱的哲学的"向往"。

6.1.2　郑敏：以歌德的诗思为鉴

6.1.2.1　导师冯至的指引：郑敏结缘歌德

九叶派女诗人郑敏①驰骋诗坛 70 余年，无愧于"诗坛的世纪之树"②的美誉。她于 1939 年考入国立西南联合大学（简称"西南联大"），先后受教于中国哲学大师冯友兰（1895—1990）和汤用彤（1893—1964），研修过郑昕（1905—1974）和冯文潜（1896—1963）等学者的西方哲学史课，师从闻一多、沈从文（1902—1988）和冯至等文学大师，这些经历为她早期的文学入门打下了坚实的基础。课余时间，郑敏大量阅读 20 世纪初英国的意识流小说。1948 年，郑敏前往美国留学，后以 17 世纪英国诗人约翰·邓恩（John Donne，1572—1631）的玄学诗研究获英国文学硕士学位。她是北京师范大学的英美文学教授，20 世纪 80 年代后转向法国哲学家雅克·德里达（Jacques Derrida，1930—2004）的解构主义理论研究并取得丰硕成果。无论从何种角度看，郑敏都可以称得上学贯中西的诗人和学者。

学界对于里尔克之于郑敏诗歌创作的影响已展开过深入讨论，但却忽视了另一位德国诗人——歌德对她的文学创作的价值和意义。勾画出郑敏接受德语文学的路径，爬梳郑敏的诗歌写作和歌德的关系，对于丰富郑敏研究和中德文学关系探讨意义非凡。

郑敏与德语文学结缘纯属偶然。1939 年考入西南联大后，郑敏将主修专业改为哲学。当时哲学系规定学生必须学习德语，于是她被分配到冯至授课的德语班上。这一偶然使她走上了"与哲学为近邻"的诗歌创作道路：

> 作为哲学系的学生在修一门外语时必须修德文。这样我就成了冯至先生德文课的学生，冯先生也正是一位兼修德国文学与哲学的学者和诗人，他在联大开了歌德研究和德文两门课，就在这时期他的杰作《十四行诗集》和关于里尔克书信的翻译也问世了。

---

① 郑敏，福建闽侯人，诗人、英美文学研究专家。她 1943 年毕业于西南联大，1952 年获美国布朗大学硕士学位，曾在中国社会科学院文学研究所和北京师范大学工作。郑敏出版过诗集《诗集：1942—1947》（文化生活出版社，1949）、《心象》（人民文学出版社，1991）、《寻觅集》（四川文艺出版社，1986）和《郑敏诗集：1979—1999》（人民文学出版社，2000）等，研究专著有《诗歌与哲学是近邻——结构-解构诗论》（北京大学出版社，1999）和《思维·文化·诗学》（河南人民出版社，2004）等。

② 吴思敬、宋晓冬：《代序：郑敏——诗坛的世纪之树》//吴思敬、宋晓冬编：《郑敏诗歌研究论集》，北京：学苑出版社，2011 年，第 1 页。

他的诗和歌德的《浮士德》及里尔克的书信都是深深浸透着哲学的文学，这样就深刻地刻画了我此生在创作与科研所必然要走的道路。①

诗人、学者和翻译家冯至首先在精神上感染并鼓励了这位诗坛的后起之秀。据郑敏回忆，当时的冯至"有些不同一般的超越气质"，这一点令她受益匪浅："这种不平凡的超越气质对我的潜移默化却是不可估量的，几乎是我的《诗集 1942—1947》的基调。"②大三时，她拿着自己写的诗求教于冯至，冯先生看完后评价道："这里面有诗，可以写下去，但这却是一条充满坎坷的道路。"如郑敏所言："大概就是在那一刻，铸定了我和诗歌的不解之缘。"③当时的西南联大尽管物质条件匮乏，却网罗了全国众多大师级的专家教授，且师生关系亲密，亦师亦友。年轻的郑敏经常独自跑到老师冯至家串门，或在诗人卞之琳和冯至讨论时待在一旁，不发言也不离去。沉浸在两位诗人对话中的年轻女孩似乎获得了独一无二的诗歌氛围和诗神的眷顾。同样，郑敏在冯至的学术履历中看到了师生二人的相似性："冯先生是先念哲学，后去德国念文学。我在西南联大时念的也是哲学，而我从中学时代起就开始对文学、诗歌、写作有兴趣。"④

青年人的成长离不开他们接触和交往的师长的影响。青年时期是人一生中求知欲最旺盛、思想定型的关键时期，他们遇到什么样的人、阅读何种类型的书、形成何种思想观念，可能影响其终身。青年时代的郑敏得以结识和了解德国思想，冯至的存在和影响不容忽视。不过，郑敏结缘德语文学并通过冯至深入德语文学世界，或许有机缘巧合的因素，但也和她爱好沉思有关。

6.1.2.2　对诗人歌德的接受

在歌德的中国接受史中，特别重视其诗人身份的作家学者为数不多，郑敏算是其中一个。她顺着老师冯至的指引开启了对歌德诗与思的思考。《读 Selige Sehnsucht 后》是郑敏读完歌德《幸福的憧憬》（"Selige

---

① 郑敏：《〈金黄的稻束〉和它的诞生》，载《名作欣赏》，2004 年第 4 期，第 76 页。
② 郑敏：《忆冯至吾师——重读〈十四行集〉》，载《当代作家评论》，2002 年第 3 期，第 86 页。
③ 郑敏：《忆冯至吾师——重读〈十四行集〉》，载《当代作家评论》，2002 年第 3 期，第 86 页。
④ 郑敏、王伟明：《遮蔽与差异——答王伟明先生十二问》//郑敏：《诗歌与哲学是近邻——结构-解构诗论》，北京：北京大学出版社，1999 年，第 452-453 页。

Sehnsucht"）一诗之后的感受。据说歌德在 1814 年 7 月 31 日这天一气呵成写就此诗。① 这首诗在前四节描绘的是不甘心在黑暗中蛰伏、不顾艰难险阻扑向烛火的飞蛾。歌德赞赏这"渴望去死在火光中的生灵"②，对飞蛾扑火的精神表示敬意，并且笃信除了智者以外没有太多人能够共情和认同他的立场。诗的最后一段充满哲理意味："如果你一天不发觉'你得死和变!'这道理，/终是个凄凉的过客/在这阴森森的逆旅。"③ 这是对飞蛾的告诫，也是对世人的警醒。"死和变"并非二元对立，而是指生命日臻完善，逐渐走向圆融的过程。"死和变"在冯至的《十四行集》中是一个重要的哲学命题，而郑敏对此也有所触动。她在《读 Selige Sehnsucht 后》的第一节用老树发新芽、同一颗心灵涌出新智慧和同一扇窗前感受到新情感等种种现象和体验提炼出"死和变"的可贵。随后，诗人笔锋一转，强调了"同一"④是"死和变"的源头。从诗人后两节的阐述来看，所谓"同一"应该是世间万物变化运动的连贯性和不可阻断性的哲学化表述。在任何时间和空间的变化中，"同一"都是永恒的。这就意味着，变化和更新永远在发生，过去和现在之间的转换和交替是永恒流动的过程。正因如此，诗人在第三节中指出，带着过去走到现在的生命才足够完整，是过去在保证生命无休止地往前、向上延伸。因为有了过去，我们才有机会超越，看到人生最壮阔的风景，感受"整个海的力量"⑤。诗歌在最后一节通过"火焰""爱的夜晚""飞蛾"⑥等词语与歌德原作产生互文，紧接着诗人通过一连串诘问表明立场：人类过度追求智慧和自由、人类对自然的蔑视和对自身的过度自信令人担忧。诗人批评了自以为明智而赞美飞蛾的人，或许也是在批评歌德，因为他没有意识到将过去从现在抽离的严重后果：生命的延续和人的发展从此将失去可能，因为"同一"不复存在。换言之，只有领会"同一"对于人类生命的意义，联结过去和现在，才能不断前行，让生命之河继续流淌。

郑敏对《幸福的憧憬》的感悟说明后者触发了她思考人生重大命题。

---

① 参见〔斯洛伐克〕高利克、刘燕：《冯至及其献给歌德的十四行诗》，载《汉语言文学研究》，2013 年第 1 期，第 7 页。

② 从歌德原诗可见，宗白华所译的"哲士"一词原文为 Weisen，乃"智者"之意。〔德〕歌德等：《一切的峰顶》，梁宗岱译，上海：华东师范大学出版社，2016 年，第 22-23 页。

③ 〔德〕歌德等：《一切的峰顶》，梁宗岱译，上海：华东师范大学出版社，2016 年，第 25 页。

④ 郑敏：《诗集：1942—1947》，上海：文化生活出版社，1949 年，第 25 页。

⑤ 郑敏：《诗集：1942—1947》，上海：文化生活出版社，1949 年，第 27 页。

⑥ 以上三个词同样引自郑敏：《诗集：1942—1947》，上海：文化生活出版社，1949 年，第 27-28 页。

这符合酷爱沉思、热衷哲学的女诗人郑敏的偏好。她在诗歌中对"死和变"的回应，证明她不是亦步亦趋地跟在歌德和导师冯至身后，仅仅依靠被动学习而放弃独立思考，正如她会在飞蛾扑火的现象中反思过度颂扬智慧的危害。"同一"概念的提出有着"道可道，非常道"的玄妙，涉及人类对于历史和当下关系的辩证思考，也关系着人类在历史长河中如何自处、如何与自然界万物生灵互动。把握住"同一"对生命延续和发展的重要意义，人类将不再盲目自信，会更加敬畏历史，更审慎面对当下。1814 年的歌德，虽向晚愈明，却依然渴求飞蛾扑火的激情和勇气，而年轻诗人郑敏虽缺乏足够的人生阅历，却有着敏锐的感触和跃动的诗思，她具备成为诗人的重要潜质。

如果说《读 Selige Sehnsucht 后》让郑敏意识到蜕变的奥秘，那么歌德的《流浪者之夜歌》（"Wanderers Nachtlied"）则让她体会到"寂寞"之于诗人的重要意义。在"深沉的寂寞"中，人类与大自然的对话崇高、美好又威严。[①]这种感受激发了她对美的敏锐判断，强化了她对寂寞的思考并促使她亲近自然。郑敏欣赏该诗中突然呈现高潮的叙述结构，曾做过如下解读：

> 　　1783 年 9 月，歌德在伊尔美瑙的吉息尔汉山顶写下了一首寓意很深的短诗，诗人在暮晚来临时看到寂静的、起伏的山峦，树林沉寂无声，鸟儿们已经入睡。自然界的宁静深深地浸入诗人的心灵，诗人有一种与自然默契的感觉，诗的结尾诗人从描写四周的宁静突然转入一个新的高度，写道"等待吧/不久你也将沉入宁静"。从山的寂静，树的无声，鸟的安息而转入到人的"沉入宁静"，诗人突然引导我们思考人生的奥秘（生与死），生命从开始到终结的含意。这就大大增加了诗的深度。[②]

郑敏站在文学欣赏者和研究者的双重角度，又带着诗人的文学想象，讲述了这首经典之作的发生过程。不过她更感兴趣的是对诗歌立意和深度的把握和探索。她从这首短诗中读出了作者对人生的思考，并对诗歌的结构赞赏有加。尽管她本人并未陈述过是否受此影响，但她早期的《荷花（观张大千氏画）》中，篇末荷梗支撑荷花的场景，象征着对生的承受和负担；

---

① 参见郑敏：《诗歌与哲学是近邻——结构-解构诗论》，北京：北京大学出版社，1999 年，第 420 页。
② 郑敏：《诗歌与哲学是近邻——结构-解构诗论》，北京：北京大学出版社，1999 年，第 9 页。

《清道夫》中由清道夫的洒扫过渡到时间飞逝无法停留，都符合突然呈现高潮的结构特点，对生命和忍耐的表现也颇能体现歌德作品的神韵。可见在诗歌结构的处理设计和对主题深度的提炼上，郑敏从歌德处汲取了养分。

在郑敏早期诗集中有一首作品直接以"歌德"命名，集中反映出她对歌德的理解和认知。诗人在这首自由体十四行诗中用第二人称"你"和歌德对话，但全篇实际上是诗人的独语。开篇将歌德比作一条浩瀚的河流，"不断的吸收，不停的前流"①。歌德容纳了无数欢乐哀愁，身心广博。从第二节可以明确看出，作者在这里构建的是老年歌德的形象，积少成多、日渐丰盈的生命经验让歌德一步步走向暮年，但是青年时代的火热激情并未燃尽，只是理性压制了感性，让情感和身心沉淀。第三节和第四节在结构上连通，转承之处出现多次跨行。郑敏在这两节中强化了歌德在德国文坛的地位正如奥林匹斯山上的宙斯，所有人认可他"双肩所负的神圣"②，对他虔诚膜拜，甘愿为他牺牲和冒险，随时等待他的召唤。但是在这两节中，郑敏却大胆提出"没有人敢以负心责你"③。无人敢为，是因为居高临下的德国文豪所处的文坛地位给予他不容侵犯的声望和压倒一切的权威吗？负心之过，是怨责歌德辜负了年少的爱情，疏离了文坛挚友，还是登上仕途背弃文学初心？郑敏采用留白手法给读者思考空间，但她的批评之声已初露端倪：歌德的才华和伟大让人敬畏，但他的人格品性并非无可指摘。她瓦解了歌德完美无缺的形象：即便是伟大如歌德者，站在万众之巅领受他人的景仰膜拜，也有自身难以超脱的局限性。想必郑敏在塑造歌德形象时清醒冷静、不盲从，在肯定中加以批判。

如果把前文讨论过的冰心在《向往》中塑造的歌德形象和郑敏在《歌德》中对这位德国文豪的理解并置，会有不少有趣的发现。两首作品都是中国现代女诗人贡献的歌德形象。从主题来看，两位诗人都是从艺术创作的角度切入对歌德的领悟，冰心用上帝、真理、自然和母爱等关键词描述她想象中的歌德的艺术世界，这是一个近乎被神化的世界，实则是她自身的"爱的哲学"的雏形初现；而郑敏不再笼统地勾画歌德整体的艺术形象，而是将目光瞄准了暮年的他，理性、从容，睥睨一切。从诗歌语言审美的层面看，《歌德》比《向往》的欧化痕迹更重，类似"少小点绘成你生的图线"④的诗行读起来有些艰涩。然而瑕不掩瑜，郑敏用一分为二的批判眼光

---

① 郑敏：《诗集：1942—1947》，上海：文化生活出版社，1949年，第58页。
② 郑敏：《诗集：1942—1947》，上海：文化生活出版社，1949年，第59页。
③ 郑敏：《诗集：1942—1947》，上海：文化生活出版社，1949年，第59页。
④ 郑敏：《诗集：1942—1947》，上海：文化生活出版社，1949年，第58页。

重新建构的歌德形象更立体、更丰满，她无疑是走向纵深的。从接受渠道看，与冰心了解和把握歌德的艺术理念需仰赖西方文艺评论不同，郑敏更真切地走入了歌德的艺术世界。她在西南联大聆听冯至关于歌德的讲座，阅读歌德诗作，在哲学课堂和文学讲座交替互补的多重学术训练之下，她对歌德的理解有更坚实的思想基础，也拥有更多的德式意趣。

6.2　石评梅对海涅诗歌意象的借用

6.2.1　海涅诗歌作品在现代中国的接受

德国作家海因里希·海涅在现代中国影响深远。《中国现代文学期刊目录汇编》收录的 280 种期刊目录中涉及的德语文学作品超过 670 种，其中歌德（79 篇）、海涅（48 篇）和尼采（41 篇）的作品数量位列前三。[①]相比紧随其后的浪漫派鬼才恩斯特·西奥多·阿玛迪斯·霍夫曼（Ernst Theodor Amadeus Hoffmann，1776—1822）（38 篇）、排名第六的诺贝尔文学奖得主托马斯·曼（Thomas Mann）（22 篇）和屈居第九的文豪席勒（7 篇），海涅可谓风光无限。[②]

海涅在现代中国确立文学声名得益于他的诗歌。20 世纪中国众多文化名流皆有份参与海涅诗歌的译介。1901 年，辜鸿铭（1857—1928）著《尊王篇》引用过海涅的讽刺长诗《德国，一个冬天的童话》（"Deutschland, Ein Wintermärchen"）。1913 年，胡适在《留美学生年报》上发表《译德国诗人亥纳诗一章》。紧接着，应时[③]（1887—1942）译《德诗汉译》中收录了海涅的作品《近卫兵》（"Die Grenadiere"）。不久鲁迅在《中华小说界》上发表了《从我的眼泪里》（"Sus meinen Tränen sprießen"）和《蓝色的紫罗兰》（"Die blauen Veilchen der Äugelein"）两篇译文，与前面几位一同成为海涅作品最早的汉译者。[④]据不完全统计，郭沫若、成仿吾、俞平伯（1900—1990）、

---

① 参见陆耀东：《德语文学在中国（1915—1949）——在德国特里尔大学汉学系的讲演》，载《中国现代文学研究丛刊》，1999 年第 3 期，第 135 页。

② 有学者认为，海涅长期以来在中国受到读者的推崇和喜爱，其热烈程度令许多德国人吃惊。参见李智勇：《海涅作品在中国的传播和影响》，载《湘潭大学学报（社会科学版）》，1990 年第 3 期，第 111 页。

③ 应时，字溥泉，浙江吴兴人，曾先后前往英国、德国、瑞士和法国等地留学，获法学博士学位。由应时翻译的《德诗汉译》1914 年 1 月由浙江印刷公司发行，其中收录了 10 位德语作家的 11 首诗歌作品。《德诗汉译》还有上海世界书局 1939 年的再印版本，附《自序二》。

④ 参见卫茂平：《德语文学汉译史考辨：晚清和民国时期》，上海：上海外语教育出版社，2004 年，第 118 页。

林语堂、冯至和李金发等中国现代文学史上的知名作家也曾翻译过海涅的诗歌。虽然海涅生前写过大量哲学、艺术文论及政治杂文，但是无论就译介数量还是影响而论，1949 年前他的诗歌相较前面几种文类明显占据上风。

海涅出身于没落的商人家庭，才思敏捷，情感丰沛，个性敏感脆弱，青年时代屡遭失恋的痛苦，后又因犹太人身份常受排挤。海涅前期擅写情诗，伤感哀怨，忧愤桀骜，镌刻着他个人的情感印记。他的《歌集》（*Buch der Lieder*）自然淳朴，呈现出音乐的律动之美，艺术化的语言和浪漫的情调带给阅读者很大惊喜。中年海涅移居巴黎后思想变得激进，这在他的政治讽刺诗中得到淋漓尽致的体现。他因法国大革命的成功而备受鼓舞，为腐朽落后的德意志深感痛心。他用尖锐的诗性语言毫不留情地揭露祖国的短处，遭到普鲁士政府的抵制。现代中国对海涅的接受恰好和诗人艺术风格的演变顺序合拍：从最初到 20 世纪 20 年代，海涅以抒情诗人的形象进入中国读者的视野，浪漫的诗歌语言、悲伤缱绻的青春主题、清丽动人的抒情风格，都是他打动中国读者的关键所在。随着左翼文学思潮的高涨，海涅在中国的形象逐渐转变为受压迫的革命斗士。[1]海涅讽刺长诗中强烈的抨击力和激昂的战斗性呼应了中国社会的现实需要。海涅"在中国稳坐德国诗人的第二把交椅"[2]的原因不难理解：持任何一种审美趣味和阅读偏好的读者总能在创作面貌丰富的海涅身上找到各自所需。不管何种政治倾向的译者都能在海涅风格迥异的作品中收获一种平衡。

从 20 世纪 20 年代后期开始，海涅诗集的中译本陆续出版，《哈尔茨山游记》《新春》《还乡集》《海涅诗钞》《冬天的故事》[3]等译作相继问世，向中国现代文坛持续输送这位德国诗人的艺术和精神资源。海涅作为抒情圣手和革命旗手的双面形象不断被建构和加固，他对中国现代文学的影响也日益深刻。"湖畔诗社"的代表诗人汪静之（1902—1996）凭借诗集《蕙的风》受到文坛瞩目，他的诗歌创作手法和主题受到新文学阵营的肯定。诗人在自序中表示，他曾经读过海涅的十几首爱情诗，这些诗歌给了他"最大的影响"[4]。

---

① 参见卫茂平：《德语文学汉译史考辨：晚清和民国时期》，上海：上海外语教育出版社，2004年，第 127 页。

② 卫茂平：《德语文学汉译史考辨：晚清和民国时期》，上海：上海外语教育出版社，2004 年，第 121 页。

③ 这几部作品的译者分别是冯至、段可情、杜衡、雷石榆和周学普。参见《德语文学汉译史考辨：晚清和民国时期》书后的"德语文学汉译及评论书目"，第 334-336 页。此外还有剑波、胡大森、范纪美和艾思奇等译者先后推出过海涅诗集的中译本。

④ 参见汪静之：《〈蕙的风〉再版自序》，见飞白、方素平编：《汪静之文集·文论卷》，杭州：西泠印社出版社，2006 年，第 365 页。

先后翻译过海涅诗歌的鲁迅、郭沫若和冯至等作家也在翻译和创作的互动中汲取海涅提供的文学养料。石评梅可能是极少数在文学创作中和海涅产生联系的现代女诗人。论及其中渊源，高石恋中的文学交流和思想交锋或许再次发挥了作用。

6.2.2 石评梅散文写作中的海涅印痕

在高君宇和石评梅二人的情感互动中，女方占据主导权。初恋的情伤给女诗人的内心蒙上阴霾，出于捍卫纯洁身心的意愿和对男性精英使用恋爱话语掠夺情感资源的怀疑，石评梅拒绝了对她一往情深的高君宇，但后者的抱憾离世扭转了这段关系的性质和走向。一方面，石评梅对高君宇的去世悲恸难当，终结了对"冰雪友谊"的坚持，视自己为逝者的未亡人，在诗文和行动中将自己和对方设定为一对爱侣[①]；另一方面，她的思想开始发生转变，在梳理了高君宇的精神遗产后，她的时代忧患意识大大增强，化个人哀怨的悲曲为慷慨激昂的高唱和感时忧国的时代强音。这一系列思想变化通过她对海涅作品的借用传达出来。

高君宇死后，墓碑上刻有如下碑文：

> 我是宝剑，我是火花。
> 我愿生如闪电之耀亮，
> 我愿死如彗星之迅忽。[②]

碑文之后附有石评梅的几句说明：

> 这是君宇生前自题像片的几句话，死后我替他刊在碑上。
> 君宇！我无力挽住你迅忽如彗星之生命，我只有把剩下的泪流到你坟头，直到我不能来看你的时候。[③]

碑文是高君宇生前的自勉，也是他短暂一生的真实写照。这段话曾由

---

① 随同高君宇一起葬入墓穴的有石评梅的一张小照和一枚象征他们"冰雪友谊"的象牙戒指。象牙戒指本是一对，高石二人各得一枚。这种殓葬方式是石评梅主动要求的，可以视作对二人关系的认可。

② 杨扬：《她的心，为英雄呼喊！——谈石评梅几首诗作的意义》//杨扬编：《石评梅作品集：诗歌·小说》，北京：书目文献出版社，1984 年，第 20 页。

③ 杨扬：《她的心，为英雄呼喊！——谈石评梅几首诗作的意义》//杨扬编：《石评梅作品集：诗歌·小说》，北京：书目文献出版社，1984 年，第 20 页。

石评梅抄录后挂在高君宇追悼会会场正中。①这段自勉文的出处是德国诗人海涅《时事诗》中的第 33 篇，名为《赞歌》（"Hymnus"）。这首诗在中国脍炙人口得益于《新青年》杂志的译介工作。②

1923 年底，《新青年》刊出《革命》一诗，作者为海涅，译者为文虎。诗歌开篇即是："我是宝剑，我是火光。/我在黑暗中照耀你们，/战争时我抢着站到尽头的前线去。"③诗歌从第二行开始和高君宇自勉文的内容有所出入，但第一句和高文基本一致，来自原创者海涅。1830 年，法国七月革命推翻了波旁王朝，正在德国赫尔戈兰岛休养的海涅获知革命胜利的消息，当下就和朋友通信表达兴奋之情："我心里充满了欢乐和歌唱，我浑身变成了剑和火焰。"④后来他写下《赞歌》回顾这一激动人心的时刻。他在诗中为法国结束封建王朝的统治而雀跃，再度沿用了原先通信中关于剑和火焰的比喻，传达出火热的战斗激情。这首诗的创作背景与当时文虎翻译《革命》的时代多有类似。高君宇对革命的向往和热忱，以及献身革命的志向和勇气，与宝剑和火花所包含的意义不谋而合。他在照片背面以宝剑和火花自喻，对这首诗的重视和认同不言而喻。不过，尽管他借用了海涅"我是宝剑，我是火光"的诗意，但后两句对生死无常的坦然却是他的自白。

据说，石评梅不但在高君宇的墓碑上刻下这段碑文，连高君宇的墓碑也由她亲自设计。这座锥形大理石墓碑的顶部尖锐，造型别致犹如剑芒。⑤我们无从得知女诗人是否了解碑文的真实出处，不过她对这两行诗句蕴含的意义想必了然于心。宝剑出鞘露出锋芒，迎向敌人，投入酣畅淋漓的战斗。这种充满革命激情和昂扬斗志的画面是已经逝去的革命者高君宇的夙

---

① 邓颖超在《为题〈石评梅作品集〉书名后志》中提及，她曾参加高君宇的追悼会。当时石评梅因悲伤过度未能参加，会场布置是邓颖超亲眼所见。

② 参见卫茂平：《德语文学汉译史考辨：晚清和民国时期》，上海：上海外语教育出版社，2004年，第 120 页。

③ 引自文虎译：《革命（VON HEINE）》，载《新青年》，1923 年第 2 期，第 10 页。全诗如下："我是宝剑，我是火光。/我在黑暗中照耀你们，/战争时我抢着站到尽头的前线去。/围绕我的是我朋友们的尸体，但是我们已经胜利了。/我们已经胜利了，但是围绕我的是我朋友们的尸体。/葬仪的赞美歌中高唱着凯旋的歌词。/但是现在既不是欢乐——也不是悲哀的时候。/战鼓重响了，/重新酣战去。我是宝剑，我是火光。"诗前还有引语："对着莫斯科省苏维埃的红墙，要这样睥睨一切了。"文虎即罗章龙（1896—1995），原名罗璈阶，湖南浏阳人，早年就读北京大学哲学系德语预科，1920 年初发起组织北京大学马克思学说研究会，在李大钊指导下参与创建了北京共产主义小组，为中共早期党员及工人运动领袖之一。

④ 参见张玉书：《思想家海涅》//〔德〕海涅：《海涅文集 批评卷》，张玉书选编，北京：人民文学出版社，2002 年，第 1 页。

⑤ 参见林峥：《表演"新女性"——石评梅的文学书写与文化实践》，载《文学评论》，2018年第 1 期，第 172 页。

愿，也在女诗人的想象中牢牢扎根。她镌刻碑文，设计墓碑，以此彰显高君宇的遗愿，也将"宝剑"和"火花"引入她的文学书写。我们无从证明她是否受到海涅的直接影响，但至少经由高君宇的牵引，海涅诗中"宝剑"和"火花"两个意象后来反复出现在她的散文中。在《挽词》中，她为高君宇辞世而痛哭："红花枯萎，宝剑葬埋，你的宇宙被马蹄儿踏碎。"①"宝剑"并非实指，而是表达燃尽生命无法再次战斗的革命者从此永别人间，女诗人的悲怆和心碎只容许她用隐晦之语说出革命者的死亡。高君宇死后不到一个月，石评梅发表了诗作《痛哭英雄》，以第二人称和逝者对话，哀悼他的死亡，"迅速似火花的熄灭，倏忽似流星的陨坠"②呼应高君宇的碑文。石评梅对他的骤然离世深感痛惜，在追忆和痛悔中抒发心情。她无法接受他去世的事实，感觉一切"似真似幻"。两年后的清明，石评梅在陶然亭畔悼念高君宇后写下《墓畔哀歌》，把内心的酸楚和孤苦比作"枯黄的蔓草"，等候爱人"用宝剑来挥扫"，"用火花来焚烧"③。此处的"宝剑"和"火花"可以再次追溯到高君宇的照片题诗。但是和前文哀戚悲凉的笔调不同，诗人借"宝剑"和"火花"扫除悲观情绪，振奋精神，希冀获得前进的动力。

在缠绵悱恻、儿女情长与英雄气概、大义凛然交相辉映的文字里，我们能够感受到石评梅颇为钟情"宝剑"和"火花"的意象。高君宇照片上的自题诗是直接的影响来源，但溯其本源，还得回到海涅。石评梅从海涅的诗篇中汲取灵感，丰富了诗歌创作主题。

从石评梅学生时代的练笔之作《模糊的余影——女高师第二组国内旅行团的游记》来看，她时常阅读文艺作品，关心最新的文坛动态。这篇文章告诉我们，这位当时的北京女子高等师范学校学生在外出旅行途中随身携带《创造》和《小说月报》等期刊。这些是她了解外国文学的重要途径。

此外，朋辈影响也是石评梅汲取外国文学养料的渠道。她就读的北京女子高等师范学校进步思想活跃，李大钊（1889—1927）和鲁迅等思想精英曾为她们讲课，传播新思想，同学之中许广平（1898—1968）和刘和珍（1904—1926）还追随导师的步伐投入革命洪流。石评梅在新思潮的影响下

① 石评梅：《挽词》//杨扬编：《石评梅作品集：诗歌·小说》，北京：书目文献出版社，1984年，第18页。根据高君宇胞弟高全德的说明，这首挽词曾由石评梅亲笔题写在白布横幅上，悬挂于高君宇追悼会会场中央。
② 石评梅：《痛哭英雄》//杨扬编：《石评梅作品集：诗歌·小说》，北京：书目文献出版社，1984年，第115页。
③ 石评梅：《墓畔哀歌》//杨扬编：《石评梅作品集：散文》，北京：书目文献出版社，1983年，第144页。

对当时的社会变革多少会有思考。不过，对她的思想产生决定性影响的思想精英非高君宇莫属。有研究者认为，1923 年后中国早期革命家高君宇在世界观和人生观方面都影响了石评梅，因此她的诗作中有以高君宇为代表的巨型他者思想精华的渗透。①石评梅对此有清醒的认识，也始终感激这位为她提供鼓励、启示和安慰的良师益友。即便在高君宇死后，他也始终是她"生命的盾牌"和"灵魂的主宰"，引领她成为"努力去寻求生命的真确的战士"，去"辟一个理想的乐园"②。和高君宇频繁的通信让石评梅更加深入了解时局，获得了和当时其他女作家不一样的思想阅历和精神体验，其作品也较早塑造了从事革命事业的"巨型人物"。这些精英思想的导引和注入促使石评梅的精神向着激进方向不断转变，她的文艺风格随之转变，理想和格局也不断升华。"宝剑"和"火花"取代了她早期创作中频频出现的"梅花"和"红叶"，德国诗人海涅制造的文学意象置换了中国传统诗歌意象，她从柔美哀凄转向果断刚毅，审美维度和抒情格调也相应转变。石评梅从个人的爱恨中挣脱出来，表达出更宏大的爱的主题。由此，石评梅再一次实现了个人生活和文学创作的交互渗透。

然而，以石评梅为例，我们会发现德语文学在现代中国传播进程中的"辗转"和"徘徊"着实令人瞩目。男性启蒙精英的现代革命思想和感性文学思考共同对女性精英的政治思想观念和文学创作产生了影响。有论者指出："女性自我在尚未解放和无法真正解放的尴尬中，被席卷进时代英雄的共名式话语中，究其根本还是受到了当时的知识话语或者说是启蒙话语操持者的引导。"③在思想史和政治史的宏大书写中，"革命加爱情"的模式在某种程度上成为神话，女性精英的文学史价值没有得到公允的评价。这是石评梅的幸运，也是她的不幸。

6.3　奥地利诗杰里尔克和九叶派女诗人

6.3.1　现代中国的里尔克接受史

在 20 世纪中国新诗发展史上，奥地利诗人里尔克是一个重要的存在。

① 参见王绯：《空前之迹——1851—1930：中国妇女思想与文学发展史论》，北京：商务印书馆，2004 年，第 531 页。
② 参见石评梅：《缄情寄向黄泉》//杨扬编：《石评梅作品集：散文》，北京：书目文献出版社，1983 年，第 87 页。
③ 王艳芳、于迪：《过渡时代知识女性的自我形塑及其意蕴——以庐隐、石评梅小说为中心》，南开学报（哲学社会科学版），2016 年第 6 期，第 17 页。

中国文坛开始关注里尔克始于 20 世纪 20 年代，1924 年初《小说月报》的
海外消息专栏曾简要介绍里尔克的创作风格和文学观：

> 利尔克①是近代德国文学史中所谓"青年柏拉格派"（Young
> Prague）的现代的首领。他是波希米亚人，故作品内多描写本乡的
> 人情风物。他的心像一面镜子，不特能映照出风景，并且能映照出
> 灵魂的颤动。他是一个梦想者，对于人生问题常常不断的考虑。②

　　紧接着郑振铎和赵景深（1902—1985）也相继介绍过里氏的生平和诗
风。③但是国内对这位奥地利诗人的普遍关注直到 20 世纪 30 年代中期才姗
姗而来，当时国内掀起一阵里尔克作品的译介热潮。先有冯至译出里尔克
的《给一个青年诗人的十封信》（Briefe an einen jungen Dichter）以及《马
尔特·劳利兹·布里格随笔》（Die Aufzeichnungen des Malte Laurids Brigge）
节选，随后梁宗岱翻译了里尔克多首诗歌并合集出版。诗人卞之琳从法译
本转译了里尔克的《旗手克里斯多夫·里尔克的爱与死之歌》（"Die Weise
von Liebe und Tod des Cornets Christoph Rilke"），并改名为《旗手》收录于
个人诗集。④1936 年，《新诗》月刊为纪念里尔克逝世 10 周年推出专辑，
除了再推出翻译作品外，冯至发表了《里尔克——为十周年祭日作》。这
篇文章的重点是分析里尔克和浪漫派诗人之间的差异，阐述其咏物诗的
特点。⑤冯至拥有诗人的敏锐特质，对里尔克的诗歌创作解读达到了一般

---

① 即里尔克。
② 沈雁冰：《德国近讯》，载《小说月报》15 卷第 1 号，1924 年 1 月 10 日，第 267-268 页。
③ 比如郑振铎在《文学大纲·十九世纪的德国文学》中提到："李尔克（R. M. Rilke，1875— ）
　 也是一个重要的诗人；曾在巴黎为大雕刻家罗丹（Rodin）的书记。他的诗形式极秀美齐整，
　 而有神秘的意味，为后来一班少年表现主义的抒情诗人的先生。"（见于《小说月报》1926
　 年第 17 卷第 9 号，第 14 页）。又比如赵景深在《德国诗人列尔克》一文中指出："他有一
　 个怪癖，凡一切自然的他都不爱，一切不自然的，人工的，他都喜欢。因此他的诗中从来看
　 不见波涛汹涌，松涛狂啸，甚至连一朵迎风吹动的野花都不邀他的荣宠。反而神游于大教堂，
　 五色玻璃窗，人工喷水池，拗折的花木这一些东西。"（见《小说月报》1928 年第 4 号，第
　 561 页）
④ 冯至的译文《给一个青年诗人的十封信》1931 年 10 月发表于《华北日报》副刊，1938 年商
　 务印书馆推出单行本。冯至的译文节选、译诗《豹》和散文《论山水》分别发表于《沉钟》
　 1932 年第 14、第 15 和第 18 期。梁宗岱译诗集《一切的峰顶》中收录了《严重的时刻》和《这
　 村里》等多首里尔克的诗歌作品。卞之琳的译文收录于《西窗集》，1936 年由上海商务印书
　 馆出版。
⑤ 此文原载于《新诗》第 1 卷第 3 期，1936 年 12 月 10 日出版，后来收录于韩耀成编：《冯至
　 全集》（第九卷），石家庄：河北教育出版社，1999 年，第 431-457 页。

译者和研究者难以企及的水准。①他的评论和研究将中国文坛对里尔克的认识和解读推向前所未有的高度。里尔克诗歌的接受热潮持续了整个 20 世纪 40 年代。里尔克的诗学观、创作题材和表达策略在十余年中影响了一大批中国诗人，在中国新诗从浪漫主义走向现代主义的过程中发挥了重要影响。高利克指出了《给一个青年诗人的十封信》对中国新诗创作者的意义：

> 在十四行诗之外，里尔克的《给一个青年诗人的十封信》被冯至翻译后，于 1938 年 6 月出版在《中德文化丛书》系列中，它在 20 世纪 30 年代末和 40 年代对中国现代诗歌产生了巨大影响。在昆明，这本薄薄的小册子是冯至弟子们的诗歌入门书之一，这些弟子也是诗歌团体九叶派的成员，这群年轻的现代主义者在 20 世纪 40 年代创作了当时最优秀的中国诗歌。②

实际上，对这批中国现代诗人产生影响的并非仅仅是译作内容本身，更重要的是里尔克的诗学理念。有学者质疑里尔克对中国现代诗歌而言只是一个符码，仅仅是碎片化的形象③，但笔者认为里尔克对中国现代新诗产生了实质性的影响。

高利克曾指出："冯至的学生和追随者中，有两位女诗人——郑敏和陈敬容——特别为里尔克的诗歌所吸引，但她们学习更多的是他的《事物诗》。"④在中国现代诗人中，郑敏和陈敬容的确受里尔克的影响颇深，但是她们向他取法的却并非只是咏物诗。下文将就这个问题展开具体讨论。

6.3.2　"里尔克神话"影响下的陈敬容

诗人兼散文家陈敬容⑤尽管毕生没有机会迈出国门，未受过高等教育

---

① 参见卫茂平：《德语文学汉译史考辨：晚清和民国时期》，上海：上海外语教育出版社，2004 年，第 195 页。
② 〔斯洛伐克〕马立安·高利克：《里尔克作品在中国文学和批评中的接受状况》，杨治宜译，载《中国比较文学》，2008 年第 3 期，第 87-88 页。
③ 参见范劲：《里尔克神话的形成与中国现代新诗中批评意识的转向》，载《文学评论》，2007 年第 5 期，第 76 页。
④ 〔斯洛伐克〕马立安·高利克：《里尔克作品在中国文学和批评中的接受状况》，杨治宜译，载《中国比较文学》，2008 年第 3 期，第 89 页。
⑤ 陈敬容，诗人、散文家、翻译家，曾用名蓝冰、成辉、文谷，四川乐山人，曾任《中国新诗》编委。1949 年后从事政法工作多年，1956 年起任《世界文学》编辑。主要作品有《星雨集》（1947）、《交响集》（1947）、《盈盈集》（1948）、《陈敬容选集》（1983）、诗集《老去的是时间》（1983）和散文集《远帆集》（1984）等。

（仅 1935 年在清华大学做过短期旁听生），但她却是中国 20 世纪颇有成就的翻译家。她翻译过法国文学经典《巴黎圣母院》（1948）、《安徒生童话》（1948）、尤利乌斯·伏契克（Julius Fučík，1903—1943）的《绞刑架下的报告》（1952）、巴基斯坦诗人穆罕默德·伊克巴尔（Muhammad Iqbal，1877—1938）的《伊克巴尔诗选》（1958）、译诗集《图像与花朵》（1984），以及苏联、亚非拉及欧美地区作家的作品。她与外国文学的渊源颇深，要厘清她的翻译与创作的关联是一项复杂的工作。要解读她文学创作中的外来影响也是一项棘手的任务。正如作家本人曾说：

> 假若有人问我的诗创作是受了哪些诗人的影响，这，我可答不上。我也从来不认为任何诗人都必须专门受到哪一位无论古今中外的诗人的影响。我国大诗人杜甫，不是就曾经主张"转益多师"么！
>
> 我自己，先后喜好过不少古今中外诗人的优秀篇章，却从来不曾专门接受过哪一位古今中外诗人的影响。①

这段陈述说明作家的影响往往是多源流的，也证实陈敬容涉猎广泛。我们不妨将这段话作为分析她的创作和翻译关联的切入口。下文将关注并解读她和德语文学的因缘。

6.3.2.1　从初识到译介：里尔克诗歌的中国译介者之一

也许是陈敬容考虑到艺术原创性的问题，也许是她结合创作实践就事论事，但她的上述陈述无疑有所指向：她从未在严格意义上师承某位名家，也未专门取法于某位诗人。但是，她在 20 世纪 40 年代翻译过一系列里尔克的诗歌作品，80 年代还出版了里尔克译诗集，这些文学活动都昭示着这位女诗人与里尔克的渊源。此外，根据笔者手头现有的资料，她是迄今为止中国唯一一位里尔克诗歌的女性译者。在阅读过陈敬容所有作品的基础上，笔者将循着蛛丝马迹条分缕析，描绘陈敬容接受里尔克诗歌的大致路径。

要追溯陈敬容翻译里尔克作品的历史，就无法绕过她 20 世纪 80 年代的译本《图像与花朵》。这本译诗集包含了夏尔·皮埃尔·波德莱尔（Charles Pierre Baudelaire，1821—1867）和里尔克两位诗歌大师的作品，其中有 29

---

① 陈敬容：《试谈自己》//陈敬容：《辛苦又欢乐的旅程——九叶诗人陈敬容散文选》，北京：作家出版社，2000 年，第 176-177 页。

首里尔克诗歌被编入，是陈敬容在 20 世纪 40 年代翻译里尔克作品的基础上
又增加了另外几首诗作才交付出版的。她在译诗集题记中回忆了这段经历：

> 　　里尔克的诗，早年我只读过梁宗岱同志和卞之琳同志所译的
> 三数章。四十年代后期到上海后，我才陆续从英文译本中读到较
> 多的里尔克的诗章，更加引起我胜似早年对波德莱尔的诗作曾经
> 有过的爱好。于是从欣赏的角度译出了十几首，发表于上海的《诗
> 创造》月刊和我同辛迪、杭约赫、唐祈和唐湜五人共同创编的《中
> 国新诗》月刊。[①]

　　这里提到的卞之琳是里氏成名作《旗手克里斯多夫·里尔克的爱与死
之歌》最早的汉译者。他把这首散文诗更名为《旗手》收入《西窗集》。另
一位译者梁宗岱是里尔克诗论在中国最积极的研究者和宣传者之一。20 年
代末，他从法文转译了里尔克的名作《罗丹论》（*August Rodin*），而他的译
诗集《一切的峰顶》网罗了歌德、尼采和里尔克等德语名家，其中收录了里
尔克的诗歌三首，分别为《严重的时刻》（"Ernste Stunde"）、《这村里》[②]、
《军旗手的爱与死之歌》。[③]梁宗岱给陈敬容留下的印象格外深刻。她赞誉《一
切的峰顶》是"三十年代脍炙人口的著名译诗集"[④]，也将她的后期作品《黎
明，一片薄光里》归功于《一切的峰顶》带给她的连绵启发和灵感。[⑤]

　　陈敬容 20 世纪 40 年代后期开始翻译里尔克诗作。1948 年 4 月，《诗
创造》翻译专号上刊出陈敬容翻译的里尔克诗作《少女的祈祷》（"Gebete der
Mädchen"）、《民歌》（"Volksweise"）、《无题》[⑥]、《天使们》（"Die Engel"）、
《青春的梦》[⑦]等五首诗歌。译后附有小记，简要叙述里尔克生平，称其为

---

① 陈敬容：《题记》//〔奥地利〕波德莱尔·里尔克：《图像与花朵》，陈敬容译，长沙：湖南
　文艺出版社，2012 年，第 4 页。辛迪（1912—2004）、杭约赫（1917—1995）、唐祈（1920—1990）
　和唐湜同属九叶派诗人。

② 《这村里》是出自里尔克《时辰之书》（*Das Stunden-Buch*）的选译，原诗没有标题，取用第
　一行作为标题，可能经过中译者处理加了新标题。

③ 参见梁宗岱译：《一切的峰顶》，增订本，上海：商务印书馆，1937 年。《军旗手的爱与死
　之歌》即上文的《旗手克里斯多夫·里尔克的爱与死之歌》。

④ 参见陈敬容：《伟大的心灵之间——重读〈诗与真·诗与真二集〉》//陈敬容：《辛苦又欢乐
　的旅程——九叶诗人陈敬容散文选》，北京：作家出版社，2000 年，第 136 页。

⑤ 参见陈敬容：《从有所触发到酝酿成章》//陈敬容：《辛苦又欢乐的旅程——九叶诗人陈敬容
　散文选》，北京：作家出版社，2000 年，第 170-171 页。

⑥ 《无题》出自里尔克《天使之歌》（*Engellieder*）中的节选。原诗没有标题，故中译者采用《无
　题》命名。

⑦ 《青春的梦》因诗歌译名过于诗化，无法追索原文名。

"欧陆近代最大诗人之一"及"诗人中的贝多芬"①。她在文中追述梁宗岱、冯至和卞之琳的翻译，以及《新诗》和《明日文艺》等刊物对里尔克的译介情况。随后，译者大段引用冯至《里尔克——为十周年祭日作》中对里尔克的观察方式、创作风格和咏物诗的论述，援引里尔克诗集英译本序中对里氏创作形式、意义和韵律的总结归纳。译者最后承认，她选择的是里尔克的早期浪漫诗作，因此不足以代表他的所有创作，"尤其是他的丰饶的晚年"，并自谦无法将里尔克作品的"光洁与完整"和"特有的 Smooth 与 Delightful 的旋律"传达出来。②三个月后，陈敬容又发表了《里尔克诗七章》，包括《秋》（"Herbst"）、《回想前生》、《先知》（"Ein Prophet"）、《恋歌》（"Liebes-Lied"）、《爱侣之死》（"Der Tod der Geliebten"）、《琵琶》（"Die Laute"）、《遗诗》等七首。③前面附有她转译的里尔克诗歌英译本的序言：

> W. H. 奥登④说 R. M. 里尔克是十七世纪以来欧洲最大的诗人。Francis de Miomandre⑤说对里尔克的怀念已在欧洲各处影响了不很懂或完全不懂德文的人们。实在，他的诗已跨过了海峡，跨过了大西洋，甚至太平洋，成为这世纪最高的音乐。他的一生就是一个预言似的对于行将来到的灾祸的抗议。只有他才真正去倾听事物内部的生命，而突破浮嚣的近于疲乏的议论，用无比的爱与盈盈的力来抒说他自己的恐惧，警觉，耽虑与抗拒。只有他才能在这个矛盾错乱的世界里发现自我的完整，而从充实的人性里面提炼出了最高的神性。⑥

---

① 〔奥地利〕R. 里尔克：《少女的祈祷及其他》，陈敬容译，载《诗创造》，1948 年第 10 期，第 11 页。

② 参见〔奥地利〕R. 里尔克作：《少女的祈祷及其他》，陈敬容译，载《诗创造》，1948 年第 10 期，第 12 页。

③ 从这部分诗歌的前言"节译自 L. Lewisohn 里尔克英译本序"判断，这些作品和前文提到的《少女的祈祷及其他》等作品可能出自以下英译本： Rilke, Rainer Maria. *Thirty-one Poems: In English Versions with an Introduction by Ludwig Lewisohn*. New York: The Beechhurst Press, 1946. 其中《回想前生》和《遗诗》因译名过于诗化或泛化，无法追索原文名。

④ 威斯坦·休·奥登（Wystan Hugh Auden, 1907—1973），现代诗人、散文家、戏剧家，生于英国，1946 年加入美国国籍。奥登主张为人生而艺术，被认为是继托马斯·斯特尔那斯·艾略特（Thomas Stearns Eliot, 1888—1965）之后最重要的英语诗人。

⑤ 弗朗西斯·德·米奥芒德雷（Francis de Miomandre, 1880—1959），法国小说家、翻译家，1908 年龚古尔文学奖（Le Prix Goncourt）获得者。

⑥ 陈敬容译：《里尔克诗七章》，载《中国新诗》，1948 年第 2 期，第 19 页。

　　从作品的选择或评价的援引上看，陈敬容对里尔克的诗歌已从纯粹的艺术欣赏转向对诗学风格和思想内涵的讨论。不过她两度转引他人的评论，并没有花太多笔墨抒写自己对里尔克的看法。面对从 20 世纪 30 年代开始的里尔克译介热潮，作为后起之秀的陈敬容还略有保留，直到 1984 年出版《图像与花朵》译诗集时，她才真正开始评价里尔克。她将里尔克视作"属于整个欧洲并远及美洲、澳洲等地的一位影响深远的诗人"[①]。除了介绍里尔克的生平、毕生的诗歌创作成就外，她着重指出他与法国雕塑艺术家奥古斯特·罗丹（Auguste Rodin，1840—1917）的交往、"诗来自经验"（Verse sind Erfahrungen）的名言、注重观察的艺术手法、凝练的语言风格、沉思的形象和诗歌创作形式。她还分析了里尔克的作品《预感》（"Vorgefühl"）和《豹》（"Der Panther"），对里氏作品中流露出的神秘感和不可知论偶有微词。

　　与陈敬容 20 世纪 40 年代对里尔克的介绍相比，这段评论在内容上稍有扩充，也相对全面地介绍了里尔克的创作情况。尽管评论带有 80 年代文学批评的典型特点（如对神秘主义不够宽容），却能有效地帮助我们了解陈敬容究竟从何种角度、侧重从哪些方面接受了里尔克的影响，尽管这种影响可能是间接的，或者是潜移默化的。

　　6.3.2.2　由感伤走向深邃：向里尔克式的沉思靠拢

　　1932 年，当陈敬容在《清华周刊》上公开发表散文诗处女作《幻灭》时，很难让人把这篇风格自然纯净、圆熟通透、表达纯真情怀和生命诉求的诗作与一位年仅 15 岁的少女联系起来。此后十余年间她经历了离家出走、初恋情伤、北上兰州和再度逃离等一系列生活变故。她的作品始终笼罩着绵延不绝的寂寞和困顿、迷惘与失落、孤独与哀愁。总之，陈敬容的早期诗作洋溢着青春感伤的格调，表现了一位早慧的年轻女子多才、多思、敏锐和丰富等多重特点。

　　很多研究者注意到 1945 年对于这位女诗人有着特殊意义。这一年她摆脱了琐碎压抑的家庭生活只身前往重庆，掀起了新一轮诗歌创作的高潮，步入创作转折期。[②]1945 年对陈敬容的重要意义表现在她这一时期在创作中开始尝试突破个人情感限制，寻求内省与外射、感受与思辨相结合的道

---

　　①　陈敬容：《题记》//〔奥地利〕波德莱尔·里尔克：《图像与花朵》，陈敬容译，长沙：湖南文艺出版社，2012 年，第 7 页。

　　②　以下论文对这个问题有详细论述。游友基：《论陈敬容诗歌变化之轨迹》，载《许昌师专学报》，1998 年第 4 期；彭燕郊：《明净的莹白，有如闪光的思维——记女诗人陈敬容》，载《新文学史料》，1996 年第 1 期。

路。[①]这种尝试是她对早期沉溺于内心世界的创作和情绪宣泄的突围，也是对心智与个人体验相结合的诗歌创作模式的开发。诗人从这一时期的诗歌开始拥有前所未有的思辨风格，开始告别感伤，转向哲思。

针对转折期前后诗风的变化，陈敬容曾写信告诉友人，她 20 世纪 30 年代在表现手法上较多借鉴西方浪漫派和象征派，40 年代则较多借鉴 20 世纪二三十年代的西方现代诗。[②]如果我们仔细考察诗人的文学接受背景就会赞同她的说法。现代派诗人曹葆华（1906—1978）的引荐使年仅 17 岁的陈敬容获得了很高的诗歌起点。她结交何其芳（1912—1977）、卞之琳和李广田（1906—1968）等诗人，受惠于以波德莱尔等为代表的象征主义诗人，在诗风精致华丽的年轻一代中脱颖而出。而她在 20 世纪 40 年代风格突变，除了个人境遇变迁使风格日趋凝重，以及她不再满足于表面抒写外，与外国文学的影响也不无关系。其中可能混杂着多重外国文学影响的源流，里尔克的存在却是有迹可循，不得不提。

从 1945 年开始，陈敬容诗歌中逐渐浮现出"沉思者"的形象。《沉思者》一诗是诗人的独白。她以"沉思者"[③]自比，希望在时间的河流里做勇敢的划手。在 1945 年初写于平凉的《展望》中，诗人将目光转向树木、风灯和静谧的夜，开始领受自然和宇宙"永恒的爱"[④]。她在《野火》里任想象驰骋，要从"宇宙的湖沼"汲取"最中心的波浪"，怀着期待祝福新生的人类"有更美丽的生长和变"[⑤]。诗人告别往昔、憧憬未来时，跳出了凄哀愁闷的苦境。随后，她的笔下又出现了挥动大旗的"旗手"，他"焦急地在等待/那春天第一道闪电"[⑥]。"旗手"的形象让人不禁想到里尔克作品中那位同样充满生命激情的年轻旗手。《划分》是一首典型的思索的诗。偶尔掠过的微风和钟声令人惆怅，待发的船只、待振的羽翅和弦上的箭预示着某些重要事件发生前的紧张一刻。最后一段"在熟悉的事物面前/猛地感到的

---

① 参见蒋登科：《陈敬容：从迷茫、抗争到自信》，"巴蜀作家与 20 世纪中国文学"学术研讨会会议论文，2006 年，第 215 页。

② 参见陈敬容：《答圣思》//陈敬容：《辛苦又欢乐的旅程——九叶诗人陈敬容散文选》，北京：作家出版社，2000 年，第 197 页。

③ 陈敬容：《沉思者》//陈敬容：《陈敬容诗文集》，罗佳明、陈俐编，上海：复旦大学出版社，2008 年，第 54 页。

④ 陈敬容：《展望》//陈敬容：《陈敬容诗文集》，罗佳明、陈俐编，上海：复旦大学出版社，2008 年，第 65 页。

⑤ 陈敬容：《野火》//陈敬容：《陈敬容诗文集》，罗佳明、陈俐编，上海：复旦大学出版社，2008 年，第 78-79 页。

⑥ 陈敬容：《旗手和闪电》//陈敬容：《陈敬容诗文集》，罗佳明、陈俐编，上海：复旦大学出版社，2008 年，第 69 页。

陌生/将宇宙和我们/断然地划分"，则表现了陈敬容诗歌早期从未有过的情
思。^①作者认为，《划分》"有一种处于大宇宙中的孤独感"以及"对于世界
和人生的难以克制的悲悯"^②。这奇突的感悟与里尔克和冯至的十四行诗颇
多相似。^③《陌生的我》表现出女诗人对世界和人生的深刻体认和悲悯情绪。
这种孤独与悲悯和她 20 世纪 30 年代少女的忧伤与落寞大相径庭，更接近
里尔克的《杜伊诺哀歌》（"Duineser Elegien"）中反复吟唱的主旋律。在《默
想》中，作者让我们读到了她的沉思和忆想。虽然我们对夜空下庄严形象
的指向不得而知，但无论是诗人穿过重重屏幕的凝望，还是"至美的在缺
陷里形成/历万劫奔赴永生"的观点，无不充满哲理和沉思。^④诗人在篇末
说"而我的思想像水，/以万千种生动的线条，/向四方流散开去"，不仅让
读者领略了诗人思想的活跃与奔腾，更让人联想起以沉思形象屹立于诗坛
的里尔克。^⑤此外，写于重庆磐溪的《自画像》与里尔克的《1906 年以来
的自画像》（"Selbstbildnis aus dem Jahre 1906"）走的是同一路径。两者都
是从面部表情、眼神及眉宇间展开刻画，根据脸部的细微变化探究和揣摩
人的内心。唯一不同的是，陈敬容的诗歌是一首组诗，在展现内心的矛盾
和变化之余，通过书写丰富的个人情感体验忧郁、困顿、痛苦和欢乐，表
现对生命的爱和对创作的执着。

　　如果以上只是陈敬容在艺术转型道路上无意中流露出与里尔克的某些
相似的话，那么 1948 年 4 月写成的《力的前奏》则是她对里尔克的《预感》
的有意借鉴。从选材上看，两首诗都描绘了风暴来临前一刹那的情景。陈
敬容诗歌中歌者的凝神与舞者的呼吸与《预感》中"我"的忍耐异曲同工。
风暴即将到来前的蓄势待发，在陈敬容诗歌里是"可怕的寂静"，到了里尔
克笔下则是"一切还没有动静"。陈敬容把握住了"动与静"之间的张力。
要知道，她不但翻译过《预感》，还在介绍里尔克的创作概貌时饶有兴味地
解读过这首诗。^⑥凝聚伟大时所暗藏的可怕的寂静，融合爆发前最有力的姿

①　陈敬容：《划分》//陈敬容：《陈敬容诗文集》，罗佳明、陈俐编，上海：复旦大学出版社，
　　2008 年，第 146 页。
②　陈敬容：《答圣思》//陈敬容：《辛苦又欢乐的旅程——九叶诗人陈敬容散文选》，北京：作
　　家出版社，2000 年，第 197 页。
③　参见唐湜：《论陈敬容前期诗歌》，载《诗探索》，2000 年增刊 1，第 140 页。
④　陈敬容：《默想》//陈敬容：《陈敬容诗文集》，罗佳明、陈俐编，上海：复旦大学出版社，
　　2008 年，第 152 页。
⑤　陈敬容：《默想》//陈敬容：《陈敬容诗文集》，罗佳明、陈俐编，上海：复旦大学出版社，
　　2008 年，第 152-153 页。
⑥　参见陈敬容：《题记》//〔奥地利〕波德莱尔·里尔克：《图像与花朵》，陈敬容译，长沙：
　　湖南文艺出版社，2012 年，第 7 页。

态，说明陈敬容很好地传承了里尔克对雕塑感的构想。

陈敬容的早期诗作哀怨感伤，1945 年后诗风转变，她把变化归结为个人经历的累积（"尝味了较多的生活苦果"），使诗风"渐趋凝重"[①]。这种自我剖析不无道理。她从初创期的"怨"与"愤"，逐渐发展为对新世界的"热望"，以及对宇宙的沉思。她终于走出个人的孤独，思考的深度与广度大大增加。20 世纪 30 年代陈敬容诗歌中的迷惘与惆怅是女性情感的本能抒发，少女时期视域较为狭窄，而到了 40 年代尤其是 1945 年之后，她的作品越来越展现出向外扩张的趋势，她对取材生活做哲理总结的方式愈加驾轻就熟。我们很清楚地在这里看到这种改变，而这种改变与她对里尔克作品的阅读、理解和学习不无关系。按照前文的分析，陈敬容极有可能在20 世纪 30 年代就读到过里尔克的作品，但直到 40 年代才开始在创作中表现出里尔克的影响。也许随着阅历增加和时间积淀，此时她才开始领会里尔克作品的奥秘。这位长于内心冥想并注重提炼生活的诗意哲学家在陈敬容的作品中留下了斑驳印记，一定程度上促成了她创作路数的转变。

6.3.2.3　里尔克咏物诗的启迪

里尔克的诗学观促使陈敬容的诗歌创作从感伤哀婉转向深邃思辨，也使她在纯粹抒情以外寻获了客观表现物体的新路径。和九叶派其他诗人一样，陈敬容从效法里尔克的咏物诗开始展现出学习和创新方面的才能。

在分析陈敬容的咏物诗之前，不得不先提她与罗丹有关的几首作品。《雕塑家》描述了一位将生命融入创作的艺术家的工作过程："有时万物随着你一个姿势/突然静止；/在你的斧凿下，/时空缩下，时间踌躇，/而你永远保有原始的朴素。"[②]雕塑家赋予万物以永恒的形体，凝重中包含无限生机，静止中充满张力。陈敬容笔下的雕塑家与法国艺术大师罗丹的工作方式极为相似。通过《题罗丹作〈春〉》，诗人试图告诉我们，罗丹手中的岩石看似被静静地锁住，实则是在等待，经过艺术家充满灵气的塑造，石头将"跃出牢固的沉默，煽起久久埋藏的火焰"[③]。诗的最后，诗人又不失时机地帮我们总结：庄严宇宙的创造得源于爱。

陈敬容不但对罗丹的创作过程兴致盎然，她本人也将这位艺术大师的

① 参见陈敬容：《答圣思》//陈敬容：《辛苦又欢乐的旅程——九叶诗人陈敬容散文选》，北京：作家出版社，2000 年，第 197 页。

② 陈敬容：《雕塑家》//陈敬容：《陈敬容诗文集》，罗佳明、陈俐编，上海：复旦大学出版社，2008 年，第 196 页。

③ 陈敬容：《题罗丹作〈春〉》//陈敬容：《陈敬容诗文集》，罗佳明、陈俐编，上海：复旦大学出版社，2008 年，第 340 页。

作品奉若神物，形影不离。她少有的自传式文章提示我们，诗人在上海逗
留的两年时间里曾因居无定所而辗转流离。即便在这样的情形下，她搬家
后布置房间时首先考虑在墙上挂一幅罗丹雕刻的照片。[①]据她的诗友唐湜回
忆，陈敬容的案头也安放着一尊小塑像——罗丹的《春》，她曾为这座塑像
题诗一首。[②]《题罗丹作〈春〉》的创作初衷很可能得源于此。

罗丹对于陈敬容的意义绝非普通雕刻家可比。与罗丹密切相关的是一
位对语言精工细雕的诗坛艺术家——里尔克。1906 年，里尔克创作了诗歌
《豹》，成为咏物诗的重要代表。在此之前，他曾历经漫长的酝酿和发酵期，
而罗丹是最重要的催化剂。里尔克从 1902 年开始研究罗丹，并在 1905 年
担任过后者的私人秘书。在很长一段时间里，里尔克自认为是罗丹的门生。
他把这位法国雕塑大师描述成一位孤独的创造者。他认为，罗丹塑造模型
时的忘我姿态和纯粹的观察能力是完成客观艺术作品的必要美学条件。艺
术家必须忘我，必须放弃主观的感性联想，这些都是罗丹给里尔克的重要
启发。[③]"工作"一词可以恰当地概括雕塑家罗丹对里尔克的影响。[④]罗丹
的艺术创作方式帮助里尔克打开了观察、感觉和创作的全新视野，使他学
会了艺术家式的"注视"。他用诗人的想象力描绘罗丹工作室的杰作，用语
言仿塑精品。在他的作品中，界限分明的"物"——艺术品、植物、动物、
历史人物，以及静态的、形象安宁的场面和气氛画取代了人类普遍的情感，
被感受的世界仿佛具体物品一样得到展示。"学习观察"这个本来对雕塑家
罗丹最行之有效的创作秘诀对于诗人里尔克而言同样具有神启般的意义：
"观察"有助于将世界的可感性提高到最大限度的自觉性，使自身的肖邦式
敏感彻底理智化和实体化。[⑤]

里尔克的《罗丹论》是他研究罗丹的集大成作，展现他在罗丹的世界
里对艺术最本真的体验。里尔克关于"诗是经验"的观念在很大程度上得
益于罗丹。他视罗丹为偶像，像罗丹对雕塑艺术那样地对诗歌创作无限热
忱，精益求精。因为领会了"物—生命—观看—工作—忍耐—贫穷"这一

---

① 参见陈敬容：《迁居》//陈敬容：《陈敬容诗文集》，罗佳明、陈俐编，上海：复旦大学出版
　　社，2008 年，第 675 页。

② 参见唐湜：《论陈敬容前期诗歌》，载《诗探索》，2000 年增刊 1，第 147 页。

③ Vgl. Engel, Manfred (Hrsg.). *Rilke-Handbuch: Leben, Werk, Wirkung*. Stuttgart: Metzler Verlag,
　　2013, S. 140.

④ 参见〔德〕汉斯·埃贡·霍尔特胡森：《里尔克》，魏育青译，北京：生活·读书·新知三
　　联书店，1988 年，第 110 页。

⑤ 参见〔德〕汉斯·埃贡·霍尔特胡森：《里尔克》，魏育青译，北京：生活·读书·新知三
　　联书店，1988 年，第 133-135 页。

重要的艺术观点，里尔克逐渐克服了早期的浪漫主义及表现主义风格，摆脱恐惧和困顿导致的创作危机。他以虔敬的态度观察世间各种"物"，以忍耐体验生活，用凝练的风格锤炼语言表达。在这一背景下创作的《新诗集》（Neue Gedichte）宣告了里尔克这位语言艺术大师的塑成。

梁宗岱在 20 世纪 20 年代末从法语转译的里尔克著《罗丹论》拥有广泛的读者群。[①]包括九叶派诗人在内的很多中国现代诗人都清楚罗丹对于里尔克的意义。有学者认为，罗丹的品质几乎涵盖了中国诗人对里尔克想象的基本层面，因此他有潜力成为里尔克的一个换喻。[②]早在 1948 年首次发表里尔克的译诗时，陈敬容就大段转引冯至文章中谈到的里尔克与罗丹交往的细节。她后期的译诗集《图像与花朵》也浓墨重彩地描述了这一事实，似乎很好地印证了一点：雕塑艺术创造激发了陈敬容的美学意识，这种意识既是罗丹式的，也是里尔克式的。

里尔克向罗丹学习了对艺术创造的虔诚态度，而陈敬容则从里尔克那里借鉴了咏物诗的创作手法。《文字》一诗中，诗人将每个文字看作一尊塑像，"固定的轮廓下有流动的思想"[③]。这一诗行很好地对应了冯至对里尔克咏物风格的经典评价："他使音乐的变为雕刻的，流动的变为结晶的，从浩无涯涘的海洋转向凝重的山岳。"[④]《鸽》像一幅简约平淡的素描，第一段描摹了鸽子在清晨即将下雨的天空中欲飞又止的情态。诗人在第二段将视角移入鸽子内心，它们四处徘徊，"撅着白嘴壳在想：/一年里有几个晴天，/有多少云彩的笑，/花的香？"[⑤]与其说这是鸽子的神游，不如说这是诗人的幻想：多雨时节容易触发人们对晴天的渴望，也诱使人探索和思考。

里尔克式的咏物诗在陈敬容新时期的创作中得到了延续。《孔雀长鸣》描绘了动物界一道美不胜收的风景——孔雀开屏，但诗人却指出孔雀开屏意在本能的防卫。诗中的孔雀承受着"一半赞赏、一半逗引/对于复杂的世

---

① 据梁宗岱在 20 世纪 60 年代回忆，他翻译此文的时间是 1929 年，后被收录于《华胥社文艺论集》，1931 年由中华书局出版，最初译名为《罗丹》。1941 年，重庆正中书局出版《罗丹》单行本，梁宗岱补译了原书第二部分"罗丹（一篇演说词）"，1962 年又有过再版，1985 年四川美术出版社再版此书时更名为《罗丹论》。

② 参见范劲：《德语文学符码和现代中国作家的自我问题》，上海：华东师范大学出版社，2008 年，第 129 页。

③ 陈敬容：《文字》//陈敬容：《陈敬容诗文集》，罗佳明、陈俐编，上海：复旦大学出版社，2008 年，第 188 页。

④ 冯至：《里尔克：为十周年祭日作》，载《新诗》，1936 年第 3 期，第 295 页。

⑤ 陈敬容：《鸽》//陈敬容：《陈敬容诗文集》，罗佳明、陈俐编，上海：复旦大学出版社，2008 年，第 204 页。

界/忽然生出巨人的悲悯/它收拢尾屏/临风　声长鸣"①。这首诗中孔雀的无奈和里尔克《豹》中那头因遭圈禁而失去自由的豹的困窘疲乏如出一辙。"悲悯"是诗人将自身体验投射在孔雀身上，因为后者并不像人类一样思考和表情达意。孔雀长鸣让读者反思人类违背自然、破坏动物生存规律的不当行为，也让人联想起现实世界里那些被看的他者（比如无辜柔弱的弱势群体）愤怒又无奈的心境。《达摩立像瓷雕》描绘了坐落于故宫博物院的达摩像。这位古代智者悄然肃立，拱手微笑，仿佛"正待举步/作一番新的远航"②。凝练的表达和生动的雕塑感使达摩的形象跃然纸上。《钻天杨》中，钻天杨"永远朝上长"、无惧寒霜并充满生命力的形象点出"希望在沉默里酝酿，/生命在寂寥中贮藏"的道理。③此外，《芭蕾舞素描》《春消息》《小鹿望月》《泡桐》《画眉的表达》等诗篇或借助绘画和根雕等艺术作品，依靠舞蹈等形体艺术，或利用生活中司空见惯的常"物"，传达出诗人对生活的领悟和对宇宙的思考。

与很多现代诗作者同时专注于诗歌理论研究与阐释不同，陈敬容将更多的精力投入文学实践，连有关创作体会的随笔也少之又少。不过，在仅有的几个短篇中，我们还是大致可以看到她对诗歌创作的基本认识。她曾经点评法国诗人保尔·瓦雷里（Paul Valéry, 1871—1945）和里尔克对诗歌创作的经验之谈，在表达赞同的同时引申出以下道理：诗歌不能仅凭偶然的感觉去写，而是要善于在生活中观察、体验和思考。④她指出，长时间对许多事物的观察，以及长时期的生活感受和深入思考很重要，有了这些内在因素，加上某种现象的触发，可以引发诗歌创作。⑤这段话中提到的"观察"理念是她在初创期没有表露过的。注重观察的文学创作方法与里尔克的艺术主张十分接近。陈敬容之所以在 20 世纪 40 年代后期写下大量咏物诗，在新时期的创作中又不断延续这一体裁，把写作主题由个人情感移向外部世界，注重对"物"的描摹和思索，应该是得益于里尔克的影响。

---

① 陈敬容：《孔雀长鸣》//陈敬容：《陈敬容诗文集》，罗佳明、陈俐编，上海：复旦大学出版社，2008 年，第 236 页。

② 陈敬容：《达摩立像瓷雕》//陈敬容：《陈敬容诗文集》，罗佳明、陈俐编，上海：复旦大学出版社，2008 年，第 221 页。

③ 陈敬容：《钻天杨》//陈敬容：《陈敬容诗文集》，罗佳明、陈俐编，上海：复旦大学出版社，2008 年，第 243 页。

④ 参见陈敬容：《创作激情的秘密》，//陈敬容：《辛苦又欢乐的旅程——九叶诗人陈敬容散文选》，北京：作家出版社，2000 年，第 166 页。

⑤ 参见陈敬容：《从有所触发到酝酿成章》，//陈敬容：《辛苦又欢乐的旅程——九叶诗人陈敬容散文选》，北京：作家出版社，2000 年，第 172 页。

6.3.2.4　里尔克精神的给养

里尔克对陈敬容的诗风转变及诗歌创作题材的开拓功不可没。在陈敬容的得意之作《黎明，一片薄光里》中，诗人沐浴在黎明的朝霞和曙光里，想象的翅膀跨越山河，飞越世界。她以饱经沧桑的笔调和敏锐的洞察力俯瞰人类历史，吟咏了古今中外多位出类拔萃的诗人，从蔡文姬到屈原，从李白到杜甫，从但丁到瓦雷里，从巴勃罗·聂鲁达（Pablo Neruda，1904—1973）到艾略特，还不忘道一句"我看见里尔克沉思在古堡"①。可见到了晚年，她依然将里尔克视为诗坛巨擘，钦佩不减当年。她还承认，里尔克是她最喜欢的诗人。②

这位命运多舛的女诗人，历经情感波折和生活的嘲弄，始终怀着"新鲜的焦渴"，充满盈盈的生命力，对未来表现出可贵的憧憬和期望。在"通过痛苦而有的欢欣"的道路上，她不是孤独的，贝多芬、莫扎特、邓肯和里尔克是她的同路人。他们坚韧不可摧毁的生命力无时无刻不激荡着她的灵魂。③这种精神的涤荡和心灵的洗礼远远超越了文学给她带来的单纯感动和创作启迪。

陈敬容晚年还谈到过里尔克的诗歌《严重的时刻》带给她的深刻印象。这首诗强大的包容性和渗透力令她无法忘怀。因为被《严重的时刻》的感染力吸引，她 20 世纪 40 年代开始尝试从英文转译里尔克的诗歌。包含《严重的时刻》在内的里尔克的诗篇与她的心灵之间仿佛存在着微妙的默契，让她感悟到大自然神奇的声音和生命的奥秘。④随着岁月的流逝，陈敬容对里尔克诗歌的领会程度日益加深，对其诗歌的喜爱程度也与日俱增。所以，里尔克带给陈敬容的不仅是文学上的深刻启蒙，更有精神上的丰富给养。

---

① 陈敬容：《黎明，一片薄光里》//陈敬容：《陈敬容诗文集》，罗佳明、陈俐编，上海：复旦大学出版社，2008 年，第 272 页。但丁、瓦雷里、聂鲁达和艾略特都是西方著名诗人。
② 参见陈敬容：《答〈中国比较文学〉提问》//陈敬容：《辛苦又欢乐的旅程——九叶诗人陈敬容散文选》，北京：作家出版社，2000 年，第 206 页。
③ 陈敬容曾谈到阅读贝多芬传记后的感想："我有着和他（贝多芬——笔者注），和莫扎特，和邓肯，和里尔克……和所有生命之筵席上最高贵的宾客同样的企望，企望着欢欣，那'通过痛苦而有的欢欣'。"参见陈敬容：《桥》//陈敬容：《辛苦又欢乐的旅程——九叶诗人陈敬容散文选》，北京：作家出版社，2000 年，第 25 页。贝多芬（Ludwig van Beethoven，1770—1827）和莫扎特（Wolfgang Amadeus Mozart，1756—1791）都是命运多舛的艺术家。邓肯（Isadora Duncan，1878—1927）是美国舞蹈家，现代舞创始人。邓肯的革命性舞蹈思想和实践打破了芭蕾舞在西方舞坛的垄断地位，影响了世界舞蹈的发展进程。邓肯认为一切艺术的使命在于表现人类最崇高、最美好的理想，她的美学思想是：美即自然。她的《邓肯自传》（My Life）至少拥有四个中译本，在中国引起巨大反响。
④ 参见陈敬容：《这里那里的》//余中先选编：《寻找另一种声音——我读外国文学》，北京：外国文学出版社，2003 年，第 201-202 页。

对于这位中国现代诗史上的重要诗人来说，里尔克既是她的文学知音，又是她的思想导师。

6.3.3 郑敏的诗歌创作和沉思哲学家里尔克

6.3.3.1 德语文学课上的"知识"和"智识"

迄今为止，学界在郑敏的文学写作与里尔克的关联问题上已有不少成果。[①]前文已经提过，郑敏在西南联大求学期间从冯至的德语文学课上获取了有关歌德的文学知识，也开启了沉思式的诗歌创作路径。她通过导师冯至的文学课间接师承了里尔克的诗思和诗才。在冯至影响下走上文学道路的郑敏，有哲学作为底蕴，从一开始就具备与同时代其他青年诗人不同的起点。冯至带给郑敏的除了诗歌精神的最初启蒙，还有重要的知识储备。20 世纪 40 年代，刚踏入诗坛的郑敏的知性主要来自哲学和德国文学课，从此她受益终身。[②]她的德文老师冯至既是诗人又是学者。他于 20 世纪 20 年代末留学德国，专攻德语文学并获博士学位。冯至在 20 世纪 30 年代翻译了《给一个青年诗人的十封信》、《马尔特·劳利兹·布里格随笔》（选译）《杜伊诺哀歌》和《致奥尔弗斯的十四行》（"Die Sonette an Orpheus"）等里尔克作品，并译出大量歌德诗作，是德语文学研究的知名学者和翻译家。具体地看，当时冯至翻译的里尔克信札是郑敏获取精神营养的渠道之一，而冯至课堂上教授的歌德诗歌和《浮士德》等作品也为她开启了新的视野。[③]冯至的创作、翻译和课堂传授让郑敏找到了包括歌德和里尔克在内的德语文学资源，并真正理解了二者。[④]

冯至看重的歌德与里尔克都是善于沉思的诗人，歌德关于"死与变"的辩证观念以及里尔克"诗是经验"的观点无不深刻地影响着冯至的创作。"知识背景和信念方面受到了冯至先生的影响"[⑤]的女诗人郑敏，或多或少也从这些角度去理解两位德语诗人的作品和思想。尽管晚年的郑敏在反思

---

① 这部分研究综述参见本书第 3 章 3.2 节。

② 参见郑敏：《创作与艺术转换——关于我的创作历程》//郑敏：《思维·文化·诗学》，郑州：河南人民出版社，2004 年，第 202 页。

③ 参见郑敏：《忆冯至吾师——重读〈十四行集〉》，载《当代作家评论》，2002 年第 3 期，第 86 页。

④ 参见郑敏、李青松：《探求新诗内在的语言规律——与李青松先生谈诗》//郑敏：《思维·文化·诗学》，郑州：河南人民出版社，2004 年，第 264 页。

⑤ 郑敏在访谈中提出西南联大当时的诗歌活动不能算作一个诗歌流派，因为当时的西南联大汇集了英、德和法等国家各种诗歌流派的影响，包括革命诗歌。她本人因主修哲学很自然地接受了冯至的影响。见郑敏、王伟明：《遮蔽与差异——答王伟明先生十二问》//郑敏：《诗歌与哲学是近邻——结构-解构诗论》，北京：北京大学出版社，1999 年，第 454 页。

自己 20 世纪 40 年代的诗歌创作时认为作品因"过多沿袭以歌德、里尔克为代表的西方浪漫主义和早期现代主义境界与感情，而缺少自己的特殊心态"①，但她的遗憾恰恰证明：她阅读、理解并接受这两位德语诗人的角度与她的老师冯至是一脉相承的。

郑敏是在冯至的指引下接触到德语文学，因此掌握德语知识且得冯至亲传的她在体会里尔克和歌德的创作时能尽得真义，而非隔靴搔痒。

郑敏曾认为 17 世纪的约翰·邓恩、19 世纪的威廉·华兹华斯（William Wordsworth，1770—1850）和 20 世纪的里尔克是对她影响最深的三位诗人。三者的共同点是"深沉的思索和超越的玄远"，构成"最大限度的诗的空间和情感的张力"②。这段话道出了郑敏的审美趣味和偏好。她还认为，在这三位令她时常想起的诗人中，里尔克对她在精神方面的影响最深，因为在气质上二者更为接近。③

综合来看，无论是郑敏 20 世纪 40 年代的诗歌创作，还是她停滞 30 年后重新出发而写的一系列作品，里尔克的影响始终贯穿其中。他在格律、主题、题材、诗思方式、表达路径和文化观念上都深刻地影响了郑敏。

6.3.3.2　咏物诗：题材与形式的亲缘关系

诗人袁可嘉（1921—2008）对郑敏的诗歌创作有一段经典评论："她有哲学家对人生宇宙进行沉思的癖好，又喜绘画、雕塑和音乐，因此她的诗富于形象，又寓有哲理。她善于从客观事物引起思索，把读者引入深沉的境界。她以诗来掌握世界的方式是里尔克式的：冷静地观察事物，以敏感的触须去探索事物可能含有的意蕴。"④这段话为我们找到郑敏和里尔克在诗歌题材和形式上的关联提供了可靠依据。

本章在陈敬容的研究中已经讨论过罗丹的艺术精神和创作态度对里尔克咏物诗的启迪。事实上，继罗丹之后，里尔克又从法国画坛代表人物保罗·塞尚（Paul Cézanne，1839—1906）的作品中看到了创造性劳动的伟大之处。在研究塞尚之余，里尔克意识到自己作为诗人的决定性使命：通过练习观察和锤炼表达的准确性，使语言手段尽可能趋向精致化和多样化，

① 郑敏：《创作与艺术转换——关于我的创作历程》//郑敏：《思维·文化·诗学》，郑州：河南人民出版社，2004 年，第 202 页。
② 郑敏：《不可竭尽的魅力》//郑敏：《诗歌与哲学是近邻——结构-解构诗论》，北京：北京大学出版社，1999 年，第 58 页。
③ 参见郑敏、李青松：《探求新诗内在的语言规律——与李青松先生谈诗》//郑敏：《诗歌与哲学是近邻——结构-解构诗论》，北京：北京大学出版社，1999 年，第 270 页。
④ 袁可嘉：《西方现代派诗与九叶诗人》，载《文艺研究》，1983 年第 4 期，第 40 页。

即纯粹艺术形式的尽善尽美。①于是，他在诗歌创作中多次回应包括塞尚和奥斯卡·克劳德·莫奈（Oscar-Claude Monet，1840—1926）等人在内的现代派绘画。他酷爱效仿画家的举止，用语言临摹绘画作品。

从本质上讲，无论是用语言仿塑罗丹作品而成就的"雕塑诗"，还是以塞尚等人的画像为题材的"观画诗"，都是将艺术活动和自然风光绝对化的诗歌艺术。它们都要求作者深谙艺术真谛，强调观察的重要性和语言的精准性，而从柏拉图以来"诗人受神的启发"这个神秘主义观点暂时被搁置一边。

学习观察各种事物，融入个人的思考和了解，直至抵达事物本质。这种罗丹式的艺术创作方法曾给予里尔克无穷的启迪。1903 年 4 月，在完成罗丹专论一年后，里尔克在给女友的信中谈到自己努力在艺术创作中寻求工具根基，并坦言希望揭开罗丹雕塑保持沉稳持久魅力的秘密。他说："我决定了，更认真地观察，投入加倍的耐心和专注。"②他做到了。以《豹》为例，这首诗描写一头在动物园中焦虑疲惫的豹子，最终不但要表达"移情"和"本能"，还要实现自我和对象的统一化和感情的客观化。③跟随文字，读者可以感受到豹子在铁栅栏之后徘徊时"四肢紧张的静寂"。它眼神倦怠，随着外界图像进入眼帘，它的内心泛起波澜。

有学者发现，这种由外貌转向内心的描写，再结合观察与体悟的能力，也常见于郑敏的现代诗中。④这种以经验入诗、看重观察的文学创作形式——咏物诗奠定了郑敏早期诗歌的重要基调。她在某个秋日路过稻田，看到田里的稻束而引发思考，后来促成了《金黄的稻束》的诞生。她从稻束联想起"疲倦的母亲""皱了的美丽的脸"，讶异于母爱伟大的孕育能力。最终她发出这样的感叹："静默。静默。历史也不过是/脚下一条流去的小河/而你们，站在哪儿/将成了人类的一个思想。"⑤诗人在这里呈现了类似油画或雕塑状的物体——稻束。这种客观物体表达的却是诗人内心的情绪。她把"物"从视觉性的质感提到心灵的力度，从而加强了诗歌的

---

① 参见〔德〕汉斯·埃贡·霍尔特胡森：《里尔克》，魏育青译，北京：生活·读书·新知三联书店，1988 年，第 143 页。

② Vgl. Engel, Manfred (Hrsg.). *Rilke-Handbuch: Leben, Werk, Wirkung.* Stuttgart: J. B. Metzler Verlag, 2013, S. 134.

③ Vgl. Engel, Manfred (Hrsg.). *Rilke-Handbuch: Leben, Werk, Wirkung.* Stuttgart: J. B. Metzler Verlag, 2013, S. 135.

④ 参见张东：《论郑敏前期的现代主义诗作（下）》//吴思敬、宋晓冬编：《郑敏诗歌研究论集》，北京：学苑出版社，2011 年，第 116 页。

⑤ 郑敏：《金黄的稻束》//郑敏：《诗集：1942—1947》，上海：文化生活出版社，1949 年，第 11-12 页。

思想性。从这个角度看，这首诗在表现方式上与里尔克的《豹》一类的咏物诗如出一辙。此外，郑敏的诗歌《马》《树》《人力车夫》《垂死的高卢人》《鹰》《岛》等都具备类似《金黄的稻束》的特点。

与里尔克热衷于用语言描绘图画一样，郑敏早期也有一系列"观画诗"问世，其中包括《兽（一幅画）》《濯足》《荷花（观张大千氏画）》《一瞥》《Renoir 少女的画像》等。以《Renoir 少女的画像》为例，诗作细致地描绘了画中一位眼睛半垂、双唇紧闭的青春少女。诗人开篇即喟叹，这是青春"吐放前的紧闭，成熟前的苦涩"[①]。最后一段她又评价道："瞧，一个灵魂先怎样紧紧把自己闭锁/而后才向世界展开，她苦苦地默思和聚炼自己/为了就将向一片充满了取予的爱的天地走去。"[②]诗人从客观刻画开始，逐渐转向表达客观对象带给她的印象、体会和感受，使诗歌经历了由外向内的视角转向，最终进入作者的理性沉思，而这恰恰是里尔克咏物诗的精华所在。

郑敏向里尔克学习了咏物诗的创作要诀，而借图画和雕塑的效果引发作者绵长的思绪正是咏物诗发生的关键。我们不妨比较一下里尔克的《皮耶塔》（"Pietà"）和郑敏的《濯足》。以画为题的《皮耶塔》取材于《圣经·新约》。耶稣遇害后，他的双足引发抹大拉的马利亚（Mary Magdalene）情感爆发，由怜生爱，悲痛中夹杂着爱的欲望。在同样以画为题的《濯足》中，林中少女"浸着双足"，"化入树林的幽冷与宁静"，这一幅景象引发了诗人的思考。她想象少女是在"等待那另一半的自己"[③]，以至牵动对人类思想的畅想。如果说由双足引发的两位诗人的沉思纯属偶然的话，那么绘画和雕塑启迪诗人浮想联翩却不是巧合。上文提过，冯至对里尔克咏物诗的经典评论准确概括了里尔克作品的雕塑性，而这种雕塑性在郑敏的作品中并不少见。

静止的图画和雕塑可以启发敏感细致的诗人去挖掘其中的内在意蕴，以画入诗、以思入诗是诗歌保持魅力的关键。对于这一点，郑敏深有体会。她在给诗友袁可嘉的信中说："因为我希望能走入物的世界，静观其所含的深意，里尔克的咏物诗对我很有吸引力，物的雕塑中静的姿态出现在我们的眼前，但它的静中是包含着生命的动的，透视过它的静的外衣，找到它

---

① 郑敏：《Renoir 少女的画像》//郑敏：《诗集：1942—1947》，上海：文化生活出版社，1949年，第 153 页。

② 郑敏：《Renoir 少女的画像》//郑敏：《诗集：1942—1947》，上海：文化生活出版社，1949年，第 153 页。

③ 郑敏：《濯足》//郑敏：《诗集：1942—1947》，上海：文化生活出版社，1949 年，第 13 页。

动的核心，就能理解客观世界的真义和隐藏在静中的动。"①正是在这封信中，郑敏提及《马》《荷花》《金黄的稻束》等作品受到了里尔克的影响。②

郑敏关于静与动的辩证法很好地诠释了里尔克的咏物诗对她的启发和吸引力，而她以绘画和雕塑为题材的诗歌创作并未就此结束。1979 年后，经过长达 30 年的沉默，她迎来了诗歌创作的第二春。《戴项链的女人》《云鬈照春》《项链串不起的断落的年华》《月季，一幅立体画》《两把空了的椅子——一幅当代荷兰画》《雕塑》《唐三彩》《手和头，鹿特丹街心的无头塑像》《木乃伊》等作品中尽管融入了海德格尔和德里达等人的思想元素而更加复杂，但咏物诗的骨架依然清晰可见。

作为诗人与学者，郑敏对里尔克的咏物诗不仅停留在效仿和学习上，她还有相应的研究成果问世。为了说明诗歌的突然展开式结构可以在结尾给读者留下思考的空间，她解读了里尔克的《豹》，从外形上失去自由的豹的体态和处境直达豹被困时的意识，认为豹被人格化为身陷囹圄的英雄。③她说："当我们读完这首诗后，我们的注意被诗人引导走入豹的意识深处，不是从它的外形理解它的处境，而是深入到一个失去自由的灵魂内，哀叹它的可悲的困境。"④郑敏还从诗人与描写对象关系的角度解读过《豹》。文章提到，里尔克曾受罗丹的启发，用"视"克服主观片面的问题。她强调，在无损咏物诗特有的冷静和客观的前提下，诗作者的主观意识与情感也贯穿于《豹》整首诗中，由此得出主客观相会与重叠对诗歌创作的重要性。她认为《豹》是"物中有我的典型"⑤。

与中国古典咏物题材诗歌重视意象和情境不同，放大描写对象和诗人之间的关系（这是西方诗歌关注的问题），以思入诗，看重观察，在客观描写中融入主观思考，是里尔克的咏物诗带给郑敏的重要启迪。她不但在创作中着意借鉴这一点，也在诗歌理论研究中多次讨论这一问题。她说："诗人是无法逃避自己的主观的。没有主观的艺术是不存在的。问题是怎样有一个真实、敏感、高尚、有教养、有文化、有智慧的'我'。……只要这个'我'不堕入无止无休的自我陶醉中，它就像一匹骏马，终于会奔向广阔的

---

① 袁可嘉：《西方现代派诗与九叶诗人》，载《文艺研究》，1983 年第 4 期，第 40 页。

② 参见袁可嘉：《西方现代派诗与九叶诗人》，载《文艺研究》，1983 年第 4 期，第 40 页。

③ 参见郑敏：《诗的内在结构》//郑敏：《诗歌与哲学是近邻——结构-解构诗论》，北京：北京大学出版社，1999 年，第 10 页。

④ 郑敏：《诗的内在结构》//郑敏：《诗歌与哲学是近邻——结构-解构诗论》，北京：北京大学出版社，1999 年，第 10 页。

⑤ 参见郑敏：《英美诗创作中的物我关系》//郑敏：《诗歌与哲学是近邻——结构-解构诗论》，北京：北京大学出版社，1999 年，第 41-42 页。

天地。他所应当做的不是掩盖、忽视这个'我'，而是要逐渐扩大、加深这个'我'，让'我'对这个世界进行客观、冷静、深刻地观察。"①这是诗人对世界的态度和对文学的看法，是她学习里尔克咏物诗的心得体会，也是揭开她诗歌创作的密钥。

6.3.3.3　里尔克式的生命思考：主题的相关性

作为一位诗意哲学家和一位注重哲思的诗人，里尔克影响郑敏的不仅仅是咏物诗创作。他的作品中对人生问题的深度思考从更深的层面影响了这位女诗人。郑敏不止一次提到过里尔克的作品带给她的震撼，其中不但有里尔克的诗歌，还包含他的书信集《给一个青年诗人的十封信》等。郑敏回忆自己20世纪40年代第一次接触此书时，常常在苦恼时听到召唤。②她在采访中也表达了类似观点："因为我学哲学，念德语，因此就听了冯至先生的课，冯至先生翻译了里尔克《给一个青年诗人的十封信》，我看了以后就特别能接受，里尔克对我的影响是深层次的。"③这种深层次的影响与两位诗人的生命体验和感悟相近有关。

生于布拉格的德语诗人里尔克，毕生的足迹遍及俄国、法国、丹麦、瑞士甚至北非国家，但他在漂泊中从未真正找到内心认定的唯一故乡。对于这位内心敏感而才华横溢的诗人而言，喧嚣尘世间的孤独感是他一生最重要的体验。④在寻找故乡的旅程中，里尔克不断经历失落感和恐惧感。在崇尚内心世界、着力开掘并诉诸文字的过程中，他始终思考生存这样的本质问题。

郑敏没有经历过寻找故乡的痛苦旅程，但她自小对生命有着与众不同的体悟。由于父亲在煤矿任总工程师，郑敏童年寂寞，缺少玩伴，终日只能面对园中花木和落日群山，因此性格内向。这种寂寞感使她比同龄人更善于思考。⑤郑敏十岁时才结束这种生活状态，在母亲的陪伴下回到北京上学。这段特殊的经历让她领受了寂寞带来的失落和乐趣，这种感受延续了

---

① 郑敏：《英美诗创作中的物我关系》//郑敏：《诗歌与哲学是近邻——结构-解构诗论》，北京：北京大学出版社，1999年，第43页。

② 参见郑敏：《天外的召唤和深渊的探险》//郑敏：《诗歌与哲学是近邻——结构-解构诗论》，北京：北京大学出版社，1999年，第409页。

③ 郑敏、张大为：《郑敏访谈录》//郑敏：《思维·文化·诗学》，郑州：河南人民出版社，2004年，第277页。

④ 参见〔德〕汉斯·埃贡·霍尔特胡森：《里尔克》，魏育青译，北京：生活·读书·新知三联书店，1988年，"译者序"第1页。

⑤ 参见郑敏：《诗歌自传（一）：闷葫芦之旅》//郑敏：《诗歌与哲学是近邻——结构-解构诗论》，北京：北京大学出版社，1999年，第480-481页。

她的整个青年时代。

　　回到刚才提到的《给一个青年诗人的十封信》，我们不难找到这部作品对郑敏的启迪。这是里尔克在 1903—1908 年写给奥地利军官、青年诗人弗朗茨·克萨危尔·卡卜斯（Franz Xaver Kappus）的信件，包含了他对后者诗歌创作的指导和建议，也有他对艺术创作的体会和看法。书信的核心问题是：艺术家应该如何对待寂寞？里尔克在信中鼓励青年人"走向内心"、探索"生活发源的深处"，并进行"向自己、向寂寞的探索"①。他声称"艺术品都是源于无穷的寂寞"②。追求艺术的人需要的只是"寂寞，广大的内心的寂寞"③。同时，人应该"在悲哀的时刻要安于寂寞"，"悲哀时越沉静，越忍耐，越坦白，这新的事物也越深、越清晰地走进我们的生命"④。经历这一切后，人"将会越来越信任艰难的事物"，也会愈发体会"在众人中间感到的寂寞"⑤。懂得这一切并认识到寂寞对于艺术创作的重要性的人，可以"忠实地、忍耐地让这大规模的寂寞在你身上工作"⑥。

　　里尔克对待寂寞的态度和看法是医治年轻一代的迷茫和寂寞的良药。郑敏用"召唤"一词形容这本书对她的影响力。童年时期的寂寞是一种重要的基础体验，有助于她沿着里尔克的思路去理解寂寞。和里尔克一样，她认识到忍受寂寞对一个人的成长具有巨大推动力："这种坚硬的、但却有积极意义的寂寞感，这种寂寞是一个人为了走自己的道路所必须拥有的。"⑦在感受寂寞的同时，她也将寂寞作为生命体验的一部分融入诗歌创作。

　　诗人曾在冬日午后感觉"寂寞从枝梢滴下"⑧。她看到四周一片万物萧条的景象，"大路上没有行人"，只有"一支瘦弱的白蔷薇/伸出矮篱/独自

---

① 冯至译：《给一个青年诗人的十封信》//范大灿编：《冯至全集》（第十一卷），范大灿编，石家庄：河北教育出版社，1999 年，第 289 页。

② 冯至译：《给一个青年诗人的十封信》//范大灿编：《冯至全集》（第十一卷），石家庄：河北教育出版社，1999 年，第 295 页。

③ 冯至译：《给一个青年诗人的十封信》//范大灿编：《冯至全集》（第十一卷），石家庄：河北教育出版社，1999 年，第 306 页。

④ 冯至译：《给一个青年诗人的十封信》//范大灿编：《冯至全集》（第十一卷），石家庄：河北教育出版社，1999 年，第 317 页。

⑤ 冯至译：《给一个青年诗人的十封信》//范大灿编：《冯至全集》（第十一卷），石家庄：河北教育出版社，1999 年，第 322 页。

⑥ 冯至译：《给一个青年诗人的十封信》//范大灿编：《冯至全集》（第十一卷），石家庄：河北教育出版社，1999 年，第 324 页。

⑦ 郑敏：《诗歌自传（一）：闷葫芦之旅》//郑敏：《诗歌与哲学是近邻——结构-解构诗论》，北京：北京大学出版社，1999 年，第 481 页。

⑧ 郑敏：《冬日下午》//郑敏：《诗集：1942—1947》，上海：文化生活出版社，1949 年，第 9 页。

颤抖……"①春天来临、万物复苏的时刻，一个青年"举起他的整个灵魂/但是他不和我们在一块儿/他在听：远远的海上，山上，和土地的深处"②，他在寂寞中聆听、冥想，感受春天的脉动。需要注意的是，郑敏诉说寂寞不同于中国古典诗人伤春悲秋、茕茕孑立，有感而发，她不是为寂寞而寂寞。诗作《寂寞》集中展现了诗人对寂寞的态度。"一棵矮小的棕榈树"触发"我"的思绪："我是单独的对着世界"，"我是寂寞的"。诗人想起，"海里有两块岩石"，也不过是"不能行走的两棵大树，/纵使手臂搭着手臂，/头发缠着头发"，如同"一扇玻璃窗/上的两个格子，/永远的站在自己的位子上"。两个独立的个体，终究难以成为"一个混合的生命"。人们能感觉"恐怖、痛苦、憧憬和快乐"，能嗅到"最早的春天的气息"，看见"飞来的雨云"，却难以与他人完全分享。当寂寞袭来，诗人想寻找庇护却无处可寻，感觉"'寂寞'它啮我的心像一条蛇"。终于，诗人意识到寂寞其实是"最忠实的伴侣"，"永远紧贴在我的心边"，"它让我自一个安静的光线里/看见世界的每一部分，/它让我有一双在空中的眼睛，/看见这个坐在屋里的我：/他的情感，和他的思想。"诗人认为在人生各个阶段，只有寂寞才是永恒的同伴。她决定"在'寂寞'的咬啮里/寻得'生命'最严肃的意义"③。在这首诗中，诗人将寂寞比作蛇，这个比喻可以从冯至的《蛇》中找到源头，但郑敏的"寂寞"不是《蛇》中儿女情长的爱情坚守，而是在人所共有的寂寞感上进一步提升：寂寞密切联系着个体生命存在的重要本质——自由。只有体验到寂寞，才能感受个体生命存在的独立性、独特性和不可替代性。④在诗人看来，安于寂寞是维护自我和探究生命本质的必然要求。

有人说，郑敏的寂寞融合了对生命意识的无限深化和对个体生命与灵魂的反省，展现了一种可以引起无限追思和灵魂拷问的过程，无论从深度上还是广度上都象征着对生命本真的终极探索。⑤"寂寞"在郑敏的诗中具备了哲理化意义，从这一点看，郑敏的"寂寞"同里尔克的"寂寞"是一

---

① 郑敏：《冬日下午》//郑敏：《诗集：1942—1947》，上海：文化生活出版社，1949 年，第10 页。

② 郑敏：《秘密》//郑敏：《诗集：1942—1947》，上海：文化生活出版社，1949 年，第16 页。

③ 郑敏：《寂寞》//郑敏：《诗集：1942—1947》，上海：文化生活出版社，1949 年，第44-55 页。

④ 参见张玉玲：《论郑敏 40 年代的诗歌创作》//吴思敬、宋晓冬编：《郑敏诗歌研究论集》，北京：学苑出版社，2011 年，第278 页。

⑤ 张东：《论郑敏前期的现代主义诗作（下）》//吴思敬、宋晓冬编：《郑敏诗歌研究论集》，北京：学苑出版社，2011 年，第120 页。

脉相承的。

除了把寂寞作为诗中常见的主题，和里尔克一样，对死亡的思考也是郑敏创作的重要主题。死亡是每个人一生都无法回避的宿命，一种无法预知和传达的神秘经验。对死亡的好奇和恐惧是人所共有的，在内心敏锐的诗人的笔下，死亡更能唤起人们情感的反应和强烈的好奇心。

天赋异禀的德语诗人里尔克因罹患绝症英年早逝。他身体孱弱，内心敏感，一生漂泊，对故乡的寻觅以及对前途和归宿的迷惘和恐惧导致他对死亡的态度与众不同。里尔克的《时间之书》（Das Stunden-Buch）是他的首部组诗作品，在这个完整的抒情体系中，他初步形成了诗化的生命哲学。在组诗《贫穷与死亡》（Das Buch von der Armut und vom Tode）中，他向人们展示了从丹麦作家延斯·彼得·雅各布森（Jens Peter Jacobsen）那里继承的"独特之死"的说法，并且进一步赋予死亡以积极意义。死亡不仅是从自然科学角度对个人生存的否定，更是生存的新的开始。[1]里尔克坚持生与死的平衡，认为生与死是和谐的整体。这种生与死之间奇妙的联系一直贯穿于他的作品中。

郑敏早期作品中不乏以死亡为主题的诗歌，如《死亡》《死难者》《垂死的高卢人》等，尤其是里尔克式的"生死辩证统一"的观点并不少见。《时代与死》中，诗人这样写道："在长长的行列里/'生'和'死'是不能分割。"[2]郑敏认为，人死后散开四肢，闭上双眼，是为后来人引渡，给生者带去光明。结果是："消逝了的每一道光明，/已深深溶入生者的血液，/被载向人类期望的那一天。"[3]她认为，高尚的死、富有牺牲精神的死是为生开道，"突放的奇花"尽管只有片刻，却"已留下生命的胚芽"。在郑敏眼中，"'死'也就是最高潮的'生'"[4]。在《墓园》中，诗人告诉我们，终结已在起始处等候，生命的两端紧密连接，生命的结束不代表穷尽，而是完整。"你不会更深的领悟到生命的完全/若不是当它最终化成静寂的死"[5]。这种观点不乏冯至式的哲理说教，却也可以从里尔克的意义上去

① 参见〔奥地利〕里尔克：《里尔克诗选》，绿原译，北京：人民文学出版社，2006年，第213页。
② 郑敏：《时代与死》//郑敏：《诗集：1942—1947》，上海：文化生活出版社，1949年，第75页。
③ 郑敏：《时代与死》//郑敏：《诗集：1942—1947》，上海：文化生活出版社，1949年，第77页。
④ 郑敏：《时代与死》//郑敏：《诗集：1942—1947》，上海：文化生活出版社，1949年，第77页。
⑤ 郑敏：《墓园》//郑敏：《诗集：1942—1947》，上海：文化生活出版社，1949年，第114页。

理解。郑敏同样揭示了生命的循环，摆脱了生命有限的束缚，理性看待生存和死亡，使生死主题达到形而上的哲学高度。

1979 年郑敏重新投入诗歌创作后，随着年龄的递增，她开始培养自己对死亡的良好心态。《我不会颤抖，死亡!》展现了诗人面对死亡的无惧无畏。《我从来没有见过你》描绘了死亡的美好和魅力，同时表现出诗人面对死亡的坦然。她这样评价这首作品:"这里写出我对'死亡'一种宗教式的接受的虔诚心态，因为像里尔克一样，人们在思考后会将'死亡'看成生命的一部分而给予接受，同时好奇地想和这种神秘经验建立一种在世的友谊。"①此外，《读柳永词》《两种火》《对春阴的愤怒》《古尸（二首）》等诗歌均涉及生死相互包容的辩证法。这些作品强化了死亡的永恒及重要意义，当然这里的死亡主题因为杂糅了解构主义理论而愈加复杂。

郑敏直到晚年依然对里尔克的死亡观持肯定态度，她说:"里尔克在他的《杜伊诺哀歌》之八中将死亡看成生命在完善自己的使命后重归宇宙这最广阔的空间，只在那时人才能结束他的狭隘，回归浩然的天宇。"②正是在这一背景下，她的组诗《诗人之死》问世了。这 19 首十四行诗是郑敏在 20 世纪 90 年代初为纪念不幸死于医疗事故的诗友唐祈而写，但又不仅仅是一组悼亡诗。组诗包罗万象，夹杂着神话传说、各种模糊的隐喻，以及生者与亡灵的对话等。整个作品站在生命哲学的高度对生命与死亡、历史与死亡、永恒与死亡乃至整体与个体之间的关系开展思考与解读。诗人从个体的渺小和死亡的偶然（生命如"仍装满生意的绿叶"被摘下，消失无踪），转而描述个体生命在"鸡肠"一样臭烘烘的人间所经受的痛苦，并批判了现实对个体死亡的冷漠推诿。这种悲愤的情绪最后上升为对人类整体生存状态的严重关切。最后一段"诗人，你的最后沉寂/像无声的极光/比我们更自由地嬉戏"③，指出死亡在摆脱生的束缚后，形态更趋自由，从而实现了自我超越。这里我们依然可以看到生与死的辩证关系。郑敏在采访中曾说:

> 我写这组诗的时候，总的来讲受里尔克的影响很深。我念的是哲学，但却选了冯至先生的德文和他关于歌德、里尔克的讲座。我从 40 年代就非常喜欢里尔克，因为他跟我念的德国哲学特别配

① 郑敏:《郑敏诗集:1979—1999》，北京:人民文学出版社，2000 年，"序"第 3 页。
② 郑敏:《郑敏诗集:1979—1999》，北京:人民文学出版社，2000 年，"序"第 4 页。
③ 郑敏:《诗人之死》//郑敏:《郑敏诗集:1979—1999》，北京:人民文学出版社，2000 年，第 403 页。

合。关于死当然是里尔克的一个很重要的题目，他那首奥菲亚斯
十四行诗，本身就是关于一个小女孩的死。我这首诗写的时候意
图是讲诗人的命运，在我们特有的情况下我们诗人的命运，也可
以说是整个知识分子的命运，同时还有我对死的一些感受。①

关于存在与死亡等人生本质问题，不得不提到里尔克的一个重要创作
特点：他擅长用十四行诗呈现和把握死亡和生存等重大命题，其中著名的
《致奥尔弗斯的十四行》和《杜伊诺哀歌》都是以死亡为主题的十四行组诗。
十四行诗源自意大利，传入英国、德国和法国后出现了不同变体，但由于
节奏整齐、舒缓，适合表达深度思考和强烈情感而广受诗人青睐。里尔克
着迷于十四行诗与其特点有很大关系。郑敏 20 世纪 40 年代开始写诗时，
首先面对的是新诗需不需要格律的问题。

五四时期胡适等人发起了关于新诗变革的讨论，主张将中国新诗与古
典诗歌完全割裂。这种做法对 20 世纪 40 年代的诗人仍有影响，其中最显
著的表现是对格律的质疑和对绝对自由体诗歌的广泛尝试。在九叶派诗人
郑敏身上表现出的是截然相反的两面。一方面，她在《音乐》《晚会》《战
争的希望》等作品中体现出了对格律的摆脱和驾驭自由体诗歌的能力；另
一方面，她在《死》《歌德》《鹰》《兽》《马》《濯足》等作品中却展现了对
格律工整的追求。然而这格律的工整不同于古典诗歌的平仄押韵，而是一
种舶来品——十四行诗。《诗集：1942—1947》一共包含了 14 首十四行诗。
这部诗集的影响来源除了冯至的《十四行集》，更指向了十四行诗大师里尔
克。不过，除了段落结构和诗行上遵循十四行诗的规定外，郑敏早期的十
四行诗已经与自由体诗歌十分相近。她晚年的十四行诗中则添加了更多的
格律因子（如韵式和顿数等），显示出对格律的亲和力。②她在阐述自己的
诗歌主张时一再强调格律的重要性："诗的格律可以助你，迫使你打开自己
灵魂深处的粮仓。……流畅、恰当、异彩等品质只有在满足格律的条件后
才会诞生，诗的深度也因此增加了。……我比较喜欢 abab cdcd efg efg 的
里尔克常用的格式。十四行诗特别能满足我对一首诗结尾的要求：或者进
入突然绝响的激动，或者有绵延无尽的袅袅余音中的无限之感。"③

---

① 徐丽松整理：《读郑敏的组诗〈诗人与死〉》//郑敏：《诗歌与哲学是近邻——结构-解构诗
　论》，北京：北京大学出版社，1999 年，第 428 页。
② 参见屠岸：《从心所欲不逾矩——评郑敏对于诗歌格律的论析》//吴思敬、宋晓冬编：《郑敏
　诗歌研究论集》，北京：学苑出版社，2011 年，第 464 页。
③ 郑敏：《郑敏诗集：1979—1999》，北京：人民文学出版社，2000 年，"序"第 11 页，"abab
　cdcd efg efg"是十四行诗常见的押韵方式之一。

我们很难就此将郑敏所有的十四行诗写作都从里尔克那里寻找原因，但上述话语至少透露了一个信息：里尔克在《致奥尔弗斯的十四行》和《杜伊诺哀歌》中常用的"abab cdcd efg efg"十四行诗押韵法则符合郑敏的表达需要，也很好地契合了她的审美要求。她后期的《追逐阳光》，特别是组诗《诗人与死》和《生命之赐》都是标准的里尔克式十四行体。

综上，在诗歌主题与表达形式上，郑敏的诗歌都与里尔克的创作显示出了显著的亲缘关系，这种关系并未随着时间的流逝而变得疏离。诗人曾陷入长久的沉默，但当她重新提笔写诗时，里尔克早年留给她的文学遗产还在继续影响着她，甚至因时间沉淀和阅历丰富让她运用起来更加得心应手。

6.3.3.4　永远的里尔克

谈起个人诗歌创作与研究的轨迹，郑敏认为 1986 年对她个人而言是一个分水岭。她在这一年告别了 20 世纪 40 年代里尔克式的诗歌语言，走向了解构主义。[①]但这并不代表她就此告别了里尔克。郑敏从诗歌创作渐渐转向诗歌理论研究，并从理论探讨迈入对中国新诗史的梳理和评价，最终的落脚点是她对处于转型期的中国社会以及对中国传统文化发展的深度忧虑。即便在这样的时刻，里尔克依旧没有走远。在展望 21 世纪中华文化建设时，郑敏别具匠心地援引了里尔克的《杜伊诺哀歌》："当天平挣脱商人之手/移交给那个天使/天使便用空间的均衡/给它抚慰，给它安全……"[②]商人代表的物欲和以心灵宁静为特征的天使境界在里尔克笔下是对立的双方。如何达到平衡，实现天人和谐，以及如何在消费欲求不断膨胀的当代社会中不为物欲所驱，克服内心的躁动，消除异化，是里尔克忧心的现代社会问题，也是诗人郑敏对中华文化建设的隐忧。

郑敏曾说："对于我来讲，当物质和商业的庞大泥石流向我和我的周围压来，想填塞我们心灵的整个空间，我需要保持自己内心岛屿的长绿，这需要大量的氧气和带有灵气的诗歌的潮润。这时我深深感到里尔克的诗能给我这样心灵的潮润。"[③]里尔克在她眼里并非遁世者，而是美感的执着追求者。他在精神上忍受着金钱繁殖力带来的压力，而他的想象力又使他进入无人的星空，广阔、深远而平静。当郑敏在 1985—1986 年辗转于美国两

---

① 参见郑敏：《郑敏诗集：1979—1999》，北京：人民文学出版社，2000 年，"序"第 14 页。

② 郑敏：《对 21 世纪中华文化建设的期待》//郑敏：《思维·文化·诗学》，郑州：河南人民出版社，2004 年，第 29 页。

③ 郑敏：《天外的召唤和深渊的探险》//郑敏：《诗歌与哲学是近邻——结构-解构诗论》，北京：北京大学出版社，1999 年，第 410 页。

岸时，她随身携带里尔克的诗集来吸收心灵的潮润，超越物质的喧嚣。[①]里
尔克不仅为郑敏提供了创作养分和文学灵感，他诗中的哲学命题同样成为
郑敏思考的对象。随着时间的推移，郑敏的人生观和世界观也受到他的浸
染，如同感受着星空外的召唤。

6.4　小　　结

从王韬 1871 年翻译《祖国歌》算起，德语诗歌要比德语小说和戏剧等
其他文学门类更早进入中国，然而其译介的规模却远小于小说，频率也较
低。从这个译介起点到 1949 年的 70 多年间，被翻译最多的德语诗人依次
是海涅、里尔克、歌德、席勒和尼采，还有几位诗人如施笃姆、约翰内斯·罗
伯特·贝歇尔（Johannes Robert Becher，1891—1958）、理查德·德默尔
（Richard Dehmel，1863—1920）、弗里德里希·荷尔德林（Friedrich Hölderlin，
1770—1843）和乌兰德也曾受到译界关注。[②]依照冰心、石评梅、陈敬容和
郑敏等作家在诗歌创作中所受的德语诗歌影响来看，译介规模和影响之间
基本上可以构成对应关系。但就本章涉及的几位现代女诗人来看，她们取
法哪位诗人，以及从中获取哪些思想资源，与她们的气质秉性也密切相关。
以郑敏为例，除了里尔克和歌德外，她的笔下还曾出现诺瓦利斯、海德格
尔和康德等德国思想家和哲学家，不过对她影响最深的还是里尔克和歌德。
幼年经历对郑敏最大的影响是让她习惯于沉潜内心世界，习惯于沉思。大
学时代以哲学为主修专业也是她秉性使然。当郑敏接触到歌德和里尔克时，
她会从哲学视角去理解两位德语文学巨匠。这当然不能忽略冯至的启发和
引导，但她的主体选择同样不容忽视。她留意里尔克和歌德，表达赞赏和
认同，也是因为她理解的里尔克与歌德与她的天性吻合。她对于包括里尔
克和歌德在内的德语文学和思想资源的接受从本质上来说是自觉的。我们
在这一章也清楚地看到，冰心对歌德艺术世界的向往之情、石评梅对海涅
的"宝剑"和"火花"两个意象的诗性拓展、陈敬容和郑敏对里尔克的咏
物诗体裁的追随及对他的艺术观念的服膺，都是以她们自身的艺术立场和
人生际遇为理解基础的。这使得这场中德之间的跨文化诗歌对话更真实贴
切，也更具有个性色彩。

---

① 参见《天外的召唤和深渊的探险》//郑敏：《诗歌与哲学是近邻——结构-解构诗论》，北京：
　　北京大学出版社，1999 年，第 410 页。
② 参见书后附录部分的《德语文学汉译及评论书目》//卫茂平：《德语文学汉译史考辨：晚清和
　　民国时期》，上海：上海外语教育出版社，2004 年，第 263-421 页。

第7章 德国哲学和现代女作家的交集

7.1 德国意志哲学在东方的兴起

中国知识界在晚清至民国初期热衷于译介和传播西方哲学。以康德、黑格尔、叔本华和尼采等人的哲学思想为代表的德国哲学在这一时期成为介绍重点。在这股译介风潮的席卷之下，中国现代文学与德国哲学发生了碰撞并擦出火花，连鲁迅、郭沫若和茅盾这样的大作家都难免被触动。中国现代女作家在这阵澎湃汹涌的德国哲学东渐之风中并非无动于衷。纵观她们与德国哲学的交集，以叔本华、尼采和弗洛伊德为代表的意志哲学[①]相对明显地激荡起她们的文思。[②]她们采撷德国思想，根据各自的见解和认知用文艺之笔书写了蕴含哲思的篇章。

以叔本华和尼采为代表的德国意志哲学兴起于19世纪中后期，对启蒙运动以来在欧洲畅行无阻的理性主义造成巨大冲击。意志哲学强调自我意志和现实社会之间难以调和的冲突感，在艺术生命力的表现上注重情感的生发和描摹。[③]意志哲学的这些特点使其顺利对接中国文学中的抒情传统。意志哲学提倡情感的充沛表达，和五四时期浪漫小说的艺术追求一拍即合。如果说最初德国意志哲学为当时中国的精英分子们认识世界、认识自身、抒发情感和体验生命提供了全新的认知工具，那么对于现代女作家而言，这些抽象的哲学概念唯有通过明确清晰的情感描摹和抒发，在文学文本中一一呈现，方能彰显出这些理念洞察人性的力量。

---

① 关于意志哲学的归类方法受到许莹的《意志哲学、中国抒情传统与现代浪漫主义关系研究》一文的启发，载《南京师范大学文学院学报》，2018年第1期，第121页。

② 从民国初期至中华人民共和国成立之前，康德和黑格尔是中国学界最为关注的德国古典哲学家和美学家。尤其中国美学在20世纪30年代蓬勃发展时一度出现过"黑格尔热"。据不完全统计，当时研究黑格尔的论文为康德研究的三倍多。参见朱立元：《德国古典美学在中国》，载《湖南社会科学》，2016年第5期，第2页。但据笔者掌握的资料来看，中国女性知识分子对这两位哲学家涉猎极少。

③ 参见许莹：《意志哲学、中国抒情传统与现代浪漫主义关系研究》，载《南京师范大学文学院学报》，2018年第1期，第122页。

7.2　庐隐和叔本华的人生哲学

7.2.1　叔本华思想在现代中国的传播

叔本华哲学对中国近现代思想的影响可分为三个阶段。[①]第一阶段的引领者是王国维和章太炎（1869—1936），他们从清朝末期开始发表的一系列评介文章有效推动了叔本华哲学的东渐。第二阶段是五四时期，伴随着对亨利·柏格森（Henri Bergson，1859—1941）和尼采思想的介绍，叔本华也得到了间接介绍。[②]中国知识界把唯意志论作为反对旧文化和旧道德的武器而大力弘扬。此外还有宗白华等学者以论文和授课形式宣扬叔本华思想。第三阶段是以陈铨为代表的战国策派学者发表的《叔本华生平及其学说》《从叔本华到尼采》《叔本华的贡献》等论文和专著，深入介绍并研究了叔本华的哲学体系。另外不能忽略的是广泛引进西方哲学的张东荪（1886—1973）和将叔本华思想融入自身美学思想体系的朱光潜。以上诸位学者为促进叔本华思想在中国的传播发挥了重要作用。

在清末介绍叔本华哲学的众多学者中，王国维用力最勤，成果最丰。1904 年，他在《教育杂志》上一连发表了《论叔本华之哲学及其教育学说》《书叔本华遗传说后》《德国哲学大家叔本华传》《叔本华与尼采》等重要文章。[③]他擅长在不同的德国哲学家之间做比较：围绕叔本华和康德，王国维认为前者对后者进行了批判和继承；围绕叔本华和尼采，王国维指出尼采的学说来源于叔本华。他似乎更认可叔本华在西方哲学史上的地位。[④]他指出叔本华的唯意志论能真正打动中国人的心灵，所以向国人热情介绍叔本华为解脱世间痛苦而开出的药方：美学和伦理学。在艺术能暂时摆脱人生痛苦这一观念的指引下，王国维从传统的概念哲学探究转向更深邃的思想

---

① 这三个时间的分期参考陶黎铭：《一个悲观者的创造性背叛——叔本华的〈作为意志和表象的世界〉》，昆明：云南人民出版社，1990 年，第 2 页。

② 叔本华的意志论引发柏格森提出"生命冲动"，前者对艺术的重视也影响到后者。尼采则通过《作为教育家的叔本华》一书申明对叔本华的推崇。二者的思想和叔本华有亲缘关系，因此在译介柏格森和尼采的过程中，叔本华的思想也得到进一步的阐发。

③ 四篇文章分别发表在 1904 年《教育世界》的第 75 和第 77 期、第 79 期、第 84 期、第 84 和第 85 期。这一年王国维在叔本华研究领域成果丰硕，同年他还在《教育世界》上翻译并发表了两篇叔本华作品，即《叔本华氏之遗传说》（第 72 期）和《灵魂三变》（第 84 和第 85 期）。熊月之：《清末哲学译介热述论》，载《国际汉学》，2013 年第 1 期，第 70-71 页"清末介绍近代西方哲学文章要目"。

④ 参见熊月之：《清末哲学译介热述论》，载《国际汉学》，2013 年第 1 期，第 62 页。

体验。《人间词话》和《〈红楼梦〉评论》标志着王国维从纯哲学研究向美学和文艺学批评的思想转变过程。尤其是《〈红楼梦〉评论》用叔本华的悲观主义美学思想阐释中国文学，将贾宝玉的痛苦和人世间无法逃遁的痛苦做一比较，探讨意志与人生的关系，开创了中国比较文学研究的先河。

叔本华对王国维的影响不仅停留于文学鉴赏和哲学研究，也表现在他对王国维的人生观和世界观的影响上。人生的辛劳奔波以及生命意义的晦暗不明一度使王国维备受困扰。接触叔本华的哲学思想后，他关于生活、欲望和痛苦三者合一的悲观主义论述证实并强化了王国维原有的悲观情怀。[①]个人经验的相似性使王国维信服叔本华哲学，至少二者在阐释人生痛苦和生活意义这个维度上一脉相承。王国维关于人生痛苦的设想在德国哲人那里得到应和。他感叹叔本华的观点"深得吾心"，渴求在德国哲学中寻找情感慰藉，也试图通过理性知识解决具体的生存问题。

叔本华的代表作《作为意志和表象的世界》在 19 世纪 50 年代的德国掀起热潮。他在书中提出"生命意志"的概念。他认为，人的本质在于欲求和挣扎，当人因缺少而产生需要时，感觉到痛苦；当人因易于满足而缺少欲求的对象时，可怕的空虚和无聊又会袭击他，人的存在本身就会成为不可忍受的重负。由此可见，任何人的生命都是在欲求和满足欲求之间消逝的，一切生命在本质上都是痛苦。[②]但是，叔本华指出他的论证是从一般出发和先验推论所得，因而是冷静的、哲学的，他否认"人生本质即是痛苦"的结论是对人生苦恼的有意叫嚣。[③]叔本华建立的哲学体系比较清晰，把握住《作为意志和表象的世界》的逻辑关系，就能掌握叔本华的哲学思想。生命意志和悲观厌世是叔本华的哲学观和艺术观的核心。这两种观念在 20 世纪上半叶的中国被广为讨论，但比起它们在哲学界的影响力，叔本华思想在中国文艺界的知名度更高，影响也更为深远。感伤派女作家的庐隐即为一例。

7.2.2　庐隐对叔本华悲观主义哲学的改造

庐隐曾用自证的方式说明其创作的哲学渊源。她指出，她在创作小说集《海滨故人》时日益深刻地受到叔本华的影响：

---

① 参见单世联：《中国现代性与德意志文化》（下），上海：上海人民出版社，2011 年，第852-853 页。

② 〔德〕叔本华：《作为意志和表象的世界》，石冲白译，北京：商务印书馆，2018 年，第426-427 页。

③ 〔德〕叔本华：《作为意志和表象的世界》，石冲白译，北京：商务印书馆，2018 年，第441 页。

在这本册子（指《海滨故人》——笔者注）里，充满了哀感，
然而是一种薄浅的哀感，——也可以说是想像的哀感，为了人生
不免要死，盛会不免要散，好花不免要残，圆月不免要缺，——这
些无计奈何的自然现象的缺陷，于是我便以悲哀空虚，估价了人
间，同时，又因为我正读叔本华的哲学，对于他的'人世一苦海
也'这句话服膺甚深，所以这时候悲哀便成了我思想的骨子，无
论什么东西，到了我这灰色的眼睛里，便都要染上悲哀的色调
了……①

　　庐隐对于叔本华思想的认识至少历经了两个阶段。短篇集《海滨故人》
初版发表于 1925 年 7 月。根据庐隐的自传推断，她应该是大学期间接触到
了叔本华哲学。《曼丽》（1928）和《灵海潮汐》（1931）见证了庐隐对叔本
华悲观哲学的认识深化。庐隐坦陈，她此前的悲哀多少还依靠想象，此时
她才真正领悟人生的悲哀："在这个时期我的作品上，是渲染着更深的感
伤——这是由伤感的哲学为基础，而加上事实的伤感，所组成的更深的伤
感。"②伤感的哲学指的是叔本华的哲学。也许可以这样理解，如果说初读
叔本华伤感的哲学有"为赋新词强说愁"的意味，那么日后遭遇事实的伤
感则激发了她对叔本华哲学思想的强烈认同。③
　　庐隐从初识叔本华到理解他的哲学观点，前期似乎是为了酝酿创作情
绪，后期则是基于个人经历有感而发。然而，对于叔本华"人世一苦海也"
的观点，庐隐和叔本华的认识出发点却背道而驰。叔本华基于哲学立场归
纳出人生痛苦的结论，而庐隐则将"人生是痛苦的"作为起点，她的文学
创作围绕这一问题延伸。庐隐主张对悲剧的描写"必须拿自己的经历为根
据设身处地的去想像，然后才能写出悲哀的真髓"④。可见庐隐有将个人生
存文学化的倾向，她作品中的悲哀和伤感多半出自个体经验。她没有像叔
本华那样对痛苦的根源展开理性反思和哲学层面上的拷问，而是根据自
身的经历接受了"人世一苦海也"。如果说叔本华的悲观主义哲学最初对
庐隐只是一种浮泛的理论引导，那么后来她的一系列遭遇使她最终臣服

---

① 庐隐：《庐隐自传》//王国栋编：《庐隐全集》（第六卷），福州：福建教育出版社，2015
　年，第 76 页。
② 庐隐：《庐隐自传》//王国栋编：《庐隐全集》（第六卷），福州：福建教育出版社，2015
　年，第 77 页。
③ 1925 年前后，庐隐的母亲、丈夫、大哥和好友相继离世，她遭遇了与亲朋好友的生离死别。
④ 庐隐：《研究文学的方法——在今是中学文学会的讲演稿》//王国栋编：《庐隐全集》（第二
　卷），福州：福建教育出版社，2015 年，第 297 页。

于这一观念。

王国维对叔本华哲学的接受有一个特点：能够将哲学理念和自己及时代的生存体验融合并进行创造性发挥，继而怀着"同情之理解"以及"理解之同情"的心情看待中国的文化思想。①庐隐没有走那么远，但是她对叔本华哲学的接受和王国维有一定的相似性：并非着眼于学理角度，而是从纯粹的生存体验和感性认知出发。她读叔本华的哲学，联系个体命运遭际；她思考个人命运的出路，探究叔本华的哲学，从中找寻答案；她把叔本华关于人世的想象和言说放在情感表达和故事现场中，表现出人尤其是女人对命运的喟叹。

庐隐和叔本华关于人生命运的思考方式反向而行，她用归纳而非演绎的方式重复着对人生的思考。她对叔本华的关注持续了很长时间，曾将叔本华的悲观哲学作为文学素材嫁接到具体文本中。小说《胜利以后》使很多女性文学研究者产生了兴趣。作品描述了知识女性自由恋爱成功后的生存境遇，提出女性解放面临的典型难题。这些女人婚后陷入烦琐的家庭事务，从一种不自由状态过渡到另一种不自由状态，因而对奋斗成果产生怀疑，从而感到内心失落。女主人公琼芳接到好友沁芝的来信，满纸尽是婚后的烦恼和愁苦，信中还附有两人共同的朋友冷岫的遭遇。冷岫曾为爱鼓起勇气，排除万难与有妇之夫文仲结合。婚后，她感觉文仲的妻子这个形式上的"第三者"始终存在，爱情的缺陷让她痛心地表示：

> 我曾用一双最锋利的眼，去估定人间的价值，但也正如悲观或厌世的哲学家，分明认定世界是苦海，一切都是有限的，空无所有的，而偏不能脱离现实的牢缚。②

冷岫在信末还附上一首新作：

> 悲乎！悲乎！
> 何澈悟之不深兮，
> 乃踯躅于歧途，

---

① 参见张祥龙：《中国的现代德国哲学研究选述》，载《云南大学学报(社会科学版)》，2006年第 2 期，第 11 页。文章认为，王国维对西方哲学的这种接受方法是接受外来思想影响的各种方式中之最上品。

② 庐隐：《胜利以后》//王国栋编：《庐隐全集》（第二卷），福州：福建教育出版社，2015年，第 128 页。

愧西哲之为言兮，

不完全勿宁无！①

小说中秉承"人世一苦海也"观点的"西哲"和"悲观或厌世的哲学家"正是叔本华。在这个故事里，知识女性追求精神独立的美梦沦为空想，追求真爱的企盼成为束缚她们灵魂与肉体的牢笼，叔本华成了明智的预言家。女主人公即便赢得胜利也无法摆脱悲哀的结局，甚至向着更深的悲哀又迈进了一步。对真相的彻悟和对生活的实感让主人公发出"人生本质即是痛苦"的哀叹。

细看之下，《胜利以后》表现的愁苦并不是普泛意义上的人类共同面临的苦难。这种苦难揭示了女性专属的困境。小说假托冷岫的遭遇表达知识女性的生存现状：情感与理智、身体与精神、知识与生活、理想与现实的割裂如影随形。赢得爱情后的五四女性在与新型父权和夫权的博弈中惨败。曾经在喧嚣的五四热潮中充当弄潮儿的她们退回庸常生活，却发现原先的性别秩序和规范依然困锁着她们。庐隐借此刻画出关于女性生存矛盾与精神苦难的寓言式故事。她们愈加努力反思，便愈加沉入悲哀之海无法逃离，愈加因为找不到答案而陷入矛盾。小说告诉我们，新女性②得到自由爱情后将无可避免地产生新的失落感，而且这种失落感可能是长期的：因为正是她们争取到的自由婚嫁导致她们婚后的生存困境在现代社会被合法化。现代女性社会地位的确立何其艰难！

作为中国妇女解放初级阶段的五四时期从一开始就存在女性导师缺位的问题。男性先觉者在号召民族解放的同时构建和规划了妇女解放，与女性结成同盟去瓦解封建父权。五四时期的女儿走出父亲的家庭，宣告解放告一段落，而自由恋爱和婚姻开始之时正是叛逆的子女们的性别同盟瓦解之际。庐隐的遭遇让她发现问题并表达质疑。她对女性解放的认识迈上新的高度，也窥探到其中的悖谬：于女性而言，要想巩固自由恋爱的果实，将被迫放逐自我；她们想跨出家庭有一番新的作为，却发现无处可去。追求自由的尽头，不管通向哪一条道路，都是绝路。《胜利以后》中"知识误我"的喟叹道出女性解放的现实困境，既是知识女性抒发苦闷情愁的低语，

① 庐隐：《胜利以后》//王国栋编：《庐隐全集》（第二卷），福州：福建教育出版社，2015年，第129页。

② 按照侯陈辉和宋剑华的看法，所谓"新女性"，不仅受过新式教育并敢于大胆追求幸福，还应该包含女性对自我价值的绝对认同，并在各个方面表现出自强不息的人格。参见侯陈辉、宋剑华：《从古典到现代：论新文学对才子佳人叙事模式的现代演绎》，载《现代中国文化与文学》，2016年第2期，第226页。

讨伐了"恋爱至上"观念对女性的伤害，也是对思想启蒙的理性反思。我们可以看到，当叔本华的哲学思想对庐隐的写作产生影响的时候，她的回应带有女性主义立场。她基于先前的精神储备在文学创作中对此加以改造。

评论家阿英（1900—1977）认为，庐隐喜欢将个人心理上的不高兴一般化与理论化，批评世界万物皆是如此，对万事持悲观心态。她眼中的世界缺少欢乐的色调。[①]这段评价指出了庐隐的文学世界的悲情底色。庐隐的个人遭遇与其"灵魂的伤痕"之间存在联系，她在创作中尤其注重对女性命运悲剧的刻画和展示。《海滨故人》中的露沙们感到前路渺茫，忧郁无助；《丽石的日记》中的少女丽石因失去同性好友郁郁而终；《沦落》中的少女松文出于报恩心理委身他人，从此被剥夺了被爱神眷顾的权利；《憔悴梨花》中的倩芳才貌双全，出淤泥而不染，却整日忧心自己日后凋零的命运。

庐隐酷爱宣泄式的抒情表达手法，喜欢在小说中营造特别强烈的情绪氛围，热衷于哀叹命运和精神苦闷。这是她的作品的艺术特点。从《丽石的日记》和《或人的悲哀》等小说中能看出她对情绪的简单化处理。人物的理想与现实一旦发生冲突，他们极容易陷入迷茫和困顿，甚至怀疑人生。这种贯穿在庐隐作品中的困顿、哀愁和迷惘很难用语言逻辑去描述，也很难进行理性辨析。这些作品中流露出灰暗的色调，使读者体会到人物和作者主观情绪的震荡，然而却难以时刻和敏感的主人公保持共鸣，因为这种反复出现且被放大的情绪有时并不存在于现实冲突中，可能只是在头脑中上演。茅盾和阿英批判庐隐的原因也在于此。

庐隐此类艺术风格的形成与她的气质秉性以及她对人生的感受有关。《归雁》中的女主人公纫菁青年丧夫后消沉苦闷，但内心并没有对爱情绝望。然而当爱情真正来临的时候，她逃避、拒绝，理由是造物主早已为她安排好不幸的命运。她不惜游戏人生让一往情深的爱慕者产生误会，最终离她而去。于是她又陷入新的苦闷，大病一场。这种看似矫情的无病呻吟和欲擒故纵也许并非是女主人公的本意，但小说一以贯之的情绪化基调容易让读者感觉空洞乏味，因缺乏真挚的情感描摹而难以唤起读者共情。有研究者批评她"演绎概念造成的情节缺乏真实性"[②]。此处的"概念"其实包括了叔本华的悲观哲学。叔本华的"人世一苦海也"给予了庐隐某种心理暗

① 黄英（阿英）：《黄庐隐》//林伟民编：《海滨故人庐隐》，北京：人民文学出版社，2001年，第164-166页。阿英，本名钱德富，曾用名钱杏邨，生于安徽芜湖，文学评论家、文史学家。
② 张忆：《"非表现"的表现——"五四"浪漫小说抒情风格论》，载《北京师范大学学报（社会科学版）》，1995年第2期，第36页。

示，在她的文学创作中推波助澜，小说中很多人生悲剧的背后都是对"人世一苦海也"命题的渲染和升华。

严格说来，叔本华哲学和感伤主义并不同源。叔本华对人生痛苦本质的解读有先验的色彩，但到了庐隐眼中却成了经验主义的概括。于是，"人世一苦海也"从一个哲学命题演变成对人生的喟叹，成为个人对现实困境的实际感知。它像操纵命运的无形之手，判定了经历人生起伏后的终极结论。在现实世界里，"个体感受到外在的侵蚀力的支配，而这是他所不能反抗或超越的。他常常感受到要么是受夺去他所有的自主性的强制力所纠缠，要么是处在一种大动荡中为一种无助所缠绕。"[①]如果人生必然痛苦是个定论，那么这种对命运必然遭逢困厄的无奈、对个体生命必然多舛的认知，让人在努力进取的过程中一旦失意受挫便陷入痛苦和怀疑，感伤情绪接踵而来。由此，悲观主义和感伤主义如影随形，从某种意义上说，庐隐对叔本华哲学的理解奠定了其小说创作的感伤基调。

7.3　冰心小说对尼采"超人"哲学的回应

7.3.1　现代中国的尼采接受

在意志哲学领域，德国哲学家尼采被视为叔本华的追随者、异见者和超越者。他接受了叔本华的观点，认为意欲无尽，人世悲苦，需要审美来拯救，但摈弃了后者厌弃生命的主张。尼采一生跌宕，年少时（1869—1879年）春风得意，25岁被聘为瑞士巴塞尔大学古典语言学教授；中年时期（1879—1889年）著书立说，游历欧洲；在他生命的最后十年（1889—1900年），尼采陷入癫狂，匆促离世。他毕生的足迹不曾涉足中华大地，恐怕也不曾料想，他在现代中国受到的礼遇和遭受的误解诽谤不相上下。有论者说："尼采的思想之所以对人们具有巨大的影响力，是因为他将十九世纪末的许多知识分子和作家心中那种同过分组织化与理性化的文明决裂，以及那种让本能与情感超越理智的冲动，用理论话语的形式表达了出来。"[②]尼采出众的表达能力和思想的多义性为他的作品留下了巨大的阐释空间，在某种程度上也造成了后世对他的误读和

---

① 〔英〕安东尼·吉登斯：《现代性与自我认同：现代晚期的自我与社会》，赵旭东、方文译，北京：生活·读书·新知三联书店，1998年，第227-228页。

② 〔英〕阿伦·布洛克：《西方人文主义传统》，董乐山译，北京：群言出版社，2012年，第138页。

曲解。^①现代中国的尼采接受也因此经历颇多波折。

中国知识界由梁启超（1873—1929）首次提到尼采。他在 1902 年的《新民丛报》上发表《进化论革命者颉德之学说》，这大概是尼采第一次出现在中国学人笔下。但最早详细介绍尼采学说的当推王国维。他于 1904 年先后发表《德国文化大改革家尼采传》和《尼采氏之教育观》，且不讳言两篇文章是依托日本学者研究所得。^②尼采在现代中国一度以"重估一切价值"的偶像破坏者形象闻名。苦心孤诣探索中华民族前路的中国知识分子热情研读尼采，因他高扬自我、否定西方文化传统、提出"重估一切价值"而备受鼓舞。1915 年，陈独秀（1879—1942）在《新青年》发刊词《敬告青年》一文中借用尼采"贵族道德"和"奴隶道德"的概念，指出封建等级社会的弊端在于传统文化奉行"忠孝节义"和"称颂功德"等行为价值。^③"奴隶道德"作为一个内涵模糊但极具情感和道义感召力的概念极好地呼应了五四时代的浪漫气氛和激烈情绪。^④现代中国文化的激进主义背后有尼采思想的助力。

中国学人在 20 世纪 20 年代将尼采研究推向一波高潮。1920 年《民铎》杂志出版尼采专号，中国的尼采研究渐成气候。五年后李石岑出版《尼采超人哲学浅说》，这是中国首部尼采研究著作，不但表现出知识界对尼采哲学的研读热情，而且显露出哲学思辨的精神。抗日战争时期，学术界对尼采旧事重提。如果说尼采用他的"酒神精神"和"超人"来批判社会、宗教和道德，那么中国知识分子沿此路径而发出反专制的诉求，客观上存在着因受到意志鼓舞而颂扬强权暴力的危险。社会进化论和权力意志学说把这位辞世半个世纪的德国哲人推上了风口浪尖。^⑤

据不完全统计，中国学者在 1904—1949 年共发表尼采著述 75 部（篇），

---

① 精通德国文学史和文化史的冯至将尼采的著述比作"一片奇异的'山水'"。冯至：《谈读尼采》//韩耀成等编：《冯至全集》（第八卷），石家庄：河北教育出版社，1999 年，第 284 页。郭沫若认为："他（尼采——笔者注）的书是连峰簇涌的险途。"见郭沫若：《雅言与自立——告我爱读〈查拉图司屈拉〉的友人》//成芳：《我看尼采——中国学者论尼采（1949 年前）》，南京：南京大学出版社，2000 年，第 167 页。

② 这两篇文章分别发表在《教育世界》第 76 期、第 78 和第 79 期上。后一篇是王国维翻译了日本哲学家桑木严翼介绍尼采学说的论文。

③ 陈独秀：《敬告青年》//陈独秀、李大钊、瞿秋白主编：《新青年》（第 1 卷），北京：中国书店，2011 年，第 2 页。《新青年》第一卷原名《青年杂志》。

④ 参见单世联：《中国现代性与德意志文化》（下），上海：上海人民出版社，2011 年，第 1085 页。

⑤ 此时国内关于尼采的论争已清晰地划分为两大阵营。以胡绳的《论反理性主义的逆流》为例，左翼阵营的学者和作家抨击尼采学说的反理性主义，批判其为法西斯思想提供理论武器，并斥责这种反理性主义哲学是违逆历史潮流的，属于没落文化；以陈铨所著《尼采的政治思想》（载《战国策》1940 年第 9 期）和《尼采的道德观念》（载《战国策》1940 年第 12 期）为例，右翼知识分子极力为尼采辩护，甚至不惜主张以战争推进人类文化进步。

翻译尼采论著 31 部（篇）。[①]鲁迅、茅盾、郭沫若、郁达大、梁宗岱和徐梵澄（1909—2000）等学界名流相继参与了尼采论著、书信和诗歌的翻译。[②]时人重视尼采，并非单纯出于求知欲，现实诉求胜过学理考究，与当时的民族救亡以及文化自新的任务有关，目的是把尼采学说改造成新文化运动的思想武器。

在尼采的众多学说中，"超人"学说吸引了国人的深切关注和巨大的阐释热情。尼采在宣布上帝之死的同时指出了人类在这个虚无世界中的生存意义："超人"即是上帝死后人类的自我肯定，人类应该被超越。[③]按照尼采的观点，人类社会的目标是不断产出特立独行的伟大人物。这些伟大人物即"超人"，他们争取个性解放和自我实现，也维护自身的权利和精神价值。尼采对"超人"的界定比较明确，但"超人"概念传入我国后，国人对于"超人"的讨论却见解纷纭。梁启超在《进化论革命者颉德之学说》中将尼采和马克思的观点对比，论及尼采提出"社会之弊在少数之优者为多数之劣者所钳制"[④]。"优者"即超人。王国维认为"教育的哲学者"尼采的"超人"概念有革新精神："彼谓社会者，非为社会而存，乃为二三伟人而作其发扬事业之舞台也……氏又言此等伟人之中，更有一种高尚而特别之人物，无以名之，名之曰'超人'（Abermensch）。"[⑤]鲁迅受进化论影响，因此认定："尼采式的超人，虽然太觉渺茫，但就世界现有人种的事实看来，却可以确信将来总有尤为高尚尤近圆满的人类出现。"[⑥]此处的"超人"代表了人类发展和进步的方向，是未来的新人。中国思想界关注和理解的"超人"主要表现为个人主义。其一是相对于社会控制的个人权利，其二是相对于文明束缚的自我实现。[⑦]

知识界热情讨论尼采的"超人"哲学，翻译界也广泛参与，而文学界

---

① 成芳在《我看尼采——中国学者论尼采（1949 年前）》一书第 635-673 页罗列出了以上书目的详细信息。

② 茅盾、鲁迅和郭沫若先后翻译过《查拉图斯特拉如是说》（*Also sprach Zarathustra*）的部分章节；郁达夫翻译了尼采和莎乐美的通信；梁宗岱翻译过尼采的诗歌作品；徐梵澄译出了《朝霞》《苏鲁支语录》《尼采自传》等。

③ 〔德〕尼采：《扎拉图斯特拉如是说——一本为所有人又不为任何人所写之书》，黄明嘉、娄林译，上海：华东师范大学出版社，2009 年，第 34-35 页。

④ 梁启超：《进化论革命者颉德之学说（节选）》//李钧、孙洁编：《超人哲学浅说：尼采在中国》，南昌：江西高校出版社，2009 年，第 3 页。

⑤ 王国维：《尼采氏之教育观》//李钧、孙洁编：《超人哲学浅说：尼采在中国》，南昌：江西高校出版社，2009 年，第 9 页。

⑥ 鲁迅：《四十一》//中国现代文学馆编：《随感录》，北京：华夏出版社，2008 年，第 20 页。

⑦ 参见单世联：《中国现代性与德意志文化》（下），上海：上海人民出版社，2011 年，第 1098 页。

同样对尼采的"超人"哲学兴趣浓厚。许多现代作家如鲁迅、郭沫若、徐志摩、陈铨和郁达夫等在创作中都或多或少流露出尼采"超人"学说的痕迹，冰心可能是为数不多对"超人"学说表达关切的女作家之一。

7.3.2　"超人三部曲"对尼采学说的批判

1921 年前后，五四运动从风起云涌到骤然间落潮，时代气象黯然失色，女大学生冰心洞悉时代青年的彷徨和忧郁，用小说《超人》把问题呈现在世人面前，引起读者和评论界重视。《小说月报》推波助澜为《超人》组织批评征文活动，扩大了这部作品及其作者的影响。[①]

小说塑造了一个冷漠的青年形象：何彬是尼采的信徒，对周围的一切无动于衷。面对房东程姥姥的热心询问，他拒人千里："……尼采说得好，爱和怜悯都是恶……"[②]不久后他的冷漠被一件小事打破：住在何彬对面的男孩禄儿因跑时摔伤了腿而疼得整夜呻吟。何彬不堪其扰，为求清净便给了禄儿一笔钱去治伤。伤愈后，感恩图报的禄儿给何彬送花，还留下纸条表达谢意。何彬错愕之下幡然醒悟："世界上的儿子和儿子都是好朋友，我们永远是牵连着呵！"[③]尽管两人正面交流的场面并未出现，但何彬想必会抛弃"爱和怜悯都是恶"的立场。

这篇短文引起的评论数量达到民国女作家作品评论文章之最。[④]专业评论者和普通读者对此褒贬不一。茅盾以"冬芬"署名作附注，称自己看完不禁哭了，甚至声称看了不哭的人不是"超人"，而是不懂。[⑤]虽然小说没有大肆渲染"超人"之说，也没有直接将主人公何彬与"超人"对号入座，但读者应该能立刻找出"超人"所指，并将小说与德国哲学家尼采联系起来。依笔者之见，这篇小说之所以引起巨大反响，固然与它的情感号召力

---

① 《超人》发表在 1921 年 4 月的《小说月报》上。《小说月报》第 12 卷第 5 号（1921 年 5 月 10 日）发布批评征文活动，这是《小说月报》针对冰心作品的第一次也是唯一一次征文活动，在刊物历史上亦属罕见，可见对冰心推介的用心之深。

② 冰心：《超人》//卓如编：《冰心全集》（第一卷），福州：海峡文艺出版社，2012 年，第 189 页。

③ 冰心：《超人》//卓如编：《冰心全集》（第一卷），福州：海峡文艺出版社，2012 年，第 194 页。

④ 相关文章有：《批评〈超人〉》（枝容，《时事新报》1921 年 6 月 21 日）、《对于〈超人〉的批评》（潘垂统，《小说月报》第 12 卷第 11 号）、《评冰心女士底三篇小说》（佩蘅，《小说月报》第 13 卷第 8 号）、《论冰心的〈超人〉与〈疯人笔记〉》（剑三，《小说月报》第 13 卷第 9 号）、《评冰心女士的〈超人〉》（成仿吾，《创造季刊》第 1 卷第 4 期）等。

⑤ 参见冬芬（茅盾）：《〈超人〉附注》//范伯群编：《冰心研究资料》，北京：知识产权出版社，2009 年，第 267 页。

有关，但与冰心借用当时流行的尼采哲学也不无关系。

　　当时评论界有人讥讽冰心对尼采的厌世哲学"低首膜拜"①。也有人质疑小说标题，认为何彬空有表面的超人行径，实际仅是一时的变态。②言下之意，何彬是伪超人。作者借小说主人公何彬的观点表达她对"超人"的理解。何彬认为：

> 　　世界是虚空的，人生是无意识的。人和人，和宇宙，和万物的聚合，都不过如同演剧一般：上了台是父子母女，亲密的了不得；下了台，摘下假面具，便各自散了。哭一场也是这么一回事，笑一场也是这么一回事，与其互相牵连，不如互相遗弃；而且尼采说得好，爱和怜悯都是恶……③

　　爱与怜悯常常被看作人与人之间情意的联结和心灵的维系，何以成为罪恶的渊薮？尼采在权力意志学说中憧憬的未来世界可仰赖超人的力量拔高人世，但是世界上的愚者与弱者非但不能为人类社会的发展助一臂之力，反而用爱和怜悯拖后腿并阻碍有能力者有所建树，最终阻碍超人的诞生。尼采在《查拉图斯特拉如是说》（*Also sprach Zarathustra*）一书中借查拉图斯特拉之口宣告上帝之死，同情和妒忌正是导致上帝死亡的原因。尼采批判基督教制造了"上帝、仁慈、拯救和永生"等虚幻概念，怀疑基督教的道德价值，揭露基督教的本质。他分析指出，基督教制造的"原罪"和"怜悯"等概念削弱人的生命意志，使人的感情生活失去活力并败坏人的生活乐趣。意志薄弱的人由此抛弃尘世生活，寄希望于来世。在尼采看来，怜悯使人加倍地丧失生活的力量，而痛苦因怜悯成为一种传染病。怜悯违背事物发展的规律，维护行将毁灭的东西，为被淘汰和被剥夺继续生存权的人辩解并保驾护航，令生命蒙上黯淡和可疑的色彩。尼采细致描述了上帝被杀死后的场景，人因丧失对上帝的信仰陷入精神错乱，感觉空虚，最终失去未来的方向。④怜悯成了罪过。

---

① 参见阿英：《谢冰心（节录）》//范伯群编：《冰心研究资料》，北京：知识产权出版社，2009年，第183页。
② 参见枝荣：《批评〈超人〉》//范伯群编：《冰心研究资料》，北京：知识产权出版社，2009年，第268页。
③ 冰心：《超人》//卓如编：《冰心全集》（第一卷），福州：海峡文艺出版社，2012年，第188-189页。
④ 参见殷克琪：《尼采与中国现代文学》，洪天富译，南京：南京大学出版社，2000年，第160-163页。

尽管《超人》中的何彬声称"爱与怜悯都是恶"，却并未站在尼采的视点强调二者剥夺人类生命意志的巨大摧毁力。他拒绝与周围人交流情感，纯粹是个人生存环境导致的：刻板的公务员生活和过早失去母爱与家庭温暖等不幸遭遇令他感到人生虚空，害怕爱与怜悯会增加痛苦，故而干脆弃绝两者。有评论者批评何彬形象塑造的失败："作者的观察不仅没有深入，反有被客观的现象蒙蔽了的样子。"①小说结尾是母爱的温情和力量重新温暖何彬，使他重拾人生信念。有论者认为，意志薄弱的何彬是比虚无主义更虚无的厌世者。②也有学者认为，与其说何彬是"超人"，不如说他是个读过几句尼采的话的悲观主义者。③可见评论普遍认为冰心对"超人"哲学的解读有违尼采的本意和初衷。

尼采的"超人"蕴含了个人主义元素，针对禁锢人心、敌视生命和亵渎大地的基督教伦理。尼采的"超人"强调的个人主义包含尊重个人意志、发挥个人的才华以及以个人为本位向前发展等诉求。他质疑现代性的自由平等博爱，认为这是基督教道德的现代性变种。④而冰心小说中的"超人"包含了冷酷、自私和利己等特质，这是一种不同于尼采的极端个人主义。这个超人形象是冰心对尼采"超人"哲学的回应，她用建立在怜悯基础之上的仁爱来抵制极端个人主义。我们可以在封闭内心的何彬身上看到对前途失望的青年的缩影。他们因时局无定而失去信心和勇气。冰心从中学开始受基督教思想的熏陶和影响，对上帝的存在和上帝未死始终坚信不疑。这种坚信在她的《画——诗》和《圣诗》等作品中清晰可辨。冰心对"超人"说的评论并非完全误解，也不是皮相之见，而是由复杂的文化心理因素驱动的。虔诚的基督徒冰心对基督教教义中提倡的仁爱信服之至，这一点决定了她不能认同尼采对基督教的全面反叛。基督教教义的长期影响使冰心对尼采否定建立在怜悯基础上的基督教的仁爱观点持否定态度，即否定之否定。她的人生阅历和教育背景使她倾向于爱与怜悯。尼采将怜悯视为权力意志的软化，把仁爱视为自我发展的障碍。冰心反其道而行，讽刺意志薄弱，缺乏行动力，却偏以"超人"自命的青年，表现对"超人"的鞭挞。

---

① 成仿吾：《评冰心女士的〈超人〉》//范伯群编：《冰心研究资料》，北京：知识产权出版社，2009 年，第 294 页。

② 参见佩蘅：《评冰心女士底三篇小说》//范伯群编：《冰心研究资料》，北京：知识产权出版社，2009 年，第 273 页。

③ 参见殷克琪：《尼采与中国现代文学》，洪天富译，南京：南京大学出版社，2000 年，第 155 页。

④ 参见单世联：《中国现代性与德意志文化》（下），上海：上海人民出版社，2011 年，第 1084-1085 页。

冰心笔下像何彬一样的"超人"并非绝无仅有。《烦闷》中无名的"他"是一个患有"哲学病"的青年，常常为人生的根本问题冥思苦想却不得其解，终日陷于苦闷。"他"宣称具有"冷的理性"①，与他人刻意保持距离，靠给姐姐写信发泄精神上的巨大痛苦。尽管他逐渐认识到蔑视他人、失去爱的本能、断绝与人类的交往和漠视一切友谊是危险的行径，但"他"始终在虚伪的社会和茫茫宇宙中找不到出路。在回复友人的信中，"他"宣称"世界上原只是滑稽，原只是虚伪"②。不过最终这位因人生观尚未确定而变得忧郁的青年在家庭温馨和母爱温情中寻到了慰藉。在小说《悟》中，同样遗世独立、秉承悲观哲学的青年钟梧成了配角。他给星如写信，扬言怀疑爱的存在，不信任人类而只信自己，坚信人生只有痛苦。他批评星如"只管鼓吹爱的哲学，自己却是一个冷心冷面的人"③。身为"刀剑丛中一个幸免者"④，星如接到信后心潮泛起波澜，信仰产生动摇。他在雨夜游湖后大病一场，昏迷了三天，终于对人生问题理出了头绪。星如在给钟梧的回信中回顾自己摆脱厌世主义的历程，旁征博引，联系到自己徜徉于自然之爱和为人生问题苦恼并患病入院的经历，力证宇宙之爱和人类之爱的存在。他相信"世界是爱的，宇宙是大公的"⑤，母爱是一切爱的源头。星如在这场辩论的末尾鼓励钟梧放弃饭碗主义，正视社会弊端的存在，扛起爱的旗帜，勇敢面对人生。

冰心研究者习惯将小说《超人》《烦闷》《悟》视为"超人三部曲"。这种归类合乎逻辑：从故事的叙述脉络来看，这三篇小说都塑造了拒绝人类爱的超人形象，又都因童真、母爱感化和友情劝解告终。冰心笔下冷漠悲观的"超人们"终被说服。冰心通常会设计某种拯救模式，将笼罩在尼采阴影下沉湎于精神危机的青年用近乎神奇的契机加以拯救，而转折点往往是"爱的哲学"。

冰心于 1923 年出版的小说散文集《超人》与小说《超人》同名，足见这个短篇小说对冰心早期创作的重要性。⑥除了《超人》，冰心对尼采及其学说基本保持缄默，但我们可以顺着她的晚年回忆梳理出她与尼采哲学思

---

① 冰心：《烦闷》//卓如编：《冰心全集》（第一卷），福州：海峡文艺出版社，2012 年，第332 页。

② 冰心：《烦闷》//卓如编：《冰心全集》（第一卷），福州：海峡文艺出版社，2012 年，第336 页。

③ 冰心：《悟》//卓如编：《冰心全集》（第二卷），福州：海峡文艺出版社，2012 年，第100 页。

④ 冰心：《悟》//卓如编：《冰心全集》（第二卷），福州：海峡文艺出版社，2012 年，第99 页。

⑤ 冰心：《悟》//卓如编：《冰心全集》（第二卷），福州：海峡文艺出版社，2012 年，第109 页。

⑥ 小说集《超人》列名"文学研究会丛书"，于 1923 年 5 月由商务印书馆出版。

想发生碰撞的基本路径。1913 年，冰心随家人来到北京后曾在家帮助母亲料理家事，其间常看家中订阅的《妇女杂志》《小说月报》《东方杂志》等；[①] 1919 年，北京《晨报》编辑的表兄刘放园（1883—1957）经常寄刊物给她，包括《新潮》《解放与改造》《中国少年》等十余种新杂志，她自己还订阅了《新青年》《新潮》等；[②] 与此同时，五四运动前后因新思潮空前高涨，新杂志如雨后春笋般出现，冰心与同学竞相购买并彼此传阅《新青年》《新潮》《中国青年》《语丝》等。[③]

冰心曾回忆这一时期："这时我看课外书的兴味，又突然浓厚起来，我从书报上，知道了杜威和罗素；也知道了托尔斯泰和泰戈尔。这时我才懂得小说里有哲学的，我的爱小说的心情，又显著的浮现了。"[④] 当时这些杂志期刊都热衷于宣传外国文艺思潮。笔者在查阅上述期刊的过程中发现了大量评论和译介约翰·杜威（John Dewey，1859—1952）以及托尔斯泰的文章，关于尼采的权力意志学说和"超人"哲学的讨论也比比皆是。[⑤] 如果冰心能在这些期刊中读到杜威、罗素、托尔斯泰和泰戈尔，那么她在这里接触到尼采哲学也不足为奇。

冰心早期的创作对人生问题的追问有复杂背景和多重原因。1932 年，她在追忆自己的文学道路时曾说："中学四年之中，没有什么显著的看什么课外的新小说……我所得的只是英文知识，同时因着基督教义的影响，潜隐的形成了我自己的'爱'的哲学。"[⑥] 刚刚萌芽的"爱的哲学"并未一直坚如磐石。冰心酷爱泰戈尔的作品。这位印度诗人始终如一地秉承泛神论，不遗余力地奉行爱的宗教，宣扬爱的思想。泰戈尔的主张贴合冰心的观念和情感倾向，但爱的理念的灌输和浸润并不能让这位自小沐浴在家庭之爱中的年轻女作家摆脱困扰，忽略人生的根本问题。当冰心被"卷出了狭小

①　冰心：《我到了北京》//卓如编：《冰心全集》（第六卷），福州：海峡文艺出版社，2012年，第 68 页。

②　冰心：《我的第一篇文章》//卓如编：《冰心全集》（第六卷），福州：海峡文艺出版社，2012年，第 128 页。《中国少年》疑为冰心记忆有误，应该是《少年中国》。

③　冰心：《回忆"五四"》//卓如编：《冰心全集》（第五卷），福州：海峡文艺出版社，2012年，第 464 页。

④　冰心：《我的文学生活》//卓如编：《冰心全集》（第二卷），福州：海峡文艺出版社，2012年，第 325 页。

⑤　笔者查阅后发现冰心所提及的几种杂志上在此期间出现了多篇与尼采有涉的文章，如《青年杂志》上有《德意志哲学家尼采的宗教》（凌霜，第 4 卷第 5 号），《新潮》上有《察拉图斯忒拉的序言》（尼采著，唐俟译，第 2 卷第 5 号），《解放与改造》上有《新偶像》（F. Nietzsche's 著，雁冰节译，第 1 卷第 6 号）等。

⑥　参见冰心：《我的文学生活》//卓如编：《冰心全集》（第二卷），福州：海峡文艺出版社，2012 年，第 324 页。

的家庭和学校的门槛"，目睹中国社会"处处都有使人窒息的社会问题"[①]，她的困惑与日俱增。当旧的制度全面瓦解，新的认识尚未形成，理想与现实发生矛盾时，冰心的内心起了"烦闷"。支配人生的究竟是爱还是恨？人活着究竟为什么？冰心的早期作品《世界上有的是快乐……光明》讲述了思想苦闷的青年寻找人生意义的历程。随后冰心借《一个忧郁的青年》中的人物彬君之口表达了青年的忧郁以及渴望了解人生意义、创造人生观和探索终极问题的愿望。在散文《"无限之生"的界线》中，"我"因朋友宛因去世而体会到死亡的权威性和破坏力，诘问："这样的人生，有什么趣味？纵然抱着极大的愿力，又有什么用处？又有什么结果？到头也不过是归于虚空，不但我是虚空，万物也是虚空。"[②]《问答词》中的"我"继续发问："我想什么是生命！人生一世，只是生老病死，便不生老病死，又怎样？浑浑噩噩，是无味的了，便流芳百世又怎样？"[③]显然，冰心也曾被虚无主义困扰，也会怀疑母爱的慰藉只是自我安慰和自我欺骗。

冰心对《圣经》（*Bible*）和泰戈尔的浓厚兴趣发生在1919—1920年，正是鲁迅、茅盾和李石岑推动"尼采热"、介绍尼采的"超人"学说和表达反宗教诉求之时。[④]当"爱的哲学"、人生的"烦闷"和尼采哲学遭遇时，这场关于人生信仰的交战日趋激烈。从"超人三部曲"来看，尼采在当时的冰心眼中无疑站在了泰戈尔的对立面。冰心小说中的青年否定一切，试图探寻人生的真相，却屡屡怀疑存在的意义。这些青年在虚无中体验，在孤独中前行。国难深重，个人前途茫茫，有思想的青年沉入"烦闷"之境，以尼采之说饮鸩止渴。在冰心笔下，尼采哲学以恨为核心，超人形象冷漠寡情，毫无怜悯之心。她在《繁星》里作为"受思潮驱使的弱者"而烦恼，但她又"警醒着，不要卷在虚无的旋涡里"[⑤]。这位敏感多思的年轻诗人对人生终极问题的思考固然使自己的思想走向纵深，却无法避免灰心失望，甚至被引向虚无。

《超人》中的何彬就是典型的虚无主义者，他对人性缺乏信任。读者无

---

① 冰心：《创作谈》//卓如编：《冰心全集》（第五卷），福州：海峡文艺出版社，2012年，第495页。

② 冰心：《"无限之生"的界线》//卓如编：《冰心全集》（第一卷），福州：海峡文艺出版社，2012年，第94-95页。

③ 冰心：《问答词》//卓如编：《冰心全集》（第一卷），福州：海峡文艺出版社，2012年，第228页。

④ 参见〔斯洛伐克〕马立安·高利克：《青年冰心的精神肖像与她的小诗》，尹捷译，载《江汉学术》，2017年第1期，第44页。

⑤ 冰心：《繁星》//卓如编：《冰心全集》（第一卷），福州：海峡文艺出版社，2012年，第247-251页。

从了解何彬性格形成的背景，只知道这个青年一出场就很孤僻。不过作者给这个绝望青年的晦暗人生留出了一条窄缝：只有母亲能激活他的生命和情感。即便在现实生活中心如死灰，他至少还能享有一个充满温情美好的近乎梦幻的拼贴组合式场景：慈爱的母亲、天空的繁星和院中栽种的花。正是由于母爱的光照进他如死灰一般的心灵，禄儿的书信、孩子共有的对母亲的热切呼唤激活了他干涸的生命之泉，让何彬寻找到人生的意义和希望。母爱是缔结他和禄儿之间关系的纽带。冰心以母爱作为养料滋润了这个虚无主义者的心田，引导他跳脱出晦暗不彰的心灵泥潭，寻求光明和美好，催发生命正能量。

　　受到尼采哲学冲击的冰心实现了超越，《超人》是转折点。有研究者发现，在《超人》之前，冰心用小说表现爱的理想并不强烈，人物形象没有形成完整体系。《超人》之后，冰心作品中用爱战胜恨、从否定走向肯定的基调便正式确立，爱的价值得到强化。[①]冰心坚信人间的隔膜和社会上的罪恶都源于彼此缺乏爱，所以用"爱的哲学"温暖人心：与其自怨自艾、沉沦消极，不如用爱抚慰他人和自己。冰心将日常生活里真切感受到的母爱作为沟通和传递爱的使者，用母爱改造"超人"，呼唤"人"的回归。小说《悟》中的星如大声疾呼："纵使我的理论完全是假的，你的理论完全是真的，为着不忍使众生苦中加苦，也宁可叫你弃你的真来就我的假。不但你我应当如此信，而且要大声疾呼的劝众生如此信。"[②]这段近似基督的告白很像作者的心声。与其说故事人物依照情节发展达到新的精神境界，不如说这是冰心现身说法，用爱帮助他们跨越对人生虚空的围剿。有研究者指出："在中国现代文化中，'超人'的主张和行动风格虽有重视人的建设、反抗以人为物役的意义，不但其强力的批判赋予中国新文艺以一缕新风，而且其虚无主义所导向绝望和阴冷的体验，也赋予其作品以一种独特的魅力。"[③]冰心感受过这种绝望和阴冷。对于虚无主义的体验是冰心早期作品的核心内容，也是她青年时代重要的精神体验。她没有沉溺太久，她和"超人"学说发生碰撞，与虚无主义交错而行，但最终走出了虚无主义。

---

① 参见郭成：《从〈超人〉看冰心早期创作的倾向》，载《双江论坛》，1983 年第 5 期，第 54 页。

② 冰心：《悟》//卓如编：《冰心全集》（第二卷），福州：海峡文艺出版社，2012 年，第 111 页。

③ 单世联：《中国现代性与德意志文化》（下），上海：上海人民出版社，2011 年，第 1114 页。

7.4　弗洛伊德主义影响下的袁昌英

7.4.1　弗洛伊德思想在现代中国的传播

美学家朱光潜曾说："弗洛伊德是德国意志哲学的继承者，所以偏重本能和情感。"[1]这句话说出了弗洛伊德思想体系的实质及其与德国意志哲学的关联。奥地利精神病学家弗洛伊德是精神分析学派[2]的创始人。他构建的心理学理论体系奠定了他在心理学学科中的地位，他的学术思想打开了通向现代主义的大门，标志着德国意志哲学向社会实践层面的全面转型。狭义的弗洛伊德主义以精神分析学为主体核心；广义的弗洛伊德主义涉及弗洛伊德的其他思想理论，也包含弗洛伊德的学生后期对其理论的修正和发展，影响涉及人文科学多个领域，属于广博的文化哲学范畴。本书讨论的是狭义的弗洛伊德主义。

弗洛伊德在研究中发现了性本能，在本能宣泄和本能压抑的冲突中持开放自由的态度，这些合乎新文化和五四运动对人性解放的诉求，因而大受欢迎，但弗洛伊德思想在现代中国的传播经历了漫长而曲折的过程。钱智修（1883—1947）在 1914 年发表的《梦之研究》是国内最早涉及精神分析理论的文章。[3]从 1920 年起，心理学界和文学界的学者们开始陆续译介弗洛伊德理论，汪敬熙（1898—1968）、章士钊（1881—1973）、朱光潜、张东荪和潘光旦（1899—1967）等学者均参与其中。朱光潜的《福鲁德的隐意识说与心理分析》阐释了隐意识的概念，涉及隐意识与梦、神话、精神病及文艺宗教等的关系，是中国文学界研究弗洛伊德无意识理论的早期成果。[4]高觉敷（1896—1993）从 20 世纪 20 年代起致力于精神分析理论的译介。他在 30 年代先后翻译出版了《精神分析引论》（1930）和《精神分

---

① 朱光潜：《变态心理学》//朱光潜：《朱光潜全集》（第二卷），合肥：安徽教育出版社，1987年，第 117 页。

② 精神分析学最初是弗洛伊德创立的一种治疗精神病的方法，主要应用于精神病理学界和心理学界，但不包括弗洛伊德本人对哲学、人类文明等的言论和著述，其后逐渐被应用于科学和文化等诸多领域，是构成弗洛伊德主义的重要组成部分。

③ 此文 1914 年 5 月 4 日发表于《东方杂志》第 10 卷第 11 号

④ 汪敬熙著《本能和无意识》（《新潮》第 2 卷第 4 期）及《心理学之最近的趋势》（《新潮》第 2 卷第 5 期）率先向国内介绍了弗洛伊德思想，意图用西方的科学方法规范建立中国的现代科学体系。朱光潜的《福鲁德的隐意识说与心理分析》发表于《东方杂志》1921 年第 18卷第 14 号。章士钊翻译出版了《茀罗乙德叙传》（1930）。潘光旦的《冯小青：一件影恋之研究》（1927）是一部运用精神分析理论进行历史研究的名作。张东荪发表了《论精神分析》（《民铎》第 2 卷第 5 号），并于 1929 年出版了《精神分析 ABC》。

析引论新编》（1936），对弗洛伊德思想的研究更趋精进。前者是国内首部精神分析原著译本。这两部作品包含了弗洛伊德前期和后期的理论，介绍全面，作为导读的译序是高觉敷对弗洛伊德主义的整体理解。他客观看待精神分析理论的优缺点，既批判了弗洛伊德对无意识和泛性论的夸大，也对他冲破理性主义心理学的拘囿表示肯定，使中国读者对弗洛伊德的精神分析学有了更全面的认识。从 20 世纪 20 年代对弗洛伊德理论的广泛介绍到 30 年代对弗洛伊德理论的理性吸收，现代中国的弗洛伊德主义接受在40 年代进入低潮。当时左翼文化界对弗洛伊德学说展开猛烈批判，最终与之决裂。这一时期的研究作品数量显著减少，代之以译作为主。除董秋斯（1899—1969）译《精神分析学与马克思主义》（1940）多次再版外，基本未见特别有影响力的作品。纵观弗洛伊德主义在现代中国走过的道路，人们对它之于文学、哲学、宗教和心理学层面的作用的重视程度远胜于将它作为医学科目。这也决定了弗洛伊德主义在现代中国的影响域。

　　在理论进入中国的同期，作为文艺理论思潮的弗洛伊德主义开始与新文学创作联姻。就文学理论批评而言，鲁迅翻译厨川白村的《苦闷的象征》后深受影响，认为该书道出了自己的创作心态，这是对弗洛伊德"力比多"（libido）一说的赞同；闻一多借助弗洛伊德的泛性论来阐释《诗经》；郭沫若运用弗洛伊德的升华理论批评《西厢记》和《胡笳十八拍》；朱光潜的《文艺心理学》（1936）在讨论艺术创造的起源时吸纳了弗洛伊德关于白日梦的解释。就创作实践而言，弗洛伊德主义的影响更为深远。创造社作家郁达夫和张资平（1883—1959）等在小说中关于灵肉冲突的描写受惠于弗洛伊德的精神分析学。20 世纪 30 年代风靡一时的新感觉派作家刘呐鸥、施蛰存和穆时英（1912—1940）以日本的新感觉主义运动为中介接受了弗洛伊德主义，他们在创作中对直觉、梦幻和无意识的强调与弗洛伊德的思想一脉相承。其中施蛰存的小说将弗洛伊德主义中的社会因素融入创作，他对"道和爱的冲突"主题的反复演绎将宗教、道德和伦理等社会因素对人性塑造的作用表达得淋漓尽致，造就了一批出色的精神分析小说。此外，鲁迅、沈从文、钱钟书和曹禺（1910—1996）等作家也使用过精神分析学理论。当时很多文学作品注重描写无意识和梦境，深入刻画人物的性心理和性变态，用弗洛伊德的升华理论来解释文化现象和塑造历史人物，这些和弗洛伊德主义的影响不无关系。有人认为："弗洛伊德主义对五四新文学家产生了巨大的影响，几乎所有五四作家都知晓弗洛伊德，也都或多或少、或直

接或间接地受到过弗洛伊德的影响。"①庐隐、丁玲和张爱玲等作家的创作
也被认为运用过精神分析理论。②然而，这些女作家与弗洛伊德主义的关联
较难从实证角度把握，更多的是个别弗洛伊德主义因素在文本中的呈现，
几乎未见作家的自证。倒是比她们更早进入文坛的一位女作家——袁昌英③
与弗洛伊德思想关系密切、渊源深厚，相对而言有据可循。下文将详细阐
述这一问题。

7.4.2　袁昌英对弗洛伊德主义的回应：以翻译、创作和批评为中心

7.4.2.1　留学西洋的袁昌英

在中国现代女作家中，袁昌英可以算是对弗洛伊德主义了解最多，也
做出最多理论探讨和实践尝试的作家。身为"珞珈三女杰"④之一的袁昌英
是中国现代文学早期发展史上的重要作家，与外国文学渊源深厚。1916 年，
她赴英国留学，主修古典与现代戏剧，1921 年获苏格兰爱丁堡大学的文学
硕士学位，是该校首位取得硕士学位的中国女性。回国后，袁昌英受聘于
北京女子高等师范学校，教授英国小说及散文，是五四女作家的老师。1926
年她前往法国巴黎大学留学，主攻法国文学和欧洲近代戏剧。归国后，她
受聘于武汉大学外文系，成为该校历史上首批教授之一。就其学科背景而
言，袁昌英的学术研究始于对《哈姆雷特》(*Hamlet*)的研究，她是我国第
一位介绍和研究莎剧的女学者⑤；从法国学成归国后，她又利用所学知识及
平时的科研和教学积累先后出版了《法兰西文学》(1929)和《法国文学》
(1944)等专著，因此她在英法文学研究领域有一席之地。

然而，作为一位专攻西学、在欧洲学术氛围中浸淫多年的学者，袁昌
英与德语戏剧及弗洛伊德学说另有一段渊源，但这一问题至今尚未完全进

---

① 黄健：《弗洛伊德主义与五四新文学》，载《徐州师范大学学报(哲学社会科学版)》，2010
　年第 5 期，第 44 页。
② 廖四平：《弗洛伊德与中国现代文学》，载《湖北三峡学院学报》，1999 年第 6 期，第
　67-69 页。
③ 袁昌英，湖南醴陵人，作家、学者、翻译家。她 1916 年留学英国，1921 年获爱丁堡大学文学
　硕士学位，回国后任教于武汉大学。出版有剧作集《孔雀东南飞及其他独幕剧》(商务印书
　馆，1930)，另有研究专著《法兰西文学》(商务印书馆，1929)和《法国文学》(商务印
　书馆，1944)等。
④ "珞珈三女杰"指曾在武汉大学工作的苏雪林(1897—1999)、袁昌英及凌叔华(1900—1990)。
　与前两者的教师的身份不同，凌叔华是当时武汉大学文学院院长陈西滢(1896—1970)的妻
　子，并非该校教师。三人因共同的文学爱好结缘。
⑤ 杨静远：《母亲袁昌英》//杨静远编选：《飞回的孔雀——袁昌英》，北京：人民文学出版社，
　2002 年，第 69 页。

入中德文学关系研究的领域。[1]本节将袁昌英置于中德文学关系的框架之下，以她对弗洛伊德学说的介绍、批评、运用和创造性转化为讨论重点，兼及她对德语戏剧作品的译介，梳理这位集作家、学者和译者身份于一身的知识女性在中德文学对话中的实绩。

7.4.2.2　介绍、阐释与批评：与弗洛伊德学说初次结缘

1921 年，《太平洋杂志》第 3 卷第 4 号刊登了署名杨袁昌英[2]的《释梦》（"Traumdeutung"）一文。这是国内较早介绍弗洛伊德及其释梦理论的文章，尤其是在文学界。[3]文章从梦的不可捉摸入手，谈及梦与灵魂的关系，并阐述西方及中国历来对释梦极感兴趣，旋即引出写作的意图在于"将梦之性质及其作用，依据最近之学说，表而出之，以供读者之研究"[4]。作者指出梦的分析与阐释在近世心理学中开始占据主要地位，断定当今释梦领域最出色的心理学家当首推弗洛伊德。只不过当时国内对心理学大师弗洛伊德的译名尚未统一，袁昌英将其名译为"夫乐得"。

袁昌英在该文中指出，在弗洛伊德之前，他人释梦固然有贡献，可弗洛伊德的研究成果更值得推崇："彼（指弗洛伊德——笔者注）之学说一显于世，梦之研究，大生色彩。"[5]在比较前人与弗洛伊德对梦的发生、人们的精神及心理上的动作是否源出偶然所持的不同态度之后，袁昌英对弗洛伊德"梦必有根据"的假设给予充分肯定。[6]在理解消化的基础上，袁昌英运用丰富实例归纳了弗洛伊德释梦说的三大原理。第一条原理与梦的形成

---

① 就袁昌英与精神分析的关系，已有不少论文，但大多从文本分析入手，就考证两者关系而言，笔者仅见《善求新声于异邦——论袁昌英对精神分析学说的译介与运用》（王仲平，《湖南省社会主义学院学报》，2008 年第 3 期）以及硕士论文《论袁昌英对西方思潮的选择与接受》（王仲平，2006）。就袁昌英对德语戏剧的译介，笔者仅见《施尼茨勒与中国结缘》（吴晓樵，《中华读书报》，2000 年 6 月 7 日），其中曾提及袁昌英对施尼茨勒戏剧的译介，但未涉及具体篇名。

② 袁昌英的丈夫是经济学家杨端六。

③ 王宁在《弗洛伊德主义在中国现代文学中的影响与流变》（见乐黛云、王宁主编：《中国文学与二十世纪西方文艺思潮》，中国社会科学出版社，1990）一文中提出，心理学家汪敬熙于 1920 年最先在《新潮》丛刊上介绍了弗洛伊德的理论，由此掀开了国内译介及运用弗洛伊德学说进行创作实践的序幕。其实前文已经指出，钱智修早在 1914 年就在《东方杂志》上发表了《梦之研究》，不过之后国内对弗洛伊德理论的关注陷入了长达六年的沉寂。

④ 杨袁昌英：《释梦》，载《太平洋杂志》，1922 年第 3 卷第 4 期，第 2 页。

⑤ 杨袁昌英：《释梦》，载《太平洋杂志》，1922 年第 3 卷第 4 期，第 2 页。

⑥ 原文如下："夫氏此种议论，乃心理学上之一种假设，或有斥之而不奉为金科玉律者。然科学之研究，未有不始于假设，而终于定论者也。无假设，则研究无门。试综览今日各种科学及历史上有名之发明，殆无一不根据一种假设而立论。夫氏有识于此，遂苦心坚志，凭所假设而考求梦之心理的原因，其成功亦大有可观。"见杨袁昌英：《释梦》，第 3 页。

及作用有关，即梦是欲望的满足。作者从弗洛伊德理论出发认为欲望有三种，即生性中原有倾向之欲望、精神上连续相关而组成之希望和全体之欲望，故而梦的欲望的来源可以分为潜意识欲望和意识欲望等。第二条原理与梦的工作机制有关，即梦的化装及移置作用。第三条原理与梦的特点有关，即梦分内体（显意）和外体（隐意），梦中情境离奇荒谬是真实意图被隐藏、欲望受压制的结果，即梦有检查的作用。至此，袁文回顾了弗洛伊德释梦说的主要内容，在阐述梦的工作机制、梦的过程及梦的特点的同时，提到了"潜觉悟"（潜意识）和"觉悟"（意识）的概念。在弗洛伊德的理论体系里，无意识说是核心。由此可见，在当时国内参考资料缺乏的困境下，袁昌英对弗洛伊德学说的认识已触及释梦论和无意识论两大支柱。与国内同时期众多介绍弗洛伊德理论的文章相比，袁文堪称深刻全面，具有相当高的学术水准。

更加难能可贵的是，尽管袁昌英极大地肯定了弗洛伊德的释梦论，但没有将其全盘接受。她本着科学的态度强调释梦论过度强调欲望的功用，"未免过于偏隘而谬误"[①]，还补充介绍了卡尔·古斯塔夫·荣格（Carl Gustav Jung，1875—1961）等人的主张。不过，她肯定了荣格对补偿作用的陈述，却清醒地认识到荣格之说并非"夫氏之替代"[②]。弗洛伊德后期因为在自身的理论体系中过度强调欲望的功能而遭到口诛笔伐，不得不说，袁昌英以学者特有的敏锐意识和学术嗅觉颇具前瞻性地看到了弗洛伊德理论体系中的漏洞。

袁昌英站在文学研究者的角度宣传和详细介绍了释梦论并指出其中缺陷，这为她今后接受和运用弗洛伊德理论打下了基础。

7.4.2.3　翻译施尼茨勒剧本：对弗洛伊德主义的再认识

在介绍弗洛伊德释梦论之后的几年里，袁昌英专注于翻译英法两国的戏剧作品。四年后，她相继翻译了奥地利作家施尼茨勒的两部剧本《生存的时间》（*Lebendige Stunden*）和《最后的假面孔》（*Die letzten Masken*）。[③]袁昌英还在《生存的时间》译文首页对这位在奥地利久负盛名但在中国尚无知名度的作家做了一番介绍："显尼志劳(Arthur Schnitzler，1862—)奥国戏剧作家，他本为维也纳医士，所作以《阿纳托尔》（*Anatol*）为最著，文

---

① 杨袁昌英：《释梦》，载《太平洋杂志》，1922 年第 3 卷第 4 期，第 6 页。
② 杨袁昌英：《释梦》，载《太平洋杂志》，1922 年第 3 卷第 4 期，第 6 页。
③ 《生存的时间》和《最后的假面孔》分别发表于《东方杂志》1925 年第 22 卷第 13 号和第24 号。

学研究会丛书中已有译文。他的剧本带一点印象主义的精神，其最佳者，实为一摹物。"①寥寥数语勾勒出施尼茨勒的生平、创作风格、代表作及在中国的译介情况。

《生存的时间》与《最后的假面孔》是施尼茨勒发表于 1901 年的两部独幕剧。袁昌英的翻译是这两部作品在中国的首译。②她从英语转译了这两部作品。在欧洲众多戏剧名家中，为何袁昌英对奥地利的施尼茨勒青眼有加？他的创作因何引起袁昌英的关注？此处必须重提弗洛伊德。1900 年，《释梦》一经发表，便在心理学界引发广泛质疑，但在文学界却产生了持续而深远的影响。施尼茨勒和赫尔曼·巴尔（Hermann Bahr，1863—1934）等人最先被弗洛伊德的理论吸引，率先在作品中融入精神分析学的知识。③尤其是施尼茨勒，他被视作本质上的心理学深入研究者④。如果说弗洛伊德是精神分析学说在心理学界的创始人，那么施尼茨勒则是弗洛伊德学说在文学创作领域的倡导者和实践者。弗洛伊德曾在施尼茨勒 60 岁生日之际专信贺寿，言辞恳切："您的决定论与怀疑——或称悲观主义，您对无意识之真实、人之欲望的执着，以及您对文化习俗确定性的瓦解、对爱与死两极的执念，用难以言喻的亲切感触动了我。"⑤

施尼茨勒以充满怀疑的眼光透析维也纳浮华社会背后人与人之间错综复杂的关系，描述了弥漫着世纪末情调的迷乱的社会大环境下人们内心的微动和心灵的焦虑。弗洛伊德大为称道的正是施尼茨勒作品中的这种怀疑精神。《生存的时间》和《最后的假面孔》并不是施尼茨勒最有名的作品，但这两部作品分别聚焦母子关系以及名为好友实则相互倾轧的两人之间微妙的关系，触及人物内心深处的隐秘，堪称心理剧力作，很好地实践了弗洛伊德的精神分析学理论。

袁昌英在短短半年时间内完成了以上两部作品的翻译。我们无从洞悉她翻译奥地利剧作家的作品的初衷，但有一种可能性不容忽略：通过翻译弗洛伊德理论在文学界的代言人——施尼茨勒的作品，她深入了解了弗洛

---

① 〔奥地利〕显尼志劳：《生存的时间》，杨袁昌英译，载《东方杂志》，1925 年第 22 卷第 13 号，第 143 页。显尼志劳即施尼茨勒。

② 参见卫茂平：《德语文学汉译史考辨：晚清和民国时期》，上海：上海外语教育出版社，2004 年，第 146-147 页。

③ Vgl. Žmegač, Viktor(Hrsg). *Geschichte der deutschen Literatur vom 18. Jahrhundert bis zur Gegenwart*. Bd. 2. Königstein/Ts: Athenäum Verlag, 1980, S. 264-265.

④ Vgl. Rötzer, Hans Gerd. *Geschichte der deutschen Literatur*. Bamberg: C. C. Buchners Verlag, 1992, S. 274.

⑤ Vgl. Rötzer, Hans Gerd. *Geschichte der deutschen Literatur*. Bamberg: C. C. Buchners Verlag, 1992, S. 274.

伊德学说在文学创作中的实践方式，关注对人物内心冲突的描写，借鉴写作技巧，为吸收利用弗洛伊德学说和丰富写作题材做了铺垫。

7.4.2.4　文学创作中的弗洛伊德主义

1930 年，袁昌英以古乐府长诗《孔雀东南飞》（原名《古诗为焦仲卿妻所作》）的故事为底本创作了同名三幕剧《孔雀东南飞》。这是一出东汉年间的婚姻悲剧。庐江小吏焦仲卿与妻子刘兰芝两情相悦，无奈兰芝遭到焦母苛责，被遣归娘家。夫妻二人为反抗另娶和再嫁的命运双双殉情。作品表达了对封建宗法制度和门阀旧俗的控诉，以及对爱情自主的渴望。袁昌英的三幕剧将焦母设定为故事主角，刻画了一个将全盘心思寄托在儿子身上的寡母形象。她妒忌儿子和儿媳感情融洽，妒恨交加导致心灵扭曲，最终将两人逼上绝路。焦母对独子仲卿非同寻常又近乎偏执的依恋是全剧的刻画重点。刚一出场，焦母便习惯性地反复抚摸儿子"比谁都青，比谁都光泽"的美发，她生平唯一的愿望是儿子在她身边"侍奉一辈子"，若是谁来夺她"独一无双的儿子"，自己便"得和他拼命"①。她一厢情愿地以为"母亲的这颗心总该占在中间"，在守寡的岁月里将"心由丈夫身上搬到儿子身上"②。当她发现仲卿因相思过度而久病不愈，不觉失落惆怅，颤抖着对儿子表态："我这一生除了为你的快乐外，还有什么别的目的？"③眼见儿子与儿媳婚后恩爱甜蜜，她愈发愤恨，对儿媳百般刁难。唯有仲卿的妹妹看出了端倪，感觉母亲好像"被弃的新妇"，"最恨哥哥爱嫂嫂"④。最后，族中姥姥道出真相："我们寡妇的心，丈夫死后，就全盘放在儿女身上，儿女就变为我们精神上的情人。"⑤焦母在暴跳如雷后遣返了兰芝。焦仲卿自缢身亡，焦母因丧子而发疯。

很多研究者将袁昌英的改编归因于弗洛伊德的母子恋情说。作者在创作这部剧作前后均未言明是否借用弗洛伊德理论，但她为《孔雀东南飞》所写的序言中却隐约透露了端倪："我觉得人与人的关系，总有一种心理作

---

① 袁昌英：《孔雀东南飞》//袁昌英：《袁昌英作品选》，长沙：湖南人民出版社，1985 年，第3-5 页。

② 袁昌英：《孔雀东南飞》//袁昌英：《袁昌英作品选》，长沙：湖南人民出版社，1985 年，第8-9 页。

③ 袁昌英：《孔雀东南飞》//袁昌英：《袁昌英作品选》，长沙：湖南人民出版社，1985 年，第15 页。

④ 袁昌英：《孔雀东南飞》//袁昌英：《袁昌英作品选》，长沙：湖南人民出版社，1985 年，第27-29 页。

⑤ 袁昌英：《孔雀东南飞》//袁昌英：《袁昌英作品选》，长沙：湖南人民出版社，1985 年，第30 页。

用的背景。焦母之嫌兰芝自然是一种心理作用。由我个人的阅历及日常见闻所及，我猜度一班婆媳之不睦，多半是'吃醋'二字。"①袁昌英认为古诗《孔雀东南飞》是绝妙的好诗，是绝好的悲剧材料。她抓住婆媳矛盾"任想象所之"，创作了这出剧作。她在序言中一并阐述了悲剧的分类，提到希腊悲剧人物依底博斯王②，由此引出的母子畸恋说（即俄狄浦斯情结）是弗洛伊德学说的核心概念之一。在后人评价袁昌英对弗洛伊德理论的接受中，袁昌英之女杨静远③（1923—2015）所言很有代表性："她采用了古诗《孔雀东南飞》的故事，在命意上却跳出了沿袭的恶婆婆拆散一对恩爱夫妻的解释，而借用了弗洛伊德的心理分析和西人关于悲剧的理论。"④

　　袁昌英长于散文创作，时常在其中融入对心理学和精神分析的感悟。在《漫谈友谊》中，她认为友谊和宗教、哲学乃至艺术同源，是人类不可避免的心理需求。论及友谊的心理根据和哲学立脚点，她认为人的意识深处有一个坚定的"自我"，其意识越强烈，孤寂感也越强烈，人就越想要向外发展。袁昌英指出："只有由人群里面你所选择的一个个的朋友，才真是你最方便最适宜的内心活动的对象，才能比较实在地而且比较容易地解脱你那深锢中的'自我'的寂寞……你的朋友才是你那'自我'理想的相当对照。"⑤这一论断与弗洛伊德的人格说（即本我、自我与他我之说）有明显关联。在《行年四十》中，袁昌英者独具匠心地借用一位女教授经历了40年平淡岁月忽然恋上美男但发乎情止于礼的故事，从哲学、医学、生理学和弗洛伊德的"力比多"概念的角度解释40岁是人生的关卡，同时也是出成果的关键时期。⑥根据她的看法，40岁以前的生活不受意识支配地向外发展，可说是一种潜意识状态，而40岁以后性灵的威力和人格的表现开始占上风。⑦一个人的40岁好比跨越英伦海峡时正处中途，如果遭遇海峡

---

① 袁昌英：《孔雀东南飞及其他独幕剧》，上海：商务印书馆，1930年，"序言"第1页。
② 即俄狄浦斯王，传说俄狄浦斯（Oedipus）曾弑父娶母，后自挖双目，遭受痛苦命运的驱使。
③ 杨静远，翻译家，曾任中国社会科学院外国文学研究所编审，中国作家协会会员。
④ 杨静远：《母亲袁昌英》//杨静远编选：《飞回的孔雀——袁昌英》，北京：人民文学出版社，2002年，第70页。
⑤ 袁昌英：《漫谈友谊》//袁昌英：《袁昌英作品选》，长沙：湖南人民出版社，1985年，第252页。
⑥ 参见杨静远：《母亲袁昌英》//杨静远编选：《飞回的孔雀——袁昌英》，北京：人民文学出版社，2002年，第104页。
⑦ 参见杨静远：《母亲袁昌英》//杨静远编选：《飞回的孔雀——袁昌英》，北京：人民文学出版社，2002年，第100-101页。

风浪却能平安渡过者，就是"升华"①。40 岁是人潜在生命力最后冲刺的关头，会迸发出巨大的威力。这种挣扎一旦过去，欲念升华，心境便趋于平缓。②

　　显然，袁昌英对弗洛伊德的理论有独到的理解，甚至进行了创造性转化。她在《孔雀东南飞》中"旧瓶装新酒"，放大了寡母妒恨儿媳的失衡心态，在守寡婆婆争夺儿子之爱和新婚妻子争取丈夫之爱的拉锯战中，既巧妙回避了直言焦母善妒，其因丧夫多年，将欲望倾泻于儿子身上这一有违伦理的事实③，同时用意识流方式呈现了母亲对儿子近乎病态的单向依恋。新版《孔雀东南飞》透过心理学视角剖析畸形母爱背后人性内心的深刻纠缠，为描述现代婆媳关系开创了新思路和新视角。袁昌英的写作也反映出她对人生不同阶段不同心理状态的深度思考。据作家苏雪林回忆，她和袁昌英曾就欲念升华与建功立业的问题展开讨论，当时袁昌英曾反复强调写作的重大意义。人的创作欲望恰似内火焚烧，非贯彻不可，心中的内火才能熄灭，才可享受甘露沁人般的清凉。④写作的欲望和情爱的欲求如出一辙，此处也能看到弗洛伊德学说的印迹。袁昌英对人生的思考、对人的欲望的萌生和发展的思考都承袭了弗洛伊德的思想理论。

　　7.4.2.5　文论写作：对弗洛伊德学说的持续关注

　　从现有文献资料看，外国文学研究专家袁昌英发表过多篇学术论文表达对弗洛伊德理论的理解和反思。她在早期论文《创作与批评》中开篇即明言创作与批评"实与今日研究心理派之批评家有关系"⑤。纵观当时的批评派别及层出不穷的批评方法，她着重介绍了"以解释纯粹心理为己任"的批评派。⑥作者提出，创作者往往会"利用种种诡计以蔽藏此'我'，务

---

① 参见苏雪林：《挚友袁昌英》//杨静远编选：《飞回的孔雀——袁昌英》，北京：人民文学出版社，2002 年，第 8 页。
② 参见杨静远：《母亲袁昌英》//杨静远编选：《飞回的孔雀——袁昌英》，北京：人民文学出版社，2002 年，第 104 页。
③ 这一情况在 20 世纪 30 年代至少是一个禁忌话题。
④ 参见杨静远：《让庐旧事——记女作家袁昌英、苏雪林、凌叔华》//杨静远编选：《飞回的孔雀——袁昌英》，北京：人民文学出版社，2002 年，第 159-160 页。
⑤ 杨袁昌英：《创作与批评》，载《太平洋杂志》，1922 年第 3 卷第 6 号，第 1 页。
⑥ 由这种侧重从心理出发的批评，袁昌英继续总结了此种文学创作方式的特点："是以无论吾人所造之人物，或为帝王……或为市场中之商贾，其实不过一'我'恒自展转其中耳。……吾人之描写各种人物也，不过将吾人之'我'更变年纪，性别，社会的位置及生活上之一切境况而已。"杨袁昌英：《创作与批评》，载《太平洋杂志》，1922 年第 3 卷第 6 号，第 10 页。

使读者莫得而发见之"①。恰如弗洛伊德在《创造性作家与白日梦》（*Der Dichter und das Phantasieren*）里指出，现代作家会运用丰富联想，在塑造人物时显出自我的特征，使故事具有自我中心的特点。他们在创作时倾向于自己的观察并将自我分裂成很多成分。为了掩盖其中自我中心的特点，作者又会通过变化伪装使其不那么明显。②由此可见，对于写作中自我的存在，袁昌英的分析与弗洛伊德相似。《创作与批评》一文与前文提及的《释梦》发表仅隔一期，可见袁昌英对"以解释纯粹心理为己任"的创作方法和对自我在文学创作批评中的作用的认识受到了弗洛伊德的启发。

随后袁昌英在《法国近十年来的戏剧新运动》一文中评论了法国剧作家亨利-勒内·雷诺曼（Henri-René Lenormand，1882—1951）的作品，并断言他的剧作对人性的深刻认识"都是 Sigmund Freud 心理学的影响"③。在详细分析雷诺曼的创作特点的基础上，袁昌英针对两性的悲剧的写作指出了其中的影响渊源："略落曼④深受佛乐德⑤（Freud）心生理的学说（Doctrine Psycho-Physiologique）的影响。佛乐德以为凡人皆有两性的原子，在男子则女性常被压服，在女子则男性恒被镇管。但是为 Don Juan（唐璜——笔者注）这种男人永不能在女人身边得着满意的，却是两性同时发达。他可谓以女性为灵，以男性为肉。"⑥两性同体是弗洛伊德验证自然最初创造力的论据，袁昌英以此作为评价雷诺曼刻画人物的理论依据，虽为一家之言，却证明她对弗洛伊德的心理学理论认知达到了一定的深度和广度。这些研究论文进一步证明袁昌英自觉使用心理学理论工具展开文艺批评，揭示了文学创作的心理奥秘。

袁昌英通晓英国文学和法国文学，长期受到西方文学和文化的熏陶，也对当时风靡西方的弗洛伊德精神分析学产生了浓厚兴趣。她是中国较早译介弗洛伊德释梦论的学者之一；通过翻译施尼茨勒的剧作，她对精神分析学在文学中的实践展开研究；改编剧《孔雀东南飞》标志着她对弗洛伊德主义的理解达到了新高度；《创作与批评》等一系列研究论文说明她自觉

---

① 杨袁昌英：《创作与批评》，载《太平洋杂志》，1922 年第 3 卷第 6 号，第 10 页。

② 〔奥地利〕弗洛伊德：《论创造力与无意识》，孙恺祥译，北京：中国展望出版社，1986 年，第 47-48 页。

③ 袁昌英：《法国近十年来的戏剧新运动》//袁昌英：《山居散墨》，上海：商务印书馆，1937 年，第 83 页。

④ 即雷诺曼。

⑤ 即弗洛伊德。

⑥ 袁昌英：《法国近十年来的戏剧新运动》//袁昌英：《山居散墨》，上海：商务印书馆，1937 年，第 89-90 页。

以弗洛伊德学说为理论工具解析文学创作与批评。袁昌英对弗洛伊德主义的关注表现出长期性和持续性。

7.5 小 结

以叔本华、尼采和弗洛伊德为代表的德国意志哲学与欧洲传统的理性主义哲学对抗，其本质是在反叛理性的同时张扬情感的力量，强化人的生命意识，使人对生命的体验更加丰沛、感性。德国意志哲学进入中国后，其哲学内涵获得了一定程度的本土性替换，这种替换成功保留了原本蕴含在中国文学抒情传统中的遗存，并在中国现代文学的浪漫主义思潮中获得了深层次发展。[①]

意志哲学证实了个人欲望的合理性，促使个人意识觉醒。女作家的觉醒和体验有其特殊性。中国知识女性在受到启蒙并自我觉醒的同时，也在某种程度上加深了对世界分裂性的认识。五四新风拂来，使她们发现自己可以成为社会公民，可以成为个人精神世界的主宰，突然的转变让她们在心态上无所适从，可是现实又看似牢固不可撼动，于是她们只能在书本和知识中寻求答案，她们患上了"哲学病"[②]。这是她们发自灵魂深处的追问，对人类与生俱来的生存意义的叩问得不到答复，于是她们不甘，而且焦虑。受新式教育启蒙后的她们更深刻地看到现实世界的无奈和难以调和的矛盾，心态更趋荒凉。她们一边用书本疗愈"哲学病"，一边努力寻求人生本质问题的答案。这些在庐隐、冰心和石评梅等作家笔下都有不同程度的反映。用舶来的哲学思想疗愈"哲学病"是她们的回应方式之一。庐隐用叔本华的悲观主义哲学反思女性解放的现实困境，冰心挞伐缺乏怜悯的超人形象来巩固"爱的哲学"，而袁昌英用弗洛伊德的"力比多"试图找出对抗中年危机的策略。德国意志哲学最大的贡献在于开阔了这些女性精英的视野，对现实拘囿的体验引发了她们对生命不自由的形而上的感受。虽然这些女作家的感悟没有成为理性思辨的起点，因为她们毕竟是重"情"的，但是德国意志哲学和中国现代女性文本的融合让我们看到了心灵书写的更多可能。她们对德国哲学的关注集中表现在意志哲学之上，这也可以部分解释为什么康德和黑格尔的理性主义哲学在现代女性文本中基本未现波澜。

---

① 许莹:《意志哲学、中国抒情传统与现代浪漫主义关系研究》，载《南京师范大学文学院学报》，2018年第1期，第126页。

② 参见王艳芳、于迪:《过渡时代知识女性的自我形塑及其意蕴——以庐隐、石评梅小说为中心》，南开学报（哲学社会科学版），2016年第6期，第12页。

第8章　中德文化交流视野中的现代女作家

8.1　胡兰畦和中德文化交流

对中国现代文学史而言，胡兰畦①是一个略显陌生的名字。把她置于中国现代史的大背景下似乎更为合适：与中共领导人陈毅（1901—1972）的"三年之约"使她的爱情故事顶着革命浪漫主义的光环；她曾考入武汉中央军事政治学校女生队参与北伐，在抗日战争期间领导上海劳动妇女战地服务团屡次建功。在中国现代女作家中，恐怕没有人像胡兰畦一样一生跌宕起伏。她参加过第一届苏联作家全国代表大会，受到大文豪马克西姆·高尔基（Maxim Gorky，1868—1936）的赞誉。相形之下，她的作家身份却多少有些黯然失色。事实上，这位作品曾入选《中国新文学大系 1927—1937》的传奇女性，在20世纪30年代曾是一位大名鼎鼎、炙手可热的报告文学作家。她先后出版过《在德国女牢中》（1937）和《在抗战前线》（1937），主编过"战地"系列报道等。②与此同时，她在文坛上表现活跃，先后在《妇女生活》《妇女月刊》《群众》《时代评论》等报刊上发表小说、访谈和战地报道。她是当之无愧的作家，加上她的军旅生涯，堪称中国现代女作家中最具传奇色彩的一位。尤其值得一提的是，她是近现代极少数有机会留学德国的中国女性之一，实属凤毛麟角。据笔者目前所掌握的资料，她也是唯一一位负笈德国的现代女作家。与其他几位女作家仅从书本中了解德语文学、间接汲取养料不同，胡兰畦亲历德国，在中德文学关系史上拥有特殊地位。本节将胡兰畦置于中德文化交流的视野下，着重考察她的赴德经历、留学期间的交游状况及相关文学创作，旨在探寻这位传奇女作家在中德文化关系史上的地位和贡献。

---

① 胡兰畦，作家、社会活动家，中国现代史上著名的女将军。生于四川成都，1927年毕业于黄埔军校第六期女生队。20世纪30年代两度留学德国，曾因反法西斯活动被关押于德国柏林女牢。著有《在德国女牢中》《胡兰畦回忆录（1901—1994）》及京剧剧本《大战东林寺》等。

② "战地"系列由上海劳动妇女战地服务团出版社出版，包括《战地一年》（1939年）、《战地二年》（1939年）和《战地三年》（1940年），胡兰畦还与人合著《东线的撤退》（1938年）和《在淞沪火线上》（1938年）等。

8.1.1　两度赴德留学

1901 年，胡兰畦生于成都一个反清世家。她曾在四川巴县县立女子小学和川南师范附属小学等地任教，其间结识恽代英（1895—1931）和陈毅等人，参加过马克思主义研究会，很早就学习过恩格斯的著名论文《家庭、私有制和国家的起源》。作为一名政治上要求进步的知识女性，她参加了在上海召开的中华全国学生联合会第六次全国代表大会，并考入武汉中央军事政治学校女生队参加北伐。这一系列事件对她之后的政治选择和人生走向产生了深远影响。

1928 年初，胡兰畦担任江西党务学校教务部秘书，在整顿孤儿所和管理妇女教养所方面成绩斐然。当时蒋介石开始下手改组江西省政府，大肆清除异己，胡兰畦因触怒蒋介石而遭到驱逐。恰在此时，原江西省政府在省务会议上通过决议：派遣时任江西省救济院孤儿所兼妇女教养所主任的胡兰畦赴欧洲考察社会救济事业。①旅欧期间，胡兰畦在德国停留的时间最久。不过，她留学德国的初衷和那些希望在学术科研上有所建树的留学生们不尽相同。

1929 年 12 月，胡兰畦从上海出发前往欧洲，同年除夕抵达巴黎，短暂停留后于 1930 年春天到达柏林。她在中国留德学生会的帮助下补习德语，随后开始在柏林洪堡大学②德文班上课。在此期间她深入了解中国共产党，并由廖承志（1908—1983）和成仿吾介绍加入德国共产党中国语言组。她定期参加党组会，学习德语原版《共产党宣言》，参与出版柏林小组的宣传刊物《赤光》。她在柏林与宋庆龄（1893—1981）和何香凝（1878—1972）等知名人士结识并建立私人友谊。1931 年 7 月，胡兰畦陪同宋庆龄回国奔丧，她的第一次留德经历暂时告一段落。

三个月后，胡兰畦在宋庆龄的资助下重新踏上留学德国的旅程。她于"九一八"事变一个月后启程，而她二度赴德留学也与抗日密切相关。她召集留德爱国学生成立党小组，在外围组织旅德华侨反帝同盟，并被推选为主席。这个团体的成员包括后来著名的歌德作品翻译名家刘思慕（1904—1985）等人。该组织出版了《反帝》和《道德经》等刊物，宣传反帝、反法西斯和抗日救国思想，在留德学生中有一定反响。1932 年 12 月，胡兰

---

① 胡兰畦：《胡兰畦回忆录（1901—1994）》，成都：四川人民出版社，1995 年，第 214 页。

② 柏林洪堡大学"成立于 1810 年，前身是柏林大学，二战结束后改名为洪堡大学。……学术大师陈寅恪，俞大维，历史学家傅斯年……中国当代传奇女杰胡兰畦等先后就读于此"。参见王学军、周鸿图主编：《欧洲留学生手记——德国卷》，上海：东华大学出版社，2004 年，第 280 页。

畦参加了德国共产党在柏林召开的反法西斯大会，她在会上慷慨陈词，结果遭纳粹党便衣侦探拘留。虽然她当晚就被释放，但在当时法西斯化日益严重的德国留下"记录"，从此受到纳粹的监视。1933 年春，她与德国共产党中央机关报《红旗日报》（*Die Rote Fahne*）部分成员一同被捕，被关押在德国柏林监狱长达三个月之久。由于宋庆龄和鲁迅等社会名流在上海以中国民权保障同盟的名义向德国领事馆提出严正抗议，胡兰畦终于得以结束这场牢狱之灾。但她不久后便收到德国法西斯当局的驱逐令，被迫于一周内离开德国。从此，她辗转流落英、法和苏联等国，第二次留学经历即告结束。

胡兰畦起初抱着考察欧洲社会救济事业的目的前往德国，但从她的回忆录来看，似乎并未达到预期目标。与同在柏林洪堡大学求学的陈寅恪和傅斯年等留学生相比，胡兰畦显然把革命活动的重要性置于学术之上。她热情投入反法西斯活动，结果因"敌视德国"被捕陷入一场无妄之灾。但这次遭遇使她更真切地了解到德国底层社会的生活状况，并目睹德国普通人反抗法西斯的行动。这些感受和体验成为她日后文学创作的重要素材，是一笔宝贵的精神财富。

8.1.2　和德国政界及文学界的交往

胡兰畦旅德三年间结识了众多德国政界和文学界名流。她在参与政治活动的过程中与德国共产党领导人、左翼作家和普通党员的接触和交往颇值得一提，这是中德文化交流史中的重要一页。

旅德期间，胡兰畦和德国共产党领导人克拉拉·蔡特金（Clara Zetkin，1857—1933）先后有两次会面。[①] 二人首次相遇时间是 1932 年 8 月，当时胡兰畦聆听了蔡特金在国会发表的演说。四个月后，她因参与反法西斯活动遭到德国当局驱逐，于是前往国会大厦寻找一位德国共产党党员商讨对策，巧遇蔡特金。在胡兰畦眼中，这位受人景仰的全世界被压迫妇女的领袖是一位和蔼可亲的老太太。她不但对胡兰畦的反法西斯演说颇为激赏，还鼓励她不要被德国当局的迫害吓退。她询问了中国抗日斗争的进展，对中国妇女参加革命的情况表示关切。这一切给胡兰畦带来了莫大的安慰和鼓励。

1933 年，当蔡特金在莫斯科逝世的消息传来，胡兰畦正被羁押在德国女牢中。她参与了狱中悼念蔡特金逝世的活动，借机向警察总局抗议示威。

---

① 黄桂昌：《访〈在德国女牢中〉的作者胡兰畦》，载《妇女杂志》，1983 年第 12 期，第 34 页。

当时女牢中的进步人士还以全体名义发出了一份吊唁电报，沉痛悼念这位德国共产党妇女领袖。

尽管胡兰畦与蔡特金仅有几面之缘，交往有限，但这位杰出女性的一言一行和殷切鼓励却对年轻的胡兰畦产生了深刻影响。以至到了晚年，胡兰畦在回忆录中谈起与蔡特金的会见时还清楚地记得个中细节，可谓往事历历。

作为德国共产党中国语言组成员，胡兰畦认识不少德国共产党党员。《胡兰畦回忆录（1901—1994）》前页附有她与德国战友君特·雷曼（Günter Reimann，1904—2005）①摄于 1933 年的合影。当时，胡兰畦已经被驱逐出德国，辗转流落至英国，而雷曼此时恰好也在英国。通过胡兰畦的回忆和描述，我们大体可以了解到：雷曼是犹太人，马克思主义者，当时为德国《红旗日报》工作。②《红旗日报》是德国共产党中央机关报。雷曼与友人协助留英华侨反帝联盟组织发起了一次反对帝国主义战争的大会，胡兰畦也参与其中。共同的目标和信仰使胡兰畦和雷曼成为亲密战友，并结下终身友谊。

1991 年，已成为国际金融理论家的雷曼在柏林某次国际会议上通过北京出版社的工作人员了解到胡兰畦的近况，立刻给她写信，表示要来中国看望她。一年后，雷曼携女儿赶往成都，探访 91 岁高龄的胡兰畦。③跨越半个多世纪的中德友情因为重逢得到延续。

在胡兰畦和众多德国友人的交往中，最为人津津乐道的是她与作家安娜·西格斯的友谊。《胡兰畦回忆录（1901—1994）》一书的内封面上不但有她与西格斯摄于 1932 年的亲密合影，还有她与西格斯三个女儿的合照，足见两人私交甚笃。

安娜·西格斯原名内蒂·赖林（Netty Reiling），1900 年生于德国一个犹太富商家庭。她对中国抱有浓厚兴趣，在海德堡大学求学期间曾选修过汉学家弗里德里希·恩斯特·奥古斯特·克劳斯（Friedrich Ernst August Krause，1879—1942）的多门课程。④西格斯于 1925 年开始文学创作。1928 年，西格斯加入德国共产党，同年加入无产阶级革命作家联盟，两年后参加了在苏联召开的国际革命作家联合会第二届代表大会。1933 年希特勒上

---

① 原名汉斯·斯坦尼克（Hans Steinicke）。
② 胡兰畦：《胡兰畦回忆录（1901—1994）》，成都：四川人民出版社，1995 年，第 270-271 页。
③ 胡启伟、贾昭衡：《胡兰畦和她的德国朋友》，载《大江南北》，1996 年第 3 期，第 29 页。作者胡启伟是胡兰畦的儿子。
④ 〔德〕弗朗克·瓦格纳：《安娜·西格斯与中国》，吕一旭译，载《国外文学》，1987 年第 1 期，第 77 页。

台后，西格斯的作品被列为禁书遭到焚毁，她被迫流亡法国和墨西哥等地。
1947 年，西格斯回到德国，长期担任德国作家协会主席并三次荣获德国最
高文学奖——国家奖。她因《第七个十字架》（*Das siebte Kreuz*）和《死者
青春常在》（*Die Toten bleiben jung*）等长篇小说扬名国际文坛。她的作品
具有国际主义的视野，关注世界各国的革命形势，坚持反法西斯信念，同
情受战火蹂躏的世界人民，表达对普通人命运的深切关怀。这为她关注中
国革命和结交中国作家提供了契机。西格斯与胡兰畦的私人交往和文学合
作正是发生在这样的背景之下。1932 年 5 月 1 日，两人合作完成通讯《杨
树浦的五一节》（"1. Mai Yanschuhpou"），并发表于《红旗日报》。[①]有
学者考证，西格斯《来自我工作室的简报》（"Kleiner Bericht aus meiner
Werkstatt"）一文中出现的中国女士"L."就是胡兰畦。[②]《来自我工作室
的简报》以作者与一位中国女性朋友的谈话为主要表现形式，探讨如何描
写"五一节在上海发生的事件"，目的是阐明如何使报告文学写作反映人物
与生活环境的关系，以及怎样如实描写生活环境。[③]1933 年，西格斯在《红
旗日报》上发表的《重山》[④]由胡兰畦提供素材。西格斯还计划以中国女作
家 Schü Kreung（实际上就是胡兰畦）的经历创作一部长篇，后计划因故搁
浅。[⑤]西格斯此后还发表过小说《第一步》（*Der erste Schritt*），其中有一节
塑造了一位名字发音和胡兰畦很接近的中国女性（Lansi aus She-Lu）。[⑥]小
说以国际知识分子保卫和平大会为背景，与会代表每晚相聚一堂，讲述自
己在保卫和平道路上迈出的"第一步"。中国代表兰畦（音译）讲述了她幼
年时看到一个搬运工因负重过大摔倒而被人拖走的情景。不过要注意的是，
西格斯只是借用了一个与"兰畦"发音相近的姓名，因为事实情况是：
胡兰畦当时在江西开办农垦场，并没有参加 1948 年在波兰举行的此次大

①　吴晓樵：《安娜·西格斯与胡兰畦》//吴晓樵：《中德文学因缘》，上海：上海外语教育出版
　　社，2008 年，第 42 页。
②　吴晓樵：《安娜·西格斯——中国人民的朋友》，载《德国研究》，2001 年第 2 期，第 57 页。
③　〔德〕弗朗克·瓦格纳：《安娜·西格斯与中国》，吕一旭译，载《国外文学》，1987 年第 1
　　期，第 79 页。
④　笔者批阅西格斯作品集，未发现《重山》，疑为中译名过于诗化，因此无法追索原文名。
⑤　吴晓樵：《安娜·西格斯与胡兰畦》//吴晓樵：《中德文学因缘》，上海：上海外语教育出版
　　社，2008 年，第 42 页。
⑥　参见吴晓樵：《安娜·西格斯——中国人民的朋友》，载《德国研究》，2001 年第 2 期，第
　　57 页。另据吴晓樵考证，胡兰畦曾化名徐茵（Schtü-Yin），而西格斯留下的文字中对胡兰畦
　　的名字有多种记载，包括 L.、Schtü-Yin、Shui Kreng、Shui-Kiang 和 Lansi 等。参见吴晓樵：
　　《安娜·西格斯与胡兰畦》//吴晓樵：《中德文学因缘》，上海：上海外语教育出版社，2008
　　年，第 42-43 页。

会。①也许是胡兰畦给西格斯留下的印象十分深刻，所以后者在很多作品中塑造的中国知识女性或女性革命者形象总是与前者有些联系。同样，西格斯在《失踪的儿子》（*Die verlorenen Söhne*）和《死者青春常在》等作品中对中国革命保持持续关注。

胡兰畦与西格斯的交往并没有随着两人先后离开德国而画上句号。1950 年 9 月至 10 月期间，西格斯曾以民主德国作家协会代表的身份访问中国并参加国庆观礼活动。据中国社会科学院世界历史所杜文棠（1935—2017）教授考证，西格斯在北京逗留期间曾与胡兰畦见面。不过，她的回忆录里没有记载此事。

1994 年，《第七个十字架》的中译者李士勋（1945— ）受德国西格斯研究专家弗朗克·瓦格纳（Frank Wagner）委托前往成都拜访胡兰畦，并转赠印有胡兰畦与西格斯合影的《安娜·西格斯画传》②（*Anna Seghers. Eine Biographie in Bildern*）。扉页上题有一行德语："赠给胡兰畦：我们的安娜·西格斯的传奇般的和十分可敬、十分英勇的朋友——您的德国的钦佩者爱蒂特和弗朗克·瓦格纳。"③此时距离西格斯去世已经十多年，而《安娜·西格斯画传》却以图文并茂的方式见证了中德作家之间的合作与交往。

旅德三年间，胡兰畦和众多德国共产党党员交往颇深，结下深厚情谊，尤其她与西格斯的文学合作堪称中德文学关系史上的一段佳话。现有资料表明，两人之间的合作模式更多的是由胡兰畦提供素材，而西格斯据此创作。但我们不能忽略西格斯对胡兰畦的文学影响。回到中国后，胡兰畦把时间和精力都投入抗日战争和革命，但她也在火线下写了大量战地通讯报道，还出版了纪实报告文学《在德国女牢中》。从某种意义上说，这些成果与两人早期合作中对报告文学写作的探索是分不开的。

8.1.3　畅销书《在德国女牢中》

胡兰畦扬名文坛得益于她的自传《在德国女牢中》，这部作品记录了她在留德期间被羁押的遭遇。1932 年冬天，胡兰畦因参与反法西斯活动引起德国当局的敌视，后遭到德国警察局拘留。次年春天，她被逮捕并被关押

---

① 根据西格斯作品中译者之一叶君健的回忆，他与西格斯一同参加了 1948 年在波兰举行的国际知识分子保卫和平大会，每晚相聚谈论。参见〔德〕弗朗克·瓦格纳：《安娜·西格斯与中国》，吕一旭译，载《国外文学》，1987 年第 1 期，第 89 页脚注一。

② 根据胡启伟、贾昭衡的《胡兰畦和她的德国朋友》一文，1993 年，"安娜·西格斯协会"副会长弗朗克·瓦格纳教授与西格斯的女儿在合编《安娜·西格斯画传》时，发现了胡兰畦与西格斯及其女儿的合影。在胡兰畦与西格斯合影的背面写有"胡兰畦"三个草书汉字。

③ 胡启伟、贾昭衡：《胡兰畦和她的德国朋友》，载《大江南北》，1996 年第 3 期，第 26 页。

在柏林女牢长达三个月。因宋庆龄和鲁迅等爱国民主人士的声援，她最终获释，但随后又被驱逐出德国流亡英、法等国。居留法国期间，她着手撰文回忆狱中经历，并将部分内容寄往法国《世界报》（Le Monde）。稿件得到报社主编、法国作家亨利·巴比塞（Henri Barbusse，1873—1935）等人的赞誉，陆续在《世界报》上连载刊出后，还被翻译成俄语、英语、德语和法语等多国文字，在欧洲引起广泛反响。回国后，《妇女生活》连载了《在德国女牢中》。在主编沈兹九（1898—1989）的支持下，这部作品后来以单行本付梓出版。初版后半年之内，《在德国女牢中》再版三次。[①]可见它颇受读者欢迎，是名副其实的畅销书。

《在德国女牢中》的内容大致如下：胡兰畦因为"敌视德国"的莫须有罪名被投入巡警总监，后被转移至柏林女牢。她如实记录下狱中遭遇，作为反映她"切身感受的实录"[②]。在狱中，胡兰畦从容乐观，想尽办法维持体力继续抗争，并得到异国狱友们的宽慰鼓励：有人为她提供营养品，众人为她庆祝生日。胡兰畦在狱中因擅长烹饪中国佳肴大受青睐，又因能言善辩得到女狱卒的任用，负责清洁打扫工作，并利用工作之便帮助狱友传递消息。狱友们通过抗议争取权利，看书订报，开体育会，学习理论，关注时事。女牢的特殊环境使胡兰畦有机会了解德国底层妇女的生活现状以及德国女性在就业和择偶方面的困扰。她通过阅读书报了解当时德国纳粹的政治宣传和排外举动，包括种族问题、工会斗争、失业问题和纳粹党的宣传政策等。

这部 100 多页的著作出版后引起巨大反响。细看原文，情节并不离奇，语言也并不华丽，但这位中国女性流落异国身陷囹圄却仍然不屈不挠的精神和这段充满传奇色彩的经历都是无法复制的。作品的反法西斯主题和国际主义精神激起中国读者的情感共鸣。

胡兰畦在书中阐明出版意图：

> 在旅欧的生活中，有很多事是值得写出来，但是没有比在牢狱里的生活更有价值。因为在牢狱里，我所得到的，可宝贵的伟大的热情，不是在一般的情况中所能得到的！
> ……

---

① 胡兰畦：《胡兰畦回忆录（1901—1994）》，成都：四川人民出版社，1995 年，第 702 页。
② 胡兰畦：《胡兰畦回忆录（1901—1994）》，成都：四川人民出版社，1995 年，第 703 页。

被压迫的姊妹们！要得到真正的同情与爱抚，只有在革命的
队伍里！这是我先写这个生活片段的一点意思。①

　　这种号召并不是苍白的标语和口号。在国内反法西斯浪潮日渐成为宏
大主题的现实语境下，亲历遭遇后的言说比任何虚构矫饰都更具说服力。
《在德国女牢中》之所以获得广大读者青睐，与作者求真务实的态度有关。
胡兰畦没有为了迎合销售市场而夸大事实，没有将德国女牢描述成灭绝人
性和骇人听闻的集中营，而是如实讲述了各种狱中见闻。她甚至在出版时
特意作引，对原文与转载可能存在出入的问题一一说明，可见其创作态度
严谨审慎。②尽管作者自谦此书有"许多不满意的地方，更不敢说这是一篇
文艺作品"③，但这部纪实作品引起的旷日持久的反响验证了它的文学品质
和思想价值。
　　客观地讲，以今天的眼光重新审视这部作品，它的史料价值要远远高
于其艺术审美价值。胡兰畦对旅德经历和牢狱生活的书写体现了她对 20
世纪 30 年代德国现状的观察和反思。这部他者视角下的纪实作品为多视角
透析 20 世纪德国历史提供了一段新鲜而有价值的史料。同样，它对于中国
民主主义革命史研究也是不可多得的文献资料。

8.1.4　胡兰畦之于中德文化交流的意义

　　胡兰畦先后两次赴德，在德国居留三年，尽管未能实现留学的初衷，
却有意外收获：她凭借语言优势翻译过一些德语书籍。在物质贫乏和精神
苦闷的困境中，她翻译了一本介绍德国幼儿园生活的书，希望介绍和推
广德国的幼儿教育经验。④另据协助她记录、整理并出版《胡兰畦回忆录
（1901—1994）》的作者范奇龙回忆，胡兰畦在旅德期间阅读过德国和北欧
童话作品。格林兄弟和威廉·豪夫（Wilhelm Hauff，1802—1827）等童话
大师的创作对她触动颇深，使她决心将德国童话译介到中国。于是她重新
阅读德语原版童话，择优翻译，并译出多本。可惜后来她的译稿和原版书
都在政治运动中不幸丢失。⑤此外，她从德国带回相当数量的德语原版书，

---

① 胡兰畦：《在德国女牢中：旅欧生活片段之一》，载《妇女生活》1936 年第 2 卷第 1 期，第
　157-158 页。
② 胡兰畦：《在德国女牢中：旅欧生活片段之一》，载《妇女生活》1936 年第 2 卷第 1 期，第
　158 页。
③ 胡兰畦：《胡兰畦回忆录（1901—1994）》，成都：四川人民出版社，1995 年，第 853 页。
④ 参见胡兰畦：《胡兰畦回忆录（1901—1994）》，成都：四川人民出版社，1995 年，第 640 页。
⑤ 胡兰畦：《胡兰畦回忆录（1901—1994）》，成都：四川人民出版社，1995 年，第 693-694 页。

可惜这些藏书在历次运动中也无法幸免。如果没有这些变故，胡兰畦也许可以对德语文学译介和中德文化交流做出更大的贡献。

回溯中国留德学人史，可谓群星闪耀，人才辈出。蔡元培、陈寅恪、冯至、乔冠华（1913—1983）、朱德（1886—1976）、李国豪、周培源和王光祈（1892—1936）等都是标志性人物，他们后来在军事、学术、经济、政治和艺术等领域颇有建树。值得注意的是，留德学人中男性的比例远高于女性。参照《清末至 1949 年以前中国留德学人史略》"女子留德"部分的内容，当时留德中国女性总共不过十数人。[①] 由此胡兰畦两度赴德、与西格斯等文化界名人的交游、蜚声海内外的作品《在德国女牢中》以及她为翻译德国书籍做出的种种努力，意义不可谓不大。就中德文化交流而言，这位传奇作家应在中国留德学人史中占有一席之地。

8.2　德语文学译介的女性实绩

除了作家交游外，翻译也是中德文化交流的重要活动之一。翻译的意义至关重要，是中国知识界参与对话的重要方式之一。除了专业译者外，很多中国现代作家也参与过译介外国文学的工作，有些作家文采斐然，本身就是出色的翻译家。就中国的德语文学翻译史来看，阳盛阴衰的情况十分普遍。相比郭沫若、冯至和郁达夫等男性作家对德语文学的广泛译介，中国现代女作家及其他行业的女性精英在 1919—1949 年翻译的德语文学作品在数量和种类上比较少。尽管如此，这一群体在德语文学汉译史上并非无所作为。仔细爬梳和整理她们的翻译成绩，其中不乏亮点。

首先值得一提的是沉樱[②]（1907—1988）。她在 20 世纪 20 年代末出版的短篇集《喜筵之后》（1929）和《某少女》（1929）以细腻的笔触刻画了都市知识女性的生活和精神世界，她一跃成为当时文坛上瞩目的实力派女作家，也是女作家群中坚守五四女性创作题材的少数人之一。沉樱也是新文化运动的翻译家。[③]她很早就开始和德语文学打交道，在 20 世纪 20 年代，

---

①　参见叶隽：《清末至 1949 年以前中国留德学人史略》//万明坤、汤卫城主编：《旅德追忆：二十世纪几代中国留德学者回忆录》，北京：商务印书馆，2000 年，第 749 页。

②　沉樱，原名陈瑛，作家、翻译家，山东潍坊人。她 1925 年进入上海大学中文系，后转入复旦大学。大学期间在《大江》《北新》《小说月报》上发表作品，出版有小说集《喜筵之后》《夜阑》《一个女作家》等。1949 年她离沪抵台，自办出版社，翻译出版奥地利作家茨威格、瑞士作家黑塞和英国作家毛姆等人的作品，在译坛享有盛誉。

③　参见孟昭毅、李载道主编：《中国翻译文学史》，北京：北京大学出版社，2005 年，第 607 页。

她和洪深（1894—1955）合作翻译了德国作家雷马克的《西线无战事》。[①]40年代末，她前往台湾地区后笔耕不辍，因翻译茨威格的作品而收获美名。1966年，沉樱翻译的茨威格名篇《一个陌生女人的来信》在台湾《新生报》副刊上连载，广受读者好评。同年，她翻译了茨威格的短篇《来信》《看不见的珍藏》《一个女人一生中的二十四小时》《月下小巷》等，并结集编为"蒲公英译丛"出版。在20世纪60年代台湾地区出版业十分萧条的情况下，该书一举打破一年内印行十版的行业纪录，在全岛掀起阅读翻译小说的热潮。[②]后来沉樱翻译了茨威格的短篇《怕》《抉择》《家庭教师》和长篇《同情的罪》等。从作家和作品的选择来看，沉樱似乎对茨威格情有独钟。她夸奖这位奥地利作家是"灵魂的猎者"，认为他的创作"借智力而生爱，借情意而理解"[③]。她对茨威格运用弗洛伊德理论的艺术技巧、作品的艺术结构、作家的求知欲和人格魅力赞不绝口。[④]

在"蒲公英译丛"中，其他德语作家的地位同样显眼。除了茨威格的作品外，沉樱还翻译了黑塞的《车轮下》（*Unterm Rad*）和《悠游之歌》（*Wanderung*）。她的译著《拉丁学生》（*Der Lateinschüler*）同时收录了黑塞的五篇小说。[⑤]另外，她还翻译过浪漫派作家弗里德里希·德·拉·穆特·富凯（Friedrich de la Motte Fouqué，1777—1843）的《婀婷》（*Undine*，现通译《温亭娜》）和歌德的散文《自然颂》（*Die Natur*）等。[⑥]可以说沉樱在德语文学汉译史上有一席之地。

还有几位现代女作家参与了德语文学的译介工作。前一章已经提过，袁昌英从英语转译了奥地利作家施尼茨勒的剧作《生存的时间》和《最后的假面孔》，并发表于《东方杂志》，这是两部作品在中国的首译。袁昌英早年留学英国和法国，精通欧洲戏剧，对弗洛伊德的精神分析学说兴趣浓厚。她是弗洛伊德释梦论在中国最早的介绍者之一，弗洛伊德在文学领域的实践者——施尼茨勒的作品因此受到她的关注。

①　参见刘愉：《沉樱依然烂漫》，载《潍坊晚报》，2012年4月15日。http://wfwb.wfnews.com.cn/content/20120415/Articel23002EL.htm[2012-06-04]。

②　参见杨承洪：《沉樱著译年表》，载《新文学史料》，1992年第1期，第220页。

③　参见沉樱：《关于褚威格》//〔奥地利〕褚威格：《同情的罪》，沉樱译，济南：山东人民出版社，1982年，第1页。

④　参见沉樱：《关于褚威格》//〔奥地利〕褚威格：《同情的罪》，沉樱译，济南：山东人民出版社，1982年，第1-2页。

⑤　这五篇包括《致妹书》、《给一位日本青年的信》（*Brief an einen jungen Kollegen in Japan*）、《拉丁学生》、《大理石坊》、《求学的日子》等。其中《致妹书》《大理石坊》《求学的日子》因中译名较为泛化，无法追索原文名。

⑥　参见杨承洪：《沉樱著译年表》，载《新文学史料》，1992年第1期，第217-222页。

20 世纪 40 年代,学者姚可崑(1904—2003)曾翻译过德语作家汉斯·卡罗萨(Hans Carossa,1878—1956)和鲁道夫·格奥尔格·宾丁(Rudolf Georg Binding,1867—1938)的作品。[①]此外,她和冯至合译了歌德的《维廉·麦斯特的学习时代》(*Wilhelm Meisters Lehrjahre*),还翻译过贝托尔特·布莱希特(Bertolt Brecht,1898—1956)的戏剧作品《卡拉尔大娘的枪》(*Die Gewehre der Frau Carrar*)。[②]另外,诗人陈敬容于 1948 年在《中国新诗》和《诗创造》等刊物上发表了多首里尔克译诗,20 世纪 80 年代出版的译诗集《图像与花朵》同样收录了里尔克作品。鉴于上一章已有详细说明,此处不再赘述。

以上盘点的是在创作之余从事翻译工作的女作家和女学者的情况。专职女性译者的情况又是如何?20 世纪最初 20 年曾是中国第一代女性翻译家脱颖而出并空前活跃的年代。[③]据笔者所掌握的资料,尽管这些女性译者中有多人熟练掌握两到三门外语,却无一人翻译或转译过德语作品。从新文化运动开始直至 1949 年,这种情况并没有太大的改善。就 20 世纪上半叶的中国翻译史而言,专门从事德语文学翻译的女性译者颇为罕见,从其他语言转译德语作品进入中国倒是更常见,但数量亦不多。德语文学领域的女性译者人数稀少,只有晚些时候出生的张佩芬(1933—)专事德语文学翻译,主攻黑塞作品,不过她从事翻译工作已在 20 世纪 60 年代之后。[④]在此之前基本未见直接翻译德语作品的现代女作家。较突出的现象是,袁昌英、沉樱和陈敬容等翻译作品较多的女作家往往也是从英语转译德语文学作品的。以陈敬容为例,最直接的证据是书中的译者前言出自英译本。

女性译者在中国翻译史上的匮乏并非仅存在于德语翻译领域。一部《中国翻译家辞典》为我们提供了从译事初起的东汉直到 20 世纪 80 年代末的中国翻译家情况综览,令人感慨的是,翻译领域堪称“男性领地”。中国翻译史曾历经三次高峰,即从东汉至唐宋的佛经翻译、明清之交的科技翻译、清末至五四时期的西学翻译,翻译主体皆以男性为主,雄踞统治地位。除

---

① 卡罗萨著、姚可崑译《引导与同伴》1944 年出版于开明书店。姚可崑还翻译过卡罗萨著《在东战线》和《战场归来》,分别发表于 1944 年第 3 期《新文学》和 1943 年第 1 期《明日文艺》。宾丁著、姚可崑译《牺牲行》刊于 1946 年第 1 卷第 2 期的《世界文学季刊》。

② 参见叶隽:《死生契阔一世缘——姚可崑的学科史贡献及其与冯至的日耳曼学情缘》,载《中华读书报》,2016 年 4 月 20 日,第 18 版。姚可崑译布莱希特著《卡拉尔大娘的枪》刊于《世界文学》1957 年第 10 期。

③ 据记载,当时著名的女翻译家有陈鸿璧和吴弱男等人,她们翻译了大量侦探小说和言情作品。参见郭延礼:《20 世纪最初 20 年中国第一代女性翻译家的脱颖》//郭延礼:《文学经典的翻译与解读——西方先哲的文化之旅》,济南:山东教育出版社,2007 年,第 177-181 页。

④ 另有蓝馥心(1917—1984)译过德国作家布莱希特的《三分钱歌剧》。

去古代翻译篇不论，现代以来的 1043 位翻译家中女性为 64 人，占比仅为 6%。[①]

从整个中国翻译史来看，西学东渐、新式教育的发展和女学的兴盛使女性有机会走出家门，进入公共空间，投入救亡启蒙的事业。翻译在当时的社会历史语境下被赋予特殊地位，负载着中国人的强国梦。梁启超和严复（1854—1921）等知识精英都极重视翻译，视翻译为“强国第一要义”之事业。[②]在知识兴邦理念的指引下，译者们将发达国家的知识和思想介绍到国内，扮演着革新启蒙者的角色。女性译者在 20 世纪最初 20 年浮出地表。五四运动前后，女性译者在人数规模、翻译语种、翻译数量、翻译体裁和作品种类上都有了飞跃。不过，这些女性译者的翻译原文多来自英语、俄语、日语和法语，德语极少。[③]

无论如何，德语文学汉译史中女性译者的普遍缺失是一大遗憾。导致这一情况发生的直接原因是女作家们普遍缺乏德语语言能力。在德语文学译介进入国内的过程中，女作家的翻译实绩在数量和种类上远远逊色于男作家，很大程度上是因为受制于语言的羁绊。

中国现代文学中有一个常见现象是创作和翻译并举的作家人数众多，而创作和翻译之间往往相互影响。中国现代女作家对德语文学的译介比较少，这在客观上也制约了她们对德语文学的接受规模。

即便如此，德语文学汉译史中女性的存在依然意义深远。女性翻译者的群体出现本身就是一种历史突破。她们打破传统对女性的规约，闯入男性领地去争夺话语权。女性译者以翻译活动为媒介介绍西学，传播新的思想观念，引入新的文学形式，开拓女性的写作范围和创作空间。她们在以男性为主导的启蒙话语中渗透进女性的观察视角和体验，以女性性别身份和视角对翻译文本做出不同的阐述和描绘。[④]同时，翻译活动丰富了女性译

① 参见《中国翻译家词典》编写组：《中国翻译家辞典》，北京：中国对外翻译出版公司，1988 年。根据该书提供的目录计算出女性翻译家的数量为 64 人。

② 参见陈福康：《中国译学理论史稿》，上海：上海外语教育出版社，1992 年，第 111 页。

③ 据统计，《中国翻译家辞典》所列女性翻译家中，主要从事文学翻译的有 34 人，专门译介俄苏文学的有 7 位，加上以俄语为第一翻译语言、英/法/日语为第二外语者 9 位，以及翻译捷克、保加利亚、波兰和孟加拉国等国家语言的译者 5 位。其中，德语文学的译介“荒芜寂寥”，从事德语文学翻译的女性译者极为罕见。参见刘泽权：《大陆现当代女翻译家群像——基于〈中国翻译家辞典〉的扫描》，载《中国翻译》，2017 年第 6 期，第 28 页。这里的数据总量和陈福康在上文提到的 64 人之间有偏差，因为陈文统计的是所有女性翻译家，但刘文的关注点在于从事文学翻译的女性。

④ 参见罗列：《论 20 世纪初叶中国女翻译家群体的崛起》，载《西南交通大学学报（社会科学版）》，2008 年第 2 期，第 70 页。

者的知识结构，唤起她们对个体身份和文化身份的反思。就德语文学翻译而言，袁昌英名列弗洛伊德释梦论最早的译介者行列，又对两部施尼茨勒剧作有首译之功，陈敬容对里尔克诗歌延续 40 多年的翻译和介绍，以及沉樱对茨威格和富凯等作家的广泛翻译和挖掘，都在德语文学汉译史中留下了不容抹去的印记。在德语文学女性译者普遍缺乏的状况下，她们的成绩显得弥足珍贵。

8.3　近现代中国留德史中的女性身影

中国现代女作家在中德文化交流和德语文学汉译两大领域的普遍性缺席与她们的教育背景及知识结构有关。重要原因之一是中国女性在近现代留德史上的缺位。一般情况下，讨论作家接受外国文学的背景时，受教育情况和留学背景往往会成为考察他们与他国文化的关系的重要依据。也就是说，现代作家是否具有留德背景在很大程度上会影响他们与德语文学的亲疏。[①]那么，近现代中国女性留学德国的情况究竟如何？

对于近现代中国女性留学的问题，有学者这样评论："中国妇女的启蒙和觉醒是特别艰难的，妇女走出国门和走向世界就更加艰难了。在 1900 年以前到欧美的中国人中，妇女只占百分之几不到，其中称得上观察者的知识妇女屈指可数，能够用著述表明自己思想和见解的更是绝无仅有了。"[②]

据史料记载，中国女性留洋最早可追溯到 1870 年左右。[③]当时这些女留学生由外国传教士带领出国并资助。但与男性相比，近现代中国女性的留学之路实际上困难重重。

翻开近 150 年的中国留学史，早在 1876 年，李鸿章（1823—1901）就派出 7 名下级军官远赴德国学习军事技术。[④]1909 年，清政府派遣 77 名学生赴德留学，以军事和理工科目为主。"五四"之后留学德国形成一股热潮。据统计，1920 年赴德勤工俭学者有近千人，而到了 1924 年，仅柏林一地就有中国留学生近千人。截至 1937 年，留德学生人数依然呈现出曲折上升

---

① 这种情况在中国近现代留德史上稍有不同。不少现代作家留学日本后，掌握了德语语言和文学等方面的知识，其中包括鲁迅、郭沫若等。这与日本当时的教育制度有关。

② 钟叔河：《走向世界：近代中国知识分子考察西方的历史》，北京：中华书局，1985 年，第471 页。

③ 参见伍昂：《女子留学——中国妇女解放史上的重要篇章》，载《神州学人》，1995 年第 9期，第 32 页。

④ 参见徐健：《晚清官派留德学生研究》，载《史学集刊》，2010 年第 1 期，第 73-74 页。

的趋势。[①]抗日战争爆发后，因欧洲局势变化，留学德国的情况基本中止，曾经的留德学生部分归国，部分滞留当地。

在这批留德学生中出现了陈寅恪、蔡元培和乔冠华等杰出代表，他们在学术、经济、教育和外交等领域颇有建树。但留学德国的中国女性却屈指可数，参照《清末至 1949 年以前中国留德学人史略》中的名录，仅有社会活动家胡兰畦和科学家崔之兰（1902—1971）等十多位。她们所修专业主要是医护和政治学等实用性较强的学科。翻开《中国留学生大辞典》，统计在册的留德人员 265 人中女性仅有浦洁修（1907—2000）和何泽慧（1914—2011）等 9 人，主修物理学和药学等方向，和文学几乎无关。[②]也无材料显示她们对文学创作和翻译的兴趣。

回头再看现代女作家的教育背景，陈衡哲（1890—1976）和冰心前往美国留学；袁昌英、陈学昭（1906—1991）、冯沅君、苏雪林、杨绛（1911—2016）和林徽因（1904—1955）等人则留学英、法等国；就笔者掌握的资料，可考的有留德经历的现代女作家仅胡兰畦一人。[③]但我们同时必须注意到，胡兰畦赴德留学时怀揣救国图存的信念，因此获取人文学科知识和丰富文学创作素养并非她的初衷。如果不是因为她在政治倾向上向德国共产党成员靠近，可能胡兰畦和西格斯的友情也失去了萌芽的基础。胡兰畦的文学创作更多地带有报告文学的特征，她并没有在虚构文学的艺术创作中借鉴德语文学和德国哲学方面的资源。留德经历对她的写作的影响与当时留德的宗白华、冯至以及留日的郭沫若、郁达夫等人相较，不可同日而语。我们再把视线转向国内，石评梅和庐隐等作家没有留洋经历，并非外语专业出身，她们从北京女子高等师范学校毕业后直接开始教师生涯，唯有郑敏选修过德语课。

由于普遍缺乏德语能力，现代女作家无法在中德文学对话中取得和男性作家们同等的成果。细究之下，中国女作家在中德文学和文化关系中的"缺位"与教育资源分配不均也有关系。由于这一讨论已超出本书研究范围，此处只能点到为止。

---

① 这个问题在前文已有论述，具体可参见叶隽：《清末至 1949 年以前中国留德学人史略》//明坤、汤卫城主编：《旅德追忆：二十世纪几代中国留德学者回忆录》，北京：商务印书馆，2000 年，第 717-732 页。

② 参见周棉编：《中国留学生大辞典》，南京：南京大学出版社，1999 年，第 452-588 页。这9 人分别是王雪莹（1901—1985）、刘馥英（1912—2001）、何泽慧、陆士嘉（1911—1986）、顾淑型（1897—1968）、浦洁修、崔之兰、康北笙（1941— ）和蒋英（1919—2012）。

③ 姚可崑严格来说是学者，并非作家。她毕业于北京师范大学国文系，曾留学德国，在柏林大学和海德堡大学求学。

第9章 中国现代女作家和德语文学
关系再考察

9.1 现代女作家对话德语文学的表征

回溯中国现代女作家的成长和文学创作之路，她们的家庭背景、求学履历以及审美趣味与文学书写表现密切相关。就本书提到的女作家而言，她们普遍接受了高等教育，部分女作家求学海外，拥有丰厚的文化底蕴、开阔的视野和丰富的学识涵养。这些为她们吸收外国文学资源提供了可能，也为她们学习利用这些资源打下了良好基础。民国时期，面对纷至沓来、形形色色的外国文艺思潮和文学作品，女作家们没有表现出对某国文学情有独钟，而是广泛阅读、博采众长。她们"杂食"外国文学资源，为己所用，由此产生的很多文学模仿和借鉴行为并非完全出于自觉，有的仅是潜移默化，甚至纯属偶然。尽管如此，她们与德语文学和文化的关系仍有很多值得深究之处。

9.1.1 对翻译文学的倚重

中国现代女作家获取并消化德语国家思想资源走的是"拐弯抹角"的道路。其一，她们翻译德语文学往往经由其他外语转译。例如，陈敬容翻译里尔克诗歌时借助了里尔克诗歌的英译本，袁昌英同样从英语转译了施尼茨勒的戏剧作品。其二，中国现代女作家与德语文学和哲学的对话往往以翻译为中介。翻译文学帮助女作家实现了对德语文学的阅读、理解和接受。《维特》和《茵梦湖》多个中译本畅销多年，经久不衰，各种刊物对德语文学和文艺思潮的译介层出不穷，这些为初出茅庐的现代女作家开启了文艺新天地，为她们的创作注入了新元素，使她们在创作题材、写作技巧和文学观念上受益颇丰，也在某种程度上发挥了思想启蒙作用。

翻译是中国现代女作家参与中德文学对话的重要环节。晚清以来域外文学翻译盛行，及至五四时期已成蔚然大观。可以说，西方文学对中国现代文学的影响主要是通过翻译文学实现的。文学翻译作品为徘徊于新旧文学之间的现代作家敞开了一扇大门，贡献了开展中国文学传统与西方文学乃至世界文学对话的通路，引发中国文学内部的变迁，为作家提供了审视外部世界和内部心灵的新视角，使作家创作在思想观念、表现手法和写作语言等层面上实现现代转型。翻译文学的在场是一个无可否认的事实。

在文化交流的意义上，每一种文化都是在与其他文化交流、融合和新生的过程中不断往前推进的。翻译是这一交流过程的必要载体。尤其是深层的文学、学术和思想的交流必须通过译本方式才能达到深入和升华的效应。①所以有学者指出，在两种文化交流过程中产生直接影响的多为翻译，而非原著。②

和其他国家的翻译文学一样，汉译德语文学是德语国家文学在中国存在的重要方式之一。一部文学作品可能有多种不同的存在形式。很多世界经典名著皆以译作形式在世界范围内存在和流传，被认识、被接受、被研究。译作对原著的介绍和传播有积极的推动作用，在一定程度上有助于实现原著的普及。③同时，译作可能促使他国读者重新发现曾被忽略的作品的价值。④

文学作品经过翻译后采用了他国文字和语法，有了新的文化语境，融入了译者的理解和"创造性叛逆"，从纯粹的意义上说已非原汁原味。但翻译文学基本上传达的还是原作的内容，表述的仍然是原作的形式和意义，描述的依然是原著提供的形象与情节，展现的还是原作的体裁，无论这种体裁是小说、散文、戏剧还是诗歌。从这种意义上说，尽管翻译文学与原著并不能完全等同，但依然具备原著的基本特征。当然前提是这种翻译能尽量忠实于原文，没有过度失真、走样或扭曲的加工（如改编）。⑤

现代女作家中掌握德语者有限，她们参与中德文学对话主要依靠翻译和转译。郭沫若、冯至和宗白华等翻译家的经典译本帮助这些作家实现了和德语文学思想的交流。

---

① 参见叶隽：《外国文学如何融入本国精神生活？——读〈德国转折文学研究〉》，载《中华读书报》，2005年2月23日。
② 转引自杨丽华：《中国近代翻译家研究》，天津：天津大学出版社，2011年，第181页。
③ 比如清末民初畅销的林纾翻译的西方小说，再比如形成文化现象的《少年维特之烦恼》。
④ 参见谢天振：《译介学》（增订本），南京：译林出版社，2013年，第173页。二战之后，中国唐代籍籍无名的诗僧寒山的作品走俏美国。"垮掉的一代"将寒山视为精神导师，认为他的诗歌思想与他们的精神追求十分契合。寒山诗在西方文学界引起巨大反响。
⑤ 以上观点受谢天振《译介学》一书的启发，参见谢天振：《译介学》（增订本），南京：译林出版社，2013年，第188-189页。

9.1.2　单一性和密集性

中国现代女作家在文学书写中和德语国家思想资源产生联系时往往集中于某一位或某几位德语作家和思想家。无论是随着五四运动踏入文坛的冰心和庐隐，还是 20 世纪 20 年代颇负盛名的学者型作家冯沅君和女兵作家谢冰莹，或是 40 年代的九叶派诗人郑敏，都在创作中无一例外提到了歌德。同样的情况也表现在她们对德语文学作品的态度上。20 世纪 20 年代被中国青年奉为"爱情圣经"①的《维特》深刻影响了现代女作家的创作。她们的书信日记体和自传体小说产量颇高，采用第一人称叙事和强调心理现实主义的作品大量出现。在《维特》出现以前，这种文学体裁从未如此普遍。②这一现象与《维特》的风靡有关。女作家笔下催人泪下的爱情悲剧和厌世敏感的人物形象也可以从《维特》中找到答案。此外，九叶派诗人郑敏和陈敬容受到里尔克诗歌作品影响的事实也清晰可辨。这两位诗人对里尔克的咏物诗创作和诗思方式表现出深刻的理解力和无限的学习热情。她们从 20 世纪 40 年代开始诗歌创作，1979 年后迎来新的创作高峰。在此期间，里尔克诗歌的影响贯穿其中并延续了近半个世纪。她们在对里尔克诗歌的表达技巧和诗学主张的探讨中不断提升诗艺，深化中德诗歌的交流和对话。

以上现象有多方面原因。其中很重要的一点是歌德和里尔克无论是在德语文学史还是在德语文学汉译史上都举足轻重。文学的经典性和普适性可以超越国界，且无关年代。20 世纪 20 年代中国文坛和翻译界的"歌德热"以及 40 年代的"里尔克神话"足以证明这一点。《维特》的影响力无疑是空前（甚至绝后）的，从发行量来看，仅仅郭译《维特》的再版次数就十分惊人。③

叶隽指出，"接受主体是否具有强势的知识拓新和学养基础"会对外来文化接受产生重要影响。④现代女作家中留学德国者少，掌握德语者少，对于翻译文学的倚重决定了她们对德语国家思想资源的接受在客观上受到译

---

① 参见 L. 李欧梵：《浪漫主义思潮对中国现代作家的影响》//贾植芳主编：《中国现代文学的主潮》，上海：复旦大学出版社，1990 年，第 89 页。

② See Yip, Terry Siu-Han. The romantic quest: The reception of Goethe in modern Chinese literature. *Interlitteraria*, 2006 (11): 65.

③ 郭译《维特》1922 年出版后，次年 8 月再版 4 次，两年后已再版 8 次。1949 年前，仅郭译版本就再版 50 多次。参见上海图书馆编：《郭沫若著译书目》，上海：上海文艺出版社，1980 年，第 122-123 页。

④ 参见叶隽：《德诗东渐过程中的主体原则与资源向度》，载《中国文学研究》，2012 年第 2 期，第 46 页。

坛流行风向的影响。当然，选择倾向和接受方式与作为创作主体的女作家也有莫大关系。

9.1.3　庐隐：一个兼收并蓄、接受视野广阔的特例

歌德和里尔克等作家的作品在现代女作家的文学创作中得到比较集中的投射，说明这一群体对某一类德语文学作品和思想体系的热情度高。不过，也有一些作家基于广泛的阅读经验和对外国文学的持续关注对德语文学表现出全方位的接纳态度。庐隐即为一例。

就笔者掌握的资料来看，最先出现在庐隐笔下与德国有关的人物并非传统意义上的文学家，而是哲学家尼采。1920 年，刚入大学的庐隐热衷于新思潮和新理论。当时五四运动余热未消，各种新式学说如雨后春笋勃然而兴。她颇感兴趣，经常从新书中获取新知。[1]她重视思想的力量，认同思想造就行动，而且举例说明："尼采（Nietysche）主张超人学说，就有德国底军国主义，日本底帝国主义发生。"[2]20 世纪上半叶，尼采学说曾被纳粹利用，使他身后承受污名。当时在中国将军国主义和尼采挂钩的人并非少数，庐隐或许受到了影响。

不久后，庐隐发表了一篇评介西方戏剧起源、分类和发展趋势的论文。她以古希腊为发端，从亚里士多德开始历数西方戏剧名家。德国戏剧从启蒙时期起至 20 世纪初空前发达，名家辈出。庐隐举例歌德、苏德曼、豪普特曼和莱辛等作家，推崇苏德曼和豪普特曼等剧作家的文艺主张。[3]事实上，豪普特曼等人的作品 1924 年前后才有了中译。[4]加上庐隐在文中对歌德和莱辛等采用了颇为罕见的中译名，引文多有失误，故笔者推断她可能根据外国文学史和评论文章间接了解以上几位德语文学名家，当时并未详细读过他们的作品。

随后，庐隐将德语文学元素融入创作，但她首先瞄准的并非德语文学经典巨制，而是耳熟能详、流传度更广的德国童话。大学毕业前夕，她曾

---

① 参见庐隐：《庐隐自传》//王国栋编：《庐隐全集》（第六卷），福州：福建教育出版社，2015年，第 61 页。

② 庐隐：《思想革新底原因》//王国栋编：《庐隐全集》（第一卷），福州：福建教育出版社，2015 年，第 15 页。此文引文中所标尼采的德语名字有误，应为 Nietzshe。

③ 参见庐隐：《近世戏剧的新倾向》//王国栋编：《庐隐全集》（第一卷），福州：福建教育出版社，2015 年，第 42-45 页。庐隐原文提供的歌德和豪普特曼的生卒年信息有误，且作者将歌德写为"盖安德"，将莱辛写作"李多银"。

④ 参见卫茂平：《德语文学汉译史考辨：晚清和民国时期》，上海：上海外语教育出版社，2004年，第 151 页。

写过一个短篇小说，讲述一位年轻女教师艰难的人生抉择。小说设置了以下场景：

> 在几个孩子中间，有一个比较最小的，她是张家村村头张敬笃的女儿，生得象苹果般的小脸，玫瑰色的双颊，和明星般聪明流俐的小眼，这时正微笑着，倚在女教员的怀里，用小手摩挲着女教员的手说："老师！前天讲的那红帽子小女儿的故事，今天再讲下去吗？"
>
> 女教员抚着她的脸，微微地笑道："哦！小美儿，那个红帽子的小女儿是怎么样一个孩子？……""哈，老师！姐妹告诉我，她是一个顶可爱的女孩儿呢……所以她祖母给她作一顶红帽子戴……老师！对不对？"[①]

话到此处，读者不难判断，这个戴红帽子的小女孩是《格林童话》中的经典形象——小红帽。天真无邪的小红帽在受到大灰狼诱骗之后和外祖母一起被吞进狼腹险些丧命，最终被猎人所救并成功复仇。

《一个女教员》的作者在开篇引出这段关于小红帽的问答之后，并没有终止话题：小美儿向老师承诺明天戴红帽子，并在第二天上课时兑现承诺且被称赞为"小红人"。作者几次三番、不厌其烦地重复小红帽的话题，究竟是什么意图呢？文中有两处或许可以解答。首先是作者借卢梭的教育小说《爱弥儿》（*Émile, ou de L'éducation*）说明小美儿与爱弥儿同样天真聪明、纯洁无邪，其次是女教员教孩子们唱的一首歌，现援引如下：

> 可爱的小朋友呵！
> 污浊的世界上，
> 唯有你们是上帝的宠儿；
> 是自然的骄子；
> 你们的心，象那梅花上的香雪，
> 自然浸润了你们；
> 母爱陶冶了你们；
> 呵！可爱的小朋友！

---

① 庐隐：《一个女教员》//王国栋编：《庐隐全集》（第一卷），福州：福建教育出版社，2015年，第139-140页。

　　　她为了上帝的使命，

　　　愿永远欢迎你们，

　　　欢迎你们未曾被损的天真！①

　　至此，作者的意图已趋明朗：小说中的女教员因厌恶人类世界的污浊，毅然告别母亲与妹妹去追寻心中的世外桃源。她一心打算献身教育事业，与天真的孩童为伴，但生逢乱世，时局险恶，百姓遭受压迫，勇于抗争的有为青年不幸被捕，因此女教员不想再缄默，决定和残忍的虎狼斗争，但又不忍心弃可爱的孩子们于不顾。天真无邪的孩子让她难以割舍，但她终于下定决心，辞别期盼自己的母亲，抛下村里的孩子毅然南下，为人道牺牲。作者借用小红帽的形象暗喻活泼天真的孩童，突显身为知识女性的女教员在理想与现实产生碰撞时的艰难抉择。庐隐即将告别象牙塔踏入社会谋生，她对时局的忧虑和对未来的惶惑隐约可见。在这里，作者和小说人物之间的界限被模糊了。

　　庐隐大概是最关注德语文学和德国思想的现代女作家之一。国文系的专业训练为她提供了开阔的视野，使她将关注的目光投向了西方文学。不过像庐隐这样的作家在现代女作家群中比较罕见。

9.2　性别差异影响下的文学接受

9.2.1　文学接受中的性别审美差异

　　尽管受到译坛流行风气的影响，但中国现代女作家面对浩瀚庞杂的德语文学资源并非取舍无度、毫无章法。她们状似零敲碎打的接受状况彰显出了别样的风格和价值。让我们回到上一节有关被译介作家重要性的问题：在晚清民国时期声誉卓著的德语作家并非只有歌德和里尔克。与歌德并列为魏玛古典文学两大高峰的席勒在 20 世纪的中国曾历经三次译介高潮。席勒在文学、哲学和史学领域成就卓越，他的诗歌、戏剧、史学著作和美学理论在中国得到广泛重视和译介，1917—1937 年是席勒作品在中国的第一个译介高潮。②但据笔者掌握的资料，除了庐隐在一篇演讲稿中称席勒为"浪

---

① 庐隐：《一个女教员》//王国栋编：《庐隐全集》（第一卷），福州：福建教育出版社，2015年，第 143 页。

② 参见丁敏：《席勒在中国：1840—2008》，上海外国语大学博士论文，2009 年，第 8 页。该博士论文 2009 年 5 月提交于上海外国语大学，目前尚未公开出版。

漫主义的先驱家"外，中国现代女作家群体对这位德语文学名家几乎没有任何回应。①此外，雷马克因反战小说《西线无战事》在20世纪30年代的中国红极一时，译介、评论和改编盛行，一度成为文艺界的热点话题，但中国现代女作家对此也无甚兴趣。文学接受中的厚此薄彼，原因何在？

其实，这种情况绝非针对席勒或者雷马克。如果同时看一下《维特》作者歌德的另一部戏剧作品《浮士德》在中国的接受情况，不难发现，郭沫若、周学普（1900—1983）和张闻天（1900—1976）等人的翻译以及梁宗岱、茅盾和陈铨等人的介绍并未让这部鸿篇巨制对现代女作家们产生多少影响。②结合《维特》在五四时期的接受热潮直至20世纪20年代末在现代女作家书写中偃旗息鼓这一事实，我们可以得出一个粗浅的结论：在双边文学交流过程中，被影响一方的文学接受倾向性与作为影响源的文艺作品的题材和主题有关，也与时代语境有关。

但是，结论不仅止步于此。作家将外来资源内化，继而模仿、借鉴或创造性转化，并非女作家专属。要解释清楚这个问题必须回到女性书写传统上。笔者曾提出，浮出历史地表的现代女作家和古代女性写作者尽管存在本质上的不同，但她们和先辈拥有共同的性别身份，这使她们在创作中形成某些共性。古往今来，男人和女人的活动范围和生存空间大不相同。当男性凭借主动性和进取心在社会上搏击、实现自我价值并得到社会认可时，女性的天地逼仄狭窄，她们和家庭、婚姻的牵绊更多，紧密捆绑，所以她们的价值观念和男性差别很大。当长期在社会中参与生存竞争的男性逐渐淡化了朴素的人类情感，长期在家庭氛围中生存的女性却强化了她们对精神世界的追求。进入20世纪，当女性有机会深入公共生活领域，很多原来意义上的私人问题随之进入社会领域，包括两性关系、家庭生活、繁衍后代和子女教育等③，所以艺术创作领域的两性视角和关注焦点也不尽相同。现代女性步入新式学堂，开阔了视野并形成新的人生观和世界观。她们为揭露自己的历史而书写，用文字为自己的理想辩护。但是和男性作家相比，她们的生活范围和社交机会依然受到制约，所以文学创作更多集中于婚姻、家庭和其他人伦道德范畴。

王绯曾提出，女性文学存在两个语言艺术世界：第一个世界是作家对

---

① 参见庐隐：《研究文学的方法——在今是中学文学会的讲演稿》//王国栋编：《庐隐全集》（第二卷），福州：福建教育出版社，2015年，第296页。

② 根据卫茂平教授《德语文学汉译史考辨：晚清和民国时期》中提供的"德语文学汉译及评论书目"，从1926年起，《浮士德》至少有六个中译本，包括茅盾和梁宗岱在内的文学界知名人士也曾大力介绍这部名作。在此期间还有国外研究《浮士德》的著作中译本在国内出版。

③ 参见李小江：《性沟》，北京：生活·读书·新知三联书店，1989年，第46页。

女性自我世界的开拓，是女性在文学上的自我表现；第二个世界是女性作家以辩证眼光观照社会生活，在艺术表现上超越妇女意识和超越妇女世界的那部分作品。①如果说女性文学的创作存在两个世界，那么同样作为精神领域活动的文学接受也存在两个世界，即按照接受主体体验世界的不同感受和眼光，以及按照接受客体的实际内容。这两个世界可以既是专注于女性世界内部又超越女性世界的。女性作家对于接受客体的阅读、解释、领悟和再创造，既可以具备女性意识，也可以具备普泛意义上的人的意识。女性作家在阅读、模仿和创化等文学接受活动中也会依托性别体验表达出与男性作家不同的审美诉求和接受倾向。文学接受史不是单音独奏。

　　由于生理和文化的差异，两性在人格发展上表现出鲜明的性别差异，这也在一定程度上造就了他们在文学书写和文学接受时不同的兴趣点和关注点。我们日常看到的情况是，男性一般偏爱理论、政治和经济，而女性则更重视审美、社会和人际关系。从思维指向上看，女性接受者在审美思考时更留意与自身世界相关的话题，对作品的理论和政治色彩投入的关注度比男性少一些，而解读作品时投入的个人色彩则更浓烈。此外，由于两性在人格特质上的差异，女性的神经质倾向更高，更敏感，情感更丰富，感受更细腻，也更爱幻想。女性以自身的人生经验和文学经验为出发点对于文学作品的接受，可能会表现出更鲜明的情感色彩和更单纯直白的情绪。从两性思维特质和心理机制的差异来看，女性更关注细节，着意事物发展进程，但思考向外扩展的幅度、视野的开阔度、宏观概括能力和抽象思辨能力可能弱于男性。②当然，由于接受者的个人气质、理论学养和审美趣味等多方面因素的作用，性别差异在文学接受中所起的作用并不绝对化，可能因接受者的个人特征而有所偏差。

9.2.2　重"情"的现代女作家

　　女作家如何选择、消化并接受外来文化资源，进而对个人创作产生影响，其方式、程度和状态往往具备女性特质。如果我们把现代女作家接受德语国家思想资源的状况笼统放在中国现代历史语境中考察，会更关注作家文学书写的共通性和整体面貌，容易忽略女性作家独有的基于性别差异的接受体验和精神实质。后者需要依靠女性主义文学范畴的批评理论话语。

　　人的审美意识潜含着深厚的社会意识，两性社会角色分化和社会地位

---

① 参见王绯：《女性与阅读期待》，第 2 版，西安：陕西人民教育出版社，1998 年，第 9 页。
② 以上观点受到王绯《女性与阅读期待》一书的启发。王绯在书中讨论的是男女两性差异对文艺批评开展的影响和差异。在笔者看来，同样属于精神活动领域的文学接受也存在类似现象。

的不同造成男女在审美意识上的差别，这是人类审美艺术活动的前提。[①]男性的求生意识、行为规范和价值观念都在遵循社会需要，于是在社会关系中认识自我、发展自我，上演一幕幕社会悲剧和命运悲剧。女性的求生意识和行为准则则与个体需求密切相关。女性首先在两性关系的博弈中识别自我，所以她们理解和关注的悲剧总是一连串的婚姻悲剧和爱情悲剧。[②]家庭是女性的庇护之所，也是她们的牢笼。[③]与古代大家闺秀相比，中国现代女作家虽然获得了较大的择业自由和改变境遇的机会，但是婚姻问题始终是一个困扰，因为她们的社会角色保留了传统的一部分，性别角色差异会渗透到她们的审美意识中并影响其艺术创造。这一点决定了女性文学的特殊存在和独特价值。这种性别体验赋予文学接受以同样的可能。

自觉的女性意识和非自觉的女性潜意识积淀在女作家的心理和生理机制中，形成了女作家群体艺术特征的内在情势，影响着她们形象思维的群体审美意识。[④]对婚姻和爱情问题的现实焦虑反映在女作家的文学中，化作她们对情感的着力表现。我们看到庐隐笔下愁肠百结的海滨故人们一方面追求人格平等的爱情，另一方面执着地寻求他人的庇护。理性严谨的陈衡哲一方面认为婚姻妨碍女性的事业，另一方面却在《洛绮思的问题》中思索关于女子归宿的答案。女作家珍视道德力量和情感力量。如果说判断善恶的标准在男作家笔下还须依照严格的社会尺度和伦理规范，那么这个标准在女作家这里唯有"情"一字。女作家注重"爱"的情愫。

20 世纪 30 年代初陆续有多部关于现代女作家的研究著作问世，评论家毅真在《几位当代中国女小说家》一文中用法国作家阿纳托尔·法朗士（Anatole France，1844—1924）的名言调侃道："女子没有爱，就好象花儿没有香似的。"[⑤]毅真批评当时女作家在"爱情的角落"扎堆，创作视野和题材过于狭窄，但他也道出一个事实：女性作家更注重"爱"的描写。这个结论运用到中国现代女作家对德语文学的接受中也可以成立。细看之下，在民国翻译界被津津乐道的歌德的《浮士德》、席勒的《华伦斯坦》(Wallenstein)和《威廉·退尔》(Wilhelm Tell) 等突显了社会责任意识、社稷英雄意识和家族复仇意识，而歌德的《维特》和施笃姆的《茵梦湖》集中反映了一个主题：爱情与婚姻。女作家们对德语文学的专一热忱源于她

---

① 参见李小江：《女性审美意识探微》，郑州：河南人民出版社，1989 年，第 41 页。

② 参见李小江：《女性审美意识探微》，郑州：河南人民出版社，1989 年，第 97-98 页。

③ 参见李小江：《性沟》，北京：生活·读书·新知三联书店，1989 年，第 30 页。

④ 参见任一鸣：《女性文学的现代性衍进》，载《小说评论》，1988 年第 3 期，第 17 页。

⑤ 毅真：《几位当代中国女小说家》//黄人影编：《当代中国女作家论》，上海：光华书局，1933 年，第 4 页。

们在寻找合乎她们审美意识和艺术追求的主题。

　　《维特》在现代中国传播广泛，一意追捧者有之，决绝贬斥者亦有之。若将男女作家分列两大阵营，可以看出文学接受过程中因性别审美差异引发的不同效果。虽然郭沫若、茅盾和郁达夫等男性作家在创作中时常模仿和借用《维特》，但往往和《维特》保持某种疏离。《叶罗提之墓》看重性爱和情欲的表现力；《子夜》借用《维特》唤起一段旧情，实则讽刺了醉心情爱的男女，《维特》并没有从根本上影响《子夜》的故事结构[①]；《沉沦》则以多情、自伤而忧郁的男子口吻进行自我陈述和自我想象，其内核是民族危机和国族弱势下的殇怀和创痛，与《维特》形成反讽。[②]相比之下，现代女作家对《维特》的转化更简单直白。在女性作家与《维特》有涉的文本中，情爱尤其是精神恋爱始终占据核心位置。即便在爱情书写中最激进大胆的冯沅君面对即将到来的亲密行为也是踌躇犹豫，不敢越雷池一步，把维持身体纯洁的爱情自由视作天经地义。面对《维特》，男女作家显示出不同的接受倾向、审美趣味、接受视点及性别立场。男女作家处理爱情题材的方式也不同。男作家书写爱情本体，他们笔下的爱情故事主要服务于社会启蒙，或是将情爱婚姻作为宏大社会命题的附属品；而现代女作家倾向于回归两性关系本身，关注这种关系对女性命运产生的实际后果。[③]

　　五四时代的男女为追求人格自由结成了精神同盟，然而这个同盟有无数裂隙：只是新旧阵线的划分方式暂时遮蔽了男女的性别权力关系。客观地讲，在《落叶》和《叶罗提之墓》等仿制《维特》的男性文学文本中，女性经常因懦弱、无助和羸弱的男性遭受间接伤害，而男性在两性关系里往往收获更多感性的欢愉。女性成了男性书写者和男性角色投射个人欲望的工具和对象。庐隐和冯沅君等女作家在关联《维特》的故事和文本中则凸显了女性的身影，发出女性的声音。模拟《维特》的女性文本将目光瞄准爱欲的挣扎，以及爱和伦理的博弈。女作家对《维特》的接受和创造性转化说明这种文学上的借鉴和艺术选择涉及性别因素，她们的艺术探索有明确的性别立场。

---

① 参见〔捷克〕马立安·高利克：《中西文学关系的里程碑》，伍晓明、张文定等译，北京：北京大学出版社，1990年，第123-124页。

② Vgl. Kubin, Wolfgang. Yu Dafu (1896-1945): Werther und das Ende der Innerlichkeit. In Günther Debon und Adrian Hsia (Hrsg.), *Goethe und China—China und Goethe: Bericht des Heidelberger Symposions*. Bern; Frankfurt am Main; New York: Peter Lang Verlag, 1985, S.177-178.

③ 参见华维勇：《女性视野下"娜拉"对应形象的缺失与建构——以现代女作家作品为视角》，载《文艺评论》，2012年第11期，第72-73页。

9.2.3　关注自身生存境遇的现代女作家

有学者认为，当代中国女性艺术倾向于蜷缩在自己的一方天地去进行审美关注，以自我内心世界作为审美视角，从女性文化的角度表达她们的生命体验。因此当代女性的审美对象普遍不是宏大的历史叙事，女性艺术家善于站在个人角度去体现和把握属于人类个体化的世界。[①]其实现代女性艺术也有类似的审美倾向，或者说，女性审美艺术的发展有其延续性。

现代女作家同样擅长将生存体验转化为艺术存在方式。当她们成为审美主体，她们的审美判断便会建立在她们对生命的审美体验基础之上，甚至她们会鼓足勇气自我解剖，自我撕裂，放大自身生命体验，将感受和创作合二为一。[②]五四时期女作家青睐《维特》和《茵梦湖》的爱情题材有历史社会原因。婚恋问题不可否认地构成了"五四"新文学实践的主体内容，男女作家都在尽力开掘这一主题。知识女性在观念上接受了现代思想，有些人在行动上反叛家庭，冲出家门，但她们依然把婚姻和爱情作为主要出路。从情感上说，她们受到传统的羁绊比男性更深，与家庭和传统彻底割裂后付出的代价也因此更大。一旦在爱情和婚姻问题上遭遇挫败，她们难免陷入痛苦。她们崇尚个性自由，但是人格尚不够独立坚强，在追求女性解放的同时，思想深处和情感深层仍然保留着传统的积淀。即便坚毅如女兵作家谢冰莹也在情感上颠沛流离，数度自我放逐，在起起落落的情感关系中寻找安全感；庐隐有自发的女权意识，她强调经济独立对女性的重要性，但她精神苦闷的来源多半还是感情不顺；石评梅奋力投身教育和文化事业，却至死不能摆脱感情缺憾带来的阴影。女作家关注爱情和婚姻，这是她们重要的人生命题，也是她们文学创作的核心议题。

在人人为思想解放欢欣鼓舞、以张扬个性为荣、浪漫精神无处不在的时代，现代女作家现身说法，满怀激情地宣泄情感，批判旧制度。激情过头难免缺失理性，但这种澎湃的青春和恣意的激情却使她们的宣传和批判拥有振奋人心的力量。由于视野受限、社会阅历单薄，她们从自我生命体验中汲取创作素材，文本中常见自叙传色彩。她们关注女性的生存样态，也书写着女性的体验和精神世界。现代女作家把日常生活和隐秘经验展现在众人面前需要勇气。对中外爱情题材的瞩目和对爱情书写的执着，是她

---

① 参见顾春花：《蜷缩于己：当代中国女性艺术的审美心理》，载《南京晓庄学院学报》，2015年第 2 期，第 75 页。

② 参见顾春花：《蜷缩于己：当代中国女性艺术的审美心理》，载《南京晓庄学院学报》，2015年第 2 期，第 75-76 页。

们再现生活世界的一种方式，也是她们走向世界的一种方式。

9.2.4　将德国哲学纳入情感范畴的现代女作家

纵观中国现代女作家对话德语文学的总体情况，在 30 多年的历程中呈现出一定的纵深化和抽象化趋势。五四以降，"人"的发现是中国现代文学的全新起点。男女作家对人类存在方式的诘问、对人性的透视、对人和自身及社会和自然关系的思考是相通的。自我意识和主体意识日渐苏醒的女作家热衷于思考人生的根本问题。庐隐服膺于叔本华，她笔下那些游戏人生、患有"哲学病"、脸上终日愁云密布的青年是叔本华的拥护者和追随者。冰心对抗尼采的"超人"，奋力摆脱虚无主义，否定人世间的冷漠无情，宣扬"爱的哲学"。如果这只是现代女作家初探德国哲学资源的话，那么 20 世纪 40 年代女诗人对德国哲学问题的思考愈发透彻。郑敏和陈敬容不再围于具体题材和个别事实的创作，直接开始思考超越本体和超越现实的哲学意义上的根本性问题。诗意哲学家里尔克是她们的师法对象。里尔克咏物诗中表现现实世界的方式、诗学理念中对艺术与生活关系的反思以及对个人与宇宙关系的省悟启发了两位诗人。这说明在现代女作家向具有普遍意义的人类生活纵深处掘进的道路上，德国哲学由少到多、由浅入深地进入她们的创作视域。然而，现代女作家对德国哲学的观照总体偏向于非理性的意志哲学，叔本华、尼采和弗洛伊德都归于这一思想传统。学者型作家袁昌英即使批评过弗洛伊德主义，她和弗洛伊德主义更深的联结依然体现在改编剧《孔雀东南飞》对婆媳关系的现代性阐释和对俄狄浦斯情结的再认识上。现代女作家着力表现"情"的因素。在传统主题的现代女性书写中，感情较多体现为具体生活的场景和情绪描写的外化，在围绕哲学主题衍生的现代女性文本中，情感趋向客观化和冷静化，体现出思维和情绪的内化。但女作家固有的情感特性没有发生变化，只是表达方式发生了改变。[①]她们对情感主题的敏锐度也体现在她们对德国哲学的接受上，她们将形而上的哲学纳入了情感范畴。

从标志女性写作的元素诸如叙述话语、叙述方式、叙述节奏和题材内容等可以看出，女性的生理和心理与她们的写作语言之间存在有机联系。女性写作理论的创始人埃莱娜·西苏（Hélène Cixous）主张女性必须遵循有别于男性的思维方式和写作规则进行创作，写作将解除对女性特征和女

---

① 参见任一鸣：《女性文学的现代性衍进》，载《小说评论》，1988 年第 3 期，第 21 页。

性存在的抑制关系。①女性文学情感型的群体审美意识决定了作为创作主体的女作家对创作客体及其内容的选择。这一立场可以从文学书写拓展至文学接受。作家王安忆曾用抒情的语言描绘了两性对待情感的不同态度：

> 男人的理想是对外部世界的创造与负责，而女人的理想则是对内部天地的塑造与完善。就在男人依着社会给予的条件全面地发展的时候，女人只有一条心灵的缝隙可供发展，于是女人在这条狭小的道路上，走向了深远的境界。②

无论是文学书写还是文学接受，女作家更能从个人角度切入社会和生活的纵深处，细致体验个人存在与社会环境、历史文化的冲突。她们向我们提供了文学的另一半世界、另一半感受和另一种审美。

9.3　具备双重读者身份的中国现代女作家

缺乏留学德国的背景，未和留德知识分子建立起密切联系，以及掌握德语者数量稀少，这些因素决定了中国现代女作家需要广泛阅读来获取德语国家思想文化资源。她们仰赖的求知空间是报刊、学术著作和汉译德语文学著作，以文字为载体的知识资源开阔了她们的眼界，提升了她们的思想，助益了她们的精神成长。这一代女性精英能书写、能阅读、能思考，从当时的知识环境中尽可能地获取文化和思想资源，在中外文学交流的舞台上留下自己的身影，也在中德文学交流中书写了重要的一笔。

阅读架起中国现代女作家和德语文学沟通的桥梁。她们的读者身份在接受德语文学过程中的作用不容小觑。罗贝尔·埃斯卡尔皮（Robert Escarpit）③在《文学社会学》（*Sociobiology de la Literature*）一书中根据发行渠道将购买和消费图书的群体划分成两类：文人④和大众。文人集团是输送出大部分作家的文学阶层，从作家到讲授文学史的教授，从出版者到文学评论家，所有参加文学活动或创造出文学的人都属于这个阶层。他们有

---

① 〔法〕埃莱娜·西苏：《美杜莎的笑声》，黄晓红译//张京媛主编：《当代女性主义文学批评》，北京：北京大学出版社，1992 年，第 192-194 页。
② 王安忆：《男人和女人，女人和城市》，北京：新星出版社，2012 年，第 99-100 页。
③ 又译"罗伯特·埃斯卡皮"。
④ "文人"是中国传统文化里的特殊词汇，在西方语言中其实并没有对应的表达，文人并不完全等同于学者或知识分子。"学者"的主业是注疏考证，引经据典；知识分子的职责是批判。文人实际指向有一定文化知识储备且能实际参与文学生产和流通过程的读者。

足够的阅读时间，有钱定期购买图书，且大多数受过中等程度以上的文化教育。①大众集团所受的教育程度较低，使他们凭直觉对文学产生兴趣，但不能做出明确和合乎理性的判断。他们的经济条件和工作状况不能使他们经常购买和阅读文学书籍，需求始终是从外部得到满足。②从外部得到满足，意味着大众读者不能参与文学活动，无法与作家和出版者建立联系，不能把自身对文学的反应诉诸和文学创作者的对话。可以想象，文人读者和大众读者的共同存在促成了经典文学著作和通俗畅销小说的传播。从德语文学汉译作品在中国的实际传播情况来看，中国现代女作家实际上具备文人读者和大众读者的双重身份，这促成了汉译德语文学在现代中国的多样化接受。

9.3.1　作为文人读者的现代女作家

文学阅读具有建设性，阅读的过程就是意义生产的过程。阅读对读者的心理成长和审美塑造的意义不言而喻。读者对文学作品的接受是文学鉴赏活动，读者通过阅读身临其境地体验作者的审美体验，感受作品的审美价值，为作家的审美情感所影响，读者的心理结构将产生变化。③作家和作品对读者的影响是读者主动接受的结果。读者作为审美鉴赏的主体，有选择或者拒绝阅读的主体性，但是读者一旦阅读作品，就会在审美鉴赏中接受作家对生活实践的审美评价，转而把这种审美评价转化成变革现实生活的实践行为。④

阅读对于具备作家身份的读者尤其重要。阅读对于他们而言更多的是一种手段，他们从中获取知识、信息和艺术技巧。中国现代女作家的家庭背景、知识学养和知识结构首先确立了她们文人读者的身份立场。阅读和接受之间存在互动关系。她们的阅读行为有效地帮助她们将阅读变现，将对她们有所触发的文学要素有意无意地融入自身创作。阅读构建意义，激发想象力，引发文学创作冲动。以《维特》为例，现代女作家阅读小说后在写作范式上受到启发，《维特》对情感的强烈召唤、个人意识的凸显和反

---

① 参见〔法〕罗贝尔·埃斯卡尔皮：《文学社会学》，符锦勇译，上海：上海译文出版社，1988年，第90页。

② 参见〔法〕罗贝尔·埃斯卡尔皮：《文学社会学》，符锦勇译，上海：上海译文出版社，1988年，第91页。

③ 参见王福和、郑玉明、岳引弟：《比较文学原理的实践阐释》，杭州：浙江大学出版社，2007年，第434页。

④ 参见王福和、郑玉明、岳引弟：《比较文学原理的实践阐释》，杭州：浙江大学出版社，2007年，第439页。

抗庸俗的姿态激起了她们的共鸣，现代女性书写中大量书信日记体小说的生成，以及爱情至上主义的主题渲染，都和"维特热"有直接关系。鉴于本书第 4 章对这个问题已展开详细阐述，此处不再赘述。

现代女作家的阅读史有其特殊性：西方文明的输入、社会内部的改革和革命、新式教育的实现及新文化的倡导，使她们有幸在鼓励女性阅读的背景下成长。阅读开阔眼界，她们有了更多自我成长的需求，如女性主体意识的觉醒、对独立人格的追求、对先进文化的认同、女性社会角色的转变、妇女工作和经济方面的权利追求等。[①]女性通过阅读获得了个体的独立意识和独立精神空间。在阅读和写作的双向互动中，知识女性实现了知识结构和文化心理的双重升华。文学阅读是中国现代女性文学书写崛起和繁盛的内在密码。

9.3.2　作为大众读者的现代女作家

从中国现代女作家所处的历史语境看，刚刚浮出历史地表的她们通过广泛阅读建立（和摆脱）与外部世界的关系，在一定程度上承担了大众读者的角色。文学性阅读对大众读者而言更多的是一种目的。阅读的女性比男性更能享受纯粹阅读的快感。

阅读使人增强社交能力，也能使人脱离社会生活。它可以短暂中断个人同周围世界的联系，是为了重新建立个人同作品中的世界的新的联系。[②]文学性阅读的动机常常是一种不满情绪。[③]由于不满情绪的存在，以及人类为消灭不满情绪不断付出努力，文学性阅读可以成为同人类社会地位的荒谬相抗衡的手段。[④]在此意义下，读者既是孤独的，又是排斥这种孤独的。读者需要走进别人的作品，需要借助别人，也需要脱离自身。[⑤]

再以《维特》这部在文人渠道和大众渠道都广泛流通的文学读物为例。

---

① 参见李海燕：《中国新知识女性的阅读史分析——以 19 世纪末 20 世纪初出生者为例》，载《高校图书馆工作》，2014 年第 1 期，第 67 页。

② 参见〔法〕罗贝尔·埃斯卡尔皮：《文学社会学》，符锦勇译，上海：上海译文出版社，1988年，第 147 页。

③ 这种不满主要指读者与其周围环境的不平衡。这种不平衡往往事出有因：或是人类本质固有的（生命的短暂、生命的脆弱），或是个人间的冲突固有的（爱情、仇恨、怜悯），或是社会结构固有的（压迫、贫困、对未来的忧虑、烦恼等）。参见〔法〕罗贝尔·埃斯卡尔皮：《文学社会学》，符锦勇译，上海：上海译文出版社，1988 年，第 147 页。

④ 参见〔法〕罗贝尔·埃斯卡尔皮：《文学社会学》，符锦勇译，上海：上海译文出版社，1988年，第 147 页。

⑤ 参见〔法〕罗贝尔·埃斯卡尔皮：《文学社会学》，符锦勇译，上海：上海译文出版社，1988年，第 146 页。

在 20 世纪 20 年代的中国，"维特热"并不局限于文艺界。众多译本的问世使《维特》这样一部严肃文学的经典作品达到等同甚至超越大众文学畅销书的销售成绩，甚至一度因为有利可图引发盗版和侵权等问题。比如曾有小报广而告之，声称郭译《维特》没有版税，"大家不去领，便宜了书业商人"①。1932 年，国内为纪念歌德逝世 100 周年举行了各种盛大活动。被誉为中国现代新闻出版史上第一本大型综合性新闻画报的《良友画报》②刊登了《维特》作者生前使用过的书桌、居住过的宅邸和石像等照片，吸引读者眼球，制造名人效应。歌德在中国有渐成大众偶像之势。③成为流行文化的《维特》自有大批追随者。

根据谢冰莹自传可知，她一度沉迷《维特》不能自拔，甚至疏忽本职工作。把一部小说"一连看过五遍"的她显然不是理性的读者。深受包办婚姻困扰的女学生谢冰莹大概是想借助阅读表达愤怒，也想沉入阅读的虚幻世界，同现实的纷扰割裂以求自我安慰。冯沅君阅读《维特》的体验同样值得一提。她在小说《隔绝》中借女主人公之口说出与恋人的肢体接触让她心旌摇曳，就像维特触碰到绿蒂的手脚时一样雀跃。④女性读者乐于在书中看到自己的爱情，如同每个人在书中能看到自己的影子。大众化阅读让读者洞悉别人的生活，反观自身的生命，甚至超越自身的人生经历。此时的现代女作家不再是超然物外保持理智的知识精英，她们在《维特》之类小说的阅读中表述了感性需求。这种阅读体验的价值在于它给读者带来了欢愉感受，而它所激起的那种感受可能被女性读者解读成一种一般意义上的情绪健康和发自肺腑的心满意足感。⑤她们和文学作品之间不再有距离，和大众读者之间不再有本质区别。她们对西方爱情故事如数家珍，沉湎于文艺读物的情感纠葛中，把自我投射到小说的想象空间中，在对现实

① 参见《一部销路很好的书〈少年维特的烦恼〉无版税》，载《娱乐周报》，1936 年第 2 卷第 9 期，第 174 页，作者不详。
② 《良友画报》创刊于 1926 年，受众面广，可满足不同阶层读者的需要。《良友画报》第四任主编马国亮曾回忆："在国内，无论通邑大都，穷乡僻壤，皆有《良友》的踪迹。"参见马国亮：《良友忆旧：一家画报与一个时代》，北京：生活·读书·新知三联书店，2002 年，第 48 页。"《良友画报》一卷在手，学者专家，不觉肤浅薄，村女妇孺，不嫌其高深，所以能一致欣赏。海外华侨，更通过它了解祖国情况，甚至世界大事。"参见马国亮：《良友忆旧录》，载《良友画报》（香港版），1984 年 9 月号。此处转引自赵家璧：《〈良友画报〉二十年的坎坷历程》，载《新闻与传播研究》，1987 年第 1 期，第 63-64 页。
③ 这些照片均刊登在《良友画报》1932 年第 66 期第 38-39+28 页。
④ 淦女士：《隔绝》，载《创造季刊》，1924 年第 2 卷第 2 期，第 71 页。
⑤ 参见〔美〕珍妮斯·A. 拉德威：《阅读浪漫小说：女性，父权制和通俗文学》，胡淑陈译，南京：译林出版社，2020 年，第 93 页。

的失望中通过阅读寻找现实中得不到的心理补偿，或者从压迫性的社会规范中获取短暂的自由。文学性阅读尤其是浪漫故事的阅读影响了她们的思想，并使她们中的部分人将观念变为实践。阅读带给她们新的审美判断，并促成她们的价值观尤其是爱情观的转换。[①]她们的阅读实践和那些没有留下自己生活、思想和信仰记载的大众读者一道汇入了流行小说凝聚成的大众文化洪流之中。

9.3.3　阅读的意义

文人渠道中流通的读物大多意味着一种充实自己的阅读动机，而大众渠道中流通的读物大多意味着一种摆脱现状的阅读动机。[②]在此意义上，《维特》作为一种文学读物承担了双重功能，既满足了文人读者的精神需要，也可以给大众读者带去感官愉悦。面对这样的流行读物，现代女作家的双重读者身份清晰可见。现代女作家广泛阅读翻译文学，从而打通了和德语文学之间的壁垒。这种联系的广泛性和对于文本回应的即时性可能超越今人的想象。随着研究的深入，笔者在梳理中国现代女作家和德语文学关系的过程中发现了一些值得深思的现象和一些值得继续追问的话题。

比如有这样一个有趣的细节：石评梅曾在致女友的书信中提及个人旅途随感。当时她孤身一人返回家乡，路经太行山时驻足观赏雨中瀑布，有如下一番描述："……细雨里行云过岫，宛似少女头上的小鬟，因为落雨多，瀑布是更壮观而清脆，经过时我不禁想到 Undine[③]。"[④]温亭娜是德国浪漫派作家富凯同名爱情童话中的主人公。这个水中女妖因爱上一位尘世中的骑士而离开了赖以生存的水源。她嫁给骑士后和他共同生活。但她的爱人不久后移情别恋，令她伤心欲绝。温亭娜吻别骑士，后者在她怀中丧命，而她则化作一股清泉，回到大自然的怀抱。这部作品预示了世俗文明和淳朴自然之间难以跨越的鸿沟，意味隽永且充满梦幻色彩。这个浪漫而悲情的故事使水妖温亭娜成为纯真感人的经典文学形象。小说激起读者无限同情，也成就了富凯浪漫派作家的美名。1923 年，徐志摩从英语转译这部小说并以《涡堤孩》为名在上海商务印书馆出版。仅从小说出版印次和重译

---

① 参见张莉：《阅读与写作：塑造新女性的方式——以冯沅君创作为例》，载《中国文学研究》，2008 年第 1 期，第 111 页。

② 参见〔法〕罗贝尔·埃斯卡尔皮：《文学社会学》，符锦勇译，上海：上海译文出版社，1988 年，第 149 页。

③ 即水女神、水妖。

④ 石评梅：《素心》//杨扬编：《石评梅作品集：散文》，北京：书目文献出版社，1983 年，第 38 页。

情况看，这则爱情童话的影响力与《维特》《茵梦湖》不可同日而语。但仅仅一年后，石评梅就在 1924 年 7 月发表的散文中提及这部小说。她由雨中瀑布和水汽氤氲的迷蒙景色联想起《涡堤孩》中的水妖形象，足见她联想之丰富，以及对新潮小说回应之迅速，而她对外国文学的关注可见一斑。由此推及整个中国现代女作家群，如果重新精读细化她们的作品，继续钩沉作品散佚较多而地域性强烈的非经典女作家的写作情况，也许可以发现更多德语文学影响的细节。①这个现象说明所谓"非著名德语文学"也可能影响中国现代文学。这足以证实思想领域和文学创作领域影响研究的复杂性。

再比如，笔者在披阅多部中国女作家传书的过程中发现，《维特》的影响范围远远超出现代女作家群。很多在世的当代女作家尽管出身不同，教育程度参差，但她们拥有共同的《维特》阅读记忆。青年时代读过《维特》、承认被这部爱情小说感动并受其影响的女作家超过 30 人。②这说明《维特》对中国文学的影响绝不仅仅限于现代文学。除了《维特》与中国现代女作家的关系问题值得继续深挖以外，《维特》与中国当代女作家的关系研究同样不失为一个有意义的话题。《维特》在中国的影响期待着更多的挖掘、考辨和分析工作。这是一个值得关注的跨文化交流现象，甚至《维特》在 20世纪中国的"文本旅行"、《维特》的中国女性阅读史，都是很有意义的学术课题。

有学者强调了阅读对于女性的重大意义："默默阅读的女性与书籍结为同盟，脱离了社会与周遭团体的掌控。她们征服了一个只有自己才有办法进入的自由空间，并于独立自主之际对自我价值产生了认知。她们开始为自己画出世界的图象，然而这种世界观未必符合传统的价值理念以及男性的观点。"③阅读即道路，是女性走向文本、走向自我、走向世界的道路。

一般情况下，留学教育经历能让作家获得域外新体验，出色的外语能力让他们有机会把西方知识运用到新文学生产中。当现代女作家普遍欠缺这样的机遇时，阅读为她们提供了机会。和"西风"相遇后的阅读拓宽了

---

① 比如剧作家沈蔚德因爱好《维特》为自己取笔名"维特"和"沈维特"。她大约在 20 世纪 20年代末至 30 年代初开始发表小说和戏剧作品，代表作有五幕剧《春常在》，但她的作品 1949后未有再版。

② 参见魏玉传：《中国现当代女作家传》，北京：中国妇女出版社，1990 年。该书不但包含了女作家传记，还有不少在世女作家的亲笔实录，可信度较高。

③ 〔德〕斯特凡·博尔曼：《阅读的女人危险》，周全译，北京：中央编译出版社，2010 年，第49 页。

她们的视野。她们在不同时空里阅读了《维特》和《茵梦湖》之类的畅销
小说，也阅读了刊载新思想和新学说的杂志报纸，了解了尼采、歌德和弗
洛伊德，具备了超越古代闺秀才女的知识积累和思想积淀，也在一定程度
上弥补了相对于男性同行的劣势。她们与包括德语国家思想资源在内的西
方文化实现了对话，在文学艺术创造中注入了新的文艺和思想元素。

第10章 结 语

长期以来，包括知识女性在内的女性性别群体的存在一直被忽视。从性别视角介入历史研究，标志着史学研究的新转向，同时意味着以中国女性为对象的研究进入了新阶段。把女性放在历史中考察，以性别视角重新审视历史，避免从单一性别立场看问题，将收获对比和兼容，得到全新的认识，也可以纠正很多偏颇的概念。[①]

在区分文学创作者和文本接受者性别的基础上讨论中德文学对话是否有意义？答案是肯定的。女性问题不是单纯的性别关系问题或男女平权问题，而是关系到我们对历史的整体看法和解释。女性群体经验不仅是对人类经验的补充，还可能造成颠覆和重构。[②]

通过本书的梳理和论证，我们可以断定，在中德文学关系领域确实存在一个迄今为止未能受到足够关注的"女性空间"。本书仅论及中国现代女作家这样一个小规模艺术创作群体，用她们的女性书写构成一段特殊的"德语国家思想资源在现代中国的接受史"以及"中德文学交流史"。在具体操作上，本书以中国现代女作家为主要研究对象，结合整体研究和个案研究，以袁昌英、冰心、庐隐、石评梅、冯沅君、谢冰莹、胡兰畦、陈敬容和郑敏等作家及其作品为主要考察对象，以实证研究和影响研究为主要方法，以德语国家思想资源的影响力为辐射核心，讨论中国现代女作家与德语文学和德国哲学的关系。本书在描述中国现代女作家接受德语文学影响的路线和轨迹的同时，概述了她们在德语文学汉译史中的贡献和成果，记录了中国现代女作家与德国作家的交往以及她们在留德史上的地位等若干问题。本书在史实追踪与还原中探讨中德文学对话中的中国现代女作家的写作，旨在对中德文学和文化交流中目前被遮蔽的一些现象做出描述和分析，为全面认识中德文学和文化交流提供有力佐证。

在此目标下，本书遵循先前的研究路线，基本实现了研究意图。

第一，本书相对系统地梳理了中国现代女作家与德语国家思想资源的关系，描述并论证她们接受德语文学的情况，概括她们在德语文学汉译史

---

① 参见李小江等：《历史、史学与性别》，南京：江苏人民出版社，2002年，前言第2-3页。

② 参见孟悦、戴锦华：《浮出历史地表：现代妇女文学研究》，北京：中国人民大学出版社，2004年，绪论第3-4页。

中的地位和贡献。研究在一定程度上弥补了中德文学关系史研究领域中国现代女作家"低存在感"和"缺位"的遗憾，大致还原了她们在中德文学和文化关系中的位置。

第二，本书以性别视角切入中德文学关系史研究。这种做法并非标新立异或哗众取宠，归根到底，除了中国现代女作家在中德文学关系史中的"缺位"以外，还在于文学接受和文学创作一样存在性别差异。影响研究须注意到两性审美差异。本书论证并解释了文学接受中存在性别差异的事实，指出女性写作者重视"情"之因素的心理和社会原因，也描述了两性审美差异在文学接受中的具体表现。

第三，以往研究侧重采用平行研究方法解读中国现代女作家与德语文学的关系，本书偏重以史料和事实证据验证二者关系。本书在个案研究中首次发掘并系统论证了冯沅君、石评梅与德语文学的关系；首次讨论了陈敬容诗歌创作中的里尔克影响；首次证实并评价了郑敏与歌德的关系；首次验证了庐隐和歌德的关系，考辨她接受《维特》的证据；披露并突显了中国现代第一位女将军胡兰畦的作家身份，在整理和辨析史料的基础上将她纳入中德文化交流的框架之中。

第四，本书强调在留学经历和外语学习条件相对匮乏的情况下，翻译文学阅读之于现代女作家创作的意义。把握她们的双重读者身份，即文人读者和大众读者的身份，对于认识汉译德语文学经典传播的复杂性、发掘现代女性写作的心理状态具有积极的理论开拓意义。

任何一种封闭结构都具有排他性和强制性，会遮蔽一些为结构所不容的内容。准确地说，这张中国现代女作家与德语文学和哲学资源的关系图谱只能算是一张个人视界的图画，没有涉及的女作家也许还有很多。除了以上所说的结构原因外，笔者对史的认识和掌握能力也有限。因此，即便是结构内阐述的内容，也难免挂一漏万，有一些观点、方法或者史的观念也许会引起歧义，这都留待在日后的研究中改善和补充。

从发现中国现代女作家在中德文学和文化交流中的"缺位"，到着手研究，直至目前的初步成果，笔者发现教育背景对于作家文学思考的丰富性和跨文化对话的难易程度有举足轻重的影响。我们必须承认，从普遍意义上讲，中国现代女作家与德语文学和文化的关系不如那些曾留学德国或日本的男性作家那样深入和透彻。后者在自身的文学书写中对德语文学的接受和回应更加热烈，风格更加多样，理解也更加深入。但这并非源于两性之间在才智和天分上的差异。男女艺术家在整个艺术史中的显在或隐身是一个长期现象。20 世纪 70 年代初，艺术史学者琳达·诺克林（Linda

Nochlin）发表了一篇石破天惊的论文——《为什么没有伟大的女性艺术家？》（"Why Have There Been No Great Women Artists?"）。这篇文章指认"伟大"是艺术史叙事编造的神话。在这个夹杂了浪漫精英主义和个人崇拜的神话中，伟大的艺术家无不天赋异禀，创造杰作并青史留名。但这个神话抹去了一个残酷的事实：伟大艺术家的成才需要经过学徒式的实习训练和教育体系的支持，以及来自社会的扶持；天赋并非决定性因素。[①]女性艺术家可能因为社会制度、性别偏见和伦理禁忌等原因提前出局，最终被历史湮没，功成名就者寥寥无几。

诺克林进一步指出艺术史领域的"男女有别"，尤其是女性介入艺术史的各种繁难：

> 女性被认定为脆弱而被动，是满足男性需求的性目标；女性被界定为具有理家和养育的功能，被认定为属于自然的领域；她是艺术创作的对象，而非创作者；她若试图通过工作或以政治抗争的方式，跃跃欲试地把自己插入历史的领域，便是自取其辱——所有这些观点都建立在一个更普遍、更具渗透力的性别差异的前提之上。[②]

在原著语境中，诺克林用这段话揭露女性艺术家在绘画史上的尴尬和艰难。同样属于艺术创作领域的音乐和写作也是如此。女性在艺术创造等精神领域未能在一开始占得同等地位，导致了她们日后在跨文化交流和对话中的弱势地位。想要发掘她们的存在也因此成为一项艰难的任务。本书绪论中提到"跨文化沟通个案研究丛书"的研究对象均为男性，原因便是如此。

中国现代女作家在中德文学关系史中的"低存在感"乃至"缺位"，与留学机遇和教育资源的分配等问题有关。中国女性极少在近现代留德史中留下身影，这导致和艺术领域相似的"伟大的女艺术家缺失"的问题。从本质上说，"低存在感"和"缺位"的关键原因是机制问题，这一点从源头改变了中德文化对话中中国现代女作家的诸多可能性。

---

① 〔美〕琳达·诺克林：《为什么没有伟大的女性艺术家？》// 〔美〕琳达·诺克林：《女性，艺术与权力》，游惠贞译，桂林：广西师范大学出版社，2005年，第184页。《为什么没有伟大的女性艺术家？》最初发表于先锋刊物《艺术新闻》（*Arts News*）（1971年1月）。

② 〔美〕琳达·诺克林：《女性，艺术与权力》，游惠贞译，桂林：广西师范大学出版社，2005年，第8页。

不过我们还是看到现代女作家突破自我和社会限制，借助勤勉阅读沟通中西，在西学东渐的背景下和德语国家的精神资源建立关联，她们在拓展文学创作维度和路径的同时也丰富了中德文学关系史。在现存的有限史料的钩沉中，笔者进一步证实了两性艺术家在艺术创作和文学接受过程中存在的性别意识影响下的心理情感和审美倾向等方面的差异。这是由生命本体的差异性决定的，当然构建两性社会身份的文化、社会和心理因素也有影响。女性创作有独立的美学品格和精神指向。女性的文学接受活动也不乏基本的性别立场和审美倾向。本书指出性别差异对于文学接受史研究的意义，但不希望夸大和泛化女性意识、女性思维方式和情感体验方式在接受过程中的作用，这样恐将女性审美和创作引入逼仄的境地。

两性不同的生命过程注定了他们不同的生命状态和生命体验。考察他们在精神领域的思维活动，无论是文学书写还是文学接受，对于探寻由两性共同构筑的人类的心灵世界都极其重要。本书在研究过程中将女性从汉译德语文学史和中德文化交流中剥离出来，是为了最终的合体。这样做遵循了性别诗学的重要原则：在审美领域不把女性作为少数族群特殊化处理，而是强调女性是人类的另一半。[1]忽视性别意识的审美研究习惯性以男性审美视点为内在视点而展开，抛却了基于女性审美经验的精神思维领域的研究，以牺牲人类"另一半"的经验为代价，是不充分、存在盲点的研究。[2]只有来自不同性别的创作者和接受者的体验、反馈和文学呈现才能构筑双性并存、多元共生的风景。

如果中德文学关系史研究是一片汪洋大海，那么其中与中国现代女作家有关的部分只是一条潺潺小溪。然而，不积跬步，无以至千里；不积小流，无以成江海。女性问题不是一门基础巩固的严肃学科的狭隘的、微不足道的副议题，女性问题可以是催化剂，可以充当一种知识工具来探测基本看似"自然"的假设，为其他的内在质疑提供模范，更有可能启发其他领域去建立新的模范。[3]笔者希望本书探索的方向、提出的问题以及看待个体的视角，能成为回答宏大的女性议题的一个注脚。文学接受和传播是人类在文学领域的重要精神活动之一，也是不同国家、地区和族群的人沟通

---

① 参见万莲子：《性别：一种可能的审美维度——全球化视域里的中国性别诗学研究导论（1985—2005 大陆）（上）》，载《湘潭大学学报（哲学社会科学版）》，2005 年第 6 期，第 41 页。

② 参见程勇真：《中国传统美学中女性审美的研究价值》，载《中州学刊》，2006 年第 5 期，第 290 页。

③ 参见〔美〕琳达·诺克林著：《女性，艺术与权力》，游惠贞译，桂林：广西师范大学出版社，2005 年，第 180 页。

的主要方式之一。对一种性别的忽视对于文学交流史全貌研究而言是一种遗憾。将女性作为与男性平等的文学接受主体置于文学交流史的叙述中，赋予女性的阅读、写作、思考、理解和艺术转化经验以合理的历史叙事，是文学研究和学术视野的拓展，也关乎文学交流史观念的革新。

　　研究一旦离开了本土资源，容易成为无本之木、无源之水。无论任何形式的外国文学研究归根到底都是为了更好地为本土研究服务。"中德文学对话中的中国现代女作家研究"这一问题的提出和相关实证材料的发掘，对德语文学和文化在现代中国的接受史研究，以及中国现代女作家作为创作主体的研究和中国现代女性书写研究都是有益补充。把女性写入文学书写传统和文学交流史的努力增加了对女性书写的新的思考方式，为中德文学交流史的重构提供了新的资料和维度。这一研究昭示着中国文学与德语文学可能存在的新联系，也使我们看到了重绘中国文学（文化）和德语文学（文化）交流关系图的可能。

参 考 文 献

〔英〕阿伦·布洛克:《西方人文主义传统》,董乐山译,北京:群言出版社,2012年。

艾以、曹度主编:《谢冰莹文集》(上、中、下册),合肥:安徽文艺出版社,1999年。

〔英〕安东尼·吉登斯:《现代性与自我认同:现代晚期的自我与社会》,赵旭东、方文译,北京:生活·读书·新知三联书店,1998年。

〔法〕波德莱尔、〔奥〕里尔克:《图像与花朵》,陈敬容译,长沙:湖南人民出版社,1984年。

〔丹麦〕勃兰兑斯:《十九世纪文学主流》(六卷本),张道真译,北京:人民文学出版社,1997年。

草野:《现代中国女作家》,北京:人文书店,1932年。

陈独秀、李大钊、瞿秋白主编:《新青年》,北京:中国书店,2011年。

陈福康:《中国译学理论史稿》,上海:上海外语教育出版社,1992年。

陈恒、耿相新主编:《新史学(第4辑):新文化史》,郑州:大象出版社,2005年。

陈建华:《二十世纪中俄文学关系》,北京:高等教育出版社,2002年。

陈敬容:《陈敬容选集》,成都:四川人民出版社,1983年。

陈敬容:《辛苦又欢乐的旅程——九叶诗人陈敬容散文选》,北京:作家出版社,2000年。

陈敬容:《陈敬容诗文集》,罗佳明、陈俐编,上海:复旦大学出版社,2008年。

陈敬之:《现代文学早期的女作家》,台北:成文出版社,1980年。

陈平原:《中国小说叙事模式的转变》,2版,北京:北京大学出版社,2010年。

陈恕:《冰心全传》,北京:中国青年出版社,2011年。

陈思和:《中国文学中的世界性因素》,上海:复旦大学出版社,2011年。

成芳编:《我看尼采——中国学者论尼采(1949年前)》,南京:南京大学出版社,2000年。

〔奥〕茨威格:《同情的罪》,沉樱译,济南:山东人民出版社,1982年。

丁敏:《席勒在中国:1840—2008》,上海外国语大学博士学位论文,2009年。

范伯群、朱栋霖主编:《1898—1949中外文学比较史》(上、下卷),南京:江苏教育出版社,1993年。

范伯群编:《冰心研究资料》,北京:知识产权出版社,2009年。

范大灿主编:《德国文学史》(五卷本),南京:译林出版社,2006-2008年。

范劲：《德语文学符码和现代中国作家的自我问题》，上海：华东师范大学出版社，
　　2008年。

飞白、方素平编：《汪静之文集·文论卷》，杭州：西泠印社出版社，2006年。

〔奥〕弗洛伊德：《释梦》，孙名之译，北京：商务印书馆，2003年。

〔奥〕弗洛伊德：《论创造力与无意识》，孙恺祥译，北京：中国展望出版社，1986年。

复旦大学历史学系、复旦大学中外现代化进程研究中心编：《新文化史与中国近代史研
　　究》，上海：上海古籍出版社，2009年。

高平叔编：《蔡元培全集》（十八卷本），北京：中华书局，1984-1989年。

〔德〕歌德：《少年维特之烦恼》，郭沫若译，上海：创造社出版社，1928年。

〔德〕歌德：《少年维特的烦恼》，达观生译，上海：世界书局，1932年。

〔德〕歌德等：《一切的峰顶》，增订版，梁宗岱译，上海：商务印书馆，1937年。

〔德〕歌德：《少年维特之烦恼》，郭沫若译，重庆：群益出版社，1944年。

〔德〕歌德等：《一切的峰顶》，梁宗岱译，上海：华东师范大学出版社，2016年。

葛桂录：《跨文化语境中的中外文学关系研究》，上海：上海三联书店，2008年。

郭延礼：《文学经典的翻译与解读——西方先哲的文化之旅》，济南：山东教育出版社，
　　2007年。

韩耀成等编：《冯至全集》，石家庄：河北教育出版社，1999年。

贺玉波：《中国现代女作家》，上海：现代书局，1932年。

胡兰畦：《在德国女牢中》，上海：生活书店，1937年。

胡兰畦：《胡兰畦回忆录（1901—1994）》，成都：四川人民出版社，1995年。

黄怀军：《中国现代作家与尼采》，长沙：湖南师范大学出版社，2009年。

黄人影编：《当代中国女作家论》，上海：光华书局，1933年。

黄兴涛主编：《新史学（第三卷）：文化史研究的再出发》，北京：中华书局，2009年。

黄英编：《现代中国女作家》，上海：北新书局，1931年。

〔德〕霍尔特胡森：《里尔克》，魏育青译，北京：生活·读书·新知三联书店，1988年。

季羡林、李国豪、张维等：《旅德追忆：二十世纪几代中国留德学者回忆录》，万明坤、
　　汤卫城主编，北京：商务印书馆，2000年。

贾植芳主编：《中国现代文学的主潮》，上海：复旦大学出版社，1990年。

金观涛、刘青峰：《观念史研究：中国现代重要政治术语的形成》，北京：法律出版社，
　　2009年。

柯灵主编：《阿英全集》（十二卷本），合肥：安徽教育出版社，2003年。

〔美〕柯伟林：《德国与中华民国》，陈谦平等译，南京：江苏人民出版社，2006年。

乐铄：《中国现代女性创作及其社会性别》，郑州：郑州大学出版社，2002年。

李钧、孙洁编：《超人哲学浅说：尼采在中国》，南昌：江西高校出版社，2009年。

李庆祥：《评梅女士年谱长编》，北京：文津出版社，1990 年。

李小江：《女性审美意识探微》，郑州：河南人民出版社，1989 年。

李小江：《性沟》，北京：生活·读书·新知三联书店，1989 年。

李小江：《女性/性别的学术问题》，济南：山东人民出版社，2005 年。

李小江等：《历史、史学与性别》，南京：江苏人民出版社，2002 年。

〔奥〕里尔克：《里尔克诗选》，绿原译，北京：人民文学出版社，2006 年。

〔美〕林·亨特：《新文化史》，姜进译，上海：华东师范大学出版社，2011 年。

林丹娅：《当代中国女性文学史论》，2 版，厦门：厦门大学出版社，2003 年。

林同华主编：《宗白华全集》（四卷本），2 版，合肥：安徽教育出版社，2008 年。

林伟民编选：《海滨故人庐隐》，北京：人民文学出版社，2001 年。

〔美〕琳达·诺克林：《女性，艺术与权力》，游惠贞译，桂林：广西师范大学出版社，
　　2005 年。

刘大杰：《德国文学概论》，上海：北新书局，1928 年。

刘剑梅：《革命与情爱——二十世纪中国小说史中的女性身体与主题重述》，郭冰茹译，
　　上海：上海三联书店，2009 年。

刘思谦：《"娜拉"言说：中国现代女作家心路纪程》，开封：河南大学出版社，2007 年。

柳无忌：《西洋文学的研究》，上海：大东书局，1946 年。

鲁迅：《中国新文学大系·小说二集》，上海：上海良友图书印刷公司，1935 年（上海
　　文艺出版社 2003 年影印版）。

〔法〕罗贝尔·埃斯卡尔皮：《文学社会学》，符锦勇译，上海：上海译文出版社，
　　1988 年。

〔美〕罗伯特·达恩顿：《拉莫莱特之吻：有关文化史的思考》，萧知纬译，上海：华
　　东师范大学出版社，2011 年。

罗竹风主编：《汉语大词典》，上海：汉语大词典出版社，1993 年。

马国亮：《良友忆旧：一家画报与一个时代》，北京：生活·读书·新知三联书店，2002 年。

〔捷克〕马立安·高利克：《中西文学关系的里程碑》，伍晓明、张文定等译，北京：
　　北京大学出版社，1990 年。

马勤勤：《隐蔽的风景：清末民初女性小说创作研究》，天津：南开大学出版社，2016 年。

孟悦、戴锦华：《浮出历史地表——现代妇女文学研究》，北京：中国人民大学出版社，
　　2004 年。

孟昭毅：《比较文学通论》，天津：南开大学出版社，2003 年。

孟昭毅、李载道主编：《中国翻译文学史》，北京：北京大学出版社，2005 年。

〔德〕尼采：《扎拉图斯特拉如是说：一本为所有人又不为任何人所写之书》，黄明嘉、
　　娄林译，上海：华东师范大学出版社，2009 年。

钱虹编:《庐隐选集》(上、下册),福州:福建人民出版社,1985 年。

钱虹编:《庐隐集外集》,北京:书目文献出版社,1989 年。

钱虹:《文学与性别研究》,上海:同济大学出版社,2008 年。

乔以钢:《多彩的旋律:中国女性文学主题研究》,天津:南开大学出版社,2003 年。

乔以钢:《中国女性与文学——乔以钢自选集》,天津:南开大学出版社,2004 年。

屈毓秀、尤敏编:《石评梅选集》,太原:山西人民出版社,1983 年。

饶鸿竟等编:《创造社资料》(上、下),北京:知识产权出版社,2010 年。

单世联:《中国现代性与德意志文化》,上海:上海人民出版社,2011 年。

上海社会科学院文学研究所编:《三十年代在上海的"左联"作家》(上、下卷),上海:
　　上海社会科学院出版社,1988 年。

上海图书馆编:《郭沫若著译书目》,上海:上海文艺出版社,1980 年。

沈福伟:《中西文化交流史》,上海:上海人民出版社,1985 年。

石楠:《中国第一女兵:谢冰莹全传》,南京:江苏文艺出版社,2008 年。

〔德〕叔本华:《作为意志和表象的世界》,石冲白译,北京:商务印书馆,2018 年。

〔德〕斯特凡·博尔曼:《阅读的女人危险》,周全译,北京:中央编译出版社,2010 年。

唐君毅:《中国文化之精神价值》,桂林:广西师范大学出版社,2005 年。

唐弢:《西方影响与民族风格》,北京:人民文学出版社,1989 年。

唐弢:《晦庵书话》,2 版,北京:生活·读书·新知三联书店,2007 年。

唐沅等编:《中国现代文学期刊目录汇编》(七卷本),北京:知识产权出版社,2010 年。

陶黎铭:《一个悲观者的创造性背叛——叔本华的〈作为意志和表象的世界〉》,昆明:
　　云南人民出版社,1990 年。

〔德〕特奥尔多·施笃姆:《茵梦湖》,郭沫若、钱君胥合译,上海:泰东书局,1932 年。

王安忆:《王安忆读书笔记》,北京:新星出版社,2007 年。

王安忆:《男人和女人,女人和城市》,北京:新星出版社,2012 年。

王绯:《空前之迹——1851—1930:中国妇女思想与文学发展史论》,北京:商务印书馆,
　　2004 年。

王绯:《女性与阅读期待》,2 版,西安:陕西人民教育出版社,1998 年。

王福和、郑玉明、岳引弟:《比较文学原理的实践阐释》,杭州:浙江大学出版社,2007 年。

王国栋主编:《庐隐全集》(六卷本),福州:福建教育出版社,2015 年。

王学军、周鸿图主编:《欧洲留学生手记——德国卷》,上海:东华大学出版社,2004 年。

卫建民编选:《魂归陶然亭——石评梅》,北京:人民文学出版社,2002 年。

卫茂平:《中国对德国文学影响史述》,上海:上海外语教育出版社,1996 年。

卫茂平:《德语文学汉译史考辨:晚清和民国时期》,上海:上海外语教育出版社,2004 年。

卫茂平等:《中外文学交流史:中国-德国卷》,济南:山东教育出版社,2015 年。

〔美〕魏爱莲：《晚明以降才女的书写、阅读与旅行》，赵颖之译，上海：复旦大学出版社，2016 年。

魏玉传：《中国现当代女作家传》，北京：中国妇女出版社，1990 年。

巫鸿：《中国绘画中的"女性空间"》，北京：生活·读书·新知三联书店，2019 年。

吴思敬、宋晓冬编：《郑敏诗歌研究论集》，北京：学苑出版社，2011 年。

吴晓樵：《中德文学因缘》，上海：上海外语教育出版社，2008 年。

〔德〕夏瑞春编：《德国思想家论中国》，陈爱政等译，南京：江苏人民出版社，1995 年。

肖凤：《冰心评传》，北京：中国社会出版社，2006 年。

肖凤：《庐隐评传》，北京：中国社会出版社，2008 年。

谢冰莹：《一个女兵的自传》（上卷），上海：上海良友图书印刷公司，1936 年。

谢天振：《译介学》（增订本），南京：译林出版社，2013 年。

谢玉娥编：《女性文学研究与批评论著目录总汇：1978—2004》，开封：河南大学出版社，2007 年。

熊月之：《西学东渐与晚清社会》，修订版，北京：中国人民大学出版社，2010 年。

严蓉仙：《冯沅君传》，北京：人民文学出版社，2008 年。

阎纯德、李瑞腾编选：《女兵谢冰莹》，北京：人民文学出版社，2002 年。

杨河、邓安庆：《康德黑格尔哲学在中国》，2 版，北京：首都师范大学出版社，2011 年。

杨静远编选：《飞回的孔雀——袁昌英》，北京：人民文学出版社，2002 年。

杨丽华：《中国近代翻译家研究》，天津：天津大学出版社，2011 年。

杨武能、莫光华：《歌德与中国》，成都：四川人民出版社，2017 年。

杨扬编：《石评梅作品集：散文》，北京：书目文献出版社，1983 年。

杨扬编：《石评梅作品集：诗歌·小说》，北京：书目文献出版社，1984 年。

杨扬编：《石评梅作品集：戏剧·游记·书信》，北京：书目文献出版社，1985 年。

杨义：《中国现代小说史》（三卷本），北京：人民文学出版社，1986 年。

叶隽：《另一种西学——中国现代留德学人及其对德国文化的接受》，北京：北京大学出版社，2005 年。

叶隽：《德语文学研究与现代中国》，北京：北京大学出版社，2008 年。

叶隽：《中德文化关系评论集》，上海：上海外语教育出版社，2008 年。

叶隽：《主体的迁变：从德国传教士到留德学人群》，上海：上海外语教育出版社，2008 年。

叶灵凤：《叶灵凤散文》，杭州：浙江文艺出版社，2003 年。

殷克琪：《尼采与中国现代文学》，洪天富译，南京：南京大学出版社，2000 年。

余中先选编：《寻找另一种声音——我读外国文学》，北京：外国文学出版社，2003 年。

沅君：《春痕》，上海：北新书局，1930 年。

袁昌英：《孔雀东南飞及其他独幕剧》，上海：商务印书馆，1930 年。

袁昌英：《山居散墨》，上海：商务印书馆，1937 年。

袁昌英：《袁昌英作品选》，长沙：湖南人民出版社，1985 年。

袁世硕、严蓉仙编：《冯沅君创作译文集》，济南：山东人民出版社，1983 年。

袁世硕、张可礼主编：《陆侃如冯沅君合集》（第 15 卷），合肥：安徽教育出版社，2011 年。

曾逸主编：《走向世界文学：中国现代作家与外国文学》，长沙：湖南文艺出版社，1986 年。

张辉：《冯至：未完成的自我》，北京：文津出版社，2005 年。

张辉：《审美现代性批判：20 世纪上半叶德国美学东渐中的现代性问题》，北京：北京
　　大学出版社，1999 年。

张京媛主编：《当代女性主义文学批评》，北京：北京大学出版社，1992 年。

张莲波：《中国近代妇女解放思想历程（1840~1921）》，开封：河南大学出版社，2006 年。

张新：《20 世纪中国新诗史》，上海：复旦大学出版社，2009 年。

张星烺：《欧化东渐史》，北京：商务印书馆，2000 年。

〔美〕珍妮斯·A. 拉德威：《阅读浪漫小说：女性，父权制和通俗文学》，胡淑陈译，
　　南京：译林出版社，2020 年。

郑敏：《诗集：1942—1947》，上海：文化生活出版社，1949 年。

郑敏：《寻觅集》，成都：四川文艺出版社，1986 年。

郑敏：《心象》，北京：人民文学出版社，1991 年。

郑敏：《诗歌与哲学是近邻——结构-解构诗论》，北京：北京大学出版社，1999 年。

郑敏：《郑敏诗集：1979~1999》，北京：人民文学出版社，2000 年。

郑敏：《思维·文化·诗学》，郑州：河南人民出版社，2004 年。

智量主编：《比较文学三百篇》，上海：上海文艺出版社，1990 年。

中国翻译家词典编写组：《中国翻译家辞典》，北京：中国对外翻译出版公司，1988 年。

中国现代文学馆编：《随感录》，北京：华夏出版社，2008 年。

钟叔河：《走向世界：近代中国知识分子考察西方的历史》，北京：中华书局，1985 年。

钟叔河等主编：《钱德培欧游随笔 李凤苞使德日记》，长沙：岳麓书社，2017 年。

周冰若、宗白华编：《歌德之认识》，南京：钟山书局，1933 年。

周棉编：《中国留学生大辞典》，南京：南京大学出版社，1999 年。

朱光潜：《朱光潜全集》（第二卷），合肥：安徽教育出版社，1987 年。

卓如：《冰心全传》（上、下卷），石家庄：河北教育出版社，2002 年。

卓如编选：《一片冰心》，北京：人民文学出版社，2002 年。

卓如编：《冰心全集》（十卷本），福州：海峡文艺出版社，2012 年。

邹振环：《影响中国近代社会的一百种译作》，北京：中国对外翻译出版公司，1996 年。

Ascher, Barbara. Aspekte der Werther—Rezeption in China (Die ersten Jahrzente des 20.
　　Jahrhunderts). In Günther Debon und Adrian Hsia (Hrsg.), *Goethe und China—China*

und Goethe: Bericht des Heidelberger Symposions. Bern; Frankfurt am Main; New York: Peter Lang Verlag, 1985.

Betz, Frederick (Hrsg.). *Erläuterungen und Dokumente: Theodor Storm Immensee.* Stuttgart: Verlag Philipp Reclam jun., 1984.

Engel, Manfred (Hrsg.). *Rilke-Handbuch: Leben, Werk, Wirkung.* Stuttgart: J. B. Metzler Verlag, 2013.

Engel, Manfred und Fülleborn Ulrich (Hrsg.). *Rilke Werke (Bd. 2): Gedichte 1910 bis 1926.* Frankfurt am Main und Leipzig: Insel Verlag, 1996.

Freund, Winfried. *Theodor Storm.* Stuttgart, Berlin, Köln, Mainz: W. Kohlhammer Verlag, 1987.

Goldammer, Peter. *Theodor Storm Eine Einführung in Leben und Werk.* Leipzig: Verlag Philipp Reclam jun., 1980.

Herrmann, Walter (Hrsg.). *Theodor Storm. Immensee und andere Sommergeschichten.* Leipzig: Verlag Philipp Reclam jun., 1987.

Kubin, Wolfgang. Yu Dafu (1896-1945): Werther und das Ende der Innerlichkeit. In Günther Debon und Adrian Hsia (Hrsg.), *Goethe und China—China und Goethe: Bericht des Heidelberger Symposions.* Bern; Frankfurt am Main; New York: Peter Lang Verlag, 1985.

Laage, Karl Ernst. *Theodor Storm: Studien zu seinem Leben und Werk mit einem Handschriftenkatalog.* Berlin: Erich Schmidt Verlag, 1985.

Lang-Tan, Goat Koei. Werther-Nachempfindung in einer chinesischen Frauenerzählung der zwanziger Jahre. *Asien*, Nr. 16., 1985.

Nalewski, Horst (Hrsg.). *Rilke Werke Bd. 4: Schriften.* Frankfurt am Main und Leipzig: Insel Verlag, 1996.

Rothmann, Kurt. *Erläuterungen und Dokumente zu Goethe: Die Leiden des jungen Werthers.* Stuttgart: Verlag Philipp Reclam jun., 1982.

Rötzer, Hans Gerd. *Geschichte der deutschen Literatur.* Bamberg: C. C. Buchners Verlag, 1992.

Yang, Wuneng. Goethe und die chinesische Gegenwartsliteratur. In Günther Debon und Adrian Hsia (Hrsg.), *Goethe und China—China und Goethe: Bericht des Heidelberger Symposions.* Bern; Frankfurt am Main; New York: Peter Lang Verlag, 1985.

Yip, Terry Siu-Han. The romantic quest: The reception of Goethe in modern Chinese literature. *Interlitteraria*, Vol. 11, 2006.

Žmegac, Viktor (Hrsg.). *Geschichte der deutschen Literatur vom 18. Jahrhundert bis zur Gegenwart. Bd. 2.* Königstein: Ts Athenäum-Verlag, 1980.

人 名 索 引

（以汉语拼音为序）

克莱斯特（von Kleist, Heinrich） 18

后　记

读他人的学术专著，我一向对书前书后的序跋兴趣甚浓。那些深刻的学术感悟、精彩的学术言说和鲜活的学术生命常常打动我，让我感触良多。然而等到要给自己的书稿写后记的时候，我虽然百感交集，却千言万语，竟不知从何说起。

本书是 2019 年度国家社会科学基金后期资助项目的结项成果。得知选题"德学东渐视域下的中国现代女作家"立项的一刹那，我颇为振奋。申报科研项目是"青椒"日常工作的一部分：写标书、修改、申报、等待、再写、再修改、再申报、再等待。我已经在这个循环中盘桓数年，如此往复，一朝得偿所愿，感觉自己的思考得到了专家的肯定，付出有所回报，自然喜不自胜。但喜悦过后，我也明白，恐怕要付出十二万分的努力，才可以交出一份勉强像样的答卷。开始修改书稿的时候，我发现，细节纷繁的"德系"文学和哲学资源，以及容量巨大的"中国现代女作家"，都是如此难以驾驭。受限于知识结构、学养和阐释能力，我屡屡陷入困难，时常感到无法穷尽这个领域，因而堕入不知所措的境地。于是我只能对我认为重要或者我能够讨论的专题进行研究和书写。

书稿完成过程中，我一方面有意凸显德语文学和哲学思潮对于中国现代文学的重要性，另一方面避免夸大现代女作家文学书写和思想脉络中的德国痕迹，深感平衡之难。我担心，假如我在话语层面为女性的文学接受和书写描绘出相对独立的发展线索，可能会将文学现象纳入预设框架，陷入特定的逻辑推演，有损历史真实。但是我没有停止努力。一方面，我尽可能使用丰富的材料证实文学接受领域的性别差异这一文化现象的存在；另一方面，我尽可能停留在文学本体范畴，深入文学现象的肌理，结合具体的研究对象展开分析，避免将"性别"作为唯一尺度生硬地"制造"结论，以防沦为"性别观念史"的脚注。在重新梳理书稿的过程中，我意识到需要修正原先认定的"德学东渐"的框架，把中国现代女作家放在中德文学对话的视域中进行讨论。因为她们在接受德语国家文学资源的过程中也有基于性别立场和文学传统意义上的创造，而且她们也通过文学翻译和文化交流等形式主动参与了中德文学对话的过程。

　　书稿完成之际，我很感谢我的博士生导师卫茂平教授。卫老师引领我走入中德文学关系的广阔世界，丰富我的学术视野，鼓励我展开学术思考。作为我国德语学界知名学者，他多年来心无旁骛地从事自己喜欢的研究。对人文学科而言，在求快求新、重视结果导向、众声喧哗的时代，学者静坐书斋、自律自省何其难得！同时，我很感谢卫老师对我的选题的提点、指导和支持。

　　从 2013 年 6 月提交博士论文《中国现代女作家与德语文学》至今已过了 11 年，我一直在努力丰富和扩充这个领域的文献资料。如今的书稿是在博士论文基础上经过多次整理，同时参照国家社会科学后期资助项目评审专家的意见修改而成。本书相对于原先的博士论文增加了 10 万字，书稿的修改和完善可以反映出我在完成博士论文答辩后这些年里对这个问题的思考。惭愧的是，迄今为止我依然常感彷徨，如同站在卡夫卡笔下那一扇"法的门前"，虽努力探头张望，却始终难以窥得学术奥义。现将这一册小书奉于读者面前，作为自己的学步之作，也可作为日后研究思路的提示，并诚挚期盼方家的批评和指教。

　　与生活在 100 年前的这些女性精英的文学对话，让我感受到辛苦和快乐同在。阅读了大量文本之后，我会时不时抽离研究者视角而走入历史的风烟，为这些或迷乱脆弱、或热情激昂、或苦闷忧愁、或率真执着的文字而感动。然后我需要把自己的思绪拉回到现实中，重新关注这些研究对象。发掘女作家们的"笔述渊源"是一个艰难的过程，似乎只有庐隐、郑敏和陈敬容留下了与此相关的只言片语，其他大部分的关联还是我通过阅读作品和阐发所得。德语文学对中国现代女作家的影响是在内容方面，如民主科学意识，还是在形式方面，如语言表达、体裁和技巧？应该说，中国现代知识女性接受了传统文化与现代文化的双重熏陶，她们领受悠久传统文化的教诲，传承并发扬，又在思想和言行中受到现代文化的影响。在与德语国家文学和哲学的对话中，如电光石火般的碰撞其实并不多，更多的是润物无声和暗流涌动。作为第一个站上中国历史舞台的知识女性群体，她们对待西方资源既谦和又批判，既好奇又豁达，这一点我们都能感觉到。

　　我从开始修改书稿起就关注诗人郑敏的消息，当时她是"九叶派"现存的唯一一位诗人，或许也是中国现代女作家中仅存的硕果。我曾在不经意间看到诗人在 2020 年 7 月过百岁生日时的一段视频。视频由郑敏的女儿童蔚教授录制并在网上发布。女儿和母亲对话，鼓励母亲与网友互动。画面中的诗人鹤发童颜，双目炯炯，笑容恬淡，思路清晰，侃侃而谈。让我动容的是，当女儿问起她对这个世界的看法时，她这样回答："每个人最重要的就是，感觉到这个世界的复杂，但又是可以预见到的，所以就带着希望往前走，但这里头，绝对难说是直接往前走便是胜利了，还是耐心地在哪儿研究，是不是已经打开了点好玩的了。"①这一表达既富有诗意，又不乏哲理。细品之下，追求"好玩"不仅关乎审美趣味，更关乎人生态度。文学创作如此，学术研究如此，生活亦是如此。本书书稿收尾之时，已是2022年盛夏，诗人郑敏于2022年1月3日安详离世，走完了102年的人生旅程。相比才气纵横却青春早殇的萧红、庐隐和石评梅，以及特立独行而半生坎坷的张爱玲、丁玲和白薇，郑敏走过的路看上去要平和顺遂很多。或许这与她对世界的认识和看法有关吧。因为勇敢探索，不断寻求人生趣味，才会境界高远、心态豁达，不为庸常所困。

本书得以最终完成，我要感谢家人对我始终如一的鼓励和支持。本书最终得以出版，我特别感谢全国哲学社会科学工作办公室和华东师范大学外语学院的资助，感谢华东师范大学人文与社会科学研究院、外语学院杨延宁教授和袁筱一教授的支持和帮助。我还特别感谢科学出版社的杨英编审，她是本书的良师益友，她兢兢业业的编辑工作、始终如一的支持和耐心温柔的指点都包含在本书的构成之中。

末了想就书稿做一点技术说明。其一，本书部分章节曾经在期刊和论文集中发表过，有些地方做过微调，有些地方照录，恳请读者见谅。其二，本书将目光投向现代中国，当时写作的用词和语汇与今人有很大不同，并非错字；为了回归文学"现场"，书中对作家作品的引文尽量按照原文照录，力求保持原貌。

冯晓春
2024 年 5 月 15 日

---

① https://www.iqiyi.com/v_19rz6cvn5s.html[2024-05-15]。